Los 500

Los 500

Matthew Quirk

Traducción de Santiago del Rey

Rocaeditorial

Título original: *The 500*

© 2012 by Rough Draft Inc.

Esta edición publicada de acuerdo con Little, Brown and Company,
New York, New York, USA.
Todos los derechos reservados

Primera edición: agosto de 2012

© de la traducción: Santiago del Rey
© de esta edición: Roca Editorial de Libros, S. L.
Av. Marquès de l'Argentera, 17, pral.
08003 Barcelona
info@rocaeditorial.com
www.rocaeditorial.com

Impreso por Rodesa
Villatuerta (Navarra)

ISBN: 978-84-9918-465-4
Depósito legal: B-8.532-2012
Código IBIC: FF

A Heather

Prólogo

Miroslav y Aleksandar ocupaban los asientos delanteros del Range Rover estacionado al otro lado de la calle. Vestían su uniforme de costumbre —trajes Brioni a medida, de color oscuro—, pero esta vez ambos serbios parecían más cabreados de lo normal. Aleksandar alzó lo bastante la mano derecha para que me llegara un destello de su Sig Sauer. Un prodigio de sutileza, el tal Alex. A mí no me preocupaban especialmente los dos matones, aun así. Lo peor que podían hacer era matarme, que parecía ser una de mis mejores opciones en ese momento.

El cristal de la ventanilla trasera descendió. Ahí estaba Rado, observándome con ferocidad. Él prefería amenazar con una servilleta. Alzó una de ellas —muy blanca—, y se secó con delicadeza la comisura de los labios. Lo llamaban el Rey de Corazones porque, bueno…, porque comía corazones humanos. Según decían, había leído un artículo en *The Economist* sobre un señor de la guerra liberiano de diecinueve años con gustos similares. A Rado le pareció que esa modalidad de maldad atroz brindaría a su marca criminal el toque que precisaba en un mercado tan concurrido, y adquirió sin más ese hábito.

Tampoco me preocupaba demasiado que me devorase el corazón. Es algo que suele tener consecuencias fatales y, como digo, habría simplificado enormemente mi dilema. El problema era que Rado estaba enterado de mi relación con Annie. La posibilidad de que otro ser querido acabase muerto por mi culpa era una de las razones de que su tenedor me pareciera la solución más fácil.

Le hice un gesto con la cabeza y eché a andar por la calle.

Hacía una preciosa mañana de mayo en la capital del país, y el cielo parecía de porcelana azul. La sangre que se me había filtrado a través de la camisa se estaba secando, y las costras me producían un gran picor. Arrastraba el pie izquierdo por el asfalto, y la rodilla se me había puesto como una pelota de rugbi. Traté de concentrarme en la rodilla para no pensar en la herida del pecho, porque, si pensaba en ella, no tanto en el dolor que me producía como en lo espeluznante que era, estaba seguro de que me desmayaría.

Me acerqué a la oficina, que ofrecía un aspecto tan elegante como siempre: una mansión de cuatro pisos enclavada en los bosques de Kalorama, entre las embajadas y las cancillerías. Era la sede del Grupo Davies, la firma más respetada de consultoría estratégica y asuntos gubernamentales de Washington DC, donde técnicamente hablando, supongo, todavía estaba empleado. Saqué las llaves del bolsillo y las agité ante el panel gris que había junto a la puerta. Zona prohibida.

Pero Davies me estaba esperando. Al levantar la vista hacia la cámara del circuito cerrado, la cerradura zumbó.

En el vestíbulo saludé al jefe de seguridad, sin dejar de fijarme en la Baby Glock que había desenfundado y sujetaba a la altura del muslo. Después me volví hacia Marcus, mi jefe, y le dije hola con la cabeza. Él, apostado al otro lado del detector de metales, me indicó que pasara y me cacheó de pies a cabeza; buscaba armas o micrófonos. Marcus había hecho una bonita y larga carrera con esas manos: matando.

—Desnúdate —me indicó. Obedecí, quitándome la camisa y los pantalones. Incluso el propio Marcus hizo una mueca al verme la piel del pecho fruncida alrededor de las grapas. Echó un vistazo rápido al interior de mis calzoncillos y pareció satisfecho al comprobar que no llevaba ningún dispositivo. Volví a vestirme—. Dame —añadió señalando el sobre de papel manila que traía.

—No lo entregaré hasta que cerremos el trato —objeté. Ese sobre era lo único que me mantenía con vida, así que más bien me resistía a soltarlo—. Si yo desaparezco, esto se hará público.

Asintió. Esa especie de seguro era una práctica habitual en el sector. Él mismo me lo había enseñado. Me acompañó arriba, hasta el despacho de Davies, y se quedó de guardia en la puerta mientras yo entraba.

De pie junto a los ventanales, contemplando el centro de la ciudad, estaba el individuo que más me preocupaba de todo, la opción que me parecía infinitamente peor que ser devorado por Rado: Davies y su paternal sonrisa.

—Me alegro de verte, Mike. Me complace que hayas decidido volver con nosotros.

Él estaba dispuesto a hacer un trato. Quería sentir que me tenía otra vez bajo su dominio. Y justo eso era lo que más miedo me daba: que yo acabara diciendo que sí.

—No entiendo cómo las cosas han podido llegar a este extremo —dijo—. Siento… lo de tu padre.

Muerto. La noche anterior, a manos de Marcus.

—Quiero que sepas que nosotros no tenemos nada que ver.

No contesté.

—Tal vez deberías preguntárselo a tus amigos serbios. Nosotros podemos protegerte, Mike; a ti y a tus seres queridos. —Dio un paso hacia mí—. Dilo y todo habrá terminado. Ven con nosotros de nuevo, Mike. Basta con una palabra: sí.

Y eso era lo más extraño de sus juegos y de aquella tortura: que, al final, realmente estaba convencido de que me estaba haciendo un favor. Quería que volviera; me consideraba como un hijo, como una versión más joven de sí mismo. Pero tenía que corromperme, tenía que poseerme; de lo contrario, todo cuanto creía, todo su sórdido mundo, sería una mentira.

Mi padre había escogido morir antes que colaborar con él; morir con orgullo antes que vivir corrupto. Se había apeado. Limpiamente. Pero yo no podía permitirme semejante lujo. Mi muerte no sería más que el principio del dolor. No, yo no contaba con una buena alternativa. Por eso estaba allí, a punto de estrecharle la mano al demonio.

Levanté el sobre y me acerqué a la ventana. En su interior estaba la única cosa que Henry temía: la prueba de un asesinato prácticamente olvidado. Su único error: un pequeño descuido en su larga carrera; una parte de sí mismo que había perdido cincuenta años antes y que ansiaba recuperar.

—Esa es la base de la verdadera confianza, Mike. Cuando dos personas conocen sus respectivos secretos, cuando se tie-

11

nen mutuamente acorraladas, la destrucción mutua está asegurada. Lo demás son sandeces sentimentales. Estoy orgulloso de ti. Es la misma jugada que hice yo cuando estaba empezando.

Henry siempre me repetía que cada hombre tiene un precio. Él había descubierto el mío. Si yo decía que sí, recuperaría mi vida: la casa, el dinero, mis amigos, la fachada respetable que siempre había deseado. Si decía que no, todo habría terminado tanto para mí como para Annie.

—Dime cuál es tu precio, Mike. Ahora puede ser tuyo. Muchos han hecho un trato parecido en su carrera hacia la cima. Así funcionan las cosas. ¿Qué me dices?

Era una vieja negociación: entregar tu alma a cambio de los reinos y la gloria de este mundo. Habría que regatear y discutir los detalles, claro, no iba a venderme barato, pero eso se resolvería enseguida.

—Te entregaré esta prueba —dije dando unos golpecitos en el sobre— y la garantía de que no tendrás que preocuparte más. A cambio, Rado desaparece, la policía me deja en paz, yo recupero mi vida y me convierto en socio de pleno derecho.

—Y a partir de ahora, eres mío. Socio de pleno derecho también en el trabajo sucio. Cuando encontremos a Rado, le rebanarás el pescuezo.

Asentí.

—Entonces estamos de acuerdo.

El diablo me tendió la mano. Se la estreché y le entregué mi alma junto con el sobre.

Pero era mentira, una jugada nada más. Morir cubierto de infamia, pero con el honor intacto, o vivir en la gloria, pero corrompido. No escogí ninguna de ambas cosas. No había nada en el interior del sobre. Yo estaba tratando de negociar con el diablo con las manos vacías. En realidad solo tenía una opción: derrotarlo siguiendo su propio juego.

12

Capítulo uno

Un año antes...

*L*legaba tarde. Me eché un vistazo en uno de los grandes espejos de marco dorado que había colgados por todas partes. Se me veían oscuras ojeras por la falta de sueño y también una rozadura reciente en la frente. Por lo demás, mi aspecto era como el de cualquiera de los estudiantes ambiciosos y llenos de aspiraciones que circulaban por Langdell Hall.

El seminario se titulaba Política y Estrategia. Me metí en el aula. Era de acceso restringido —dieciséis plazas— y tenía fama de ser un trampolín para futuros líderes en el campo de las finanzas, la diplomacia, el ejército o el gobierno. Todos los años, la Universidad de Harvard se ponía en contacto con varios pesos pesados del Distrito de Columbia y de Nueva York, que se encontraran entre el ecuador y las postrimerías de su carrera, y los contrataba para dirigir dicho seminario. Básicamente, este constituía una oportunidad para que los estudiantes deseosos de convertirse en grandes profesionales (y no escaseaban tales ejemplares en el campus) pudieran demostrar sus dotes intelectuales, siempre con la esperanza de que los reclutara algún profesor conectado con los círculos de poder y los ayudara a iniciar una carrera deslumbrante. Di una ojeada a la tarima: lumbreras de las facultades de derecho, economía, filosofía, e incluso un par de médicos muy engreídos la ocupaban. Semejantes al aire acondicionado, sus egos se propagaban por el aula.

Era mi tercer año en la Facultad de Derecho (estaba haciendo un curso conjunto de Política y Leyes), y la verdad es que no tenía la menor idea de cómo había logrado introducirme en Harvard o en aquel seminario. Esa, de todos modos, había sido la tónica general de mi vida en los últimos diez años, o sea que no me molestaba siquiera en analizarlo. Quizá se trataba de una larga serie de errores administrativos. Mi actitud al respecto era: cuantas menos preguntas, mejor.

Chaqueta, camisa deportiva, pantalones beis… En gran parte daba el pego, aunque tuviera la ropa algo gastada y deshilachada. Estábamos en pleno debate. El tema era la Primera Guerra Mundial. El profesor Davies nos miró expectante, tratando de arrancarnos una respuesta como un inquisidor.

—Bueno —acababa de decir—, Gavrilo Princip se adelanta y golpea a un espectador con su pequeña Browning mil novecientos diez. Dispara al archiduque en la yugular, y luego, a su esposa en el estómago cuando esta se interpone para cubrirlo. Y resulta que así se desencadena la Gran Guerra. La pregunta es: ¿por qué? —Miró alrededor de la tarima con el entrecejo fruncido—. No regurgitéis vuestras lecturas. Pensad.

Observé cómo se sonrojaban los demás. Davies podía calificarse sin lugar a dudas como un docente duro. Los alumnos presentes habían estudiado su carrera con envidiosa obsesión; yo no sabía tanto, pero sí lo suficiente. Él era un veterano de Washington; conocía desde hacía cuarenta años a todo el mundo importante, así como los dos estratos inferiores a los más importantes, y también sabía dónde estaban enterrados todos los cadáveres. Había trabajado para Lyndon Johnson; cambió de chaqueta y se pasó a Nixon, y luego abrió su propio despacho de intermediario. Actualmente, dirigía una firma de altos vuelos de «consultoría estratégica», el Grupo Davies, que a mí siempre me recordaba a los hermanos Davies de los Kinks (eso puede dar una idea de lo preparado que estoy para ascender en el DC cortando pescuezos). Davies tenía influencia, y la utilizaba para obtener cuanto ambicionaba, incluyendo, como había señalado uno de los alumnos, una mansión en Chevy Chase, una casa en la Toscana y un rancho de diez mil acres en la costa de California central. Llevaba ya unas semanas como profesor invitado en el seminario. Mis compañeros casi vibraban de ansiedad; nunca los había visto tan deseosos de impresionar. Tal reacción me condujo a pensar que Davies poseía un gran poder en cualquiera de las órbitas del Washington oficial.

Su método habitual de enseñanza consistía en sentarse plácidamente y sobrellevar su aburrimiento con buena cara, como si estuviera escuchando a un puñado de niñatos de secundaria mientras recitaban curiosidades sobre los dinosaurios. No era un hombre muy alto: mediría quizá un metro setenta y cinco, pero de cualquier modo resultaba… imponente. Era como si se pudiera detectar su seducción desplegándose mágicamente allí donde estuviera: los alumnos enmudecían, todas las miradas convergían en él y, enseguida, tenía a los presentes rodeándolo, como limaduras de hierro atraídas por un imán.

Lo más extraño era su voz. Te habrías esperado un vozarrón resonante pero, por el contrario, hablaba en un tono muy bajo. Tenía una cicatriz en el cuello, en la unión del maxilar con el oído, cosa que provocaba ciertas especulaciones: tal vez ese susurro se debía a una antigua herida, aunque nadie sabía nada a ciencia cierta. Tampoco importaba, porque en casi todas partes se imponía el silencio cuando él abría la boca.

En clase, sin embargo, sus alumnos hacían lo imposible por destacar, para que se fijara en ellos, y cada cual tenía preparadas las respuestas a sus preguntas. Existe todo un arte en la mecánica de un seminario: cuándo permitir que parloteen los demás, o cuándo meter baza. Es como el boxeo… O bueno, como la esgrima, el *squash* o cualquiera de los pasatiempos típicos de las universidades de la Ivy League. El compañero que siempre intervenía primero, sin contar jamás con una idea definida, dijo algo sobre el movimiento de la joven Bosnia, hasta que la mirada de Davies lo intimidó. El chaval acabó farfullando. Entonces se desató un frenesí general: todos habían olido el miedo y se ladraron unos a otros y alardearon de conocimientos: la gran Serbia contra los eslavos meridionales, bosnios contra bosnios, los serbios irredentistas, la Triple Entente y la política de la *two-power standard* que había fundado la hegemonía naval británica…

Yo estaba pasmado. No solo por los datos que sacaban a relucir (algunos de esos colegas parecían saberlo todo, literalmente; nunca conseguiría desbancarlos), sino también por su actitud. En cada una de sus intervenciones, advertías que hablaban como por derecho propio: como si ellos hubieran dado sus primeros pasos en el estudio mientras sus padres debatían

15

sobre el destino de las naciones con una copa de whisky de malta en la mano, o como si se hubieran pasado los últimos veinticinco años empapándose de historia internacional para entretenerse, hasta que papá se cansara de dirigir el mundo y les cediera el timón. Eran tan…, tan condenadamente respetables. En general, me encantaba observarlos; me encantaba haber logrado poner un pie en ese mundo, así como la idea de que yo podría acabar pasando por uno de ellos.

Pero hoy no. Estaba metido en un lío, y me las veía y me las deseaba para seguir ese toma y daca, las estocadas y las fintas, y no digamos ya para superarlas. En mis días buenos gozaba de alguna posibilidad. Pero ahora, por mucho que tratara de pensar en la micropolítica de los Balcanes de hacía un siglo, no veía más que una cifra, grande, roja y parpadeante; lo único que había escrito en mi cuaderno: 83.359 dólares, subrayado y rodeado con un círculo, seguido de varios guarismos más: 43 23 65.

La noche anterior no había dormido. Al salir del trabajo (era barman en un local para *yuppies* llamado Barley), me había ido a casa de Kendra. Pensé que aceptar la oferta implícita de su mirada en el bar —una mirada inequívoca de «ven a follar»— me vendría mejor que la hora y media de sueño que, con mucho, sacaría antes de levantarme y leerme las mil doscientas páginas de letra apretada de Política Internacional. Kendra lucía una melena negra, en la que podrías haberte ahogado, y una figura que suscitaba los pensamientos más lascivos. Pero tal vez su atractivo principal radicaba en que las chicas llamadas como ella, que trabajan por la propina y no te miran a los ojos en la cama, son justamente lo contrario de la mujer que siempre me he dicho que deseo.

Había dejado a Kendra y llegado a casa alrededor de las siete de la mañana. Comprendí que algo sucedía cuando vi varias camisetas mías en la escalera de acceso y el desvencijado sillón reclinable de mi padre volcado sobre la acera. La puerta del apartamento había sido forzada, y no precisamente con arte. Parecía que lo hubiera hecho un oso negro enloquecido. Mi cama, la mayor parte de los muebles, las lámparas y los pequeños electrodomésticos de cocina habían desaparecido; mis cosas estaban desparramadas por todas partes.

Los transeúntes revisaban los restos en la acera como si fueran el reparto final de una subasta casera de objetos de segunda mano. Ahuyenté a todo el mundo y los recogí. El sillón reclinable no corría peligro; pesaba casi como un coche, y habría requerido ciertos preparativos y un par de tíos para llevárselo.

Mientras ordenaba el interior del apartamento, observé que Crenshaw Servicio de Cobros no había apreciado el valor de la *Historia de la guerra del Peloponeso*, de Tucídides, ni del grueso fajo de hojas que debía tener leídas para el seminario que daría comienzo dos horas más tarde. Me habían dejado una nota cariñosa en la mesa de la cocina: «Muebles retirados como pago a cuenta. Saldo pendiente: 83.359 dólares». Impresionante. Espectacular incluso. A estas alturas sabía bastante de leyes para reconocer de un vistazo unos diecisiete defectos básicos en el sistema de cobro de Crenshaw, pero sus integrantes eran tan despiadados como chinches, y yo había estado demasiado ocupado tratando de pagar la universidad para hacerlos papilla con una demanda. Pero ya llegaría ese día.

Se supone que las deudas de tus padres mueren con ellos y quedan canceladas únicamente con su patrimonio. Pero no era así en mi caso. Esos ochenta y tres de los grandes son el saldo deudor del tratamiento de cáncer de estómago de mi madre. Ella ya había fallecido. Si puedo permitirme darles un consejo, es este: ni se les ocurra pagar las facturas del hospital de sus padres con su propio talonario de cheques. Porque algunos acreedores indeseables, como Crenshaw, lo utilizarán como pretexto para acosarlos cuando su ser querido haya muerto. «Usted ha asumido las deudas tácitamente», te dicen. No es que sea legal del todo, pero a los dieciséis años no te detienes en esos detalles cuando empiezan a llegar las facturas de radiología y tú intentas mantener a tu madre con vida haciendo horas extras en una heladería mientras tu padre cumple una condena de veinticuatro años en la cárcel federal de Allenwood.

Había estado metido en tales líos demasiado a menudo para perder el tiempo enfureciéndome. Por consiguiente, debía actuar como siempre: cuanto más me parecía que las sombras del

17

pasado querían hundirme, más me esforzaba por salir a flote y salvar el culo. Ese objetivo significaba aislarme de aquel pequeño desastre, concentrarme en lo mío y prepararme todo lo posible para no quedar como un idiota en el seminario de Davies. Me llevé mis apuntes a la acera, enderecé el sillón, me acomodé y me sumergí sin más en unos ensayos de Churchill, mientras los coches pasaban por mi lado.

Pero cuando llegó la hora de la clase, estaba hecho polvo. Todo el empuje de la noche en vela y toda la energía, después de la sesión de sexo, se habían evaporado, lo mismo que el acceso de entusiasmo que había experimentado al aferrarme a mis estudios a pesar de Crenshaw. Para llegar al aula, tenía que pasar mi tarjeta de identidad por el lector que había en la entrada de Langdell Hall. Me sumé a la larga cola de estudiantes que iban desfilando por los torniquetes y salían a escape para ser puntuales. Pero al introducir mi tarjeta se encendió el piloto rojo en lugar del verde. La barra metálica se bloqueó y me trabó las rodillas; la parte superior de mi cuerpo siguió hacia delante en una de esas angustiosas caídas a cámara lenta en las que ves qué sucede y no puedes hacer nada, hasta que acabas dándote de bruces sobre el suelo de cemento cubierto con una delgada moqueta.

La preciosa estudiante apostada detrás del mostrador tuvo la gentileza de explicarme que tal vez me convendría comprobar en la oficina de administración si tenía alguna tasa pendiente de pago. Dicho esto, se aplicó una dosis de gel desinfectante en las manos. Crenshaw debía de haberse lanzado sobre mis cuentas bancarias, impidiendo el pago de mi matrícula, pero en Harvard se aseguran de cobrar con la misma eficiencia que el propio Crenshaw. Tuve que rodear el edificio hasta la parte trasera de Langdell, y colarme detrás de un individuo que había salido a fumarse un cigarrillo junto a la entrada de camiones.

En el aula, mi aturdimiento había de resultar evidente. Me daba la sensación de que Davies no me quitaba los ojos de encima. Entonces sentí una oleada en mi interior; la combatí con todas mis fuerzas, pero a veces ya no tiene remedio. Necesitaba bostezar. Y ese bostezo era tremendo, digno de un león. Imposible ocultarlo con la mano.

Davies me clavó una mirada aguzada durante años de enfrentamientos, sin duda la misma mirada con la que arredraba a líderes sindicales y a agentes del KGB.

—¿Se aburre, señor Ford? —preguntó.

—No, señor. —Una espantosa sensación de ingravidez fue creciéndome en el estómago—. Disculpe.

—Entonces, ¿por qué no nos participa sus pensamientos sobre el asesinato del archiduque?

Los demás trataron de disimular su satisfacción: un ambicioso menos sobre el que pasar por encima. Las ideas que me tenían distraído en ese momento se resumían así: no puedo librarme de Crenshaw hasta que no tenga un título y un empleo decente, y no puedo obtener ninguna de ambas cosas hasta que no me libre de Crenshaw. La situación me dejaba con una deuda de ochenta y tres de los grandes al Servicio de Cobros, y de ciento sesenta a Harvard sin la menor posibilidad de conseguir el dinero. Todo aquello por lo que me había reventado trabajando durante diez años, y toda la respetabilidad que se respiraba en esa aula estaban a punto de escurrírseme de las manos y desaparecer para siempre. Y la causa de todo: mi padre, el convicto, que era quien se había enredado primero con Crenshaw, quien me había convertido en el hombre de la casa a los doce años y quien debería haberle hecho un favor al mundo y palmarla en lugar de mi madre. Me lo imaginé un momento, evoqué su burlona sonrisa y, por mucho que trataba de contenerme, solo pude pensar en una cosa…

—Venganza —dije.

Davies se llevó a los labios la patilla de sus gafas, aguardando a que continuara.

—Quiero decir, Princip es un tipo pobre de narices, ¿no? Seis de sus hermanos han muerto y sus padres han de abandonarlo porque no pueden darle de comer. Y él está convencido de que, si no logra salir adelante en la vida, es únicamente porque los austriacos han tenido acogotada a su familia desde que nació. Está en los huesos. En la guerrilla se mofaron de él y se lo quitaron de encima cuando pretendió alistarse. En fin, el hombre era un don nadie que quería hacer algo grande. Los otros asesinos se acobardaron, pero él…, bueno, él estaba más cabreado que nadie. Tenía algo que demostrar: veintitrés años de rencor. Y actuó como debía para alcanzar la fama, aunque ello

19

implicase matar. O, precisamente, porque implicaba matar. Cuanto más arriesgado el objetivo, mejor.

Mis compañeros desviaron la vista con desagrado. Yo no intervenía demasiado en el seminario y, cuando lo hacía, utilizaba como todos ellos el inglés pulido y altisonante de Harvard, en vez de la jerga informal que se me había escapado. Aguardé, convencido de que Davies iba a despedazarme. No había hablado como una joven promesa de las esferas dirigentes, sino exactamente igual que un chaval de la calle.

—No está mal —masculló. Reflexionó un momento y recorrió el aula con la mirada—. Estrategia a gran escala, Guerra Mundial… Están todos ustedes atrapados en puras abstracciones. No pierdan de vista que, en último término, todo se reduce a hombres de carne y hueso. Alguien ha de apretar el gatillo. Si quieres dirigir naciones, has de empezar por entender a un solo hombre: sus deseos y temores, los secretos que nunca reconocerá, de los que tal vez ni siquiera es consciente. Esas son las palancas que mueven el mundo. Cada hombre tiene un precio. Y una vez que lo descubres, es tuyo, en cuerpo y alma.

Al terminar la sesión, me apresuré a salir para adecentarme un poco y ocuparme del desaguisado de mi apartamento. Una mano en el hombro me detuvo. Casi me esperaba que fuera Crenshaw, dispuesto a humillarme ante la respetable gente de Harvard.

Habría sido preferible. Era Davies, manteniendo aquella mirada afilada y su voz susurrante.

—Me gustaría hablar con usted —musitó—. ¿A las diez y media en mi despacho?

—Fantástico —repliqué haciendo un gran esfuerzo para mantener la calma. Quizá se había guardado la previsible bronca para una entrevista privada. Un método más elegante.

Tenía hambre y sueño. Un café bastaría para apaciguar ambas cosas un rato. No me daba tiempo a volver al apartamento y, casi sin pensarlo, me acerqué a Barley, el bar donde trabajaba. Lo único que me bailaba en la cabeza era aquella cifra: 83.359 dólares, y la interminable y penosa aritmética que me demostraba que nunca sería capaz de pagarla.

El bar es un rectángulo pretencioso con demasiadas ventanas. No había nadie dentro, salvo Oz, el encargado, que atiende como barman varios turnos a la semana. Hasta que me incliné sobre la barra de roble y di el primer sorbo de café no caí en la cuenta. No había ido allí por una dosis de cafeína. Repasé las cifras que tenía en la cabeza: 46 79 35, 43 23 65, etc. Combinaciones de una caja fuerte Sentry.

Oz era sobrino del dueño y robaba dinero. No se trataba de unos dólares aquí y allá, el típico «redondeo» al por menor, no: estaba desvalijando el negocio. Yo llevaba tiempo observando sus artimañas: simular que no servía ni una copa y quedarse la pasta, cobrar la mitad a los clientes habituales, no marcar nada en la registradora… La maniobra de sacar de la caja todas las noches esa cantidad de dinero debía de haber empezado a resultarle complicada, pues tenía que hacerlo mientras nosotros aguardábamos para cobrar las propinas. Yo estaba seguro, totalmente seguro, de que el muy gilipollas lo guardaba en la caja fuerte. En conjunto, se le notaba demasiado, porque su manera de comportarse era una versión más torpe que la mía si hubiera estado en su lugar, de no haber renunciado desde hacía mucho a cualquier estafa. El término académico para definirlo es «alerta oportunista». Significa que, si tu mirada es la de un delincuente, ves el mundo de otro modo: como si se tratara de una serie de cuencos de golosinas sin vigilancia. Yo mismo estaba comenzando a preocuparme, porque ahora que necesitaba dinero con desesperación parecía como si todas las ocasiones volvieran a saltarme a la vista: coches sin cerrar, puertas abiertas, monederos abiertos, cerraduras baratas, entradas oscuras…

Por más que lo intentaba, no lograba olvidar mi aprendizaje, mi ilícita destreza, ni hacer oídos sordos a esas invitaciones a descarriarme. Existe la creencia de que los ladrones han de forzar cerraduras, trepar por las cañerías o colarse por las ventanas. La verdad es que, normalmente, les basta con tener los ojos bien abiertos. Las personas honradas no acaban de creer que haya elementos como yo merodeando por ahí, y dejan el dinero más o menos al alcance de la mano. La llave escondida, el garaje sin cerrar, el código PIN del aniversario de bodas… están ahí para que te aproveches si tú quieres. Y eso era lo más gracioso: cuanto más honrado me volvía, más fácil

21

parecía torcerse de nuevo. Era como si me presentaran tentaciones constantemente para ponerme a prueba después de tantos años sin caer. Con mi inofensiva pinta de estudiante universitario encamisado, lo más probable es que hubiera podido salir de una oficina de Cambridge Savings and Trust con una bolsa de basura llena de billetes y un revólver al cinto, y el guardia de seguridad todavía me habría abierto la puerta y me habría deseado un buen fin de semana.

Alerta oportunista. Así fue como descubrí que Oz dejaba la caja fuerte con el dispositivo de cierre diario, que te permite volver a abrirla introduciendo tan solo los dos últimos dígitos. Así fue como supe que se trataba del sesenta y cinco, y como recordé que, aunque él anulara ese mecanismo, las cajas Sentry venían de fábrica únicamente con un puñado de combinaciones predeterminadas —las llaman combinaciones de prueba—, y que si la suya terminaba en sesenta y cinco, era casi seguro que alguien hubiera sido perezoso y no hubiera cambiado la original, o sea, 43 23 65. Así fue como advertí que el chico era prácticamente incapaz de calcular una propina, no digamos ya de mantener sus hurtos en orden, y también que su afición a la bebida había ido de mal en peor (a las diez y media de la mañana ya estaba tomándose una generosa dosis de Jameson en una taza, añadiendo un chorro de café para cubrir las apariencias). Aunque echase algo en falta, ¿a quién iba a denunciar? Entre ladrones no hay honor, ¿no?

Oz tenía encima de la barra el cajón del dinero de la registradora. Se lo llevó adentro, a la oficina. Oí que abría la caja fuerte y la cerraba otra vez. Salió de nuevo enseguida.

—Voy a comprar tabaco —anunció—. ¿Me vigilas el local?

La oportunidad se me presentaba. Asentí.

Entré en la oficina y accioné la manija de la caja fuerte. Estaba abierta. Joder. Casi parecía que aquel tontaina me estuviera suplicando. Calculé de un vistazo que debía de haber unos cuarenta y ocho mil dólares en fajos y quizá otros diez mil en billetes apilados. Se había retrasado mucho en llevar el dinero al banco.

Tenía dos posibilidades: llevarme un pellizco, sin matar a la gallina de los huevos de oro, y mantener a raya a Crenshaw el tiempo suficiente para sacarme el título; o bien hacerlo de golpe: entrar de madrugada y limpiar la caja del todo. La puerta trasera del bar era un auténtico búnker; en cambio, la de delante podía abrirse en medio minuto con una simple palanca. Típico. Mientras haya indicios de que ha sido forzada, el seguro paga. Nadie saldría perjudicado. Registré los cajones superiores del escritorio y luego el tablón de anuncios. En efecto, allí estaba: una nota clavada con una chincheta y escrita con la infantil letra de Oz: 43 23 65. La combinación. Suplicándome de rodillas.

Al menos tenía que pagar aquella semana las tasas de Harvard, o me quedaba sin título. Tanto trabajo para nada. Notaba cómo me palpitaba la sangre y me recorrió una oleada de excitación. Era placentero. Mucho. Lo había echado de menos. Durante diez años no había caído, portándome como un chico recto y ambicioso; no me había descarriado, ni había birlado siquiera un caramelo de las latas del supermercado.

Estar ante esa caja fuerte abierta me producía una sensación deliciosa, muy, muy deliciosa. Lo llevaba en la sangre. Pero sabía que aquella tentación me acabaría destruyendo —como a mi padre, como a mi familia— en cuanto le diera la más mínima oportunidad. Bajé la vista, me miré a mí mismo: mi camisa perfectamente planchada, mis mocasines, el gran Tucídides devolviéndome la mirada desde la portada del libro que sujetaba en la mano.

—Joder —masculé.

¿A quién quería engañar? Era demasiado honrado para corromperme; y, en cierto modo, demasiado corrupto aún para ser honrado. Apuré mi café y contemplé la taza vacía. Había optado por la decencia hacía mucho, para poder sobrevivir, e iba a mantenerme firme aunque me costara la vida.

Cerré la caja fuerte de golpe.

Me había imaginado el despacho de Davies como un decorado de la Segunda Guerra Mundial —una habitación llena de mapas y enormes globos terráqueos—, y a él, arrastrando ejércitos con un rastrillo de crupier. Pero Harvard le había asignado una simple oficina de Littauer Hall, provista de vulgares muebles de enchapado de cerezo y sin ninguna ventana.

Sentado ante él, tuve una misteriosa sensación de *déjà vu*. Me pareció que aumentaba de tamaño mientras me examinaba de arriba abajo, y me llegó el recuerdo, ya muy lejano, de encontrarme en el centro de un tribunal bajo la mirada del juez.

—He de tomar el puente aéreo hacia Washington dentro de unos minutos —me comunicó—. Pero quería hablar con usted. ¿Estuvo haciendo prácticas estivales en Damrosch and Cox?

—Sí, señor.

—¿Va a trabajar con ellos cuando se gradúe?

—No.

Eso era insólito. El período más arduo en una facultad de derecho es el primer año y medio, cuando vas a la caza de un puesto de asociado en un bufete de abogados en verano. En ese período te llevan a restaurantes de lujo y te pagan por no hacer casi nada, para compensar los siete años de mierda que te harán pasar en la oficina. Una vez que inicias las prácticas, tienes más o menos asegurado un puesto para cuando termines la carrera, salvo que seas un desastre. Damrosch y Cox no me habían invitado a volver.

—¿Por qué no? —preguntó Davies.

—Recortes presupuestarios —aduje—. Y además, sé muy bien que no soy el candidato típico.

Él sacó varias hojas y las examinó: mi currículo. Debía de haberlo sacado de la oficina de Recursos Humanos.

—Su jefe en Damrosch Cox opinó que era excelente, un auténtico fenómeno.

—Muy amable de su parte.

Volvió a ordenar las hojas y las dejó sobre la mesa.

—Damrosch y Cox son un par de putos esnobs —comentó.

Esa era también mi teoría para explicar que no me hubieran contratado, pero me costó unos segundos procesar que la había formulado Davies. Su firma tenía una reputación que superaba con creces a aquella pandilla de putos esnobs.

—Se alistó usted en la Marina a los diecinueve años, mientras la mayoría de sus compañeros del seminario debían de estar emborrachándose en Europa para aprovechar el año sabático; mejor suboficial de su promoción; un año en la Universidad de Pensacola; después se trasladó a la estatal de

Florida y se graduó, el primero de la clase, en dos años; prueba de admisión en la Facultad de Derecho casi perfecta, y, actualmente, cursa una licenciatura conjunta de Harvard y la Kennedy School. Además —echó una ojeada a otra hoja—, va a hacer los cuatro años de la licenciatura en tres. ¿Cómo lo está pagando?

—Con créditos.

—¿Unos ciento cincuenta mil dólares?

—Más o menos. Trabajo en un bar.

Me pareció que me examinaba las ojeras.

—¿Cuántas horas a la semana?

—Cuarenta, cincuenta…

—Además de estudiar, claro. —Meneó la cabeza—. Le pregunto todo esto porque se las ha arreglado bastante bien para deducir los móviles de Princip. ¿Cuáles son los que lo impulsan a usted?

Por lo visto, aquella era una entrevista profesional. Pensé en los tópicos habituales sobre la ética del trabajo y traté de sacar al ambicioso estudiante que llevaba dentro, pero la verdad era que no sabía muy bien cómo jugar mis cartas esta vez. Davies me lo puso fácil.

—Preferiría que se ahorrase las chorradas conmigo —dijo—. Lo he citado aquí porque, en vista de su discurso en el seminario, parece saber algo del mundo real, de qué mueve a los hombres. Dígame, ¿qué lo mueve a usted?

Como lo descubriría tarde o temprano, creí que bien podía pasar el mal trago en aquel mismo momento. No figuraba en mi currículo, pero nunca conseguiría borrarlo del todo. La gente, como los abogados de Damrosch Cox, siempre se las arreglaba para averiguarlo. Era como si me lo olfatearan.

—Me metí en líos de joven —apunté—. El juez me ofreció una elección muy sencilla: alistarme o terminar muerto o en prisión. La Marina logró enderezarme, y la disciplina acabó calando en mí. Me gustó el trabajo sistemático, la motivación, y apliqué todo eso a los estudios.

Recogió el expediente del escritorio, lo metió en su maletín y se puso de pie.

—Bien —concluyó—. Me gusta saber con quién trabajo.

Lo miré desconcertado. Normalmente, cuando en una empresa intuían mi verdadero historial, me mostraban la salida («recortes presupuestarios», «no es nuestro perfil»). Pero Davies no lo hizo.

—Trabajará para mí —sentenció—. Empezaremos con doscientos mil al año. Y un bono del treinta por ciento de acuerdo con el rendimiento.

—Sí.

Me lo oí decir incluso antes de haberlo pensado.

Aquella noche dormí en mi apartamento vacío sobre un colchón hinchable que no paraba de resollar, teniendo que levantarme cada dos horas para hincharlo de nuevo. Faltaba mucho para que amaneciera, pero recuerdo que, en un momento dado, caí en la cuenta de que, cuando Davies había dicho que yo iría a trabajar a Washington DC, no me lo preguntaba, sino que me lo estaba ofreciendo.

Capítulo 2

*L*a caja de caoba no era un ataúd, pero después de pasarme cuatro horas atrapado allí dentro me daba la impresión de estar en una tumba. Y no me resultaba fácil hallar un reposo fugaz (no digamos ya eterno). Quizá tenía que ver con el hecho de que, en general, una persona en semejante situación está tendida boca arriba y muerta. Al cabo de un rato, descubrí que si inclinaba la cabeza y la encajaba en una esquina podía echar alguna cabezada.

La historia de cómo me vi metido en aquel cajón es un poco complicada. La versión resumida es que estaba siguiéndole los pasos a un tal Ray Gould porque me había enamorado: de una chica llamada Annie Clark, en concreto, y de mi nuevo empleo en general.

Llevaba casi cuatro meses en el Grupo Davies; una empresa bastante extraña, deliberadamente opaca. Si preguntabas, te decían que se dedicaban a asuntos gubernamentales y consultoría estratégica, que suele ser un eufemismo para describir a un grupo de presión.

Si intentas imaginarte a un miembro de un grupo de esas características, lo más probable es que te venga a la cabeza uno de esos personajes corruptos de guante blanco que se encargan de entregar a los políticos los sobornos de los intereses gremiales y de las grandes empresas, que se meten un jugoso porcentaje en el bolsillo y que, en último término, contribuyen a salvar al mundo del cáncer de pulmón y de los ríos contaminados. Hay montones de esos. Pero la época floreciente de los setenta y los ochenta, cuando abundaban el vicio y los sobornos, ya ha pasado hace mucho. Ahora los integrantes de los grupos de presión se pasan el día revisando presentaciones en PowerPoint sobre abstrusos proyectos legislativos, mientras los asistentes de los congresistas miran bostezando su Blackberry por debajo de la mesa.

Esa gentuza es pura chusma. Compararla con los ejecutivos del Grupo Davies sería como comparar una tienda de bisutería con Tiffany o Cartier. Davies está entre el reducidísimo conjunto de firmas que apenas se dedican a actuar como grupo de presión en un sentido formal. Son empresas dirigidas por peces gordos de Washington: expresidentes de la Cámara de Representantes, exsecretarios de Estado, exconsejeros de Seguridad Nacional…, y ejercen una influencia mucho más poderosa y lucrativa a través de los canales extraoficiales de Washington: no están registrados oficialmente como grupos de presión; no hacen ruido; no buscan publicidad; tienen contactos; son discretos, y son muy, muy caros. Si necesitas conseguir algo en Washington, tienes dinero y conoces a quien hay que conocer para que, como mínimo, te proporcione el contacto, acabas recurriendo a esas firmas de élite.

El Grupo Davies está en la cima de ese mundillo acogedor. Ocupa una mansión rodeada de árboles y viejas embajadas europeas en la zona de Kalorama, lejos del centro de la ciudad, donde se agolpan la mayor parte de grupos de presión.

Ya en mis primeros días en el DC, advertí que la empresa se veía a sí misma menos como un negocio que como una sociedad secreta o un gobierno en la sombra. Personas a las que yo estaba habituado a ver en la primera página del *Washington Post* (¡y en los libros de historia, por el amor de Dios!) circulaban normalmente por los pasillos o te las encontrabas despotricando junto a una impresora atascada.

Davies, igual que los otros directivos, se pasaba los días haciendo básicamente el mismo trabajo que había realizado cuando estaba en el Gobierno: dominaba los resortes burocráticos con una maestría adquirida durante décadas; sabía de qué hilo tirar exactamente, o a qué funcionario debía presionar. Era prodigioso observar cómo se las apañaba para que aquella maquinaria lenta y torpe, todopoderosa pero ineficaz —el Gobierno Federal— cobrase vida y convirtiera sus caprichos en realidad.

En el pasado había tenido que responder ante los votantes, los patrocinadores y los partidos políticos. Ahora solo respondía ante sí mismo. Recibía muchas más propuestas de las que habría sido capaz de asumir, y podía permitirse el lujo de aceptar tan solo a aquellos clientes cuyos casos se adaptaban a sus propios intereses.

De todas estas particularidades no se decía nada abiertamente, por supuesto. Tenías que captar los rituales y las costumbres de la empresa manteniendo los ojos bien abiertos y formulando las preguntas adecuadas. El Grupo Davies pertenecía a la vieja escuela. Generalmente, las firmas como esta conservan una pátina refinada: los trajes, la biblioteca, las molduras de madera noble... Pero la caballerosidad y la elegancia han sido desterradas desde hace mucho tiempo por la acción de contables y financieros. Cada cual se mide de acuerdo con las columnas de una hoja de cálculo: horas facturadas. Has de cumplir tu presupuesto y, desde el primer día, estás metido en una rueda, como si fueras un hámster, y hay que hacerla girar. En Davies era todo muy diferente: no existían objetivos definidos, ni cuotas ni directrices, y solo había una media docena de empleados nuevos; algunos años, ninguno.

A los nuevos nos asignaban un despacho, una secretaria y un cheque de cuatro mil seiscientos dólares cada quince días. A partir de ahí, ya todo dependía de nosotros. Había que buscarse la vida. Los directivos y los socios principales ocupaban la tercera planta, que a mí me parecía como un ala de Versalles, y los asociados séniores, la segunda. Nosotros éramos asociados «júniores», las recientes camadas, y estábamos en la primera planta junto con administración, recursos humanos y los empleados de documentación e investigación. Ser un asociado júnior era básicamente como estar en libertad condicional. Disponías de seis meses, tal vez de un año, para demostrarle a la empresa tu valía. De lo contrario, te echaban. Nadie te enseñaba cómo hacerlo. Había que abrirse paso por los despachos de cada asociado para aprender las reglas de juego, pero sin parecer tampoco demasiado impetuoso. El tacto y la discreción eran virtudes cardinales en el Grupo Davies.

Primero mendigabas algún pequeño proyecto, cualquier cosa, y ellos, por lo general, procuraban que investigaras al ob-

29

jetivo...; perdón, esa es la jerga de mi antiguo yo; quería decir: al «sujeto con poder de decisión» sobre el que la empresa quería ejercer su influencia. Significaba que debías averiguar todo cuanto pudiera saberse —público y privado— sobre tu objetivo, y luego dejar esa copiosa información reducida a aquello que importaba estrictamente para el asunto en cuestión, y nada más. El resultado, una página como máximo, se incluía en un memorando. A este proceso lo llamaban «destilar el mar». ¿Y qué importaba en realidad? Los asociados júniores no teníamos ni idea, pero más nos valía acertar, por la cuenta que nos traía.

Esa era la peor parte. Los socios principales y los asociados sabían que, si te hacían sufrir, te esforzarías todavía más y buscarías con mayor desesperación una palmadita en la espalda. De manera que nunca te decían a las claras lo que estaba bien y lo que no lo estaba. Se limitaban a llevarse los dedos a los labios y a decir: «¿Por qué no lo pules un poco más?» Y te devolvían el producto de noches y noches de trabajo y de fines de semana enteros en la oficina. Siempre querían más. Con suerte, obtenías el más excepcional de los regalos, un «no está mal» que venía a ser el equivalente a un orgasmo en el Grupo Davies. ¿Y si de todo el mar destilabas los granos de sal equivocados? Pues te echaban. O nadabas, o te hundías.

Yo tenía intención de nadar. En la Marina había sufrido las peores novatadas, pero, si tenerme horas ante la pantalla del ordenador era lo más duro que me reservaban allí, saldría adelante. Mientras permanecía despierto (dieciocho o diecinueve horas al día) no hacía otra cosa que trabajar.

Con el sueldo tenía suficiente para que Harvard y Crenshaw me dejasen en paz; e incluso ahorrando un veinte por ciento (todavía pensaba que me pondrían la zancadilla cualquier día), me sobraba más dinero del que era capaz de gastar. Tuve que acostumbrarme a salir a cenar sin cupones de descuento y a mantener mi apartamento lo bastante decente para poder invitar a alguien sin avergonzarme.

Pero el dinero no era el único atractivo. En el poco tiempo que llevaba en Davies había recibido beneficios adicionales que ni siquiera sabía que existían, cosas que no me habría imaginado que pudiera desear. Me enviaron, pues, una empresa de mudanzas a Cambridge para recoger todas mis cosas. Eran empleados jóvenes y amables que no se partieron de risa ante el panorama de mi apartamento desvalijado, y les costó media hora convencerme de que no podía echarles una mano. Lo único que tuve que hacer fue prepararme una maleta y trasladarme a Washington con mi Cherokee, que tenía quince años y cuyos amortiguadores no funcionaban; iba dando tumbos sobre las ballestas como un balancín en cuanto pasaba de los noventa por hora. Davies me alojó en un apartamento de la empresa situado en la avenida Connecticut: ochenta metros cuadrados, que disponían de un dormitorio, estudio, balcón y portero.

—Tómese todo el tiempo que le haga falta para encontrar un lugar —me dijo Davies el primer día—. Lo pondremos en contacto con un agente inmobiliario. Pero si el trabajo lo absorbe demasiado para andar mirando casas, no nos importa.

Aunque no hubiera estado ahorrando, tampoco habría tenido en qué gastar, puesto que la empresa contaba con servicio de automóviles, y casi todos los días acabábamos desayunando, almorzando y cenando comida de *catering* en la oficina.

Durante la primera semana me presentaron a mi secretaria, Christina, una húngara menuda. Era tan diminuta, tan pulcra y eficiente que casi sospechaba que pudiera ser un robot. Siempre se me adelantaba: si yo preguntaba dónde estaba la oficina de correos o la tintorería, alzaba la mano para detenerme, medio enojada porque tratase de hacer algo por mi cuenta, y se encargaba ella misma de la tarea.

—Disculpe que me ponga tan severa, señor Ford. No lo considere ningún lujo, sino como una medida del señor Davies para asegurarse de que lo mantiene centrado en su trabajo y le saca todo el rendimiento posible.

Ese concepto lo hacía todo un poco más fácil. Las cincuenta engorrosas gestiones que son inevitables cuando te mudas —hacer cola en las oficinas de Tráfico o esperar a que aparezca el técnico de televisión— las tenías solucionadas sin más. Y lo mismo siguió sucediendo luego: todas las pequeñas molestias domésticas desaparecieron de mi vida. Fue entonces cuando empecé a comprender. Yo siempre había necesitado el dinero para sobrevivir, para afrontar las necesidades básicas de cada día, pero nunca me había detenido a pensar en las ventajas que llegaba a aportar el dinero, ni en las innumerables facilidades que se englobaban en la expresión «vivir con desahogo».

Todas esas circunstancias me incomodaban, me hacían sentir como si me estuviera ablandando. Yo me consideraba un tipo lleno de brío e ímpetu. Pero cuando resulta que todos los días tienes doce entrevistas y mil cuatrocientas páginas de documentos por delante, más dos sesiones informativas a la semana donde te la juegas, y unos directivos que pueden presentarse en cualquier momento para echarle a tu trabajo un «vistazo» que podría ser el último, no te queda mucho tiempo para preocuparte por si te estás ablandando. Y entonces entiendes que Christina dice la verdad: un plato de comida tailandesa en la sala de conferencias y un coche que te deja en casa no son un precio demasiado elevado para tener a cambio a tus empleados afanándose y facturando a doscientos o trescientos dólares por hora durante setenta horas semanales.

Yo necesitaba dinero y me gustaban los incentivos adicionales del puesto, pero no era ese motivo el que me arrancaba de la cama todas las mañanas a las seis menos cuarto. No. Era el ritual de los zapatos relucientes y la camisa impecable; era el hábito de tener ocho tareas tachadas de la lista antes de las nueve de la mañana; era el sonido rechinante de mis zapatos de gran calidad en las losas de mármol del vestíbulo de la empresa, que reverberaba en los paneles de roble con un eco señorial; era la sensación de andar por los pasillos y cruzarme con hombres de cabeza privilegiada dedicados a una tarea realmente importante: ver a Henry Davies y a un antiguo director de la CIA en el patio, riéndose como dos antiguos compañeros de habitación, y darte cuenta de que, si seguías dejándote la piel, tal vez algún día podrías ganarte el derecho a su compañía. Era exactamente lo mismo que me había impulsado desde que un juez me había ofrecido una elección: la misma necesidad de encontrar algo grande de verdad, formar parte de algo, un trabajo honrado que me absorbiera y mantuviera a raya al criminal que llevaba en la sangre.

Haría todo lo necesario para triunfar en Davies, para lograr que aquel mundo respetable se convirtiera en el mío. Y así fue como me vi encerrado en la caja de caoba.

Esos primeros meses fueron como entrar en una hermandad estudiantil. Nadie te explicaba las reglas, pero notabas a cada paso que te estudiaban con atención. De vez en cuando desaparecía alguien bruscamente, y tú intuías que en algún salón exclusivo del Grupo Davies se había producido la noche anterior una votación secreta y que, junto al nombre del condenado, habían aparecido demasiadas cruces negras.

Eso, al menos, se comentaba entre los asociados júniores. Yo pensaba que eran exageraciones, pero sí creía que en tu primer trabajo de verdad te jugabas el físico. En el negocio de los «asuntos gubernamentales», cuando estás atosigando a un político o a un burócrata para que haga todo cuanto tu cliente desea, al final llega un momento llamado «la pregunta». Por enrevesado que sea el asunto, en último término se reduce a una sola cuestión: ¿te dará lo que quieres? Sí o no.

La pregunta la hace uno de los socios principales; él es la cara más digna y respetable de la empresa. El verdadero trabajo, no obstante, está completamente en manos del asociado. Y cuando te asignan tu primer caso, es todo tuyo. Si el resultado es un sí, eres magnífico; si es un no, te echan.

William Marcus me pasó mi primer caso real. Él tenía su despacho junto al de Henry Davies, en la tercera planta. Ese era el pasillo ejecutivo. A un lado había una sala de juntas revestida de roble; al otro, seis o siete suites, cada una del tamaño de mi apartamento, desde cuyos ventanales (puesto que la mansión estaba encaramada en una colina de Kalorama), se dominaba todo el DC. Caminar por ese pasillo me ponía los pelos de punta. Me retrotraía a los ejercicios de instrucción y me incitaba a desfilar a ritmo de marcha —pasos de setenta y cinco centímetros—, manteniendo la cabeza, los ojos y todo el cuerpo en posición marcial.

Los hombres que circulaban por aquel pasillo habían gobernado el mundo libre, literalmente, y todos los días, sin pensárselo dos veces, habían consagrado o destrozado la carrera de docenas de aspirantes como yo. La mayor parte de los directivos de la firma tenían unas biografías kilométricas. Los clientes pagaban por eso. Pero el historial de Marcus constituía todo un misterio. Según mis informaciones, yo era el único asociado júnior al que supervisaba. Lo cual podía ser muy bueno o muy malo; teniendo en cuenta la categoría de los competido-

33

res con los que me medía, imaginaba que más bien lo segundo.

Marcus rondaba los cuarenta y tantos años, tal vez un poco más; no era fácil asegurarlo. Dada su complexión, yo lo había tomado por un atleta o por uno de esos ejecutivos que se pasan cuatro noches a la semana entrenando en un gimnasio de boxeo. Tenía el pelo —castaño rojizo— muy corto, una pronunciada mandíbula y las mejillas chupadas. Siempre parecía estar de buen humor, cosa que rebajaba un poco lo mucho que podía llegar a intimidar. Aunque eso duraba únicamente hasta que se reunía a solas contigo en su despacho. Entonces las sonrisas y la campechanía desaparecían.

Él me encargó mi primer trabajo. Una multinacional gigante, con sede en Alemania (cuyo nombre no debería citar, supongo; la llamaré tal como lo hacíamos en la oficina: Kaiser), se las había ingeniado para hallar un resquicio en la legislación fiscal y arancelaria, y lo estaba utilizando para superar con sus precios a las empresas americanas y llevarlas a la quiebra. Era un caso muy enrevesado de impuestos a escala internacional, pero en último término todo se reducía a lo siguiente: las compañías extranjeras que vendían servicios a los americanos pagaban muchos menos impuestos y aranceles que las que exportaban productos a Estados Unidos. Sin la menor duda, todo indicaba que Kaiser estaba vendiendo productos en Estados Unidos. Ellos argumentaban que se limitaban a ofrecer un servicio, poniendo en contacto a los clientes americanos con vendedores y fabricantes extranjeros y que, por lo tanto, solo debían pagar los reducidos impuestos aplicables a dichos servicios. «No somos más que un intermediario —alegaba Kaiser—, y los productos nunca son nuestros estrictamente.» Pero cuando examinabas su cadena de suministros, quedaba claro que vendían productos como todo el mundo y que, simplemente, estaban evadiendo los impuestos más altos mediante un ardid.

¿Siguen despiertos? Estupendo. Los empresarios que estaban quebrando a causa de estas prácticas habían recurrido al Grupo Davies. Pretendían que suprimiéramos aquel resquicio legal para poder competir con Kaiser en igualdad de condiciones. Significaba conseguir que algún burócrata, en las entrañas de Washington, firmase un trozo de papel en el que constase que Kaiser estaba ofreciendo productos en lugar de servicios.

Una palabra apenas. Por conseguirla, el Grupo Davies obtendría al menos quince millones de dólares, que, según se decía entre los asociados júniors, era el contrato mínimo requerido para que la empresa se interesara por un asunto.

Marcus me expuso el caso con algunos detalles adicionales, aunque no muchos: esa era mi primera tarea. Ni siquiera me dijo qué esperaba que le ofreciese: el «producto», como lo llamábamos en la oficina. Ahora mi trasero estaba oficialmente al aire, y yo no tenía la menor idea de qué debía hacer.

Como ya llevaba diez años metido en arenas movedizas y, aunque era el primer sorprendido, no me había ido tan mal, pensé que haría lo de siempre: trabajar a conciencia. Ciento cincuenta horas de trabajo y diez días más tarde, tras haber hablado con todos los expertos dispuestos a atender mis peticiones de ayuda, y tras haberme leído todos los códigos legales y todos los artículos relacionados con el asunto, aunque fuera vagamente, sinteticé los argumentos contra Kaiser en diez páginas, luego en cinco y, por fin, en una. Destilé el mar. Ocho puntos. Cada uno de los cuales por sí solo estaba dotado de la potencia suficiente para aniquilar a Kaiser: un memorando equivalente a un gramo de heroína en estado puro. Me sentía suficientemente orgulloso (y exhausto) para pasárselo a Marcus, convencido de que se quedaría pasmado.

Él le echó un vistazo en treinta segundos y gruñó.

—Esto es una puta mierda. No puedes conocer el porqué hasta que no conozcas el quién. Estas cosas siempre dependen de un solo hombre. No me hagas perder el tiempo hasta que encuentres la piedra angular.

Yo esperaba una orden para proceder, pero me hallé ante una máxima de Confucio. Así que me puse de nuevo a investigar. Entre los asociados *júniores* que se afanaban como yo para ganarse un puesto en el Grupo Davies, contábamos con el hijo del secretario de Defensa, que a sus treinta años ya había sido subdirector de campaña en una elección presidencial, y con dos graduados en Oxford que habían obtenido la prestigiosa beca Rhodes (uno de ellos, nieto de un antiguo director de la CIA). En último término, todo se reducía a conocer Washington; también los asuntos en cuestión, claro. Pero lo más importante era conocer la mecánica profunda de DC, sus personalidades, los amores y odios, los núcleos ocultos donde se concentraba todo el poder: quién tenía influencia sobre quién, quién estaba en deuda, quién ganaba puntos… En fin, cosas que requieren toda una vida de contactos, una vida inmersa entre la élite para llegar a dominarlas. Los demás asociados la tenían; yo no. Pero eso no iba a detenerme. Yo también había aprendido lo mío en el camino, y sobre todo tenía voluntad. A espuertas.

De modo que decidí salir de la oficina, olvidarme de Lexis-Nexis[1] y de las interminables búsquedas en Google, y hablar con unos cuantos seres humanos (un arte tan misterioso, para muchos de mis compañeros más jóvenes, como la levitación o el encantamiento de serpientes). Quería ensayar la hipótesis de que el Washington oficial, por peculiar que fuera, no dejaba de funcionar en definitiva como un barrio cualquiera.

Había unas seis oficinas gubernamentales diferentes que tenían voz y voto a la hora de decidir si Kaiser podía continuar utilizando su resquicio legal. Pero el último eslabón resultó ser un ejemplo típico de la burocracia de Washington: una división de un organismo llamado Comisión Interina del Grupo de Trabajo sobre Manufacturas del Departamento de Comercio.

Me costó una semana hallar una grieta en dicho grupo de trabajo. Todo resultó algo más arduo de la cuenta porque Marcus me había dicho que, de momento, no había que dar indicios de que estábamos trabajando en el tema. Sondeé a cuatro o cinco empleados júniores hasta encontrar a un charlatán con un ego enorme. No sabía nada que me interesara, pero me puso sobre la pista de una ayudante de abogado que trabajaba también como camarera en Stetson: un bar de la calle U que el personal de la Casa Blanca solía frecuentar durante el mandato de Clinton, pero que ya había decaído mucho. Era pelirroja, de un simpático aire masculino. Una chica tan complaciente como era de desear, aunque roncaba de lo lindo y tenía tendencia a dejar cosas «olvidadas» en mi apartamento.

Ella me lo explicó todo: había dos figurones decorativos que debían firmar, pero la verdadera decisión se reducía en último

---

1. Proveedor informático de bases de datos de carácter legal. *(N. del T.)*

término a tres personas del grupo de trabajo; dos de ellas eran los típicos burócratas, dos pisapapeles humanos sin la menor importancia; y la tercera, un hombre llamado Ray Gould, era quien tenía el poder de decisión y quien mantenía abierto el resquicio legal de Kaiser. Ostentaba el cargo de vicesecretario asistente (es decir, estaba por debajo del secretario asistente y del secretario adjunto, que a su vez estaba por debajo de vicesecretario y del secretario de comercio propiamente dicho... Divertido, ¿no?). A estas alturas, de repente, me veía recitando esos organigramas —auténticos trabalenguas— con toda seriedad. Para evitar pensar que todo aquello no pasaba de ser un absurdo embrollo administrativo, solo me hacía falta recordar que resolverlo representaría al menos quince millones para mi jefe y, lo más importante, que me salvaría a mí de una vida entera pasando el trapo por la barra de un bar y escondiéndome de Crenshaw.

Además, estaba empezando a divertirme de verdad. Los personajes eran menos interesantes, y la cantidad de dinero en juego mucho mayor, pero, por lo demás, el asunto no se diferenciaba tanto de los chanchullos que había conocido de joven, cuestión que me provocaba excitación e inquietud a partes iguales.

Ya tenía mi piedra angular, el punto de apoyo para la palanca. Marcus no se mostró muy complacido conmigo cuando le brindé el nombre de Gould, pero al menos parecía algo menos irritado. Me dijo que empezara de cero para establecer la estrategia que cerraría el resquicio legal arancelario. Debía centrarme en un solo objetivo: lograr que Gould cambiase de opinión. Me leí todos sus trabajos universitarios; averigüé a qué periódicos y revistas estaba suscrito, e incluso con qué instituciones caritativas colaboraba, y me documenté sobre las decisiones que había tomado a lo largo de su carrera o, como mínimo, sobre las que existiera un registro escrito o se recordaran. Sinteticé otra vez la información, afiné cada argumento contra el susodicho resquicio legal, para que resultara atractivo a una persona con las creencias y hábitos de Gould, y fui refinando los argumentos hasta dejarlos reducidos a una única página. Mi memorando anterior era heroína en estado puro, pero este era droga de diseño. Gould se vería obligado a tomar la decisión que nosotros queríamos.

—Más te vale que sea así —me dijo Marcus.

A pesar de todas las lecturas y entrevistas, no acabé de hacerme una idea de cómo era ese hombre ni supe cómo funcionaba hasta que lo vi en persona. Al trazar el perfil de Gould, tal vez me había pasado un poquito de la raya. Yo sabía a qué colegio iban sus hijos, qué coche tenía, en qué restaurante había celebrado su cumpleaños y en cuáles solía almorzar (normalmente, de primera: Michel Richard Central, Prime Rib, The Palm), pero una vez cada quince días iba a Five Guys, una hamburguesería.

Una semana después de entregar mi nuevo informe, Marcus me llamó a la tercera planta y me condujo a la suite de Davies. Cuando entramos, el gran jefe le hizo una seña para que esperase fuera. Ese sí era el despacho de amo del mundo que yo había imaginado en Harvard, solo que —claro— él tenía mejor gusto que mi imaginación. Había tres paredes cubiertas de libros desde el suelo hasta el techo; libros leídos, eso sí, en lugar de falsos lomos de cuero decorativos. Todo estaba revestido de caoba. Y la pared consagrada al ego, obligada en Washington (fotografías de abrazos y sonrisas con cualquier persona influyente con la que te hubieras tropezado), no admitía comparación con ninguna otra. Ostentaba fotografías con los líderes mundiales de varias décadas, pero no eran las típicas imágenes de «dos personalidades trajeadas en un acto benéfico». No, no: ahí estaba, más joven que yo, jugando a bolos con Nixon y, allí, pescando en un bote con Jimmy Carter, y más allá esquiando con...

—¿Ese es el Papa? —solté sin poder contenerme.

Davies se levantó de su escritorio. No parecía contento.

—Gould no ha cedido —sentenció.

Habían entregado mi informe —los argumentos diseñados especialmente para Gould— al sector industrial enfrentado con Kaiser, y ellos habían presentado el caso al grupo de trabajo. Davies tenía emisarios dentro del Departamento de Comercio que se enterarían si Gould daba indicios de dejarse convencer. Pero al parecer no había cedido ni un milímetro.

—Seguiré trabajando —ofrecí.

Blandiendo el informe que yo había redactado, me espetó:

—Esto es perfecto.

Hizo una larga pausa. No sonaba como un cumplido.

—Tengo ahí abajo a ciento veinte currantes capaces de prepararme un informe perfecto. No necesito otro. ¿Sabes a cuánto asciende este contrato?

—No.

—Hemos negociado acuerdos con cada una de las industrias y grupos comerciales afectados. Son cuarenta y siete millones.

Noté cómo me demudaba. Él me miró fijamente unos segundos, y aseguró:

—Aquí no vamos a facturar a tanto la hora, Mike. Si ganamos, sacamos esos cuarenta y siete. Si perdemos, nada. O sea que no vamos a perder.

Se me acercó e, irguiéndose ante mí, me espetó:

—Me arriesgué contigo, Mike. Te contraté por la misma razón por la que otros no lo habrían hecho, precisamente porque no eras el candidato típico. Pero temo que haya cometido un error al traerte aquí. Demuestra que no me equivoqué. Muéstrame qué puedes ofrecer a diferencia de los demás. Dame algo que sea más que perfecto. Sorpréndeme.

39

Es más fácil no haber tenido nada desde el principio que haber disfrutado de algo y haberlo perdido. Y conste que durante todo el tiempo que llevaba en el Grupo Davies había considerado el dinero y los privilegios como un error que pronto habría de subsanarse. No me atrevía a creer que todo aquello llegara a pertenecerme, ni me atrevía a pensar que mi vida fuera a ser así. Pero al final siempre encuentras algo que deseas de verdad, algo que necesitas. Entonces sí que estás jodido, y ya no puedes permitir que esa vida se te escape.

No se trataba de ningún lujo en mi caso. La ocasión se me presentó alrededor del mes de agosto de aquel primer año en Davies, tres meses después de haberme mudado, mientras caminaba por Mount Pleasant, que quedaba solo a diez minutos a pie de la oficina. El barrio tiene una avenida principal en la que hay una panadería de ochenta años de antigüedad y una ferretería que lleva allí desde hace décadas. Era en esa zona donde los italianos, los griegos y más tarde los latinos habían encontrado su primer asidero en el DC, y parecía casi un pueblo. Más allá de la calle comercial, todo estaba arbolado, y a mí me recordaba las zonas residenciales alejadas del centro. Las casas eran pequeñas, y había visto que una de ellas estaba en alquiler, una casa de dos habitaciones con porche y un patio trasero desde el que se dominaba toda el área de Rock Creek Park, una faja de bosques y riachuelos que atraviesa Washington de norte a sur. Una noche, al pasar por delante, vi a una familia entera de ciervos allí parada, tan tranquila: todos devolviéndome la mirada sin ningún temor.

Con eso bastó. Yo no había tenido un patio trasero desde los doce años. Mi padre contaba en esa época con una fuente regular de ingresos (yo entonces ignoraba de dónde procedían), y por fin habíamos dejado el espantoso complejo de apartamentos de Arlington, donde me había criado (parecía un motel y siempre olía a gas), para trasladarnos a una casa en Manassas que era como un pequeño rancho. Sé que sonará sensiblero, pero me viene a la memoria que había un columpio: una estructura oxidada de tubo de aluminio que te habría desgarrado la mano si la hubieras puesto donde no debías. No vivimos allí mucho tiempo, pero todavía tengo muy presente que algunas noches de verano, cuando mis padres y un par de amigos se quedaban alrededor de la fogata, riendo y bebiendo cerveza, yo me pasaba la noche en aquel columpio, impulsándome con mis piernecitas. Llegaba a subir tan alto, prácticamente a la altura de la barra, por encima de los árboles, que las cadenas volaban sueltas y yo me sentía del todo ingrávido. Hubiera asegurado que podría haber despegado y surcado el cielo nocturno.

Luego metieron a mi padre en la cárcel por robo con allanamiento, y volvimos a nuestro sitio: al motel con olor a gas.

Cuando terminaba mi jornada en Davies, a las diez u once de la noche, a veces incluso más tarde, cruzaba ese barrio a pie y me imaginaba a mí mismo en aquel patio trasero, a la lumbre de una pequeña hoguera, con un par de tumbonas y una chica. Era como empezar de nuevo, como poner mi vida en orden de una vez.

La idea de perderlo todo me dio nuevas energías. Una semana después de mi encuentro con Davies, volví al despacho de Marcus con dos informes nuevos. Uno de ellos trataba sobre el mentor de Gould en el Departamento de Interior, donde este había trabajado nueve años antes de pasar al de Comercio. El otro informe se centraba en el padrino de boda de Gould: un compañero de habitación de la Facultad de Derecho que ahora ejercía en un bufete privado. Seguía siendo su persona de confianza, y cenaban juntos cada dos semanas (uno de los pocos desahogos sociales que se permitía).

—¿Y? —cuestionó Marcus.

—Estos tipos son más fáciles, más accesibles como... (iba a decir «objetivos», pero me frené a tiempo), como elementos influyentes. Si examina el historial de sus decisiones, verá que es probable que simpaticen con nuestros puntos de vista. He adaptado los argumentos contra el resquicio legal para que les resulten atractivos a cada uno de ellos. El primero ya tiene relación con el Grupo Davies. Si no podemos ejercer influencia en Gould, quizá podamos ejercerla en quienes lo rodean. Si logramos que ellos cambien de opinión, podremos conseguir que Gould cambie a su vez la suya, sin que llegue a saber siquiera que ha sido obra nuestra.

Marcus permanecía en silencio. Ya me imaginaba lo que se avecinaba: debía de considerar que me había excedido con Gould. Solo me había faltado llevarle el plano de la casa del pobre imbécil para asaltarla, y a decir verdad estaba sopesando la idea de hacerlo a la noche siguiente. Marcus se movió inquieto en su butaca, y yo me eché a temblar esperando una bronca monumental.

Pero él sonrió.

—¿Quién te ha enseñado eso?

La respuesta correcta habría sido: Cartwright, el viejo amigo de mi padre. En su juventud, había usado una técnica similar para encandilar a herederas solitarias al borde de los cuarenta y sacarles todos sus ahorros.

—Se me ha ocurrido —contesté.

—Es una variante de la técnica que nosotros llamamos «peinar la hierba». De un modo lento y sutil, vas influyendo en las personas allegadas al sujeto con poder de decisión: esposa, principales donantes de fondos, hijos mayores incluso... Hasta que se deja convencer.

—¿Peinar la hierba?

41

—Sí, eso hacemos cuando queremos que parezca que contamos con un amplio apoyo en todos los aspectos: hasta las mismísimas raíces, aunque no sea cierto. No hace falta entretenerse con las raíces; el legislador solo es capaz de ver esa superficie perfectamente recortada y alineada.

—¿Quiere que pruebe a dar los pasos siguientes? ¿Que intente influir en los que rodean a Gould?

—No. Pondré a unas cuantas personas a ello.

Percibí algo en su voz, algo que no me gustó.

—Se nos está agotando el tiempo, ¿verdad? —pregunté.

Guardó silencio. Nunca hablaba demasiado y, antes de hacerlo, siempre reflexionaba con cuidado. Pero me di cuenta de que no quería engañarme, y hasta me pareció detectar en su mirada un atisbo de respeto.

—Sí.

A la semana siguiente cayó uno de los graduados con la beca Rhodes. Era un chico agradable, de pelo rubio —una mata ondulada echada hacia atrás— y aire distinguido, propio de los alumnos de las universidades de élite. Alguien me había contado, y no me costaba creerlo, que no tenía un único par de vaqueros. Yo habría podido sentirme celoso de él, supongo, por los privilegios con los que había contado, pero se veía a sí mismo con cierto sentido del humor y a mí me había caído bien.

Era tan competitivo y ambicioso como yo, el primero de nuestro grupo que había pasado por la «pregunta». El responsable de la decisión no se había dejado convencer, por lo visto. Y ahí se había acabado la historia. Él trató de presentarlo como si hubiera decidido cambiar de aires para mejorar, pero había en su voz una inflexión peculiar mientras se despedía, como si hubiera estado llorando. Era duro presenciarlo. Intuyo que no había fallado y que había hecho todo lo posible. Pero el caso no había salido como él quería, sencillamente.

Yo nunca había acabado de creer que aquellos contratos multimillonarios dependieran de veras de un puñado de aprendices estúpidos que no sabían cómo actuar, aunque así era según todas las apariencias. Imagino que podría decirse que no era justo, o que a lo mejor solo te pasaban los casos imposibles. Tú eras capaz de llegar hasta cierto punto y, si después pasaba algo, ya no estaba en tus manos. Pero no suelo enfurecerme pensando que las cosas son injustas. Así es la vida, la única que he conocido. Ya puedes alzar los brazos al cielo y quejarte cuanto quieras; mi táctica es hacer lo necesario para ganar, aunque cueste lo indecible. Me había pasado mucho tiempo jadeando tras una idea abstracta de la buena vida, y ahora la tenía muy cerca; podía olerla y saborearla. Cuanto más real se volvía, más inconcebible se me hacía la idea de que pudieran arrebatármela.

Un ejemplo que viene al caso: Annie Clark, asociada sénior en el Grupo Davies. Yo nunca había tenido ninguna dificultad para hablar con las mujeres, ni siquiera me había parado a pensar mucho en ello. Pero respecto a esa mujer en concreto, la técnica habitual de «una cosa lleva a la otra» me abandonó por completo. Desde que la vi por primera vez en la segunda planta, mi cerebro se inundó de abundantes chorradas sentimentales.

Cada vez que hablábamos (y trabajábamos juntos con cierta frecuencia) me sorprendía pensando que ella tenía todo aquello que a mí me había atraído siempre en una mujer —rizos negros, una cara inocente, unos pícaros ojos azules—, y también otras cosas que ni siquiera se me había ocurrido buscar. Después de fijarme en ella todo el santo día, después de observar en las reuniones cómo les daba cien vueltas a aquel hatajo de chicos engreídos y cómo atendía llamadas telefónicas en cuatro idiomas, me la encontraba al salir del edificio y me entraban ganas de soltarle sin más mis sentimientos: que ella era exactamente la mujer que había estado buscando, que encarnaba la vida que deseaba y jamás había tenido. Una locura.

Me pregunté si no sería «demasiado» perfecta: una mujer altiva, mimada e inalcanzable. La primera vez que nos tocó quedarnos a trabajar toda la noche —a ella, a mí y a otros dos júniores—, Annie llevó todo el rato la voz cantante. Estábamos los cuatro en la sala de juntas, y ella, en un momento dado, sumida en sus cábalas, echó hacia atrás su silla de ruedas, como a punto de aclararnos otro punto esencial en el juego siempre complejo de las influencias.

Mas entonces se le volcó la silla —lenta pero irremediable-

43

mente—, desapareció detrás de la mesa y cayó de espaldas sobre la moqueta. Estaba casi seguro de que la oiría gemir del bo-
chorno o que la vería reaparecer furiosa. Pero no: fue en ese
instante cuando oí por primera vez cómo se reía. Y al escu-
charla, todavía en el suelo, tronchándose de risa —de un modo
tan espontáneo y natural, sin preocuparse de nada ni de nadie— abandoné en el acto mi estúpida actitud amargada.
Ahora, cuando la oía reírse, sabía que era una mujer que no tenía tiempo para disimular, que se tomaba la vida tal como
venía y que sabía disfrutarla al máximo.

Esa risa me llevaba a un terreno peligroso. Cada vez que me
tropezaba con ella me daban ganas de tirar por la ventana el informe en el que llevaba todo el mes trabajando, de hincar la rodilla en el suelo y pedirle que se fugase conmigo y pasara el
resto de su vida a mi lado.

Seguramente, eso habría sido mejor que los sucesos que tu-
vieron lugar. Un día, mientras nos tomábamos un descanso
tras una reunión, me puse a analizar mi estrategia Annie Clark
con el superviviente de la beca Rhodes, aunque procurando no
mostrarme como un idiota locamente enamorado (en vano,
debo añadir). Para mi desgracia, la propia Annie se hallaba tras
una columna, apenas a dos metros de distancia, justo cuando el
becario, un muchacho llamado Tuck con el que había conge-
niado bastante, me dio un consejo muy sensato sobre las aven-
turas románticas en la oficina:

—Donde tengas la olla no metas la polla, chico.

—¡Qué encantador! —exclamó Annie, apareciendo de
golpe. Alzó su botella y señaló el dispensador de agua—. ¿Me
permites?

Bueno, lo tenía bastante mal con Annie Clark. Pero como
he dicho, fuerza de voluntad no me faltaba. No necesitaba más
que una inyección de moral. Y cuando empecé a imaginármela
a mi lado en una cálida noche de junio, en el patio trasero de la
casa de Mount Pleasant con la que seguía soñando, decidí aferrarme a aquella vida decente que me había ganado a pulso
aunque me dejara la piel en ello. Conseguiría pescar a Gould.

Cuando volví a ver a Marcus, que estaba tomándose un café
y leyendo el periódico en el comedor, me las ingenié para charlar de un par de cosas y luego se lo pregunté a bocajarro.

—¿Cuándo es la «pregunta»?

—¿Es que alguien se ha ido de la lengua? —replicó.

En principio, la gran cuestión de si sobrevivías o no a tu primer año en Davies era una caja negra. Preguntar qué había dentro era un tanto osado, pero supongo que los directivos ya sabían que los asociados júniores habíamos empezado a reunir algunas pistas sobre nuestro destino.

—Tres días —indicó—. Davies hará una visita a Gould. Hemos estado trabajándonos poco a poco a sus confidentes.

—¿Y si no funciona? ¿Y si no cambia de opinión sobre el resquicio legal?

—Tú has hecho cuanto has podido, Mike. Y espero, por tu bien, que diga que sí.

Lo dejé ahí. Podía leérselo perfectamente en la cara: los negocios son los negocios.

No pensaba quedarme de brazos cruzados, confiando en la suerte y cruzando los dedos. Henry me había reclutado porque creía que yo sabía cómo respondía la gente. Me había dicho que todos los hombres tienen un precio, un resorte con el que puedes doblegar su voluntad. A mí me quedaban tres días para descubrir el de Gould.

Dejé de lado la investigación política y administrativa, las montañas de documentación del Departamento de Comercio, todas las chorradas del Washington oficial que había creído necesario conocer para hacer mi trabajo, y me dediqué a pensar solamente en Gould, en aquel burócrata regordete que vivía en Bethesda, en lo que deseaba y en lo que temía.

Mientras lo observaba a fondo durante las últimas semanas, me habían llamado la atención algunos detalles tontos que no me había parecido que valiera la pena mencionar a mis jefes, porque no estaba del todo seguro de su significado. Su casa era modesta para la zona de Bethesda, y su coche, un simple Saab 9-5 de cinco años de antigüedad. Pero, en cambio, se pirraba por la ropa: iba de compras a J. Press, Brooks Brothers o Thomas Pink dos o tres veces a la semana, vistiendo como un canalla de la alta sociedad en una película de Billy Wilder: de riguroso *tweed*, pantalones con tirantes y pajarita. También

45

era un sibarita y participaba en un forum *on-line*, llamado Don Rockwell, bajo el nombre en clave de LafiteForAKing, donde se dedicaba mayormente a decir pestes de los camareros que no sabían estar en su sitio. Debía de gastar cada semana varios cientos de dólares en almuerzos: tenía mesa en el Central y su plato favorito era la hamburguesa de langosta.

Pero luego, un jueves cada quince días, tan exacto como un reloj, ese refinado sibarita se iba a Five Guys, un grasiento garito de deliciosas hamburguesas. Se trata de una cadena que tuvo sus inicios en el DC y que, posteriormente, se ha extendido por toda la Costa Este. Él siempre pedía la hamburguesa con queso pequeña —una loncha de carne nada más— y salía con la bolsita para las sobras. Soy la última persona en el mundo que le reprocharía a nadie que se zampe una hamburguesa de vez en cuando, por nociva que sea para la salud. Pero había algo que no encajaba. Las sobras parecían indicar una moderación sobrehumana que el señor Gould, me constaba, no poseía. Del mismo modo la cantidad de dinero que se dejaba en comida y ropa tampoco acababa de cuadrar. Por ello, tenía mis sospechas. Pero sobre todo estaba desesperado y acaso dando palos de ciego. Habría hecho cualquier cosa con tal de salvarme.

Faltaba un día para la reunión de Davies con Gould, para la «pregunta». Ya no me quedaba otra cosa que hacer que seguir a Gould y confiar en un milagro. Lo pillé justo cuando salía de su oficina y se dirigía a Five Guys. Todo según lo previsto. Me complace pensar que fueron mis extraordinarios poderes de detección, al estilo Colombo, los que me permitieron captar cierto nerviosismo en su modo de andar, así como otros indicios sospechosos; por ejemplo, que mantuviera todo el rato la vista fija en la mesa, y que la bolsita con los restos fuera la única que yo había visto salir impoluta de Five Guys, en lugar de la semitransparente debido a las manchas de grasa. Quizá se trató de desesperación y de suerte, o quizá aquella vida honrada me resultaba ya una presión excesiva, y yo simplemente quería gritar «a la mierda» y dejarme pillar cometiendo una estupidez. Fuese cual fuese el motivo, tenía que descubrir qué había dentro de la bolsa marrón que Gould llevaba en la mano.

Tras almorzar se fue directamente a su club: el Metropolitan, un enorme edificio de ladrillo rojo situado a una manzana de la Casa Blanca. El club había sido fundado durante la Guerra de Secesión y, con muy pocas excepciones, todos los presidentes desde Lincoln habían sido miembros de él. Viene a ser el centro social del mundillo en pleno del Tesoro, del Pentágono y de los grandes negocios. La gente de letras —periodistas, académicos, escritores— tendía a reunirse en el Cosmos Club, en Dupont Circle. Pero ser socio del Met constituía un signo inequívoco de que eras alguien. Como yo no era nadie, tuve que improvisar.

Gould cruzó la entrada con decisión, pasó frente al mostrador de recepción y dobló a la izquierda, hacia la sala de estar. Intenté seguirlo. Cuatro conserjes, todos ellos de la brigada del sudeste asiático, se pusieron firmes junto a la recepción y me cerraron el paso como un muro infranqueable.

—¿Puedo ayudarlo, caballero?

Me costó un segundo caer en la cuenta de lo apropiadamente vestido que iba para la ocasión. Mi secretaria me había enviado a mi despacho un sastre italiano cuando apenas llevaba dos semanas en el Grupo, diciéndome que no me lo tomara en plan personal, pero que me hacían falta un par de trajes adecuados. Yo nunca me había tropezado con un sastre italiano (creía que todos se habían transformado en tintoreros coreanos allá por los años setenta), pero ahí estaba él midiéndome el trasero. Durante los últimos ajustes, juro que me dijo: «Es un bonito traje, *signore*». No cabía duda de que estaba a la altura del Met Club. Eso me proporcionó medio segundo para improvisar con los gurkas.

Examiné con el mayor disimulo posible las placas y las fotos de la pared aledaña al mostrador, buscando a un pez gordo de la industria o del Gobierno que resultara indicado. Breckinridge Cassidy parecía lo bastante viejo (la placa indicaba «1931») para suponer que no andaría por el club, aunque confiaba, eso sí, en que aún anduviera por este mundo (quizá el club no había tenido tiempo de grabar en la placa la fecha de su deceso).

Consulté mi reloj y, procurando aparentar aplomo, dije:

—Busco a Breckinridge Cassidy. ¿Ya esta aquí?

—El almirante Cassidy no ha llegado todavía, caballero.

—Muy bien. Hemos quedado para tomar una copa. Lo esperaré en la biblioteca.

Entré muy decidido y... nada: no me sujetaron entre los cuatro ni me arrastraron de las solapas. Ya estaba dentro. Por suerte, Cassidy seguía vivo. Pero por desgracia, era un puto almirante y parecía que se iba a presentar en cualquier momento. Opté por sentarme en la sala de estar y advertí que uno de los conserjes me echaba un vistazo cada medio minuto. El club disponía de un atrio abierto con una espléndida doble escalinata. Todo en aquel lugar —los bajorrelieves de las paredes, las columnas corintias de doce metros, los ujieres silenciosos en cada puerta— dejaba perfectamente clara una cosa: aquello era la sede del poder.

Me pareció ver a Gould en uno de los entresuelos; eché una mirada a recepción. El conserje señalaba hacia donde yo estaba mientras hablaba con un desconcertado almirante Cassidy, quien tenía por lo demás un aspecto imponente.

Hora de largarse.

En el segundo piso, vislumbré de espaldas a Gould y lo seguí por una escalera. Por el vago olor a cloro y el ruido rechinante de zapatillas en el suelo de madera, deduje que me dirigía a una especie de gimnasio. Entonces vi el rótulo. *Squash*, cómo no: el pasatiempo oficial de los pesos pesados de DC. Le seguí la pista hacia los vestuarios.

No es posible merodear mucho rato entre un puñado de líderes mundiales semidesnudos sin que varios de ellos alcen las cejas. Por consiguiente, me desnudé, cogí una toalla y encontré un rincón en la sauna entre el presidente del Estado Mayor y un individuo al que no reconocí a la primera, pero que resultó ser el director de finanzas de la Exxon-Mobil, ambos muy locuaces.

Como a través de las ventanas de la sauna no vi pasar a Gould, me excusé y volví a los vestuarios. Las taquillas eran de caoba; una pequeña placa de latón indicaba el propietario. Encontré la de Ray Gould, justo enfrente de la de Henry Davies. Utilizar un candado en un sitio como el Met Club parecía un poco tonto (¿es que alguien te iba a cambiar tu Cartier por su Rolex?); sin embargo, Gould tenía uno: un sólido candado Sargeant & Greenleaf. Es la marca que usan en el Departamento de Defensa para preservar sus secretos, y, por lo visto, nuestro amigo necesitaba dejar bien guardadas las patatas fritas que le habían sobrado.

Nunca te parece muy obvio cuándo cruzas un límite.

¿Fue al seguirle los pasos a Gould?, ¿cuando le mentí al conserje?, ¿cuando me colé en una taquilla en el rincón del fondo del vestuario?, ¿o cuando me quedé allí dentro, horas enteras, hasta que oí carraspear al último invitado, hasta que vi por las ranuras de ventilación que se apagaban las luces y escuché cómo cerraban la puerta con llave, produciendo un chasquido que reverberó por los pasillos revestidos de azulejos?

En cualquier caso, ahora tenía la certeza de que había dejado el límite muy atrás. Y esto no era una simple gamberrada, el típico asalto relámpago de secundaria. Me imaginaba que los miembros de la trilateral que frecuentaban el lugar no se tomarían a la ligera mi allanamiento. Pero, por alguna razón, no sentía la misma necesidad visceral de salir de allí cagando leches, ni de regresar a la senda de la honradez, que había experimentado al abrir la caja fuerte de la oficina de Barley. Era como si, en cierto modo, me hallara bajo el respetable escudo de Henry, como si contara con un fin legítimo para justificar unos medios tan turbios. Me había infiltrado en el club con malas artes, pero, si jugaba bien mis cartas, podía convertir ese flagrante allanamiento en un rito definitivo de iniciación en aquel mundo.

O quizá era simplemente que, encerrado en una caja de caoba y con cinco o seis horas por delante para pensar, había logrado convencerme a mí mismo de cualquier cosa.

Hacia las once y media de la noche pensé que ya no había peligro. Salí. No tenía la menor posibilidad de reventar un Sargeant & Greenleaf, como no fuera con nitrógeno líquido. Atrapado como estaba en el sótano, tuve tiempo de sobra para considerar otras posibilidades. La taquilla de Gould compartía el panel del fondo con la de detrás, que estaba vacía. Quien hubiera diseñado los vestuarios había pensado más en barnices y estriados decorativos que en medidas de seguridad. Era cuestión, sencillamente, de desenroscar los treinta y seis tornillos de la plancha de madera: cosa más fácil de decir que de hacer, sobre todo cuando, tras una inspección cuidadosa, llegas a la conclusión de que has de hacerlo con la punta de una llave.

Cinco horas. Tenía las puntas de los dedos enrojecidas e inflamadas, y los nervios desquiciados, porque cada vez que oía un crujido en el viejo edificio o veía un destello de luz junto a la en-

49

trada de los vestuarios tenía que correr a refugiarme en la taquilla. Yo sabía que a los hombres que dirigen el mundo les gusta madrugar. En el Grupo Davies no paraban de proponer desayunos a las seis de la mañana (ya saben, después del partido de *squash*). Por ese motivo, cuando vislumbré la luz gris azulada del alba por una ventana del sótano, rompí a sudar. Y cuando oí los chasquidos metálicos que anunciaban la llegada de los conserjes, el corazón se me aceleró. Me sangraba la piel alrededor de las cutículas de tanto luchar con los tornillos. Ya oía voces arriba cuando arranqué la última grapa y retiré el panel.

En la taquilla de Gould había un suspensorio y una vieja bolsa de *squash*. Y dentro de esta, doce bolsas de papel marrón: ciento veinte mil dólares en total en fajos pulcramente ordenados. No era de extrañar que no lográsemos convencerlo.

Nunca vuelvas al lugar del crimen. Es un buen consejo. Por desgracia, cuando conseguí escabullirme del Met Club y llegar al trabajo, descubrí que no me quedaba otra alternativa.

Fui a preguntarle a Marcus dónde iba a celebrarse el encuentro Gould-Davies.

—En el Metropolitan Club —informó.

Me entraron náuseas.

—¿Un almuerzo?

—Desayuno —aclaró, y consultó la hora en el teléfono móvil que tenía sobre la mesa—. Ahora más o menos.

Todavía apestando a sudor nervioso tras aquella larga noche delictiva, me vi caminando a toda prisa por la 17 y la H Noroeste, bajo la mirada de los agentes del Servicio Secreto, que otean desde la azotea de los edificios que rodean la Casa Blanca. Además, en cada esquina, había instaladas cámaras de vigilancia con circuito cerrado, por no hablar del policía que estaba examinando el pestillo roto de una ventana de la parte trasera del Metropolitan por la que me había escapado hacía dos horas. En el vestíbulo había media docena de polis y, claro está, el mismo conserje del día anterior.

Este me lanzó una mirada poco amistosa. Le dije que iba a ver a Henry Davies y fui a tomar asiento en la biblioteca. Él no me quitaba los ojos de encima mientras proseguía su conversación con los agentes. Desde donde yo estaba se veía el interior del comedor; como tenía el tamaño de un campo de fútbol, me costó divisar a Davies, que se encontraba ya en una mesa frente a Gould, untando un cruasán con mermelada.

¿Qué podía hacer? ¿Plantarme en mitad del Met Club, acusar públicamente a Gould de aceptar sobornos y explicar con educación a los dignatarios presentes, a Davies y a los fornidos representantes de la policía, que había tropezado con las pruebas circunstanciales siguiéndolo, y entrando y saliendo por la fuerza de aquel venerable recinto? Davies era quien más me preocupaba, porque me había ofrecido un camino decente y yo se lo pagaba cometiendo un delito. Otro timador. Estaba visto que lo llevaba en la sangre. Todos mis intentos de seguir una vida honrada habían sido un error: yo mismo me había encargado de corregirlo de inmediato.

Intenté seguir la conversación que mantenían a través de los gestos de ambos. Advertí que pasaban de las menudencias al asunto en cuestión cuando Davis se acercó un poco a su interlocutor, inclinándose sobre la mesa. Estaba contemplando el gran momento: la «pregunta». El «sí» o el «no» que decidiría mi destino. Vi que Davies se inclinaba todavía un poco más y que luego se incorporaba y se arrellanaba en su silla. Luego, nada. El otro parecía pensativo. Ninguno de los dos hablaba. ¿Qué sucedía?

51

Los observaba con tanta atención que tardé un rato en advertir que dos de los policías me observaban a mí. Cuando miré de nuevo, vi que Gould adoptaba una expresión apenada y alzaba las manos. Era obvio: estaba diciendo que no. Así como así, se me escapaba la perspectiva de una vida decente.

Bueno, ¿qué tenía ya que perder?

Tres agentes de policía hablaban ahora, muy serios, con la mirada fija en mí. Saqué el móvil y llamé al Metropolitan Club. Al cabo de un instante sonó el teléfono de la recepción. Dije que era el ayudante del jefe de Gould y que se trataba de una llamada urgente. Luego comprobé cómo el conserje cruzaba el corredor de baldosas ajedrezadas para acercársele e interrumpir la conversación.

En cuanto Gould se dirigió a la recepción, entré a toda prisa en el comedor pasando junto a los polis. Uno de ellos se separó del grupo y se apostó en el umbral, cerrándome la salida. Davies, curiosamente, no pareció sorprenderse al verme allí.

Me incliné y le susurré al oído: «Gould acepta sobornos». A continuación le enseñé la foto que había tomado con el móvil: el dinero amontonado en fajos en la bolsa de lona. Él no me hizo ni una pregunta. Tampoco se inmutó.

—Vete —susurró.

Un poli se ocupó de eso. Me cogió del brazo, practicándome una tenaza muy convincente, algo así como queriendo decir «ven para acá», y me arrastró hacia la biblioteca, donde me esperaban los otros agentes y el conserje.

—¿Estuviste ayer en el edificio, hijo? —me preguntó un detective de paisano. Debía de ser el que dirigía el cotarro.

—Sí.

—¿Por qué no esperas aquí un momento con nosotros?

Los polis le pidieron al conserje el número del almirante Cassidy. En la entrada aparecieron más coches de policía con las luces destellando. Me flanqueaban dos agentes. Estaba bien jodido. Ya me imaginaba cada paso: las esposas, el coche patrulla, la celda de preventivos con el retrete en medio ocupada por una pandilla de maleantes andrajosos de DC, los interrogatorios, el café repulsivo, el chapucero abogado de oficio, la lectura de la acusación… Y el juez mirándome desde lo alto como diez años atrás. Pero esta vez no habría segunda oportunidad. Finalmente, me habían visto tal como era: un estafador con un traje que no había pagado. Ahora, a causa de toda aquella muralla de uniformes azules que me rodeaba, ni siquiera veía qué ocurría entre Davies y Gould.

—¿Puedo ayudarlos, caballeros?

Era la voz de mi jefe, a mi espalda. El conserje se arrugó bajo su mirada; los polis retrocedieron un paso.

—¿Conoce a este hombre? —preguntó un policía.

—Por supuesto —replicó Davies—. Es un asociado de mi empresa. Uno de los mejores.

—¿Y tiene alguna relación con el almirante Cassidy?

—Quería presentárselo ayer mientras nos tomábamos una copa, pero el trabajo me retuvo en la oficina. Estaba pensando en proponer la candidatura de este caballero como socio del Met. Anup, te presento a Michael Ford.

—Es un placer conocerlo —me dijo el conserje, aunque yo notaba que estaba furioso pese a su sonrisa profesional.

—Lo mismo digo —respondí.

—Bueno, ¿a qué viene todo esto? —inquirió Davies.

—Solo es un malentendido, señor —afirmó el conserje.

—Entonces, ¿nos disculpan, caballeros?

—Por supuesto —afirmó el detective.

Davies actuaba con exquisita cortesía, pero evidentemente era quien dominaba la situación. Entretanto yo había logrado echar un vistazo al comedor: Gould permanecía inmóvil en la mesa, mirando con fijeza su taza de café como si fuese a leer allí su futuro. Daba la impresión de haber recibido un mazazo.

—Será mejor que te vayas —susurró Davies.

Tenía en la cara esa expresión de esfinge que me desconcertaba. Yo aún no sabía con seguridad si mi número de ratero intrépido había salvado la situación o había mandado al cuerno mi carrera. Quizá se había quitado de encima a los policías para imponerme su propio castigo.

Justo antes de que me fuera, añadió:

—En mi despacho a las tres.

53

Su suite estaba al fondo del pasillo ejecutivo, que parecía interminable. Era consciente de que estaba poniéndome un poquito melodramático, pero no conseguía sacarme de la cabeza la imagen tantas veces vista en las películas del paseo del reo por el corredor de la muerte.

Me hizo esperar en el pequeño vestíbulo frente a su despacho hasta las tres y veinte. Ya llevaba unas treinta y cuatro horas sin dormir; la fatiga me abrumaba. Al fin, apareció en el vestíbulo con paso enérgico, entró directamente en el despacho y me indicó que pasara con una seña. Lo seguí y me detuve ante su escritorio.

Me taladró unos instantes con aquella mirada inescrutable. Luego sacó algo del bolsillo y lo sujetó entre el índice y el pulgar: un tornillo para madera; tenía un aspecto muy familiar. Yo había vuelto a colocar los suficientes tornillos para dejar fijado el panel de la taquilla, y había tapado los agujeros vacíos con la moldura. Pero debía de haberme olvidado uno de ellos.

—¿Has jugado a *squash* últimamente, Ford?

Mantuve la boca cerrada hasta tener claro a dónde quería ir a parar. Él seguía dándole vueltas a aquel objeto muy despacio entre el índice y el pulgar. Después lo lanzó al aire. Lo pillé al vuelo, a un palmo de mi pecho.

—Gould ha dicho que sí.

—¿Y la policía?

Hizo un gesto desdeñoso.

—Y por el almirante no te preocupes. Está empezando a chochear. Ya le habla a su propio reflejo.

—Le pido disculpas por…

—Olvídalo. Tus hazañas han sido quizá algo más salvajes de lo deseado, pero lo importante es que hemos obtenido un «sí». Cincuenta y ocho millones de dólares.

—¿Cincuenta y ocho?

—Sí. He firmado con varios grupos más esta semana.

—¿Y qué me dice de Gould? ¿Piensa denunciarlo al inspector general de Comercio, o a la policía?

Meneó negativamente la cabeza, y explicó:

—El noventa y nueve por ciento de estos casos acaban enterrados. Si Gould hubiera tenido un cuerpo troceado ahí dentro, habría sido distinto, pero la triste realidad es que un incentivo de ciento veinte de los grandes es calderilla en esta ciudad. Aunque me alegro de que lo hayas pescado.

—Entonces, ¿cómo ha conseguido convencerlo? ¿Amenazándolo con revelarlo todo? Sería como un… —Traté de encontrar el eufemismo adecuado.

—¿Chantaje? —sugirió Davies.

—No, señor. No pretendía insinuar…

—No me has ofendido. —Rio ligeramente—. «Chantaje» es un término demasiado tosco para describir una parte del trabajo que hacemos. Aunque no dejaría de ser una opción refrescante por lo directo que resulta. Imagínatelo. Le enseñas a alguien una foto suya con el culo al aire, en compañía de un par de profesionales, y le dices: o votas ya la reforma financiera de las campañas electorales, o se te acabó la historia.

Se detuvo un momento y continuó:

—Atractivo de tan simple, no lo niego. Pero no. Gould es inteligente. Basta con comentarle que has oído que se ha metido en camisa de once varas, y que quizá tú podrías ayudarlo a evitar cualquier inconveniente. La mayoría de las veces ni siquiera hace falta decir tanto. Y de repente el sujeto es todo oídos; de repente está dispuesto a complacerte. La gente no adquiere poder actuando estúpidamente, al menos cuando está en juego su propio interés.

»Todo el mundo sale ganando. Por regla general, dicho sujeto abandona cuanto tiene entre manos con mucha más celeridad y menos subterfugios de lo que podría lograr jamás cualquier comisión de ética. Nosotros, entretanto, conseguimos que las políticas en las que creemos progresen y le sacamos el mejor partido posible a su conducta irregular.

Pensativo, examiné a la luz de la ventana aquel tornillo entre mis dedos, que todavía tenía en carne viva.

—Te has visto metido de golpe en lo más duro del partido, Mike. Ese aspecto nunca sale en los periódicos, pero así es como se llevan a cabo las cosas. Y creo que tú estás hecho para esto.

Había algo que no me acababa de gustar. Quizá se trataba de esa típica reticencia: has deseado algo desesperadamente tanto tiempo que, cuando al fin es tuyo, te da miedo cogerlo. O quizás era que yo lo quería todo blanco o negro; quería una vida decente sin una sola hebra gris. Y acababa de descubrir que las ilusiones que había perseguido con tanto ahínco estaban entrelazadas con aquellas cosas de las que había huido.

—Hay una cosa que debería saber, señor. Transparencia total. Respecto a aquel lío…

—Sé todo cuanto me hace falta saber de ti, Mike. Te contraté, bueno, no exactamente por eso, pero sí por todo el bien que puedes llegar a hacer con ello.

Me tendió la mano.

—¿Sigues con nosotros?

A través de los ventanales que había a su espalda, veía al completo el horizonte de edificios de la capital: los reinos del mundo y toda su gloria.

—Sí, señor —afirmé, y nos estrechamos las manos.

—Bien. Y llámame Henry. Esa manía tuya de llamarme «señor» consigue que me sienta un maldito instructor del Ejército. Y dile al agente inmobiliario que te quedas esa casa que está en Inglewood Terrace.

55

La casa de Mount Pleasant.

—Tal vez lo aplace por ahora. Prefiero buscar un alquiler más barato y ahorrar un poco más.

—¿Un alquiler? —se extrañó Davies—. No, no. Si te gusta, cómprala. Has de entender una cosa, Mike: nunca más habrás de preocuparte por el dinero.

—Bueno, es que me quedan algunas deudas pendientes, el crédito de la universidad… Quizá no sea ahora el…

Me pasó una carpeta por encima del escritorio, aclarando:

—La demanda civil contra Crenshaw Servicio de Cobros. Está a punto para ser presentada. Interpondremos la querella el miércoles; vamos a partirles el espinazo.

Me llevó hacia unas puertas acristaladas antes de que pudiera darme cuenta de qué sucedía.

—Bueno. Marcus será tu mentor, pero me ha parecido indicado presentarte al resto de la banda.

Abrió las puertas y vi una sala de juntas que dejaba en ridículo al Met Club. Los directivos —una representación de los grandes pesos pesados de la empresa— me estaban esperando.

—Escuchad todos. Me complace presentaros a Michael Ford, nuestro nuevo asociado sénior.

Prorrumpieron en aplausos, y yo recorrí la mesa estrechando manos y recibiendo palmaditas. Llevaba en la empresa cuatro meses: de mayo a agosto. Alguien me dijo que era el ascenso más rápido en la historia del grupo.

Davies alzó la mano y, en medio de un silencio total, dijo con aquella voz susurrante:

—Y ahora larguémonos de aquí. Nos veremos todos dentro de media hora en la Brasserie Beck. Tenemos el reservado de la parte trasera.

Los directivos terminaron de felicitarme mientras desfilaban. Davies me condujo hasta un precioso despacho de la segunda planta, tan acogedor como una biblioteca de Oxford.

—El lunes te trasladaremos aquí.

No se le escapó mi mirada mientras yo medía la distancia, apenas quince metros, hasta la puerta de Annie Clark. Sonrió levemente, pero no dijo nada. Aquel hombre sabía qué se traía entre manos.

—¿Qué deseas, Mike? Dilo.

Me quedé en blanco. Tenía todo cuanto había perseguido con tanto esfuerzo: una vida decente, un buen empleo, respeto... Y algo más que nunca habría creído posible: seguirle la pista a Gould me había brindado una sensación excitante que había echado de menos durante años, desde que había abandonado los chanchullos. Y Davies estaba satisfecho con esa combinación: el trabajo honrado y esas costumbres no tan honradas de las que nunca llegaría a librarme. Ahora podía convertirme en la persona que deseaba sin tener que ocultar de dónde venía.

—Ya estoy satisfecho, señor. De veras. Esto es demasiado.

—Cualquier cosa —me apremió. No se trataba de un ejercicio para motivarme, advertí. Hablaba en serio. Permanecí en silencio un minuto hasta que me atreví a tomarle la palabra:

—No sé si será correcto...

Me interrumpí. Seguramente, él creyó que estaba barajando una doble petición: un SLK 230 Benz o un baño privado. Pero a mí lo único que se me ocurría era algo más complicado: primero, porque lo había estado ocultando mucho tiempo; y, segundo, para confesar la cruda verdad, porque una parte de mí ni siquiera lo deseaba.

—Mi padre —musité—. Él...

—Sé lo de tu padre.

—Pronto tendrá una audiencia para la condicional. Lleva dieciséis años dentro y le quedan ocho. ¿Podría ayudarme a conseguir su libertad?

—Haré todo cuanto pueda, Mike. Todo.

57

Capítulo tres

Durante las semanas siguientes a mi ascenso, me asignaron siempre casos en los que ya estaba trabajando Annie Clark. Me cuestionaba si Henry Davies no se hallaría detrás de esa coincidencia, aunque tampoco puede decirse que dichos encargos fueran exactamente un pasaporte al Edén.

Ahora los dos éramos asociados séniores, pero quedaba claro que quien dirigía cada proyecto era ella. Hacía cuatro años que estaba empleada en el grupo y se rumoreaba que iba camino de convertirse en el primer socio femenino de la empresa. Pasaba mucho tiempo a solas con Henry: el signo definitivo de que tenías influencia.

El Grupo Davies tenía un sesgo machista y competitivo que me recordaba al de los seminarios de Derecho de Harvard. Annie se las arreglaba de sobra para mantener el dominio de sí misma frente a los chicos, y lo hacía con un aplomo, un humor mordaz y una firmeza que, viniendo de una mujer tan elegante, resultaba particularmente mortal. Lo malo, para mis propósitos, es que no era la mujer con la que puedes coquetear sin más. Los tíos, por regla general, se cagaban de miedo delante de ella.

Al trabajar juntos tantas horas, desarrollamos una buena relación y llegamos a hacernos amigos dentro de la oficina. Con mucha frecuencia, mientras todavía estábamos a las once de la noche en un extremo de la desierta sala de juntas, enfrascados en la última revisión del informe para un cliente, yo captaba en el ambiente una vibración compartida: una calidez en su actitud que invitaba a que fuera de lo más normal acercarse un poco, tocarle el brazo o el hombro o mirarla a los ojos. Tenía la extraña sensación de que ella me observaba y me ponía a prueba para comprobar lo atrevido que era.

Podía ser que me estuviera engañando a mí mismo, de todos modos. Estaba totalmente colado. Pero ahora que me había ganado con tanto esfuerzo el derecho a la buena vida en la empresa, parecía una idea particularmente mala tirarle los tejos a una mujer que, sin ser mi jefa, pertenecía a las altas esferas y tenía una estrecha relación con el propio Davies. Desde luego no pensaba efectuar ningún movimiento en las situaciones en que normalmente nos veíamos, o sea, sudando la gota gorda a causa de un plazo acuciante y rodeados, además, de colegas.

Mi taimada mente giraba todos los días a diez mil revoluciones, ideando maneras de vernos a solas, pero fue ella quien, al fin, me pilló por sorpresa. El Grupo Davies tenía un gimnasio en el sótano. Abrías una puerta vulgar al fondo del garaje y te encontrabas en un local alucinante de unos mil metros cuadrados: hileras e hileras de equipos nuevos y relucientes, pantallas planas de televisión y ropa de entrenamiento con el logo de la empresa, esperándote allí cuidadosamente doblada.

Hacia las doce de la noche o la una de la madrugada, cuando los empleados de la limpieza ya se habían ido y el edificio había quedado vacío, si todavía estabas trabajando y empezabas a desquiciarte de tanto mirar la pantalla del ordenador, aquel gimnasio era una bendición.

Estaba allá abajo una noche, con dieciséis horas de energía contenida que quemar, y me imagino que se me fue un poco la mano esprintando en la cinta, haciendo flexiones, abdominales, pesas, en fin, sudando y jadeando con mi iPod a todo volumen. Mientras me esforzaba para que no me entraran arcadas o se me cayeran las pesas en la cabeza, quizá perdí el mundo de vista. En todo el tiempo que llevaba en Davies, creo que solo una vez me había encontrado allí a otra persona a semejantes horas. Vamos, ¿a qué maníaco se le ocurre utilizar el gimnasio de la oficina a la una de la madrugada?

Excusas, simples excusas para una conducta inexcusable. Cierta canción, digamos *Respect*, de Aretha Franklin, entró de repente en mi iPod, y es posible que me pusiera a cantarla a pleno pulmón, e incluso que bailara un poco entre las tandas de ejercicios. La culpa hay que echársela a las endorfinas.

En todo caso, mientras yo atacaba el *crescendo* («*Oh, your kisses / sweeter than honey. / And guess what? / So is my money. / All i want you to do for me / Is give it to me real...*»), di media vuelta y vi a Annie en la bicicleta elíptica, más o menos a un par de metros, mirándome con cara inocente. Era la segunda vez que aparecía furtivamente a mi espalda. Me detuve en seco en medio de «*give it to me*».

Ella hizo como que aplaudía educadamente.

—¡Vaya, chico! —exclamó.

Se acercó y miró la pantalla de mi iPod.

—Aretha, ¿eh? No me imaginaba que te gustaran estas cosas.

—¿Qué cosas? —Arqueé las cejas.

—El rollo sentimental.

—¡Uy, eso duele!

—Bueno, no —protestó—. Quiero decir que no es exactamente la banda sonora que me había imaginado cuando te he visto ahí haciendo... ¿qué hacías exactamente en el suelo?

El ejercicio se llamaba «*burpee*», pero no iba a decirle eso a Annie.

—No, nada —dije—. Y resulta que sí tengo sentimientos.

—Ya lo he visto. Un contoneo muy estiloso.

—Gracias. —Inspiré hondo. Ahora o nunca—. Oye, ¿por qué no quedamos fuera del trabajo? ¿Qué haces este fin de semana?

Frunció el entrecejo y contestó:

—Estoy ocupada.

Bueno. Ahora tocaba limitar los daños.

—Vale. Pero quedemos algún día, ¿eh?

—Me encantaría. —Y se envolvió el cuello con la toalla—. Por cierto, ¿te gusta el senderismo?

Si me hubiera preguntado si me gustaba buscar tesoros con un detector de metales también habría dicho que sí.

—¡Uf, ya lo creo!

—Voy a salir al campo el sábado con unos amigos. Si no tienes nada que hacer...

Así fue como me vi gateando entre bloques de granito en el

parque nacional Shenandoah, mientras Annie avanzaba a trancas y barrancas, pero muy por delante de mí, utilizando botas de montaña y calcetines de lana hasta las rodillas que le daban un peculiar toque suizo. Siempre que me la había imaginado fuera del trabajo la había situado más bien bailando el vals en un melodrama de época, como una dama de la alta sociedad. Cuál no sería mi sorpresa cuando Annie Clark, con sangre azul en las venas y un título de Yale en el currículo, me guio hasta una profunda poza en plena naturaleza.

Sus amigos habían dicho que el agua estaría demasiado fría para bañarse; ella se encogió de hombros y me miró. A mí me habría dado igual si hubiera sido el mar del Norte. Así pues, iniciamos el descenso nosotros dos solos.

Había una cascada que caía desde doce metros de altura por una garganta rodeada de bosque virgen. Estábamos a principios de septiembre, todavía hacía calor, pero el agua estaba helada. Annie se quitó las botas y la camisa de manga larga y se lanzó primero. Esas imágenes: ver cómo se deslizaba por el agua clara y cómo se tendía luego en la orilla con su sujetador deportivo y sus pantaloncillos ajustados, mientras pequeños reflejos del sol le bailaban por la piel y las ramas se mecían al viento en lo alto…, bueno, ese recuerdo todavía hoy me deja sin aliento. Me quité la ropa y me lancé al agua, llevando solo el bóxer. Si ella hubiese sido una sirena, con gusto la habría seguido hasta el fondo para no regresar jamás. No creía, de todos modos, que fuese a pedírmelo.

—¿Quieres que nos metamos debajo de la cascada? —me propuso.

—Claro —dije logrando reprimir mi respuesta espontánea: «Sí, por Dios; sí».

—Puede resultar algo escalofriante.

—¡Qué va! Por mí… —En serio, ¿qué peligro podía albergar aquella diminuta cascada para llegar a asustarme?

Ella se acercó a la pared formada por dos bloques enormes, cada uno de diez metros de altura, encajados entre sí.

—Aquí —dijo, y señaló algo que no era ni siquiera una hendidura, sino más bien una grieta. En su interior estaba todo negro. Se metió de lado y se adentró en la oscuridad. Yo la seguí. Un par de metros más allá, no veíamos absolutamente

61

nada. Apenas había espacio, y notabas cómo rebotaba tu aliento en la pared y oías el ruido de la corriente un poco más adelante.

—Cuidado con la cabeza —indicó Annie, una voz incorpórea en la negrura. Rocé su mano. Ella cogió la mía y me guio por un angosto recodo. Estábamos metidos en un hueco de las profundidades de la montaña. Caían gotas desde lo alto y me resbalaban por la cara—. Y ahora por esta charca.

El suelo se hundió, y nos metimos en un agua helada que me llegaba al ombligo. El techo de la caverna quedó a menor altura y el agua adquirió mayor profundidad, hasta que ya apenas quedó un palmo entre la cabeza y el techo. Me estaba entrando un poco de claustrofobia y de psicosis de ahogado, y eso que había pasado horas asfixiándome en la bodega sin ventanas de un barco durante la fase de entrenamiento de reclutas navales en los Grandes Lagos.

Me preguntaba de qué clase serían las agallas de Annie cuando con su dulce voz me informó de lo siguiente:

—Bueno, ahora vamos a zambullirnos y a bucear por esa especie de túnel submarino. Tiene unos tres metros y pico de largo, y luego ya la corriente te arrastrará el resto del trayecto y te escupirá directamente en la cueva que hay bajo la cascada.

—¡Eh… claro!

Pero de claro, nada. No me enorgullece mucho confesar que mis palabras habían sonado como si estuviera totalmente cagado de miedo.

—¿Confías en mí?

—Cada vez menos.

Se echó a reír y me aconsejó:

—Tú contén la respiración y no te resistas a la corriente. ¿Listos? ¡Ya!

La oí inspirar hondo y zambullirse bajo la superficie. Me sumergí y me deslicé hacia el fondo entre las pulidas paredes de roca, tratando de combatir el pánico. El túnel tendría unos sesenta centímetros de ancho: demasiado angosto para usar los brazos y totalmente lleno de agua. Imposible subir a por aire. Solo podía avanzar impulsándome con los pies. La corriente cobró fuerza. Un segundo más tarde, una masa de agua se echó sobre mí desde un lado y me arrastró fuera del túnel por un cauce más ancho. El sol me deslumbró como el flash de una cámara después de tanto rato en la oscuridad. Salimos disparados por el aire y caímos desde tres metros a una charca profunda, justo en el centro de la caverna abierta tras la ensordecedora cortina de agua de la cascada principal.

Subimos a la superficie, jadeando y con los ojos muy abiertos. Yo estaba tan excitado, tan contento de estar vivo, que la agarré entre mis brazos y la estreché con fuerza.

—¡Joder! —grité.

—¿Qué tal?

Seguramente dije «joder» varias veces más, y entonces caí en la cuenta de que estaba con Annie en una gruta. Ambos nos sentíamos aturdidos tras aquel remojón casi mortal. Desde luego era demasiado pronto para intentar nada; por un exceso de ardor, corría el riesgo de acabar estropeando la buena relación que tenía con aquella chica de ensueño. Pero es que… a ver: una gruta, bajo una cascada… ¿Qué otra cosa podía hacer?

Nos miramos a los ojos. Ningún indicio por su parte: no apartó la vista en el acto, pero tampoco me lanzó esa mirada vaporosa, diciendo «bésame». Quien no arriesga, no gana. Me acerqué un poco más, un poco más todavía y… todavía nada. Ni se inclinó ni se echó para atrás. Cara de póquer al cien por cien. ¡Mantente firme, muchacho! Acorté distancias: cincuenta, setenta, noventa, noventa y cinco por ciento. Cuando estás en una clara trayectoria descendente hacia un beso, quizá no al principio de todo, pero sí, desde luego, cuando tu cara y la suya se encuentran a solo cinco centímetros y disminuyendo, tú esperas que cualquier mujer mínimamente decente te dé al menos una pista sobre si vas bien o la estás cagando.

Nada. Nunca había visto nada parecido. Ella no reaccionaba.

Yo me encontraba en terreno descubierto, del todo expuesto, varado en tierra de nadie. No iba a plantarle un beso a la señorita Annie Clark a menos que ella me diese una señal de bienvenida, por imperceptible que fuera.

Me detuve a dos centímetros de la dicha. Era una apuesta fuerte: una chica de ensueño, a la que veía todos los días en el trabajo, etcétera. Retrocedí. Seguía mirándome a los ojos. Seguía manteniendo esa cara de póquer…

63

—Es difícil no besarte en un sitio como este.

—Yo te habría devuelto el beso —confesó—. Supongo que sentía curiosidad por saber hasta dónde llegabas.

Reflexioné un segundo sus palabras; le deslicé los dedos entre el pelo, por encima de la oreja, tomé suavemente su nuca y le di ese típico beso arrebatador de galán antiguo, en medio de un *crescendo* de violines, que ya no se estila.

Cuando me dejó en casa aquella noche, ya tarde, le pregunté cuándo podría volver a salir con ella.

—Ya veremos —dijo, y me lanzó un beso—. Procuro seguir ese viejo dicho de la olla…

Yo estaba aturdido, todavía medio incrédulo por haber hecho un avance tan rápido con ella, todavía tratando de encajar la imagen de aquella chica tan resistente en las montañas con la de la sofisticada ejecutiva que conocía del trabajo.

El romance se había producido —y prosiguió— con toda naturalidad. Al principio hubo unas cuantas citas formales, en las que traté de impresionarla con delicias refinadas —menús de degustación, bodegas exclusivas, copas de madrugada en la Phillips Collection—, pero después me sorprendió la rapidez con la que caímos en los hábitos típicos de una pareja satisfecha. Si no teníamos trabajo, podíamos pasarnos un fin de semana entero en mi casa, dando paseos por el barrio, holgazaneando horas y horas en la terraza de un café o simplemente leyendo en el porche. No queríamos despegarnos el uno del otro. Observé con placer cómo iba colonizando mi cuarto de baño —primero un cepillo de dientes, luego el frasco de champú—, y reclamando poco a poco sus derechos. Mi casa era más grande que la suya y estaba más cerca de la empresa. Annie no tenía motivo para volver a su apartamento de una sola habitación en Glover Park, que, como en el caso de muchos adictos al trabajo en Washington, apenas estaba amueblado y alojaba montones de cajas aún por desembalar, escondidas en los armarios.

Una noche, alrededor de tres meses después de aquel primer beso, llegó después de la jornada laboral con un montón de ropa que había recogido de una tintorería cerca del despacho.

Habíamos cenado tarde y estábamos leyendo en el sofá; yo sentado y ella estirada, apoyando las piernas sobre el brazo del sofá y la cabeza en mi regazo, justo a mi alcance para acariciarle el pelo. Dejó su libro y miró los trajes que, metidos en bolsas de plástico, estaban colgados en el picaporte del armario del vestíbulo.

—¿Te importa si los dejo aquí? Resultaría más fácil que tener que correr a casa a media noche cada dos por tres.

Los miré, pensativo. Mi estrategia en esa primera época consistía, básicamente, en no asustarla soltándole «cásate conmigo» en cuanto me miraba a los ojos. Yo confiaba en que nos fuéramos acercando poco a poco, en que nos sintiéramos cada vez más cómodos juntos, hasta acabar conquistándola por completo sin tener que entrar en ese resbaladizo terreno de las conversaciones sobre una relación. Hasta ahora, había funcionado. Ese fue uno de los momentos en que tuve que morderme la lengua. Lo cierto es que, incluso en esa fase tan temprana, a mí me habría encantado que se mudase a mi casa.

—No quiero invadirte ni nada por el estilo —dijo.

—Hazlo, por favor —repliqué—. Eres lo mejor que me ha pasado en la vida. —Me incliné y la besé. Ella me pasó la mano por el pelo y me dedicó una larga mirada enternecedora que indicaba que la fiesta se trasladaba al dormitorio.

Pero entonces sonó su móvil. Estaba en la mesa, a mi lado.

—Apágalo —me pidió.

Miré la pantalla.

—Es Henry Davies.

Ella se incorporó.

—¿No te molesta? —preguntó, y enseguida trató de adoptar un tono despreocupado—. Por si fuera importante. Mañana he de hacerle la «pregunta» al presidente de la Comisión de Valores.

—Adelante —dije maldiciendo el teléfono.

Ella respondió y, tras unos instantes, salió a hablar al porche. Estuvo afuera, soportando el frío nocturno, unos cinco minutos.

—Perdona —se disculpó al regresar. Se inclinó desde detrás del sofá, apretó su mejilla contra la mía y me besó en el cuello.

—¿De qué habláis Henry y tú a todas horas? —pregunté.

65

Nos estábamos enamorando, sin duda, pero seguíamos trabajando en el Grupo Davies, lo cual implicaba cierto grado de marrullería para ganar posiciones e influencia. No podíamos evitarlo.

—Eso queda por encima de tu categoría. —Me lanzó una sonrisa provocadora—. Bueno… —dijo pasándome la mano por el pecho—. ¿Vamos?

Dejé correr el asunto y la llevé de la mano al piso de arriba.

El trabajo, Annie… Poseía todo lo que siempre había deseado. Parecía incluso demasiado fácil. Porque lo era, en efecto.

Capítulo cuatro

*B*ienvenido al Distrito de Columbia, donde la diversión nunca comienza. No sabría decir la cantidad de veces que, a lo largo de mi primer año allí, algún ejecutivo me había dicho mientras charlábamos en una recepción encorsetada: «Si quieres un amigo en Washington, consíguete un perro», para soltar acto seguido una risita de asno. Al parecer, la frase era de Truman. Cada vez que la oía, comprendía dos cosas: en primer lugar, que la falta de cortesía era de tal magnitud en el DC que, perversamente, se había convertido en un motivo de orgullo; y, en segundo lugar, que el tipo con el que estaba hablando encontraba muy gracioso anunciarme que me jodería por poco que pudiera.

Bueno, al menos son sinceros. Es fácil hacer amigos en la capital, pero muy difícil encontrarlos de verdad, pues está plagada de individuos de veintitantos años, prácticamente idénticos y en constante renovación, que trabajan en una única industria, la política, donde las cualidades esenciales consisten en saber estrechar la mano con fingido entusiasmo y en desplegar un encanto falso por completo. Tuck, el becario de Rhodes que trabajaba conmigo en Davies, descollaba entre la multitud de conocidos que yo había hecho en Washington.

Era vástago de una dinastía de Georgetown dedicada al servicio público: el abuelo, exdirector de la CIA; el padre, alto cargo en el Departamento de Estado, y él mismo estaba haciendo una carrera meteórica en el Grupo Davies y, no obstante, quizá porque estaba destinado a ello, parecía menos obsesionado con la política y el poder que nuestros restantes colegas. Habíamos trabajado juntos en un par de proyectos, y por la noche, para desfogarnos un poco, nos tomábamos un descanso jugando al fútbol en el prado que rodeaba el edificio. Una de las veces, hacia medianoche, se excedió en un pase y mandó el balón directamente al complejo que albergaba la Embajada de Siria. Como yo tengo cierta experiencia en saltar vallas, tampoco era una gran dificultad. Trepamos y pasamos al otro lado. Solamente en Kalorama puedes penetrar en el territorio de un país enemigo a buscar la pelota. Acabábamos de recuperarla cuando una linterna destelló desde detrás del garaje. Le di un empujón a Tuck y saltamos el muro justo a tiempo.

Después de aquella aventura, nos vimos más a menudo fuera del trabajo. Él conocía a todo el mundo —según decían, se acostaba con la hija del vicepresidente— y me fue introduciendo en el ambiente.

Cuando acababa de llegar a DC creía que las fiestas eran..., bueno, fiestas; esas reuniones en las que si encuentras a las personas adecuadas y hay un poco de marcha, ocurren cosas mágicas: los invitados se ponen a bailar, hay besuqueos en la escalera de incendios y todo el mundo sigue charlando junto al fuego cuando sale el sol. Ya me entienden, juerga y diversión. Pues no: resulta que incluso los veinteañeros de Washington se divierten como las parejas casadas de cincuentones, y se dedican a todas horas a establecer contactos. Un fin de semana, Tuck disponía de la casa de sus padres y me invitó a una barbacoa. Era una gran mansión de Georgetown, con piscina en la parte trasera. Se había hecho bastante tarde y llevábamos bebiendo desde el mediodía. No sé si fue él o yo quien insinuó darse una zambullida, pero el caso es que me desnudé sin más y me lancé en bóxer a la piscina. Recuerdo que me parecía una fantástica idea mientras aún estaba en el aire, y una idea bastante refrescante medio segundo después. Pero cuando salí a la superficie, chorreante y completamente solo en la parte honda, y observé que no había otros bañistas, sino únicamente una pandilla de personas escandalizadas, incluyendo a la mitad del personal del Consejo Nacional de Seguridad..., capté por fin el mensaje: ni se te ocurra divertirte en una fiesta.

Mantuve esa consigna in mente mientras me dirigía al cóctel de aquella noche. El anfitrión era un editor bien relacionado, llamado Chip: Chip a secas. Un apelativo semejante era casi el no va más en el afán por poseer un nombre selecto como ya había observado en Harvard y ahora en DC. (Tuck se llamaba en realidad Everett Tucker Straus IV. El método general para poner nombre a la gente bien es empezar con algo insoportablemente remilgado, por ejemplo, Winthrop, y luego abreviarlo y convertirlo en un apelativo ridículo como «Winnie».)

Siempre que llegaba ante la puerta de una casa como la de Chip (cerca del Observatorio Naval y de la Embajada Británica, otra gigantesca propiedad en Georgetown) sentía una punzada conocida: la vieja sensación de estar fuera de lugar, de ser un intruso. Y al llamar al timbre, poco me faltaba para creer que volvía a ser un joven delincuente que andaba comprobando si había alguien en casa, o si se oía algún perro dentro, llevando en la mano varias bujías de cerámica inutilizadas. («Piedras ninja» se llaman entre los del oficio. Aunque una bujía sea ligera como un puñado de cacahuetes, si la arrojas contra una ventana, el cristal —debido a la dureza de la cerámica, al parecer— se hace añicos con la misma certeza que si fuera un bloque de hormigón, pero de un modo tan silencioso como si se tratara de una ligera llovizna. Pura magia.)

Aquellos días quedaban ya muy lejos, desde luego. Cuando la niñera filipina abrió la puerta, bajé la vista y no me encontré con mis viejos harapos de ladrón —pantalones de lona de pintor y sudadera con capucha— sino con mi traje gris Canali, una corbata azul a rayas y un aspecto general impecable.

Tal vez crean que en esas innumerables veladas con altos cargos —siempre midiendo mis palabras y las copas que bebía— debía morirme de aburrimiento. Y así era al principio. Pero con el tiempo descubres que te puedes divertir de una manera muy distinta en esos salones tan poco bulliciosos. Oculto tras las apariencias, las bandejas de canapés y las risas educadas, el auténtico juego es identificar puntos débiles, arrancar promesas, recopilar información, evitar compromisos, sembrar dudas y fomentar rivalidades. La charla civilizada es, en el fondo, un arte marcial sin restricciones en absoluto. Todo se reduce a saber quién es el matador y quién es el toro. Un juego que iba dominando de día en día; quizá no tan divertido como

69

un chapuzón a la luz de la luna, de acuerdo, pero ya empezaba a encontrarle su encanto.

Una colección de peces gordos y personalidades de Washington puede resultar de entrada un poco intimidante, pero, en cuanto me interné un poco entre los asistentes, vi algunas caras conocidas, y muy pronto me dediqué a charlar y a bromear, totalmente integrado en el ambiente. Estábamos en abril; yo llevaba diez meses en DC, y en ese tiempo el Grupo Davies me había abierto muchas puertas. Aquel mundo enrarecido era ahora el escenario de mi vida.

De hecho, quienes me rodeaban en ese momento constituían un resumen bastante elocuente de mi fulgurante y exitosa trayectoria en Davies. Por ejemplo, entre un corrillo de jóvenes damas, estaba el senador Michael Roebling, declarando con una modestia casi convincente: «Cuando ves la expresión de esos niños, ya te sientes recompensado».

Probablemente, se refería a la Fundación Heartland para Niños, que él había montado con nuestra ayuda. Hay docenas de maneras de comprar legalmente a un político: donando dinero blando a un Comité de Acción Política, o dinero duro empaquetado.[2]

Podría pasarme horas enumerándolas. Pero todo ello no le bastaba a Roebling. La mayor parte de ese dinero ha de destinarse a los gastos de campaña, cosa que puede entenderse de un modo muy elástico, aunque no lo bastante, por lo visto, para satisfacer los apetitos del buen senador.

Como él consideraba que no podía sacar suficiente del fondo común de los sobornos legales, nosotros le ofrecimos asesoramiento para que creara su pequeña organización no lucrativa. Una organización que hacía, bien…, un poquito de

2. El dinero «blando» son las donaciones no sometidas a regulación que se realizan indirectamente (a una organización del partido, por ejemplo, en vez de entregárselas a un candidato en particular). El dinero «duro» corresponde a las donaciones directas que sí tienen limitaciones legales; el «empaquetado» es la práctica de llevarlas a cabo mediante la intervención de una tercera persona para eludir esas regulaciones. *(N. del T.)*

todo en el terreno de los buenos sentimientos: campamentos de verano para delincuentes, viajes a Disneylandia para enfermos, zoos de mascotas para niños disminuidos, en fin, cualquier cosa imaginable. Las donaciones a una institución no lucrativa no tienen límite y se hallan exentas de todo el jaleo legal que, durante la última década, ha convertido la donación de fondos en un tremendo latazo. Y como los miembros del consejo y de la plantilla de la Fundación Heartland habían sido reclutados entre sus amiguetes, el senador Roebling tenía las manos libres para destinar a los niños la cantidad que exigiera su buena conciencia, y reservar el resto para lo cotidiano: chollos laborales para sus yernos, centros de convenciones junto a sus lugares favoritos de pesca, viajes con todos los gastos pagados, etc., etc. Y su buena conciencia, según había descubierto, no exigía demasiado.

No era quizá el trabajo del que me sentía más orgulloso, pero como mínimo los niños (y el Grupo Davies, y yo mismo) se llevaron su tajada de la fortuna que el senador estaba decidido a agenciarse de todos modos. Davies lo impulsó a hacer entretanto una buena obra, y yo había aprendido que así funcionan las cosas en DC (no conseguirás nada actuando como un *boy scout*).

El senador Roebling exhibió la fotografía de un niño en silla de ruedas, y poco le faltó —verdadera alma humanitaria— para que lo ahogasen los sollozos. Una joven lo consoló, muy solícita. Él le rodeó los hombros con un brazo. Tuve que excusarme para no vomitar allí mismo.

Y así por el estilo allí donde miraras: este necesitaba librar a su hijo de un delito grave de posesión de marihuana (Winnie Jr. se había tomado la canción de Phish al pie de la letra); ese otro no deseaba más que ser socio del club de golf de Pine Valley; aquella estaba empeñada en que el lerdo de su hijo entrara en Saint Albans, y el pobre infeliz encorvado de un poco más allá tenía una esposa que le venía demasiado grande y había traicionado sus principios en una ley inmigratoria a cambio de ayuda para lograr que Celine Dion cantara en el quincuagésimo cumpleaños de su señora.

Esos eran los casos divertidos, las anécdotas graciosas. Pero más a menudo se trataba simplemente del pesado trabajo de

71

averiguar quiénes, de entre los legisladores, autoridades regu-
ladoras, directores generales de postín, grupos de intereses es-
pecíficos o gobiernos extranjeros, necesitaban qué favor, quién
podía hacérselo y a qué precio. La mitad de las veces ni siquiera
teníamos que buscar a los personajes influyentes, sino que
ellos mismos acudían a Davies, sabiendo que nosotros podíamos negociar acuerdos entre grupos que jamás reconocerían
en público que estaban a partir un piñón. La empresa venía a
ser como un gigantesco mercado de valores que ponía en comunicación los distintos deseos y necesidades de Washington,
y se llevaba un pequeño porcentaje.

Al cabo de un rato, ese trasiego de trapicheos e intereses
descarados podía volverte un poco descreído y lograr que sin-
tieras la necesidad de tomar un largo baño caliente. Debido a
esa sensación, me alegré cuando, al mirar hacia el otro lado del
salón, reconocí a un hombre apuesto de unos cincuenta y pico,
que sostenía el abrigo y el sombrero en la mano, mostrando un
aire de no sentirse nada cómodo entre aquella concurrencia en-
tregada a los cotilleos de altos vuelos.

Se trataba de Malcolm Haskins, un juez asociado del Tribunal Supremo que poseía un voto crucial en las decisiones muy
reñidas. Ofrecía el modesto aspecto de un profesor de secundaria, y resultaba raro verlo en los círculos sociales de Washington; solía evitar los cócteles de Georgetown y era tan escrupuloso en lo tocante a su imparcialidad que ni siquiera se habría
comido un pastel de cangrejo en una recepción auspiciada por
una figura política.

Verlo allí me resultó tonificante. El intercambio de favores
al que nos dedicábamos en Davies era una parte inevitable de
la política; todo eso ya está reflejado en los Federalist Papers
de los padres de la Constitución. Pero aun viviendo inmerso en
todos aquellos tejemanejes, me complacía saber que existían
hombres e instituciones que se mantenían incorruptibles.

Me había puesto a examinar una obra de arte moderno colgada de la pared —una mujer con cuatro tetas, según dis-
cerní— mientras aguardaba a que se redujera la cola frente al
bar. Y de golpe se materializó a mi lado un estrambótico chu-

cho marrón, una especie de fregona peluda, y empezó a soltar ladridos ridículos y a saltar sobre mí.

No es que deteste a los perros; simplemente, es que no tenemos muy buen historial. Yo soy capaz de engañar a todo el mundo cierto tiempo, y a algunos, siempre, pero los perros —no sé cómo— suelen olerse que, en el fondo, soy un ladrón.

Una mujer de cara estirada se acercó y cogió al bicho del collar, lanzándome una mirada de disculpa.

Al mismo tiempo percibí a mi lado una sigilosa presencia. Era Marcus, que estaba disfrutando de lo lindo del espectáculo, porque el perro seguía con su berrinche.

—¿Es un labradoodle? —preguntó.

—No. Es un schnoodle —informó la mujer.

Marcus sonrió.

—Adorable.

La mujer arrastró al perro, que todavía lanzaba dentelladas, a otra habitación de la casa.

—Bonito perro —comentó Marcus.

—¿Qué puedo hacer por usted, jefe?

—A tus ocho en punto —indicó. Me giré y vi al senador Eric Walker de Misisipi, quien a sus treinta y dos años era el miembro más joven de la Cámara de Representantes.

Menudo latazo. Marcus me había invitado a aquel guateque, pero no me había dicho que tendría que trabajar. La verdad es que me había estado preguntando cuál sería el motivo de la invitación, dado que todo aquel personal me superaba en varios escalafones. Ahora todo encajaba.

—¿Creías que te había traído aquí por tu brillante personalidad?

—Pensaba que quizá me echaba de menos. —Le lancé otro vistazo a Walker—. No se preocupe, ya me ocupo de ello.

Me abrí paso hasta la terraza, donde estaba montado el bar, y me situé en las inmediaciones de Walker sin que se notara demasiado. Cambié de planes con cierto pesar y, en vez de un burbon Maker's Mark, pedí una tónica con lima, la bebida oficial para mantener tus facultades intactas mientras los demás embotan las suyas a conciencia.

Hablando de eso, noté una palmada en la espalda y, al vol-

73

verme, me encontré a Walker de frente con la mano tendida. «El toro salta a la arena.»

—¿Qué tal? —pregunté.

—No puedo quejarme.

—Y si pudieras, quién iba a hacerte caso, ¿no? —bromeé.

—Muy cierto.

Brindamos con nuestros vasos.

«¡Toro!»

Hacía unos meses que lo frecuentaba. Walker tenía una timba de póquer de apuestas medianas y, durante los fines de semana, se dedicaba a recaudar fondos en Georgetown para diversas causas «benéficas».

Mientras charlábamos, detecté que Marcus entraba en la terraza por el otro lado y que nos miraba de reojo. Él era quien me guiaba en los entresijos de la profesión y había actuado como intermediario para fomentar mi amistad con el representante de Misisipi. Walker se comportaba con toda formalidad entre los ciudadanos de Washington, pero mi jefe lo había observado lo suficiente para saber que le gustaba soltarse con los más jóvenes. De ahí que me hubiera reclutado a mí.

Walker era toda una promesa. Iba camino de convertirse en uno de los 500: un término de la jerga que solían utilizar en el Grupo Davies, aunque yo solo lo había oído cuando se le había escapado a alguien, porque oficialmente no existía. No me resultaba difícil deducir su significado: era una lista de las quinientas personas de los círculos de Washington con auténtico poder; el grupo selecto que dirigía la capital y, por extensión, todo el país. Davies quería asegurarse de que mantenía las mejores relaciones con cada uno de ellos. Ya que yo había ido ascendiendo en la empresa, había asumido más riesgos, más responsabilidades, y me habían concedido mayor margen de maniobra. Walker era mi siguiente misión.

¿Y cuál era exactamente la misión? Bueno, si lo analizabas a fondo, el trabajo que yo hacía para Marcus era el clásico timo basado en la confianza ajena.

Unos días después de que me nombraran asociado sénior, me llamó a su despacho.

—No permitas que se te suba a la cabeza —me aconsejó.

—No lo haré —respondí—. La suerte sonríe a los idiotas; y yo he tenido una suerte bárbara al pescar a Gould.

Parecía aliviado.

—Entonces puedo ahorrarme el discurso que tenía preparado para convencerte. Nuestro negocio consiste en hacer cambiar de opinión a la gente. ¿Cómo crees que lo conseguimos?

—¿Tropezando con un montón de dinero sucio?

—Cuando procede. Pero en general es un trabajo rutinario y pesado.

Así empezó mi largo aprendizaje del oficio, aunque en realidad fue más bien como un curso de actualización. Mi padre solía montar timos; lo metieron en la cárcel cuando yo tenía doce años, o sea que aprendí muy poco directamente de él: retazos de conversaciones pescados antes de que cerrase la puerta, documentos falsificados entrevistos en un descuido —apenas unos segundos—, porque enseguida me sacaba de la habitación con la mano alzada (aunque nunca llegaba a darme).

El delito se cuece en la familia, pero jamás he conocido a nadie que pretendiera transmitírselo a sus hijos. Como mi madre me explicó, todos los turbios manejos a los que se entregó mi padre tenían como único objetivo que yo pudiera contar con oportunidades decentes y no sintiera nunca la tentación de seguir sus pasos. Pero la corrupción permanece presente y lo impregna todo, como el olor a tabaco después de años y años de fumar. Y por muy bienintencionado que él hubiera sido, por mucho que tratara de ocultarnos el lado sórdido de su vida, lo cierto es que mi hermano Jack y yo lo absorbimos. Y una vez que él desapareció, ya no hubo nada capaz de detenernos.

Como el adolescente medio ya tiende de por sí a cometer suficientes diabluras que bordean el delito, habría sido difícil deducir que nosotros fuéramos a practicar otra cosa que los números habituales de piromanía de jardines, hurto en supermercados y asalto nocturno a obras en construcción o a nuestra propia escuela de secundaria. En nuestra pandilla, formada en su mayor parte por los hijos de los amigos de mi padre, todos trataban de superarse unos a otros. Si Smiles, de quince años, cogía el Lincoln de su padre para darse una vuelta, Luis se

75

apropiaba del BMW del vecino... Ya se imaginarán que las cosas podían ponerse peliagudas muy rápidamente. Cuando hube cumplido los dieciséis y mi hermano y sus amigos veintiuno, no cabía duda de que casi todos ellos se estaban adentrando en el crimen y habrían de seguir por ese camino. ¿Cuál era la alternativa, si no: la universidad estatal o atender en la charcutería del súper? Ni hablar. Ellos tenían coches, novias, adicciones y apuestas que requerían dinero rápido y fácil, libre de impuestos y de tasas sindicales.

Al principio, procuré mantenerme al margen porque no sentía esos impulsos maniáticos que compartían todos los demás (aunque, si me desafiaban a hacer algo, como saltar de un tejado, tampoco me arredraba: la posibilidad de perder prestigio me acobardaba más que la de romperme el cuello). En el fondo, me dominaba el temor de defraudar a mi padre. Seguía a los mayores cuando me lo permitían, casi siempre con la cabeza gacha. Si me escogían y presionaban, me sumaba a cualquier misión (las llamábamos misiones, como si fuéramos miembros del Equipo A en lugar de una pandilla de gamberros). Durante casi toda mi adolescencia, de cualquier modo, fui más *friki* que delincuente. Mi mayor pasión delictiva consistía en desarmar y volver a montar candados y cerrojos de seguridad; era divertido, aunque lo hacía más por curiosidad que para sacar provecho, y tampoco resultaba tan distinto de las actividades que realizábamos en los laboratorios de ciencias de la escuela.

Estando mi padre en la cárcel, mi hermano se fue metiendo cada vez más en timos y estafas. Tal vez era una manera de conectarse con papá. A mí las estafas también me encantaban; me fascinaba su lógica, la precisa mecánica de un timo bien montado, igual que el muelle oculto tras el cebo de una ratonera. Pero Jack poseía la osadía que a mí me faltaba, una cualidad imprescindible para sacarle la pasta a alguien. Mi padre también la tenía. Es la capacidad de montar un espectáculo, de levantarse en mitad de un restaurante dando gritos, simulando indignación y ultraje, cuando la única indignidad ultrajante es la que tú estas cometiendo. Cuando mi hermano me llevaba con él para cometer uno de esos timos, yo había de esconder las manos para que no viese cómo me temblaban y, en mi desesperación por impresionarlo, representaba el papel completo y gritaba a voz en cuello, para que me oyese todo el restaurante, que yo había dado al dueño un billete de cincuenta y que podía demostrarlo.

En fin, yo era un hermano menor típico: habría hecho cualquier cosa que Jack me hubiera pedido. Cuando mi madre enfermó, todos los escrúpulos ante la idea de robar se evaporaron. Haríamos cuanto fuera necesario para pagar las facturas. Y una noche, cuando ya tenía diecinueve y era con diferencia el mejor especialista en cerraduras que conocían él y sus amigos, Jack me pidió que le hiciese un trabajito. Dije que sí, y aquello mandó mi vida al traste tan por completo que solo ahora, diez años después, estaba empezando a encarrilarla.

Cuanto más me enseñaba Marcus, más advertía que mi nuevo trabajo tenía un gran parecido con el viejo oficio familiar.

En Davies, en lugar de «estudiar al incauto», evaluábamos a los sujetos con poder de decisión. El «cebo» era el plan de recaudación de fondos; el «gancho» y el «compinche» se conocían como agentes de acceso; el «golpe» era la pregunta y «enfriar el blanco» o «salir volando» equivalían a abortar la operación.

Nuestra propia jerga, debo confesarlo, era de pena. En lugar del «cambiazo jamaicano», la «pirámide» o el viejísimo «gato por liebre», nosotros teníamos los 501(c)(3), Comités de Acción Política y Comités afiliados.[3]

Pero pese a toda la anticuada jerga de timadores que tanto me gustaba atesorar de chico, lo cierto era que yo no sabía una mierda sobre el núcleo esencial de ambos negocios, que consiste en ganarse la confianza del prójimo y empujarlo a que haga cuanto tú quieres. Mi padre trató siempre de ocultarme todo eso, pues supongo que creía que, si él era lo bastante taimado, podría mantenerme en un estado de completa inocencia.

___

3. Instituciones con fines religiosos, culturales o educativos que actúan sin ánimo de lucro y se hallan libres de impuestos. (N. del T.)

Esa circunstancia me convirtió en un ávido alumno cuando Marcus me enseñó la versión mundana de las cosas que mi padre me había ocultado.

Si algo aprendes sobre la «adquisición de capital humano» (la expresión que Marcus dejaba caer a veces para describir nuestro trabajo), es la fórmula DICE: Dinero, Ideología, Coacción y Ego. Para nuestros fines, esas son las únicas razones de que alguien haga algo. Eran la base de las enseñanzas de mi jefe y los puntos cardinales de la retórica de Henry cuando hablaba de influencias y de apropiarse de la voluntad de un hombre.

Marcus escribió la fórmula en la pizarra acrílica de su despacho y me pidió que se la explicara. Reflexioné un minuto o dos, me encogí de hombros y le dije que haría un intento.

—Digamos que hay un fulano llamado, no sé, Henry, que quiere controlar a un pardillo llamado Mike —planteé paseándome ante la pizarra—. «Dinero», muy fácil: Mike se crió sin un céntimo y se ahogaba en deudas. «Ideología»: el pobre Mike todavía se traga esas chorradas del sueño americano, la vieja idea de que la sociedad acaba recompensando el esfuerzo y la inteligencia. «Ego»: bajo su falsa modestia de muchacho de origen humilde, Mike oculta la convicción de que es el tío más listo del mundo. Además, alberga un monstruoso resentimiento por el hecho de que un padre en la cárcel y un sórdido episodio de su pasado le impidan alcanzar la buena vida que él se merece. En resumen, Mike es un blanco perfecto.

A aquellas alturas, Marcus se reía a carcajadas.

—Te olvidas de un punto —me indicó.

—Claro. «Ce de coacción.» ¿Qué ejerces sobre mí, Marcus? Él eludió la pregunta y borró la pizarra en silencio.

—Pasemos a la Ley de Reforma de Financiación Electoral McCain-Feingold de 2002…

Ejercía mucho, como se vio más adelante.

DICE. Esos cuatro puntos se convirtieron en mi Biblia.

El dinero está bien claro y, por más objeciones que queramos plantearnos sobre filosofías de vida, la verdad es que puede brindar a la mayor parte de los humanos casi todo cuanto desean referente al éxito y al estatus. La ideología sirve para que los demás crean en aquello que tú deseas que hagan; sería bonito pensar que es la carta decisiva (y los americanos siempre lo han creído así, me explicó Marcus), pero muchísimas veces juega un papel negativo. Porque no eres capaz de lograr que una persona haga algo si no puede racionalizarlo. El malo de la película necesita creer que él es el héroe.

La coacción implica obtener y utilizar información comprometedora sobre alguien. Los americanos, en general, han procurado evitar tal maniobra porque violaba ciertas nociones básicas sobre el juego limpio (los yanquis pensaban que podían derrotar a todo el mundo con dinero e ideología), pero para los chinos y los rusos ha sido el pan de cada día.

El ego consigue que la gente crea que la vida los ha jodido de un modo u otro: ellos son más listos, más trabajadores, más honrados que nadie, y merecerían un trabajo mejor, más dinero, más reconocimiento, una esposa más guapa, etc.; yo diría que ese concepto incluye al 99,99 por ciento de la población.

Ahora bien, habrán notado, como noté yo, que gran parte de esta teoría —sobre chinos y rusos, sobre agentes de acceso y operaciones abortadas— sonaba un tanto extremada para una empresa dedicada a asuntos administrativos. Yo creía que la actividad de un grupo de presión tenía que ver más bien con disputas sobre intereses y resquicios legales. En realidad empezaba a intuir algo diferente en William Marcus, el hombre sin pasado.

Un día decidí confirmarlo. Él había salido a la parte trasera a fumar, cosa que debí haberme tomado como una señal para no molestarlo, porque únicamente sacaba el Camel cuando estaba agobiado. Me acerqué con el máximo sigilo, primero la punta del pie, luego el talón, tal como nos enseñaron en la Marina en un ejercicio de instrucción para neutralizar centinelas (no es que pasara mucho tiempo asesinándolos; en general —o ese era mi recuerdo más acusado—, había ocupado mis horas mirando *Ocho millas* una y otra vez en la tele y tratando de dormirme pese al traqueteo que sonaba por todas partes de los chicos haciéndose pajas).

Yo ya preveía qué acabaría sucediendo, y no esperaba llegar muy cerca de Marcus. Pero, a pesar de todo, me sorprendió la

79

velocidad del proceso. Avanzaba de puntillas por detrás de él y, en un abrir y cerrar de ojos —tan rápidamente que me pareció como si hubieran cortado un fragmento de película—, me encontré boca abajo sobre la grava. Marcus, agachado sobre mí, se limitaba a sujetarme la mano entre el pulgar y el índice. Me había retorcido el brazo, colocándolo en una posición de una precisión torturante, y el menor movimiento me resultaba tan doloroso que consideré incluso la posibilidad de dejar de respirar. Levanté la vista hacia él y vi una expresión de total indiferencia. Sosteniendo el cigarrillo entre los labios, me infligía aquel suplicio con una especie de rutinaria destreza, como si estuviera pasando los canales con el mando de la tele.

Enseguida me lo soltó.

—Perdona, chico —se excusó—. Me has sobresaltado.

—No hay de qué —repliqué quitándole importancia al dolor espantoso que sentía desde el hombro hasta la punta de los dedos—. Creo que ya he averiguado lo que quería saber.

—Muy listo.

Me puse de pie e inquirí:

—¿A qué decías que te dedicabas antes de pertenecer al Grupo Davies?

—Era asesor comercial —dijo, sin inmutarse, mientras me ayudaba a sacudirme el polvo.

—Ya. Claro.

¿Qué haces cuando tu jefe es un exmiembro de la CIA con malas pulgas que parece contar con todos los recursos? Por lo pronto, empecé a entregar puntualmente la cuenta de mis gastos, ateniéndome de un modo muy estricto a las normas.

Era una jugada astuta por parte de Henry Davies contratar a antiguos agentes y utilizar sus habilidades no para combatir a los soviéticos, sino para persuadir a los políticos. Ese hecho explicaba en gran parte la jerga que usaba Marcus. En la Marina había muchos integrantes de los servicios de inteligencia, pero yo nunca había conocido a los agentes propiamente dichos, es decir, a los miembros de los grupos especiales de intervención; por consiguiente, era una verdadera pasada tomar lecciones de Marcus. Un día le dije:

—¿No vas a enseñarme nunca algún…? Ya sabes.

—¿Te refieres a trucos de película, o cómo matar a un individuo con un sobre, y chorradas por el estilo?

—Supongo que me refería a eso.

—No —contestó.

En cambio, me dio la copia de un artículo de una revista: «El narcisismo adaptativo e inadaptativo entre los políticos», así como un temario de psicología de doce páginas. Porque todo lo demás, según él, eran distracciones y números de circo. Nuestro trabajo requería un buen conocimiento de la naturaleza humana y una paciencia a prueba de bomba, tanto para investigar como para observar a tu presa.

Obviamente, alguien del Grupo Davies había hecho los deberes con el senador Walker. Antes de que me lo presentaran, ya lo conocía gracias al perfil que Marcus me había definido: su debilidad por el póquer, las causas de Georgetown que «apoyaba», quiénes eran sus conocidos y un par de aficiones.

Mi jefe me preguntó cuál era mi plan para llegar a dominar al senador.

—¿Esperar otro golpe de suerte en la hamburguesería de la esquina no serviría?

—Nanay —negó Marcus.

—¿Alguna sugerencia?

—Hazte amigo suyo.

Me entregó mil quinientos dólares para gastos y me mandó al frente para que entablara relación con Walker. Nada de mensajes cifrados ni de citas furtivas, ni ninguna de las chorradas de espionaje peliculero que yo quería aprender. Después de tanta psicología y tanta jerga, todo se reduce a lo mismo: conseguir que el interfecto confíe en ti, ingeniártelas para que desee echarte una mano, entablar amistad con él… En eso consiste el trabajo: andar por ahí con las personalidades más brillantes del momento. Qué vida tan dura, ¿no?

La primera vez que hice progresos con Walker fue en un local de alto copete de la avenida Wisconsin, en Georgetown, un bar exclusivo para socios. Los parroquianos eran básicamente antiguos compañeros de cofradía universitaria, ricos sureños llamados Trip y Reed que iban en chancletas todo el año y lucían una melenita estilosa. Llevaban pantalones cortos y bléi-

81

ser, circulaban en todoterrenos descapotables y andaban con unas rubias de campeonato que parecían presentadoras viperinas de la cadena Fox.

Los políticos (y los directores generales en menor medida) no son como nosotros. Si de verdad desean ustedes entender cómo piensan, vayan a la sección de autoayuda de una librería, sector liderazgo y gestión de empresas, y verán un estante de tres metros de libros dedicados a encarnar a un personaje. Los políticos llevan una máscara para el público —la televisión y los votantes—, y otra diferente para los amigos y conocidos. Puede que haya una personalidad real oculta bajo todas esas capas, pero yo más bien creo que, después de años de campañas electorales y anécdotas campechanas, ellos mismos la han olvidado.

Hasta entonces, solo había conocido a Walker bajo su disfraz profesional: un encantador caballero del sur, lo bastante cristiano para quedar bien, pero no tan fanático como para enajenarse el voto moderado. El expediente que Marcus me había pasado sobre él estaba plagado de palabrería psicológica: problemas precoces de autoestima, compensación reactiva, hipersexualidad… No es un perfil infrecuente entre los políticos. Ya había oído comentarios parecidos sobre él. Walker y yo cerramos el bar aquella noche y, tras unas horas bebiendo juntos, casi empezaba a pensar que las historias que lo describían como un mujeriego empedernido eran algo exageradas.

Entonces advertí que estaba echándole el ojo a una universitaria que se hallaba en la otra punta del local: veinte añitos, top escotado. Tras la última copa, le pregunté a dónde iba. Él, con su marcado acento de Misisipi, me dijo: «A ver si arreglo el tema para poner el asunto en remojo». Y se fue tras ella.

Me chocó la expresión, pero deduje a qué se refería.

Esa fue la primera vez que lo vi soltarse un poco y, a partir de entonces, la cosa no hizo más que empeorar. Apenas entendía la jerga picante, chistosa y barriobajera que utilizaba, y mejor así probablemente. Me imaginaba que era todo de boquilla. Yo tenía muy poca correa para aguantar la grosería con las mujeres: la única cosa buena que me transmitió mi padre. La mitad de la palabrería de Walker parecía transgredir las leyes de la resistencia física o de la anatomía más elemental. Pero aparte de sus excesos en el terreno de la cháchara machista, salir con él era divertido y no dejaba de constituir un grato descanso después de tantos cócteles y recepciones para burócratas.

Aquella noche, en casa de Chip, Walker también pasaba de un registro a otro con su soltura habitual. Después de burlarse discretamente de otro senador a cuenta de las posibilidades de su partido en las elecciones de mitad de mandato, bajó aún más la voz, echó una ojeada alrededor y me preguntó si yo no pensaba agenciarme algún «plan». Acto seguido, sin parpadear apenas, al ver que se aproximaba una atractiva adolescente, adoptó de nuevo su apariencia encantadora y se embarcó con ella en una conversación totalmente casta sobre los relativos méritos de las universidades de Yale y Brown.

—Me encargaré de recomendarte —le dijo. Y en cuanto la chica se alejó muy contenta, bailándole las trenzas en la espalda, retomó la conversación anterior y entró en detalles sobre un asunto de naturaleza venérea que ni siquiera voy a mencionar. Él estaba convencido, equivocadamente, de que hablaba en voz muy baja. Noté que su estado de embriaguez era cada vez más notorio y que apuraba a toda prisa su copa para pedir otra.

Marcus me interceptó de camino al baño.

—No te separes de Walker esta noche por nada del mundo —ordenó.

—¿Por qué? —pregunté—. ¿Qué ocurre?

—Será mejor que te mantengas a su lado. Tú confía en mí.

Era la típica frase que te decían con cara de esfinge los ejecutivos de Davies. Yo casi no sabía nada sobre qué queríamos de Walker; únicamente, que iba camino de convertirse en un peso pesado y que sería conveniente conocerlo. Había pescado alguna pista, cosas que quizá yo no debía saber, así como ciertos detalles que le había arrancado a Marcus con fórceps. Teníamos un cliente, un oriundo de Bosnia o Kosovo (nunca recordaba bien el nombre de aquellos rincones desgarrados por la guerra en los años noventa), que quería incluir unas enmiendas en una ley inminente sobre relaciones exteriores para poder llevar a cabo exportaciones más baratas... o algo así.

83

Otro aburrido resquicio legal que nadie notaría. El truco consistía en esperar a que la Cámara de Representantes y el Senado aprobaran diferentes redacciones de la ley, y a que un
comité conjunto las armonizara. Ahí es donde se cuecen de veras las cosas en el Capitolio; esa es la versión más cercana de los
legendarios salones llenos de humo donde se decide todo. Walker tenía ahora posibilidades de convertirse en el miembro júnior de cualquier comité de relaciones exteriores que hubiera
de formarse; valía la pena, pues, ganarse su voluntad.

Era un caso típico, el pan de cada día en el Grupo Davies,
aunque no entendía por qué trataban aquel asunto como un
secreto de estado, ni había visto nunca que fragmentaran tanto
la información entre los distintos departamentos.

Pero como yo no era más que un soldado, mantuve la cabeza gacha y seguí trabajándome a Walker. A estas alturas de la
velada, él tenía esa mirada reconcentrada de borracho empedernido en plena parranda. No me gustaba nada el giro que
iban tomando las cosas y me habría largado de allí de no haber
sido un asunto de trabajo. El senador estaba violando de modo
flagrante la primera regla de la vida nocturna de Washington:
nunca te diviertas en una fiesta.

Mirando fijamente a ninguna parte, masculló algo.

—¿Cómo? —pregunté.

—A ti… o sea, Tina te va, ¿no? —me comentó.

Yo no recordaba quién era Tina (el carné de baile de Walker
estaba muy concurrido), pero prefería seguirle la corriente. Y
desde luego no tenía ningún problema con la tal Tina. «Claro»,
dije, y lo arrastré hacia un salón vacío. Él se tanteaba el bolsillo
buscando las llaves. Mala señal.

No estaba dando un espectáculo —todavía—, pero algunos
lo miraban con curiosidad a través del umbral. Advertí que
Marcus nos lanzaba una ojeada disimulada sin dejar de charlar
con dos hombres de cara chupada. Dejé a Walker un minuto y
me acerqué. Aún tenía la esperanza de librarme de la misión.
Solo quería meterlo en un taxi, enviarlo a casa y ahorrarme la
aventura que mi jefe había planeado para mí.

—Michael Ford —me saludó Marcus—, permíteme que te
presente a dos queridos amigos del Grupo Davies.

Eso era lenguaje cifrado: «amigos» significaba cliente de

clase C; «buenos amigos», clase B; «queridos amigos», clase A. Así que esos dos eran de máxima prioridad.

—Miroslav Guzina y Aleksandar Šrebov. Están aquí con la misión comercial de Serbia.

Esos «asesores comerciales» resultaban ser una pandilla interesante. Miroslav partió con los dientes un trozo de tostada con solomillo y me tendió la mano.

—Es un placer —saludé.

La mano del otro, de Aleksandar, era un bloque de hormigón.

—¿Me permiten que les robe a Marcus por un segundo? —dije.

Este se excusó y nos alejamos unos pasos.

—¿De qué va esta historia con Walker? —le pregunté.

Él me dirigió su inocente mirada de siempre, dejándome únicamente margen para soltar un profundo suspiro.

—Tú mantenlo contento —insistió—. Y no olvides una cosa: el Grupo Davies cuida de ti en todo momento.

¡Maldita suerte la mía! Aquellos balcánicos debían de ser los encargados de financiar la seducción del senador, y eso me colocaba en una posición delicada. Walker me hacía señas desde el salón, decidido a marcharse. Volví a su lado.

—Tienes ese nuevo Cadillac CTS, ¿verdad?

—Por supuesto.

—¿Me lo dejas probar? —No iba a interponerme entre un borracho con un sentido sureño del honor y las llaves de su coche si no era con una buena excusa.

—No sé...

—Venga, hombre.

Se encogió de hombros, abrió la palma de la mano y me dejó coger las llaves sin discutir. Naturalmente, me sorprendió de entrada.

—Vamos, chico. A tomar por el culo esta reunión de chicas buenas. Conozco un lugar donde nos tratarán bien.

No me gustó nada esa frase. Más bien me sonaba a casa de putas. Comprendí entonces que me había dejado las llaves no porque pensara que era lo más sensato, sino porque tenía ganas de llegar a aquel sitio.

Normalmente, como Marcus y los serbios me acojonaban

lo suyo, y como yo era un pequeño ejecutivo lameculos, habría cumplido sin más las órdenes y acompañado al senador.

Pero empezaba a tener la nítida sensación de que la aventura con él no iba a acabar bien y, además, esa noche tenía un problema muy especial entre manos. Se trataba, en concreto, del enorme individuo que nos observaba a Walker y a mí desde el vestíbulo; no me había quitado los ojos de encima en toda la noche y no parecía demasiado contento al ver que me estaba yendo de parranda con un reconocido donjuán.

¿Por qué debía preocuparme?

Porque aquel individuo era Lawrence Clark..., perdón, sir Lawrence Clark, antiguo jugador de la selección inglesa de rugbi y actual presidente de PMG, un fondo de inversiones de alto riesgo que controlaba unos treinta mil millones de dólares. Y todavía más importante: porque era el padre de Annie Clark. En estos momentos ella estaba esperándome en mi casa, pues le resultaba más fácil quedarse allí que hacer el trayecto hasta su casa en Glover Park. ¿Y recuerdan que el asunto Annie parecía «demasiado» fácil, como si tuviera que haber una pega u otra en alguna parte? Bueno, pues Lawrence Clark era la primera pega que había descubierto. Desde luego, ni loco quería que me viera yéndome con Walker a un club de alterne. Clark me clavaba una mirada furibunda, el senador me suplicaba que nos pusiéramos en marcha y Marcus seguía allí de pie, observando cómo me debatía entre la espada y la pared. No había opción buena.

Capítulo cinco

$\mathcal{A}$ntes de conocer a sir Larry, yo ya había abandonado prácticamente mi resentimiento de clase social. Por mucho que la vida te haya jodido, llega un momento (y yo diría que fue cuando compré aquella casa de dos habitaciones y me pulí mi fondo de pensiones) en que te das cuenta de que es un sentimiento ridículo. De cualquier forma, decidí conservar algún rasgo de mi accidentada trayectoria, puramente como toque personal, y dejé que se diluyera toda la amargura.

Sir Larry vivía en Hunt Country, en el norte de Virginia, a unos treinta o cuarenta minutos de donde me crié; y, sin embargo, yo no tenía ni la menor idea de que tan cerca de los prados de mi juventud (donde tantos días idílicos de verano había pasado, disfrutando de mis primeros besuqueos, encendiendo hogueras y jugando con la pistola del padre de Rich Ianucci), como quien dice al lado mismo, hubiera un paraíso exclusivo para los más adinerados de Washington.

Entre Middleburg y las estribaciones del Blue Ridge todo son ondulantes colinas verdes. La tierra está parcelada en enormes haciendas y salpicada de pintorescos pueblecitos de precios desorbitados, cuya economía depende enteramente de las damas que salen a almorzar o a comprar chucherías. Es una zona extremadamente anglófila: toda la vida social gira en torno a las cacerías de zorros de los sábados y a ciertos pubs con nombres como The Old Bull & Bush, donde siempre resulta que pernoctó el mismísimo George Washington. Allí es donde creció Annie. Y allí, a la hacienda de su padre, me llevó cuando ya hacía unos meses que salíamos juntos.

Si me está permitido regodearme en un pequeño ejercicio de pornografía patrimonial, ahí van unas cifras: 2.500 acres de tierra sobre el río James; una mansión colonial de ocho dormitorios que databa de 1790; una bodega con 6.000 botellas; un establo con 20 cuadras; piscinas y pistas de tenis, exteriores y cubiertas; además de una cancha de rugbi, campos de tiro de pistola y escopeta, pistas de golf, campo de sófbol con vestuarios, gradas y marcador (porque, a ver, ¿qué sentido tiene jugar un partido en el patio trasero de tu propia casa, si no cuentas al menos con 60 espectadores sentados?). Y bueno, podría continuar.

Jen, una amiga de Annie de la oficina, había pasado en la finca un fin de semana y hablaba maravillas; en consecuencia, yo estaba bastante emocionado. La chica no paraba de explayarse sobre lo guay que era el padre de Annie, sobre el increíble chef que tenían y la maravillosa sensación de emborracharse con vinos de Alsacia, tras haber recorrido a sus anchas los dominios de sir Larry.

El sendero de acceso tendría por lo menos un kilómetro de largo. Detuve ante la casa mi viejo todoterreno de pintura descascarillada y, al volverme, vi que venían galopando por el prado a una velocidad inaudita seis dóbermans negros. Abrían la boca, como ladrando, aunque no se oía nada. Daba miedo, sin duda, pero más que nada resultaba inquietante observar cómo aquellas bestias esbeltas y musculosas abrían las fauces sin que se oyera nada. Me cuestioné si no andaría yo un poquito lento de reflejos: si no sería que ya habían llegado y yo estaba muerto.

—¡Quietos! —gritó una voz imperiosa.

Los perros se detuvieron en el acto, a cosa de metro y medio, y se sentaron, muy obedientes. Pero no me quitaban los ojos de encima, y yo me consideraba a mí mismo como una enorme y deliciosa costilla de cerdo. Lawrence Clark, de pelo rubio rojizo y un bronceado permanente, medía casi dos metros; había sido medio-apertura de la selección inglesa de rugbi (se ganó el título de caballero gracias a sus victorias deportivas y sus actividades benéficas). En ese momento iba con un mono de trabajo, que parecía confeccionado con mantas de mudanza, y llevaba en la mano algo así como un pedazo de moqueta enrollado.

—Estaba entrenando un poco con las perras —comentó.

Fue entonces cuando reparé en que también llevaba un látigo. Le dio un beso en la mejilla a su hija, echó un vistazo a mi todoterreno y luego me tendió la mano. Me la estrechó durante un largo e incómodo minuto.

—Bienvenido —dijo, y sonrió con desenvoltura.

La doncella y el mayordomo nos ayudaron a transportar el equipaje y nos acompañaron a las habitaciones. Primero a la de Annie y después, en el extremo opuesto de un largo pasillo, a la mía.

—Sir Lawrence ha dicho que usted dormirá aquí.

Mensaje recibido. Aunque yo podría haber indicado con suficiencia que ya era tarde para cerrar la jaula, sir Larry, que el pájaro ya había volado. A través de mi ventana, lo observé en medio del prado: llevaba aquel rollo de tela en el brazo y gritaba y fustigaba a los dóbermans, que rechinaban de dientes y le lanzaban bocados.

Me moría de impaciencia por ver qué me reservaba a mí.

Durante la cena (nosotros tres en una mesa para veinte), intenté entablar una conversación sobre vinos.

—¡Vaya! —dije, tras el primer sorbo, mirando la botella de Mouton Rothschild situada entre ambos—. ¿El año 2006 fue bueno para el Burdeos? —Me pareció que era un comentario adecuado entre gente refinada.

—He pensado que vendría bien algo... —me miró de arriba abajo— accesible. —Y esbozó una sonrisa que ni siquiera le afectó la mirada. Luego, la coliflor que tenía en el plato reclamó toda su atención.

Detectaba una vibración inequívocamente helada por su parte. Aquel hombre no era como Jen me lo había descrito, aunque ya me daba cuenta de que debía de ser mucho más fácil «pasárselo de miedo» con el viejo si no eras un arribista que se estaba ventilando a su hija. Quizá fuese solo una impresión: es difícil decir nada con un acento británico tan fino como el de sir Lawrence sin que suene despectivo.

Annie no contribuyó a mejorar la cosa porque, cuando ya me había acostado en mi habitación (decorada con papel pintado a rayas rojas y verdes, exhibiendo ilustraciones antiguas de caza de osos, y siete estantes de espeluznantes muñecas de anticuario), llamó a mi puerta y, bueno, nos entregamos a alegres travesuras hasta acabar dormidos el uno en brazos del otro.

Así nos despertamos también. No es que pretenda quejarme, por supuesto, pero la situación resultó muy incómoda cuando abrimos los soñolientos ojos por la mañana y nos encontramos a sir Lawrence plantado en el umbral, con un dóberman de mirada aviesa a sus pies.

—Quería avisarle de que el desayuno ya está listo —dijo.

—¡Ay, gracias, papá! —exclamó Annie, incorporándose. Tiró de la colcha para taparse y dejó al descubierto la mitad de mis piernas desnudas. El pijama con el que había empezado la noche estaba en el suelo hecho un gurruño.

Annie parecía ajena a la tensión de la escena, tanto que preguntó:

—¿Está aparejado *Sundance*?

(Supuse que hablaban de un caballo).

—Sí —respondió él sin dejar de taladrarme con la mirada.

Pasamos un día muy ajetreado en la hacienda: practicamos el tiro y cabalgamos un poco (estuve fenomenal en tiro al vuelo, pero me caí del caballo; digamos que la cosa quedó empatada). Justo antes de que emprendiéramos el regreso, Annie volvió a entrar para despedirse de la doncella. Sir Lawrence y yo tuvimos entonces un momento a solas.

Por si yo era corto de entendederas y no había captado el mensaje que me había manifestado con su actitud durante todo el fin de semana, me puso una mano en el hombro y me dijo:

—No sé cuáles son tus intenciones, pero no creo que seas un buen partido para ella. Por ahora parece pasárselo bien contigo. En fin… —Hizo una mueca, como tragando un bocado ingrato—. Aunque si llegas a hacerle daño —prosiguió—, si cometes el más mínimo error, ten la seguridad de que daré contigo y te crucificaré.

—¡Todo listo! —gritó Annie a su espalda.

El tono del padre se transformó mientras ella bajaba la escalera de la entrada.

—¿Suena razonable? —me preguntó alegrando un poco el careto en honor a su hija.

—Algo truculento quizá, pero me parece que he captado lo esencial.

Nos despedimos. Mientras mi fiel todoterreno se bamboleaba por el interminable sendero, Annie me preguntó:

—¿De qué hablabais?

Vi a uno de los perros tumbado en un campo, royendo con fruición la cabeza de un espantapájaros.

—De caza.

—¡Ah, estupendo! —dijo apoyando la mano en mi muslo—. A veces se pone un poquito más protector de la cuenta, pero creo que estás empezando a caerle bien.

Capítulo 6

*P*or mucho que quisiera hacer un buen papel con la alta sociedad, había todavía en mí un pequeño gamberro, y también un poco de orgullo. Por lo tanto, ¿saben qué decidí finalmente en la fiesta de Chip? Al cuerno con sir Lawrence Clark. Era una causa perdida, de todos modos. Sir Larry me había encasillado desde el principio. Y por lo demás, se me ocurrían varias ideas para librarme de él. Le hice un buen guiño desde un extremo del vestíbulo y abandoné la fiesta en compañía de Walker.

El único hombre al que le debía algo era Davies. Es decir, se lo debía todo: un nuevo comienzo, el trabajo, la casa, la oportunidad de conocer a Annie. Haría cuanto me pidieran mis jefes, por complicado que fuese. Si me andaba con ojo, podría acompañar a Walker en sus trapisondas nocturnas sin traicionar a Annie. Era un asunto profesional, a fin de cuentas, una misión oficial. Eso me decía a mí mismo, al menos, mientras el senador murmuraba algo sobre Tina que no presagiaba nada bueno.

«¿Te espero levantada?», me preguntó Annie en un mensaje de texto.

«Tengo para rato, cariño. Un asunto de trabajo. Lo siento. ¡Te echo de menos!», le contesté. Técnicamente, era cierto.

Walker manipuló el GPS del Cadillac, y yo arranqué. Circulamos en silencio. No se oía más que alguno que otro chasquido porque él se mordisqueaba las uñas, y también la risueña voz femenina que nos iba indicando: «Continúe. Todo recto. Por la avenida Wisconsin. Durante cuatro kilómetros».

Creo que estábamos en Maryland. Salimos de la autopista

a la altura de un área comercial y entramos en una urbanización llamada Foxwood Chase. Era una de esas zonas de bosque talado, donde se construye a tal velocidad que no queda en pie ni un árbol, ni un arbusto: únicamente casas distribuidas en círculo alrededor de una gran represa que parecía una gravera. Se veían casas vacías y, más allá, extensas parcelas sin construir, cosa nada infrecuente en los suburbios de DC. Un gran número de promotores se había arruinado, y muchas de las casas habían sido expropiadas. Todo ello le daba al lugar el aspecto de una ciudad fantasma.

El gorjeante GPS me guio hasta un sendero cerrado con una verja. Walker se asomó por la ventanilla e hizo un gesto de saludo a la cámara que había junto a la valla. Ábrete sésamo. Paramos frente a una villa pretenciosa y chabacana de tres plantas, adornada con columnas, escalinata, arbustos recortados en espiral y toda la pesca.

Un tiarrón con pinta de culturista —joven, de unos ciento treinta kilos— nos abrió la puerta. Tenía cara de bebé y hoyuelos muy marcados, y llevaba una camiseta sin mangas y una gorra de los Cleveland Indians con la visera de lado. A Walker lo recibió con uno de esos saludos de colega, chocando los puños y palmeándose mutuamente la espalda. En cambio, a mí me dirigió una mirada suspicaz, con los ojos entornados, hasta que el senador dijo: «Tranqui, Squeak; yo respondo». De inmediato reaparecieron los hoyuelos y nos hizo pasar.

Supongo que, como muchas personas, arrastro un montón de ideas preconcebidas sobre los burdeles. Siempre me imagino una mansión victoriana de Nueva Orleans, un montón de encajes y una elegante *madame* entrada en años aunque todavía hermosa.

Pero, bien pensado, parecía más lógico el panorama que tenía ante mis ojos: un rectángulo de unos cuatrocientos metros cuadrados sin mobiliario, salvo unos sofás de cuero negro y una pantalla de plasma de sesenta pulgadas. Había dado por supuesto que habría una barra de bar donde acomodarse, o una especie de sala de estriptis desde donde vigilar a Walker sin tener que hacer nada que luego tuviera que reprocharme. Pero aquel lugar estaba pensado para los VIP y no había dónde esconderse. De mala gana, me senté en un sofá.

93

Una señorita se instaló a mi lado, invadió de inmediato mi territorio y se presentó a sí misma:

—Me llamo Natasha. Soy de Rusia.

—Qué original.

—Gracias.

¿Por dónde empezar la descripción de Natasha? Lucía un falso diamante Monroe: un *piercing* junto al labio superior que quería parecerse al bello lunar de Marilyn; se había maquillado a base de purpurina y llevaba algo que, generosamente, podría describir como un vestido. Enseguida se puso pesadita con las manos, pero yo no estaba demasiado preocupado por mí. Quizá tuviera que montar una escena o abandonar el lugar, pero tenía muy claro que no iba a jugar al gato y el ratón con aquella chica. Me tenían sin cuidado los comentarios de Marcus. En algún punto había que poner el límite.

Acurrucada junto a Walker, se sentaba una coreana con un par de coletas cuyo nombre no había logrado entender. En mi atribulado monólogo interior empecé a llamarla «Hello Kitty». Era evidente que ambas chicas acababan de bajarse del barco, como quien dice; casi podía olerse el embalaje. En vulgaridad y estridencia, Kitty no le llegaba a la suela del zapato a Natasha; era bastante mona, de hecho, y tenía un aire ingenuo. Por fortuna me había tocado la chica que más me repelía. No habría de sufrir ninguna tentación.

Me iba defendiendo bastante bien de Natasha mientras ella trataba de subir la mano izquierda por mi muslo, caminando con dos dedos, y llegué a pensar que quizá lograra salir de allí con el pellejo y el alma intactos.

Casi empezaba a tranquilizarme, salvo por el chaval de la cocina: un chico menudo y bastante joven —quince o dieciséis años— que no prestaba la menor atención a las actividades en la sala de estar (era una de esas casas de planta abierta llena de ecos). Sentado en un taburete junto a la encimera de la cocina y con la mirada totalmente perdida, tecleaba sin parar en su móvil con un pulgar mientras con la otra mano se arrancaba las costras de acné de las mejillas. Cada vez que trataba de desentenderme de él, debía de llegarle algo divertido al móvil a través de las ondas, porque soltaba una risita afeminada que inundaba toda la casa y me ponía los pelos de punta. Aquel chaval no debía de pesar más de cincuenta kilos, pero en cierto modo me daba más miedo que Squeak.

Natasha parecía haberse convertido en un pulpo. El chico se deshizo otra vez en risitas. Cuando ya creía que la cosa no podía ponerse más espeluznante, Squeak se acercó al estéreo y puso un CD. Unos violines interpretaron una melodía que sonó a través de los gigantescos altavoces. Me costó un momento identificar la música. Se trataba de *Dusty in Memphis*, «Just a Little Loving».

La música acabó de darle a la escena un ambiente de pesadilla. Ya estaba bien, me largaba. No quería perder mi licencia de abogado (me la había sacado en Virginia en febrero), ni tampoco traicionar a Annie. La cuestión era si podía hacerlo sin echar a perder todo mi trabajo con Walker hasta el momento.

Cuando ya me levantaba para irme, se produjo un diálogo silencioso a base de miradas, entre el senador y Squeak. Este asintió y abrió una caja lacada que había en la mesita. Tuve un mal presentimiento acerca de su contenido.

Supongo que no deja de reflejar mi estado de ánimo el hecho de que sintiera un enorme alivio al observar que solo sacaba el instrumental para drogarse: una pipa de cristal.

Casi me entraron ganas de darle un abrazo a Natasha (casi). ¡Aquellas chicas no eran prostitutas! Eran tipas colgadas de las drogas. A punto estuve de darme una palmada en la frente. Yo no había fumado marihuana desde hacía años, pero reconocía una pipa cuando la veía. Tenía ganas de explicárselo todo con una carcajada a mis nuevos amigos de Foxwood Chase. Incluso (tal vez un día) podría explicárselo a Annie. Le encantaría la historia: «El senador Walker me llevó a casa de unos traficantes para fumar un poco de hierba, y yo me puse como loco pensando que me había llevado a un burdel». Jo, quizá no me vendrían mal unas caladas después de ponerme tan frenético.

—¿Te apetece echar una nube? —me preguntó Squeak.

—No, gracias —contesté. Él me miró como si yo fuera un agente de narcóticos, pero cargó la pipa pese a todo. Yo no había oído nunca la expresión «echar una nube», pero no le di mayor importancia (no estaba del todo atento) ni tampoco le atribuí un significado especial al soplete de butano que sacó

95

acto seguido, ni al tintineo que sonó en la pipa mientras la cargaba.

No, no lo hice; tan solo cuando encendió el maldito chisme, cuando llegó a mis narices un vapor repulsivamente dulce que recordaba en cierto modo a productos de limpieza para el baño, caí en la cuenta de que no tenía nada que ver con la vieja e inocente (ya me entienden: la-probé-un-poco-en-la-universidad) marihuana americana.

Como no quería provocar a Squeak, sobre todo ahora que tenía los dos pulmones llenos de vaya a saber qué droga, adopté un tono despreocupado:

—Ah, así que es...

—Tina —dijo Walker.

—Tina, vale.

—Hielo —añadió Squeak, desabrido.

¿Crack? ¿Aquello era crack? ¿Me había metido en un antro de crack?

—¡Ah, bueno! —dije—. Coca.

—No, no; tina. Cristal.

Natasha soltó una risita ante mis problemas de vocabulario, que yo consideraba bastante rico. O sea que..., ¡cristal meta! ¡Ajá! Me sentía como si acabara de ganar un concurso de la tele, aunque la verdad era que no sabía prácticamente nada, salvo que mis nuevos amigos no estaban fumando crack.

Mi conocimiento sobre la meta (lo había aprendido en la Marina, donde un número nada despreciable de operarios de la sala de máquinas —las ratas de las bodegas— eran, o habían sido, adictos a la metanfetamina) es que tiene un doble efecto: provoca que se te arrugue la polla igual que si te zambulleras en el mar del Norte y, a la vez, te pone infinitamente cachondo, situación del todo paradójica que provoca una cantidad tremenda de problemas entre los cuales, desde luego, no quería verme metido.

Natasha soltó una gran bocanada de humo y me recorrió con los ojos como si yo fuera la mesa de un bufé. Squeak, Kitty y Walker se largaron de allí (aunque advertí que los dos caballeros se tomaban primero una especie de pastilla), dejándome solo con mi amor soviético, que hizo una finta y consiguió por fin desbordar mis defensas y meterme mano. Me las arreglé para sacarle la zarpa sin que se llevara ninguna porción esencial de mi anatomía.

Ella puso una expresión desolada, la verdad, pero aún temblaba gracias a la energía proporcionada por la droga.

—Oye, lo lamento. Eres muy guapa. Pero no soy como te imaginas. Tengo que irme —dije levantándome.

Y entonces, bendita sea su alma, Natasha se arrellanó en el sofá y, dirigiéndome una mirada dulce y santurrona, farfulló:

—Ya te entiendo.

—Estupendo. Sí, sí; no es nada personal. Pero debo irme.

—Ya. Eres marica; no hay problema. Yo lo arreglo.

—No, no, no, no —protesté.

Natasha le dijo algo al chico de la cocina en un idioma que se parecía más al polaco que al ruso y luego lo repitió a gritos para llamar su atención. Él puso cara de fastidio y subió arriba enfurruñado. Debería haberme imaginado en cuanto le puse la vista encima que aquel chaval era un *friki* de las anfetas.

Revisé mi teléfono móvil. Otro mensaje de Annie: «Se me cierran los párpados, cielo. Buenas noches. Dame un beso cuando llegues».

Hacía rato que sentía como si la estuviera traicionando, pero aquello fue como retorcer el cuchillo en la herida. Me acerqué al vestíbulo, junto a la escalera.

—Solo quiero decirle a Eric que he de irme —le grité al chico.

Aguardé un minuto, balanceándome sobre los talones y lanzándole de vez en cuando, idiota de mí, una sonrisa nerviosa a Natasha.

Al fin el chaval reapareció en lo alto de la escalera y me hizo señas de que subiera. El vestíbulo del segundo piso estaba todavía más desnudo que el de la planta baja. Me guio hasta el fondo de un largo pasillo y me hizo pasar a una habitación exigua con puertas correderas a ambos lados, como las que separan las suites de un hotel.

—Espere aquí —dijo, y desapareció.

Pasó un minuto, dos. Pensé en largarme por las buenas, pero para contentar a Marcus (me había dicho expresamente que no me separase de Walker), me pareció que no debía de

97

jarlo sin avisarlo. Al fin, Squeak, el monstruo con cara de bebé, apareció en albornoz; lucía las mejillas sonrosadas.

—Quiero hablar con Eric, o quizá pueda usted decirle…

Él señaló con un gesto las puertas correderas que tenía a su espalda y, a continuación, las abrió por completo.

—¡Eh, Eric! —grité al reconocer al ilustre senador, pero enseguida me falló la voz. Estaba enredado en una orgía tan compleja que casi parecía un ejercicio coreográfico. Desvié la mirada en el acto, cosa que me sirvió para atisbar otra habitación, donde un tiparraco de más edad estaba en pleno abrazo con dos damas.

Miré hacia la pared, momentáneamente paralizado, mientras reunía el control muscular necesario para salir de allí cagando leches. Entonces oí que Walker me decía: «¡Entra, Mike!»

Squeak se despojó del albornoz. No sé qué pastilla habría tomado, pero compensaba con creces los efectos secundarios de la meta.

—Natasha ha dicho que me querías a mí —dijo.

Me lancé hacia la puerta que me libraría de aquella pesadilla, pero el culturista me cerró el paso.

—¿Qué te ocurre? —preguntó. Yo miré al techo y, dando un buen rodeo, traté de alcanzar la salida—. Quiero decir, Eric ya lo ha pagado todo.

Se me acercó un poco más, implacable como un ejército de zombis. Detesto perderme una fiesta o una buena ocasión, pero a esas alturas yo ya corría más deprisa que en toda mi vida. Para aquellos de ustedes a los que, desde su hogar, no se les escapa ningún detalle, debo aclararles que me había equivocado cuando pensé que me hallaba en una casa de putas y también lo hice cuando pensé que estaba en un fumadero de marihuana. No, damas y caballeros, habíamos sacado el premio gordo: estaba en un burdel de amplio espectro propulsado con metanfetamina, en compañía del ilustre caballero de Misisipi.

Me sentía consternado, quería borrármelo todo de la mente mientras bajaba los peldaños de tres en tres. Aterricé dando un traspié en el vestíbulo y, al incorporarme…, descubrí que acababa de llegar la policía.

Durante medio segundo, casi me alegré. La caballería venía a salvarme de aquellos malos malísimos y de la verga gigante de Squeak. Pero cuando me pusieron en las muñecas las esposas comencé a calibrar la enormidad del jaleo en que estaba metido. Ya no me enfrentaba a una acusación por allanamiento fácilmente subsanable, que era lo peor que podría haberme ocurrido tras mi incursión en el Met Club. No; ahora me aguardaban dos o tres acusaciones por graves delitos, y Virginia está plagada de jueces con afición a la horca.

Pero en lo único que pensaba era en mi padre. El viejo cabrón me lo había predicho.

99

Capítulo siete

Un payaso de casi diez metros de alto es algo que uno suele recordar. Aquel en concreto, en un tramo mugriento de la autopista de Virginia, sonreía como un maníaco frente a un súper abandonado llamado Circus Liquors. Me produjo una sensación de *déjà vu* y un escalofrío por todo el cuerpo, pero no logré recordar dónde lo había visto antes.

Mi padre me había dicho que girase allí. Su casa quedaba a un par de kilómetros por la carretera secundaria. Era una gasolinera: dos surtidores, un garaje y una tienda diminuta. Asomé la cabeza por una de las entradas del garaje, y lo vi trabajando en el guardabarros de un Cutlass de los setenta con una lijadora manual que arrojaba una lluvia de chispas. El local estaba tan lleno de trastos que él todavía no me había visto. Me acerqué para que advirtiera mi presencia. Nada. Por fin, esperé a que apagase la lijadora y le di un toque en el hombro.

Él se sobresaltó y se giró, blandiendo la lijadora como si fuera a arrancarme la cabeza con ella. Necesitó un par de segundos para calmarse.

—¡Ay, Dios, Mike! —Dejó el chisme y me abrazó—. Quizá es que aún estoy un poco nervioso.

Lección práctica: no te acerques a hurtadillas a alguien que se ha pasado dieciséis años vigilando su trasero.

Estábamos en marzo. Ya llevaba nueve meses en el Grupo Davies y solo faltaba uno para que la policía me pescara en aquella casa de locos con el senador Walker. Mi padre había salido de la cárcel hacía unas seis semanas; lo había visto varias veces desde entonces, claro está, pero siempre en cenas de bienvenida y barbacoas, esas celebraciones donde todo el mundo pone buena cara, bebe en exceso, habla con entusiasmo y promete mantenerse en contacto.

Esta era la primera vez que nos encontrábamos él y yo a solas, frente a frente, sin jolgorio de por medio, en plena rutina diaria. No se me escapaba que él quería recuperarme, remendar la relación padre-hijo del mismo modo que había enmasillado la plancha del Cutlass. Pero yo lo había estado rehuyendo.

Ya había pasado por ese proceso con mi hermano, a quien hacía años que no veía; las últimas noticias que tenía de él eran que vivía en Florida. No se había presentado a ninguna de las fiestas cuando soltaron a mi padre. Aunque Jack era el responsable de que hubiesen estado a punto de meterme en la cárcel a los diecinueve años, yo siempre había tratado de portarme como un buen chico: el que siempre llama por teléfono, el que pone la otra mejilla y mantiene a la familia unida... Incluso cuando me dejó solo con todas las deudas del tratamiento de mi madre, no rompí con él, y no por falta de ganas. Eso fue un error. Jack irrumpía en mi vida cada determinado número de años: venía a resucitar los buenos tiempos y me retenía en el bar hasta que cerraban. Al principio era divertido (¿a quién no le gusta salir con su hermano mayor?), pero después advertí que el muy embaucador me estaba poniendo la soga en el cuello, que me estaba liando para sacarme dinero (lo más habitual), o para que le cediese un sitio donde esconderse junto con la pandilla de colgados con la que estuviera enredado en ese momento. Los timadores cuentan con tu decencia, con tu amabilidad; la usan para aproximarse y luego para perjudicarte. Después de que me hiciese lo mismo una docena de veces, corté amarras con él, dejé de responder a sus llamadas, a sus invocaciones a la familia, a las súplicas de ayuda que había utilizado siempre para ganarse de nuevo mi confianza. Y una vez que entendió que no iba a sacarme nada, no volví a saber de él.

Con mi padre no era tan severo. Me parecía que me había portado como es debido al pedirle a Henry Davies que moviera los hilos para conseguirle la condicional. Pero me jodía todo aquel rollo de amigotes que se llevaba ahora conmigo. Yo no iba a perdonarle así como así su comportamiento con la fami-

101

lia, aunque tampoco pretendía torturarlo por habernos abandonado. Piensen en cualquier tarea desagradable que se hayan propuesto mil veces, pero que nunca se deciden a hacer: limpiar el sótano, ordenar un armario de trastos, tirar la ropa vieja… Esa venía a ser la situación con mi padre, y yo quería evitarme el embrollo. Pero él no paraba de llamarme: tenaz, aunque nunca agresivo. Tenía voluntad a espuertas, como yo.

—Deja que me lave un poco —dijo llevándome fuera del garaje. En el bosque de detrás de la gasolinera había una caravana de treinta años de antigüedad, delante de la cual había una mesa para comer, unas sillas de *camping* y una parrilla: su hogar.

El dueño de la gasolinera, un viejo amigo de mi padre llamado George Cartwright, le permitía vivir allí y regentarla. Como solo tenían dos o tres empleados, llevar el negocio significaba manejar el surtidor y arreglar abolladuras.

El interior de la caravana resultaba desconcertante de tan pulcro: todo apilado e igualado, la cama hecha a la perfección y la colcha tensa como un tambor. La mesa estaba repleta de libros de contabilidad y de libros mayores con anotaciones por partida doble y, en la encimera, había una docena de paquetes de fideos japoneses.

Mi padre me vio inspeccionando.

—George me hace llevar los libros —me informó.

Había estudiado contabilidad en la cárcel, e incluso se había sacado el título correspondiente a pesar de todos los obstáculos que le habían puesto: los presos no pueden manejar dinero ni libros de tapa dura, ni tampoco acceder a Internet. Por ello, contactó con un profesor jubilado de finanzas de una escuela cuáquera y, mediante Dios sabrá cuántas cartas, se las arregló para ir consiguiendo los créditos de su título de contable. Sonaba un poco como mi historia, aunque infinitamente más dura. Cuanto más advertía lo parecidos que éramos, más me enfurecía con él por ser un puto desastre, y también conmigo mismo, intuyo, por ser demasiado bueno, por haberle dado la oportunidad de regresar a mi vida después de todo lo ocurrido.

Lo examiné unos instantes a la luz de los fluorescentes: todavía tenía el pelo como antes, un poco largo por detrás, aunque no propiamente una melena, pero, eso sí, canoso absolutamente. En conjunto, su aspecto era saludable; debía de haberse mantenido en forma en la cárcel y conservaba la complexión del esprínter que había sido en secundaria. Si le preguntabas acerca de la cicatriz dentada que le llegaba desde la comisura del labio hasta la mejilla, te decía que se había cortado en la celda mientras se afeitaba, soltaba una risa nerviosa y cambiaba de tema. Todavía lucía el rasposo bigote al estilo *Magnum P. I.* que yo recordaba de mi niñez, y siempre llevaba suéteres de colores chillones y estampados en zigzag, como Bill Cosby. Parecía que se hubiera montado en la máquina del tiempo en 1994. Y así era a efectos prácticos.

Dieciséis años es mucho tiempo, y se notaba. Los fideos japoneses y el nerviosismo eran una pequeña muestra. No le gustaba que lo tocaran. Se detenía ante las puertas medio segundo y luego se reía de sí mismo; estaba habituado a esperar a que las abriera alguien. La primera vez que fuimos a comprar comida preparada —era en un Wendy's— parecía abrumado con el menú y las opciones que ofrecía. Durante dieciséis años le habían dicho qué debía comer, cuándo había de levantarse, dormir, caminar, cagar o ducharse; había perdido, pues, la costumbre de escoger. Te dabas cuenta de que padecía una grave conmoción cultural por la cara que ponía cuando alguien hacía una referencia a *Seinfeld*, o cuando le decían que buscase algo en Google, o si sonaban timbrazos en los bolsillos de quienes lo rodeaban. Al menos, él era el primero en bromear sobre ello, y de ese modo conseguía que todo el mundo se relajara.

Me había dicho que pasara a buscarlo para salir a cenar, y se mantuvo muy reservado cuando intenté averiguar a dónde íbamos. Conducía yo. Él no tenía coche, de modo que se encontraba atrapado en la gasolinera, aunque Cartwright le había dicho que podía usar el Cutlass si conseguía arrancarlo.

Me fue indicando el camino. Era un trayecto de media hora, y creo que adiviné a qué sitio nos dirigíamos incluso antes de que yo mismo quisiera reconocerlo. Quería captarme con viejas historias sobre mamá, los clásicos familiares, digamos, pero había elegido la menos indicada para empezar.

Podría habérselo dicho mientras nos acercábamos, pero me faltó valor. Paré junto a un bloque de edificios de ladrillo en Old Town Fairfax.

103

Sal's había desaparecido. Había sido un gran restaurante italiano. O quizá no valía nada, ¿cómo iba a saberlo si yo tenía diez años la última vez que había estado allí? La comida era lo de menos. Lo importante es que era el lugar al que acudíamos siempre que había dinero para tirar la casa por la ventana. Décadas atrás, cuando empezaban a salir, mis padres habían ido a Sal's a menudo, y cuando nos llevaban a mi hermano y a mí, de pequeños, se ponían a recordar con nostalgia su noviazgo y acababan bailando un par de temas junto a la barra, para sofoco nuestro.

Jack y yo aprovechábamos entonces para acabar con todo el pan de ajo, mientras ellos, perdidos en su mundo como dos adolescentes, se reían y daban algún que otro giro, siempre muy pegados, apoyando ella la cabeza en el hombro de él.

En fin, en otros tiempos era nuestro local favorito. Ahora se había convertido en un centro de belleza canina y en un Starbucks.

Mi padre bajó del coche y se quedó parado frente al lugar donde había estado el restaurante. Yo lo esperé en la acera; pensé que quizá se desmoronaría. Viéndolo así, se me hizo un nudo en la garganta del tamaño de una pelota de golf. Si no me largaba de allí, pensé, yo mismo me echaría a llorar.

—¿Estás bien, papá?

No respondió. Iba a pasarle un brazo por los hombros, pero, como no quería sobresaltarlo de nuevo, aguardé.

—Papá…

—Estoy bien, Mike.

—Venga, te llevo a otro sitio. Hay un asador decente en la Veintinueve.

—No —dijo con respiración ronca y agitada. Parecía como si lo hubieran dejado sin aliento de un puñetazo.

—Por favor, yo…

—No tengo tiempo, Mike. He de estar de vuelta a las diez. —Suspiró y meneó la cabeza; luego se rio—. Toque de queda, ¿puedes creerlo? Es parte de la condicional: he de llamar por teléfono a ese ordenador desde el teléfono de casa.

—Pero has de comer, papá.

Se frotó la barba de media tarde, y soltó:

—Joder. ¿Quieres que entremos en Costco?

Dos minutos después nos encontrábamos instalados en una mesa metálica de un gigantesco supermercado iluminado con grandes focos. Creí que había oído mal al principio cuando me dijo que era allí donde quería comer, pero lo único que le apetecía (no tenía tiempo para más) era una Coca y un par de salchichas italianas con pepinillos y cebolla. Eran muy buenas, la verdad. Y como solo había cuatro opciones en la carta, eso le facilitaba, seguramente, las cosas.

Luego nos dimos una vuelta por los pasillos del súper, mientras yo trataba de adivinar qué demonios tramaba.

—Este sitio… —murmuró.

Ponía la cara —esa sonrisa patidifusa— del turista que visita por primera vez el Gran Cañón.

Era lógico. Con los trabajos de la cárcel, si es que consigues uno remunerado, te sacas doce centavos la hora. Un tubo de dentífrico cuesta en el economato cinco pavos y, para comprarlo, has de rellenar un pequeño formulario y esperar una semana. Para él, esa sucursal de Costco, poblada de focos, de chavales dando gritos y de amas de casa lanzadas como kamikazes con los carritos, era sencillamente el Paraíso.

Charlamos un poco mientras íbamos rodeando el rincón de los congelados. Mi padre había estado trabajando para intentar sacarse el certificado de contable público. Los cuestionarios de prácticas le habían salido perfectos, aunque una persona condenada por fraude tenía prohibido presentarse; le costaría años proporcionar las «pruebas de rehabilitación» necesarias, y quizá se lo cargasen igualmente. Pero no le importaba: se abriría paso de nuevo al precio que fuera. Había intentado varias veces ir a la biblioteca para conseguir los listines telefónicos y averiguar las direcciones de las juntas de contabilidad estatales, porque así podría recibir cartas y llamadas, pero eso significaba perder un día de trabajo, cosa que estaba totalmente descartada. La vida de mi pobre padre era como un montón de palillos chinos en inestable equilibrio: cada uno de ellos de un peso ligerísimo, pero debiendo soportar el peso del que tenía encima. Un embrollo insoluble.

—Las puedes buscar *on-line*, papá.

Me miró con recelo.

—¿Con el ordenador?

—Sí. En Internet.

—¿Cómo? ¿Incorporo Internet al ordenador?

Hice una mueca.

—Más o menos.

Era como hablarle a un ciego del color, pero creo que conseguí transmitirle lo esencial. Le dije que tenía un portátil que podía quedarse.

—¿No necesitas nada más, ya que estamos aquí? —le pregunté—. Aprovecha para abastecerte. Digo, además de fideos japoneses. —Supuse que por eso, en parte, estábamos allí, aunque enseguida me di cuenta de que había herido su orgullo al suponer que precisaba una limosna. Se tragó en silencio la ofensa, pero se entristeció.

—No —respondió—. No es necesario. Tú ya has hecho más de la cuenta, Mike. Pero gracias.

Consultó mi reloj y dijo:

—Debería volver. Casi ha oscurecido.

De vuelta en la gasolinera, me hizo pasar a la caravana y me dio un sobre. Había mil dólares dentro; casi todo, salvo alguno de diez y de veinte, en roñosos billetes de cinco y de un dólar.

—Lo repondré todo —dijo—. Las deudas, lo de mamá. La cagué metiendo a esos tiburones de Crenshaw por en medio. Eso no tendría que haber recaído sobre tus espaldas.

—Guárdatelo —repliqué devolviéndole el sobre. Él se negó a cogerlo—. Está saldada.

—¿Qué?

—La deuda.

—¿Hasta cuándo?

—Para siempre. Está absolutamente pagada.

—Pero ¿y la universidad? Deberías pagar eso primero.

—También está pagada. Guárdate tu dinero, papá. —Dejé el sobre en la descascarillada chapa de la encimera.

Yo no quería enfadarme ni enfrentarme a causa de ese tema; prefería dejar atrás el pasado. Pero ver el dinero y oírle hablar de la enfermedad de mamá, y comprender que él creía que, si pagaba la deuda, todo quedaría arreglado..., bueno, me sacó de quicio.

Porque, cada vez que mencionaba a mi madre, yo la recordaba; y siempre trataba de evocarla como a mí me gustaba: con esa expresión pícara que ponía cuando iba a gastar una broma. Me esforzaba por conservar esa imagen, pero las mejillas se le hundían y el color de la piel le desaparecía, y acababa recordándola como estaba al final: emitiendo aquel estertor espeluznante, la cara de cera y la mente ahogada en morfina, a veces llamándome por el nombre de mi padre, y otras veces preguntándome quién era y qué demonios hacía en su habitación.

Y es una idea venenosa, pero no consigues evitarla: preguntarte qué habría pasado si hubieras conseguido el dinero para llevarla a un hospital como Dios manda, o si ella hubiera tenido un seguro y un marido decente. ¿Y si...? ¿Aún estaría viva?

—No puedes compensar lo sucedido —murmuré.

—¿Está todo pagado? —repitió él, todavía perplejo. Entonces se irguió y quiso ponerse en plan paternal, como si fuera a preguntarme si usaba condones o algo así—. Oye, George Cartwright me dijo que le habías estado preguntando sobre el oficio.

Joder. Eso no. Ahora no.

George es un pequeño experto en asaltos con allanamiento, y capaz de proporcionarte las herramientas necesarias para llevarlos a cabo. Durante la primera fiesta organizada al salir mi padre de la cárcel, le pregunté a Cartwright si existía algún modo de reventar el candado Sargeant & Greenleaf que Gould utilizaba en su taquilla del Met Club. Nada más que por curiosidad. Y claro, ahora mi padre pensaba que yo había saldado las deudas desvalijando el puto Pentágono o algo así. E iba a aprovechar la ocasión para intentar regenerarme metiéndome el miedo en el cuerpo.

—No hay nada gratis, Mike. ¿En qué estás metido?

—Tengo un buen puesto, que me he ganado usando la cabeza y yendo de puto culo. No me digas que tú, precisamente tú, vas a decirme qué debo hacer para no meterme en líos. —Eché una ojeada a la caravana, como si su simple existencia probara mi argumento—. No puedo creerlo.

—Solo te estoy diciendo, Mike, que no vayan a pillarte llevándole el maletín a otro. Porque igual tú intentas seguir el juego y codearte con los grandes, y te acabas quemando. Solamente puedes fiarte de tu propia gente.

107

—Papá, por favor. —Procuré mantener la calma y medir mis palabras. Habría sido fácil machacarlo, ahora que estaba caído, y señalar lo patética que era su posición. La verdad en sí ya era bastante brutal—. ¿Por qué no dejas toda esa monserga sobre el código de honor entre ladrones? ¿Acaso crees que, porque mantuviste la boca cerrada y cumpliste tu condena, eres una especie de jodido héroe del hampa? Pues no…

—Mike, yo no podía…

—Porque tú no supiste jugar tus cartas, papá. Podrías haber hablado. No tenías por qué pasarte veinticuatro años en la cárcel, joder, dejándonos en la estacada. Quién sabe, a lo mejor mamá no se habría…

Me interrumpí. Pero el daño ya estaba hecho.

Se quedó allí de pie, con los ojos cerrados, moviendo una y otra vez la cabeza, como asintiendo. Esperaba que se derrumbara, que sollozara o se abalanzara sobre mí, pero él siguió donde estaba con los ojos cerrados, respirando deprisa.

—Quizá —dijo, y se frotó otra vez la mandíbula—. Lo hice lo mejor que supe.

Creí que iba a echarse a llorar, pero se tragó las lágrimas.

—Ya sé que no puedo arreglar las cosas, pero no me excluyas de tu vida, ¿de acuerdo?

No dije nada.

—Por favor, Mike.

Inspiré hondo varias veces, endureciéndome por dentro.

—He de marcharme —dije.

Y se acabó la conversación. Me largué.

Ese momento álgido entre mi padre y yo, como habrán adivinado, estaba relacionado con el delito —robo con allanamiento— que acabó con sus huesos en la cárcel cuando yo era adolescente. Un asunto incomprensible, se mire como se mire.

Conocí la mayor parte de su historia a través de Cartwright y de otros compinches suyos. Si los pillabas un domingo a media tarde en el local de Ted, un bar sin ventanas donde se pasaban la vida, solían tener el gaznate lo bastante lubricado para que te contaran todo cuanto él me había ocultado. Mi padre se había convertido en timador de joven; su familia había regentado durante generaciones una vieja fundición cercana a Falls Church, y habían sido ellos quienes forjaron las barandillas de las escaleras del castillo Smithsonian, las farolas de los jardines del Capitolio y, supuestamente, algunos de los cañones utilizados en la batalla de Gettysburg. Pero la industria en Norteamérica se había ido al cuerno mucho antes de que mi padre se hiciera cargo del negocio. Él se había criado en Nueva Jersey y regresó a Virginia con poco más de veinte años para relevar a su tío. Para entonces, la fundición se hallaba en horas bajas y había quedado reducida a un idealizado taller de maquinaria. Mi padre no sabía gran cosa de negocios, pero los empleados aguardaban sus órdenes con desesperación. Un tipo llamado Accurso lo estafó con un sencillo timo de facturas falsas, y ahí se acabó todo. La empresa familiar, a sus cien años de antigüedad, estaba muerta, y mi padre parecía tener la negra. Para cometer su primera estafa, recurrió a las mismas artimañas que habían usado con él, pues más adelante localizó a Accurso, lo lió con un falso intercambio de acciones y le sacó hasta el último centavo.

Según deduzco, mi padre había cometido ya algunos delitos menores en su juventud, pero fue a partir de esas estafas cuando prosperó de verdad. Tenía un don natural y lo siguió poniendo en práctica, aunque hacía todo lo posible para no joder a los pringados. Siempre resulta tentador formarse una idea romántica de los timadores. Era un delincuente, a fin de cuentas, y su trabajo consistía en abusar de la confianza ajena. Pero es verdad, pese a todo, que él dormía mejor por las noches que la mayoría de sus iguales.

Esa parte de su vida me la ocultaba, aunque a veces no podía resistirse y, bien porque estaba sin blanca, bien para divertir a sus dos chicos, se marcaba un timo elegante en plena calle. Más que nada por diversión, ya digo.

Practicaba, por ejemplo, el «número del violín», que consistía en llevarnos a un restaurante decente, haciéndose pasar por un respetable viajante de comercio. Cuando le traían la cuenta, decía que se había olvidado de coger la cartera y le dejaba al incauto un objeto en prenda mientras salía a buscar el dinero. Normalmente, se trataba de una antigüedad que, según aseguraba, valía una fortuna y de la que no se desprendería «por

109

nada del mundo» (en la versión clásica, un violín). Entonces aparecía por allí el «gancho» (un cómplice: Cartwright, cuando lo hizo estando yo presente), que, al ver la antigüedad, ofrecía por ella una pequeña fortuna. Mi padre volvía para pagar, pero el dueño del restaurante se brindaba a comprársela por la mitad de esa pequeña fortuna.

Él, tras mucho dudar, se la vendía de mala gana. Cartwright no regresaba jamás para ofrecerle al hombre un precio mejor. Y mi padre se apresuraba a largarse con la mitad de su pequeña fortuna, dejando al propietario del restaurante con un chisme carente de valor. Como todos los buenos timos, se valía de la codicia del «objetivo» y de su deseo de joder a alguien, y usaba esas debilidades para ser él quien lo jodiera.

Así fue como, de hecho, hundió a Accurso en la miseria. Cartwright me lo contó años más tarde. Fue una versión a gran escala del número del violín, aunque utilizando valores empresariales (siempre se le han dado bien los libros mayores, y así se explica que se le ocurriera estudiar contabilidad mientras estaba en prisión).

Fue dos veces a la cárcel. La primera, con una condena breve, cuando yo tenía cinco años; la segunda, con una pena de veinticuatro años que comenzó cuando yo había cumplido los doce. Esa primera vez lo pescaron por un fraude de acciones: andaba detrás de Accurso otra vez tras haber descubierto que este volvía a poner en práctica el timo de siempre con otros negocios de poca monta. Ahora bien, para que el objetivo pique, normalmente usas como cebo algo ilegal o embarazoso: una televisión robada o una cartera llena de billetes con un nombre dentro, por ejemplo, de tal manera que si el fulano se acoquina o descubre al final que lo están engatusando no se atreva a recurrir a la policía. Accurso estaba tan furioso con mi padre por el primer timo que, cuando supo quién pretendía jugar con él por segunda vez, llamó igualmente a la pasma (lo cual no fue muy elegante por su parte, me parecía a mí; porque más bien debería haber intentado cambiar las tornas y estafar de nuevo a mi padre). Ambos estaban tan pringados, de todos modos, que la policía acabó metiéndolos en la cárcel. Yo era muy pequeño y apenas lo recuerdo. A mi padre lo encerraron un año; cumplió seis meses. A Accurso le cayeron dos años.

Al terminar esa breve condena, mi padre emprendió una vida honrada. La pandilla del bar de Ted siempre hablaba de su retiro con tristeza; habían perdido a uno de los mejores. Ahora desempeñaba empleos legales, o eso creía yo, en talleres o donde se terciara, y mi madre trabajaba como secretaria. Años después, cuando yo rondaba los doce, todo se vino abajo. Él dijo una noche que se iba con unos amigos a ver un partido de béisbol de segunda (jugaban los Prince William Cannons). Yo me puse el pijama y me acosté después del episodio de *Un chapuzas en casa*. En fin, lo típico de un jueves por la noche.

Recuerdo que me despertó la voz de mi madre; la oí dando gritos abajo. Era poco después de medianoche. Bajé la escalera y la vi al teléfono, mordiéndose las uñas y sollozando, ya sin ruido. Se había desmoronado y había acabado en cuclillas contra la pared, debajo del teléfono.

La policía había pillado a mi padre mientras asaltaba una casa en Palisades, una zona adinerada junto al río Potomac, entre DC y Bethesda.

Yo nunca había logrado entender lo de aquella noche. La casa donde lo pillaron estaba vacía; era propiedad de un inversor inmobiliario de Washington muy bien relacionado. Pero no había nada que robar. Él jamás había entrado a desvalijar una casa, porque le gustaban la confianza, el desafío y el riesgo de los timos prolongados, la actitud moralista —estilo Robin Hood— de joder a aquellos que se lo merecían. Entrar a robar, destrozando las ventanas, y llevarse los electrodomésticos era el delito característico en el que más adelante me metería yo con los idiotas de mis amigos. A un profesional como mi padre no se le ocurriría eso jamás.

Nadie sabía por qué lo había hecho. Él mantuvo la boca cerrada; ni una sola palabra en todos estos años. Yo había dado siempre por supuesto que alguien lo había metido en el lío, aunque no tenía el aspecto del chanchullo que él habría montado por su cuenta. Pero se negó en redondo a colaborar con el fiscal y permaneció cabizbajo en todos los interrogatorios. Nunca se había fiado de los poderosos, ni de nadie que se pareciera mínimamente a un político, y pensaba que el sistema judicial en su totalidad era otra estafa de diferente estilo, donde el incauto era él. Se entendía que pensara así, puesto que el Go-

111

bierno había ido mermando el negocio familiar a base de impuestos hasta dejarlo en nada y, cuando la fundición quebró al fin, los hombres de negocios «respetables» se abalanzaron como buitres sobre una carroña. O tal vez su prejuicio provenía de aquellos años de estafas durante los cuales había logrado hacerse pasar por un hombre honrado, por un pilar de la sociedad, sabiendo que no era más que un delincuente. Quizá había empezado a ver falsedades y engaños detrás de cualquier fachada respetable.

Se había negado a aceptar ningún acuerdo, y a mí su actitud me había parecido siempre la de un timador estrecho de miras. Él no comprendía cómo podía contribuir a que los fiscales lo ayudaran, ni el toma y daca de la política: precisamente, aquello con lo que traficábamos en el Grupo Davies. No; para él la cosa era simple: no digas una palabra, protege a los tuyos, cumple tu condena. Ese código de honor entre delincuentes fue el que destrozó a nuestra familia. Nunca le perdonaría que lo hubiese antepuesto a nosotros, que nos hubiera abandonado a mi madre, a mi hermano y a mí.

Me he pasado la mitad de mi vida tratando de hallar respuesta a esta pregunta: ¿por qué entrar a robar en una casa vacía? Durante el transcurso del juicio, oía a mis padres por la noche, a través del delgado tabique que separaba nuestras habitaciones, mientras mi hermano dormía en la litera de abajo. Ella lloraba y discutía, y recuerdo que una noche le dijo: «Cuéntales qué pasó. Cuéntaselo todo».

Yo creía que había aprendido de mis errores, que conocía las reglas y que sabía seguir la corriente a los poderosos. Sin duda se lo había demostrado. O eso creía, hasta que mi nuevo trabajo me sirvió para llegar esposado a la cárcel del condado de Montgomery con una pandilla de putas y adictos a la meta.

Capítulo ocho

Curiosamente, mis años de duro esfuerzo para mantenerme lo más lejos posible de la cárcel me habían mandado allí de vuelta. Ese hecho, claro, plantea de nuevo una cuestión filosófica crucial: si utilizas el retrete situado en el centro de la celda de preventivos, y no hay nadie mirándote, ¿sigue siendo humillante?

Sí. Y una fuente de tensión para el cuádriceps.

Estábamos en unas dependencias nuevas, cerca de Poolesville; todo a base de moqueta y colores primarios. Más que una cárcel, parecía un jardín de infancia. Ni siquiera había barrotes, sino puertas metálicas y ventanas de cristal reforzado. Yo era consciente de que mi vida se iba al garete pero, pese a ello, todo resultaba menos escalofriante que la primera vez que había estado preso, a los diecinueve años. Seguramente ayudaba el hecho de que mi compañero de fechorías fuese esta vez un miembro de la Cámara de Representantes, en lugar del gilipollas de mi hermano.

A Walker, al viejo y a mí nos habían metido al detenernos en un Crown Victoria sin distintivo, en vez de confinarnos en el asiento trasero con barrotes de un coche patrulla. Los tres conservábamos nuestros teléfonos móviles. Como si ocupáramos la sala VIP.

Después de un par de horas cociéndome en mi propia salsa, apareció un agente en el pasillo.

—Vamos —ordenó.

Me llevó a unas oficinas, un pequeño laberinto de escritorios.

—¿Puedo hacer un par de llamadas? —pregunté—. Me gustaría contar con un abogado en el interrogatorio.

—Bueno, podría pero…

—Tengo derecho a recibir asesoramiento legal.

El agente puso los ojos en blanco y empujó hacia mí el teléfono del escritorio. Llamé primero a Marcus. El muy capullo me había metido en este lío; sería mejor que él y Davies me sacaran de allí. Aunque no las tenía todas conmigo. Recordé otra máxima clásica de DC mientras oía cómo sonaba el teléfono: «El único escándalo del que no puedes recuperarte es si te pillan en la cama con una chica muerta o con un chico vivo». Nunca creí que yo fuera a encontrarme en ninguno de los dos grupos, pero, bueno, aquella era una noche loca.

El teléfono sonó tres veces; luego oí que Marcus decía «hola».

—Oye. Me han detenido. Yo… —Me interrumpí. Había algo que no cuadraba. La voz de Marcus no me llegaba por el teléfono…

Me volví y allí estaba: sonriendo, con el móvil en la oreja.

—¿Le importa? —le dijo Marcus al agente.

En cuanto este desapareció, tomó asiento.

—¿Qué coño pasa aquí, Marcus?

—Tómatelo con calma.

—¿Los periódicos se han enterado ya? ¿Davies lo sabe?

—Cálmate, Mike.

—¿Cómo has llegado tan deprisa? ¿Te han avisado?

—Ya te lo he dicho, Mike —dijo Marcus—. Te hemos estado vigilando. ¿Cómo anda Tina, por cierto? —Sonrió de oreja a oreja.

Cerré los ojos, apreté los dientes, hice la cuenta atrás a partir de cinco. Me dije que, si intentaba estrangularlo allí mismo, lo más probable era que él acabara antes conmigo y que, suponiendo que lo consiguiera, estábamos en una comisaría: seguramente, no era el lugar más indicado para cometer un asesinato.

—¿Sabías qué tramaba Walker? —pregunté al fin. Mis engranajes giraban a toda velocidad—. ¿Era una trampa? ¿Has llamado tú a la policía?

—No —respondió Marcus—. No te pases. Habíamos observado a Walker e intuíamos que quizá se metería esta noche en una situación espinosa. Últimamente, ha sufrido ciertas..., vamos a decir, tensiones. También nos habíamos enterado de que la policía podría tomar medidas contra... —chasqueó los dedos, tratando de hacer memoria— el grandullón ese.

—Squeak.

—Eso es. Así que hemos mantenido los ojos bien abiertos, nos hemos cobrado un par de favores y asegurado de que si algo le pasaba al senador, Dios no lo quisiera, estuviéramos en condiciones de echarle una mano. El antiguo e infalible sistema de hoy por ti, mañana por mí.

—Pero ¿por qué meterme a mí en semejante fregado? ¿Para qué había que joderme a mí? ¿Y qué pasará ahora?

Marcus se sacudió las manos, como si se las limpiara, y añadió:

—Aquí no ha pasado nada. No hay ningún informe. No te apures por ese pringado —dijo señalando con un gesto al agente—. Ya nos hemos ocupado del personal. Estáis todos libres. Ahora tú le dirás a Walker que has llamado a tu jefe y que él se las ha arreglado para sacaros del apuro. —Sonrió meneando la cabeza—. Y el viejo caballero que ha sido sorprendido en vuestra pequeña orgía es el jefe de la Coalición por los Valores de la Familia. Un pez gordo. Eso ha sido de chiripa. Un golpe de suerte. Justo en el sitio y a la hora adecuados.

—Bueno, ¿y ahora, qué? —pregunté—. ¿Vamos a decirle a Walker que o nos ayuda con ese resquicio legal para nuestros amigos serbios o hacemos pública la historia? Creía que habías dicho que nosotros evitamos la coacción directa, porque es un recurso que tiene tendencia a explotarte en la cara.

—Así es. Pero no le diremos tal cosa, no; tú ahora hablas con él y le explicas que le hemos hecho ese pequeño favor. ¿Y sabes qué vas a pedirle a cambio?

—Me rindo.

—Un partido en el club de golf del Congreso.

—¿Cómo? Eso podrías haberlo conseguido con una llamada de tu secretaria.

—Exacto. Empiezas pidiéndole un favor fácil, un favor de amigo. De ese modo él tiene la seguridad de que no pretendes joderlo. Os han pescado a los dos, estáis juntos en el asunto.

115

Lamento haberte hecho pasar este mal trago, pero para eso tenías que estar en la casa. Él no sospechará nada. Si nos hubiéramos presentado en comisaría y le hubiéramos ofrecido un trato, se consideraría directamente un caso de chantaje. Si intentáramos arrancarle algo, desataríamos su hostilidad, y él se nos pondría en contra y nos acabaría soltando un mordisco.

—Es decir, que no le pedimos nada y, al final, nos lo dará todo.

Marcus asintió:

—Premio para Mike. Nosotros iremos haciéndole favores, y él nos los irá devolviendo poco a poco. Incluso es probable que se ofrezca motu proprio. Tú pides un poquito más cada vez y acabas ganándote su voluntad. Y aquí viene lo mejor: él ni siquiera se entera. No se resiste. Porque tú nunca le aprietas las clavijas. Lo matas con un millar de incisiones. Y una vez que ha traspasado el límite, incluso sin advertirlo, ya es tuyo. En el caso improbable de que trate de escabullirse, le recuerdas que vendió su alma hace mucho y que tienes pruebas suficientes para destruirlo si se pone melindroso. Así es como se juega el partido a la larga, Mike. Son las grandes competiciones.

El mismo sistema que mi padre usaba, pero que nunca quiso enseñarme.

—Al menos podrías haberme avisado —protesté, y hubiera añadido «gilipollas».

—¿Qué te dije sobre la contrainteligencia?

—Por el amor de Dios, son las cuatro de la mañana y he pasado una noche de mierda. ¿Podrías ahorrarte los acertijos?

Él aguardó, imperturbable.

—¿Poner a prueba continuamente la fiabilidad de tus agentes? —aventuré.

—Eres un genio. Algún día trabajaremos todos para ti.

—Chorradas. Me estabas poniendo a prueba. Te divertías conmigo porque sí.

Marcus me mostró las palmas. Me imagino que nunca llegaremos a saberlo. La gran esfinge de Kalorama había hablado.

Los chicos del burdel —el *friki* de las anfetas, Squeak y Walker— nos esperaban avergonzados en el vestíbulo de la comisaría. Las chicas y el viejo se habían largado. Yo ya le había explicado al senador que Marcus nos había salvado.

—¿Podría…, humm, llevarnos de vuelta? —preguntó Walker.

—¡Cómo no! —dijo Marcus jovialmente, como si acabáramos de salir de un partido de sófbol, en lugar de escapar de una encerrona criminal. Nos apretujamos todos en el Mercedes AMG y regresamos a toda velocidad a la casa. Lo de volver a la escena del delito se estaba convirtiendo en una costumbre en mi caso.

Había vivido otras excursiones en coche francamente incómodas, pero aquella se llevaba la palma. Walker todavía estaba colocado; tenía ojeras amoratadas y procuraba no rechinar de dientes. Inútilmente. Marcus encendió la radio, aligerando un poco el ambiente. Hasta que, quince minutos más tarde, sonó *Son of a Preacher Man*. Corté la conexión (ya estaba bien de Dusty Springfield por esa noche), e hicimos el resto del camino en silencio.

Cuando dejamos a Eric Walker junto a su coche, vi que por una vez había perdido por completo su encanto característico. Parecía derrotado, sencillamente.

—No sé qué decir —murmuró—. Gracias. Y si puedo hacer cualquier cosa para devolverte el favor, dímelo.

—Humm… —repliqué.

Observé que se preparaba, casi estremeciéndose, como si fuera a recibir un puñetazo. Debía de esperarse un chantaje en toda regla. Entre las drogas, los chicos y las putas, teníamos basura de sobra para hundirlo cuatro veces.

—De nada —dije—. Hay que cuidar de los amigos. Hagamos una cosa: ¿por qué no me invitas a una ronda en el club de golf del Congreso, y así quedamos en paz?

Me miró con atención unos segundos, y comprobé cómo el alivio lo embargaba. Sonrió con timidez, me estrechó la mano y la sacudió una y otra vez.

—Por supuesto. —Se dirigió hacia su coche y abrió la puerta. Cuando ya me alejaba, añadió—: No dudes en decírmelo si puedo hacer algo por ti. Hablo en serio. Cualquier cosa.

Marcus lo había observado todo desde el Mercedes, y me dio una palmada en el hombro cuando me senté a su lado. El

117

senador creía que acababa de escapar por los pelos, pero en realidad la trampa había empezado a cerrarse alrededor de él. El pobre imbécil estaba convencido de que había encontrado un amigo en Washington.

Mientras íbamos hacia casa, me resultaba difícil dejar de preguntarme por qué Marcus no me había avisado siquiera de qué iba a ocurrir en el narcoburdel. Había varias explicaciones posibles: conseguir que Walker creyera que los dos estábamos metidos juntos en el lío, eso parecía lógico; ponerme a prueba; gastarme una novatada, quizá. Pero mi mente volvía una y otra vez a los cuatro puntos esenciales —dinero, ideología, coacción y ego—, y me traía el recuerdo de la actitud evasiva de mi jefe cuando le había preguntado por la C —coacción—, y de la incógnita acerca de qué me tenía preparado en concreto. Como beneficio secundario de aquella noche de locura, contaba con un material bastante explosivo que podía utilizar contra mí en caso necesario.

Aquel asunto me dejó un mal sabor de boca. Cuando pesqué a Gould recibiendo sobornos, se trató estrictamente de atrapar a una persona que no tramaba nada bueno, y de obligarle a abandonar sus manejos, de manera que se acabó introduciendo, incluso, una reforma positiva en la legislación. En cambio, había algo inquietante en la facilidad con que Marcus había doblegado esa noche la ley (aunque, desde luego, me alegraba de que lo hubiera hecho para sacarme de la cárcel). Parecía como si me hubieran inducido a descarriarme, incluso a empujar a Walker hacia la autodestrucción, para abalanzarse sobre él y sacar provecho.

Y en la versión de él, además, todo resultaba demasiado oportuno: sabía que el senador se iba de parranda, sabía que la policía iba a lanzarse sobre Squeak, y todo había salido exactamente como convenía al Grupo Davies… No sé si fue él quien avisó a la policía, pero a mi modo de ver eran demasiadas coincidencias. Yo no ignoraba que jugar fuerte era una parte de nuestro trabajo y que, de vez en cuando, habías de taparte la nariz mientras cerrabas un trato. Pero ahora me preguntaba hasta dónde serían capaces de llegar mis jefes para alcanzar sus objetivos, y si no habría una pizca de verdad en las advertencias de mi padre.

Le di las gracias a Marcus por llevarme hasta Washington y, mientras me dirigía en mi propio coche a la casita de ensueño que me había ganado con mi trabajo, dejé de lado esas inquietudes. Estaba exhausto, y los detalles de aquella noche desastrosa seguían dándome vueltas en la cabeza. Lo sucedido confirmaba las informaciones que todo el mundo me había dado sobre DC: «Si quieres un amigo, búscate un perro. Y nunca te diviertas en una fiesta, sobre todo si anda cerca el Grupo Davies».

119

Capítulo nueve

A fin de cuentas aún no había salido del apuro, pues había dejado sola a Annie toda la noche. Mientras volvíamos de Maryland, observé cómo iban pasando los minutos en el reloj, tal como en la cuenta atrás de una bomba que estallaría a las seis y media de la mañana, cuando le sonara el despertador.

Si llegaba antes de que despertara, podría darme una ducha rápida y meterme en la cama sin que nadie se enterase. Pero eso parecía cada vez más improbable. A las seis, la I-270 en dirección al centro empezaba a atascarse a causa del tráfico matinal. Cuando recogí mi coche en Georgetown, recé para que Annie se hubiera quedado dormida.

A las seis y media, la avenida Connecticut era como un aparcamiento: había centenares de coches inmovilizados. Para salirme con la mía, ella habría de echar por lo menos dos cabezadas de propina y seguir tan profundamente dormida que no me oyera cuando entrase.

No entiendo por qué me molestaba siquiera en preocuparme. No llegué hasta las siete. Ya no había remedio. Annie estaría casi en la puerta. Cambié el chip para tratar de limitar los daños, pero tenía el cerebro demasiado embotado para que se me ocurriese una buena excusa. No mentiría, pero tampoco le contaría toda la verdad. Le diría que me había tocado entretener a Walker por cuestiones de trabajo, y él me había tenido toda la noche en danza; lo confesaría y arrostraría las consecuencias. Los morros que ella me pondría unos días no serían nada en comparación con las restantes magulladuras que me había dejado la noche. Lo superaría.

Salvo que no debía preocuparme solo por Annie. Sentado

en el porche delantero, leyendo el periódico en mi propio balancín, se encontraba nada menos que sir Lawrence Clark.

Dije «hola».

Él no respondió y se limitó a sonreír. Se había agenciado un asiento privilegiado para asistir a mi ejecución.

—¿Eres tú, Mike? —preguntó Annie por la ventana de la cocina. Abrió la puerta—. ¿Dónde estabas?

—Trabajando. Ya te lo contaré después.

Confiaba en que no advirtiera en mi muslo los restos de brillo de uñas de Natasha.

—Muy bien —dijo. Parecía cabreada, pero no lo consideré una causa perdida—. Mi padre quería salir a desayunar. ¿Tienes tiempo?

—Claro —contesté tratando de captar por dónde iban los tiros. No iba a perderme ese desayuno. Quería estar presente para poder reaccionar ante las artimañas que sir Larry se trajera entre manos. Annie volvió a subir a la habitación para acabar de arreglarse.

Clark todavía sonreía; era obvio que se estaba divirtiendo. Debía de estar bien informado de mis andanzas de anoche. Y yo sabía que me colgaría a la primera ocasión que se le presentara. Esa era su intención: pillarme con las manos en la masa, como quien dice, justo cuando llegaba a hurtadillas a casa. ¿Y luego? Seguramente, echármelo en cara y tratar de destrozar allí mismo mi relación con su hija.

Una buena jugada, quizá jaque mate. Desde luego había escogido un buen momento para darme la puñalada; después de la noche que había pasado, no podía pensar con claridad. Pero no me cogía del todo desprevenido.

—Estoy deseando empezar —dije sonriéndole al viejo a mi vez.

Su sonrisita se desvaneció. Imagino que fue entonces cuando advirtió que no me tenía tan acorralado.

—¿Qué piensa contarle a Annie? —le pregunté.

—Pensaba dejar que empezases tú y le explicaras dónde has pasado la noche.

—Podemos hacerlo así. —Contemplé el horizonte: las nubes todavía eran anaranjadas—. O quizá podría contarle usted lo de los incendios en Barnsbury.

121

Tensó la mandíbula y se levantó irguiéndose ante mí.

—Barnsbury, ¿qué? —preguntó, amenazador. Un ligero matiz barriobajero se había deslizado en su acento. Se me ocurrió que, a lo mejor, me había despreciado desde el principio porque al mirarme se veía a sí mismo: un tipo que se había forjado una vida respetable a base de disimulos.

Barnsbury era un barrio obrero del norte de Londres, donde él había sacado en su día un buen pellizco en propiedades inmobiliarias. Y era también la palanca que me permitiría que me dejara en paz. Lo había pillado, que era mi objetivo. Antes de mencionar el tema, no estaba del todo seguro de si podría amenazarlo con la historia de ese lugar, pero su reacción me acababa de demostrar que sí.

Tras un año en Davies, buscar el punto débil de las personas me salía ya casi sin pensar. Clark constituía un caso interesante, porque a primera vista parecía de una honradez intachable. Pero poder joderlo de algún modo se había convertido para mí en una pasión personal, y seguí el consejo de Henry al pie de la letra: «Puedes atrapar a cualquiera si das con el resorte preciso». Finalmente, revisando antiguos casos judiciales del Reino Unido, tropecé con varias demandas relacionadas con las primeras inversiones inmobiliarias de Clark en el norte de Londres. En todos los casos hubo acuerdo antes del juicio, motivo por el cual no había nada de interés en los documentos oficiales; llamé entonces a un par de abogados que habían trabajado para la otra parte. A sus clientes los habían comprado, pero los abogados no se mordieron la lengua. Las primeras inversiones de Larry olían a chamusquina: tres incendios excesivamente oportunos habían contribuido a librarlo de los antiguos inquilinos, mientras Barnsbury dejaba de ser un barrio trabajador para convertirse en una zona exclusiva de la élite de Londres. Clark quintuplicó sus inversiones y, en último término, amasó los miles de millones que utilizó para crear su fondo de inversiones de alto riesgo.

Supongo que daba por supuesto, como la mayor parte de los humanos, que, si un pecado se entierra sin dejar pruebas documentales ni otro rastro que los recuerdos de cuatro picapleitos, al final es como si no hubiera existido. Tanto mejor para mí. Ahora no me arrepentía del trabajo que me había tomado: la falsa seguridad que él sentía no hizo más que aumentar el potencial de sus trapos sucios cuando los saqué a la luz.

—Vayamos al grano, señor Clark —insinué.

—¿Qué te crees que sabes?

—Más que suficiente.

—¿Quieres dinero? ¿Estás buscando eso? ¿Con tal intención andas detrás de mi hija? ¿Para llegar a mí?

Su acalorada reacción me dijo que ya lo tenía en mis manos. Pero como les explicará cualquier timador, un objetivo quemado es un peligro; es capaz de hacer cualquier cosa para vengarse. Por lo tanto, ahora me tocaba sosegarlo. Una lección que tanto mi padre como Marcus conocían bien.

—¡No —exclamé—, eso nunca! Únicamente se lo menciono para que sepa que me cuido de usted, que estoy de su lado y que solo tengo en mi ánimo los intereses de su familia.

Yo sabía que Larry tenía muy buenas relaciones en los círculos financieros de Nueva York, pero desde que había venido a vivir a DC había estado demasiado ocupado cazando zorros en su hacienda para cultivar ninguna influencia política relevante. Significaba eso que se hallaba en una posición endeble, mal informado y, acaso, maduro para marcarse un farol.

—Si yo sé lo de Barnsbury, seguro que otros lo saben también. Se lo menciono solo para asegurarle que me mantendré alerta y me encargaré de que nadie —ni la Comisión de Valores ni el Comité de Servicios Financieros— intente mancillar su reputación. Los banqueros y los inversores no son muy populares hoy en día. Le estoy enseñando mis cartas. Es una oferta de paz.

Una clásica jugada Davies: disfrazar el chantaje como una forma de protección.

—¿Y qué quieres a cambio? ¿A mi hija?

—No quiero que me dé nada. Tan solo una oportunidad para demostrar que soy digno de Annie.

Ella apareció en la puerta principal.

—¿Listos? —preguntó.

—Totalmente —contesté.

La expresión de Larry pasó de la cólera al recelo.

—¿Sabes, Mike? —dijo—. Si tienes que irte a trabajar podemos desayunar juntos otro día.

—Ni hablar —exclamé.

Percibía cómo giraban los engranajes de su cerebro. Como mínimo, estaba considerando seriamente mis palabras, y yo había logrado quitármelo de encima, pero sin dejarlo lo suficientemente furioso para que no se detuviera ante nada con tal de devolverme el golpe. Era una victoria. Y pese a lo agotado que me sentía, no deseaba ninguna otra cosa en este mundo que ir a degustar una tortilla de precio exorbitado en su compañía. Por la comida gratis, claro, pero más que nada para contemplar cómo sufría el arrogante hijo de puta.

Después del mal trago que mis jefes me habían hecho pasar aquella noche, era un buen recordatorio de que trabajar en el Grupo Davies encerraba grandes ventajas, como la de ser capaz de poner a tus pies a un multimillonario antes de desayunar.

Capítulo diez

*M*e gustó Colombia. Aparte de ciertas zonas controladas por la guerrilla cerca de Panamá, ahora es un país bastante tranquilo y poco tiene que ver con la barraca de tiro al blanco en que se convirtió durante los años del cártel. Las mujeres son de una belleza torturante, pero creo que lo mejor es el café. Los colombianos lo toman a todas horas: incluso a medianoche, en medio del chorreante calor tropical, veías en la plaza semidesierta del pueblo a un individuo deambulando con un termo, ofreciendo tinto y encontrando clientes. En fin, la clase de sitio que a mí me gusta.

Llevaba allí cuatro días. Henry y yo éramos los invitados de Rado Dragović, el mandamás serbio que había financiado la seducción del senador Walker. El personaje poseía una casa modernista en la costa caribeña, cerca del Parque Tayrona. A un lado está el Caribe, de un suave azul, ondulándose hasta el horizonte, y al otro se alzan montañas de cinco mil metros. Imagínense las Rocosas junto al Pacífico, o sea, como Big Sur pero cuatro veces más imponente, y se harán una pequeña idea.

Los empleados de la oficina, Annie incluida, apenas habían logrado disimular su envidia ante el hecho de que me hubieran escogido a mí para volar en jet al paraíso y mantener una entrevista secreta junto con Henry Davies.

Yo daba por supuesto que estábamos allí para concretar con los serbios qué cláusulas legales querían embutir en la inminente ley sobre relaciones exteriores (para lo cual, por cierto, Walker se estaba volviendo tan servicial como Marcus había predicho). Hasta el momento, no obstante, el viaje había sido de puro relax. Nos habíamos alojado en un hotel de un puerto pesquero que los ricos expatriados europeos habían convertido en una ciudad de placer.

Tanto relajo y tanto ocio resultaban casi inquietantes después de casi un año trabajando noventa horas a la semana. Me imaginé dos cosas: una, que Henry se estaba portando bien conmigo tras el embrollo Walker (apaciguándome, por así decirlo), y dos, que la diversión no duraría mucho.

Lo más duro hasta ahora había sido evitar a la hija de Rado, Irin, que se había presentado un día después de llegar nosotros en compañía de cuatro glamurosas amigas. De hecho, ya la había visto brevemente en otra ocasión, en la fiesta de Chip, la noche demencial en la que Walker me había llevado al narco-burdel. Ella era la chica con la que el senador había estado hablando sobre las distintas universidades. Tenía veinte o veintiún años. Al parecer, ya había estudiado dos años en Georgetown, y ahora se estaba tomando un respiro para jugar a la Paris Hilton balcánica mientras se decidía entre Yale, Brown o Stanford para acabar la carrera.

126

Inteligente, sin duda. Aunque lo primero que notabas en ella y en sus amigas es que eran chicas marchosas: grandes gafas de sol, ropa de marca y ese modo de fumar despreocupado, en plan que-te-jodan, típico de los jóvenes. Irin era la más llamativa. Creo que sería justo describirla como una especie de *lolita*. Había en ella un no sé qué de sinuoso y *sexy*, y unos oscuros ojos mediterráneos que la convertían en una tentación. No digo que fuera la chica más espectacular que había visto en mi vida, pero conseguía inspirar un deseo barriobajero e inquietante. La mayor parte del peligro que emanaba procedía de su rostro, que era precioso, claro, de labios llenos y ojos almendrados. Pero lo más importante era esa expresión suya... ¿Cómo les diré? Imagínense la cara que se le pone a una persona al final de una buena cena, tras varias copas de vino; esos ojos perezosos que te dicen «sácame de aquí y llévame a la cama». Bueno, pues ella ponía esa cara siempre. Era su cara normal. Una distracción tremenda.

Un día, en la playa, me vi encañonado de lleno por sus encantos. Ella me había estado preguntando a qué me dedicaba y qué negocios tenía con su padre.

—¿Tú trabajas directamente con Henry Davies? —me preguntó.

Parecía que me estuviera tanteando para ver si era un peso pesado. Estaba sentada muy cerca de mí, luciendo el top del bikini y unos vaqueros recortados; de vez en cuando se echaba hacia delante para ahuyentar una mosca y me rozaba el hombro con sus pechos. En conjunto, una actuación muy convincente. Era espabilada, eso saltaba a la vista, y aquellos ojos suyos me derretían como un rayo de control remoto. Pero yo ya había visto lo suficiente durante mi estancia en el Grupo Davies para desconfiar de las mujeres curiosas con grandes tetas, e hice lo posible para pasar de ella. Mas la indiferencia no bastó. Irin seguía el ejemplo del cine negro e interpretaba el papel de la «fresca». Tras unos minutos de tanteo, me miró a los ojos e inquirió:

—¿Te dan miedo las chicas malas?

—Terror —contesté, y me concentré en mi libro (*Teoría del tráfico de influencias*, una lectura trepidante). Ella se levantó, retrocedió unos pasos, todavía clavándome aquella mirada soñolienta, y luego dio media vuelta y se alejó, convencida de que podía encontrar jaleo en algún otro rincón de la playa.

127

Habría resultado cómico y hasta entrañable ver cómo la chica se recreaba en su poder recién adquirido, en esa destreza para usar la sensualidad como una palanca contra los hombres más dueños de sí mismos. Salvo que ella no era una lolita juguetona e inofensiva. Al contrario: parecía poseer la seguridad y la experiencia de una cortesana. ¿Y quién era yo para reírme si tenía que permanecer sentado en la escollera, leyendo y aparentando indiferencia, mientras aguardaba a que mi traidora erección abandonase toda esperanza?

A dos de los subordinados de Rado —Miroslav y Aleksandar— ya los había conocido en DC. Eran los típicos matones vulgares y corrientes, en versión europea; por ello, resultó una agradable sorpresa descubrir que Rado era distinguido y elegante. Siempre iba con trajes de corte impecable; parecía carecer de glándulas sudoríparas incluso allí, en el trópico, y no paraba de utilizar expresiones como: «Ya me disculpará…», o «Quienquiera que sea…», con un ligero acento y logrando que sonara natural.

Su casa quedaba como a un kilómetro más arriba del pueblo donde nosotros nos alojábamos. Los cinco —Miroslav, Aleksandar, Rado, Henry y yo— estábamos una tarde en su jardín bebiendo *prosecco* y contemplando la puesta de sol. Rado recogió unas hierbas que pensaba usar para la cena y nos explicó sus sutiles propiedades mientras las restregaba suavemente con la punta de los dedos y aspiraba su aroma.

La casa entera estaba expuesta a la brisa marina. Su dueño nos llevó a la cocina y nos expuso los principios fundamentales del *steak tartar*, a saber: que fueran frescos los huevos, claro, pero sobre todo la carne.

Se quitó la chaqueta (era la primera vez que lo veía en mangas de camisa), se enrolló los puños hasta el codo y le ordenó a Miroslav que sacara media espalda de ternera del frigorífico.

—Han matado a *Flor* hace un par de horas —dijo Rado, dándole unas palmaditas cariñosas. Con un largo cuchillo de acero de Damasco, separó el lomo de la espina dorsal de un corte limpio y se atareó en sacar la grasa y la piel.

—Me gusta cortarme la carne yo mismo —explicó sonriendo.

128

Yo estaba deseando que fuésemos al grano. Las vacaciones me ponían nervioso. A mí me gustaba estar ocupado y, ahora que veía las habilidades de Dragović manejando el cuchillo, no me apetecía seguir en el punto de mira de su hija. Irin acababa de bajar con una bata transparente y me lanzaba miraditas desde el otro lado de la mesa mientras se comía una manzana.

Pero Rado no tenía prisa y siguió charla que te charla durante toda la cena, compuesta por seis platos. Por deliciosa que fuese la comida, después de aguantar todas sus disquisiciones sobre el pájaro cantor mediterráneo más suculento a la parrilla (la curruca), sobre la película más mordaz del primer Emir Kusturica *(Underground)* y sobre el whisky de centeno más indicado para preparar un Sazerac (Van Winkle, reserva especial), ya no pude contenerme más. Me había jugado el trasero para ponerle en bandeja al senador Walker, y quería saber qué necesitaba exactamente y cuánto estaba dispuesto a pagar.

—Dígame, señor Dragović, ¿cómo podríamos ayudarlo desde Washington? —inquirí.

La reducida concurrencia reaccionó como si acabara de cagarla por todo lo alto.

Henry salvó la situación cambiando de tema.

—¿Quién fabrica hoy en día la mejor absenta? —le preguntó a Rado. Nuestro anfitrión, tras echarme una sonrisa condescendiente, siguió la conversación por aquel nuevo derrotero.

Esos europeos meridionales de mierda… Ellos no hablaban de negocios en la mesa. Cuatro horas más tarde, pasamos a los postres, luego a los cafés, y luego a las copas. Rado sacó una botella de un licor negro de aspecto repulsivo, con signos asiáticos en la etiqueta, y se dedicó a servirlo. No sabría decir qué sabor tenía, porque, en cuanto di un sorbo, fue como si me hubieran anestesiado la boca entera. Me sentí fatal en el acto.

Al fin, propuso que cogiéramos las copas y nos trasladáramos a la biblioteca. ¡Qué alivio! Por fin iríamos al grano.

Volvió a llenarnos los vasos, y me pareció ver algo flotando en la botella de licor oriental.

Henry expuso los términos del acuerdo. Sin rodeos. Nada de abogados ni de anticipos. Un simple apretón de manos: tú nos das veinte millones y nosotros introducimos tus cláusulas en la legislación americana, en una ley sancionada por las dos cámaras y firmada por el mismísimo presidente. Estarían incluidas dentro de un proyecto más grande, pero tendrían plena vigencia. Si el Grupo Davies no cumplía, él no nos debería nada.

Al serbio pareció complacerle la idea.

—Cuantas más leyes, menos justicia —dijo dando un sorbo.

Vaya por Dios… ¡hasta con citas del puto Cicerón! Estaba claro que podía relajarme.

—Este *soju* es de Corea del Norte —comentó Dragović—. Un licor único. Envejecido durante siete años y reservado para la élite del Partido.

De nuevo nos llenó los vasos hasta el borde, y sí, joder, no cabía duda: una serpiente negra —muerta— flotaba en la botella.

—Una víbora —añadió al advertir mi mirada—. El veneno le confiere un toque dulzón.

Salud.

—Veinte millones de dólares americanos —murmuró, y deambuló por la biblioteca, observando las luces que cabeceaban en las aguas del Caribe.

129

No dijo más que eso. Supongo que era el principio de una estrategia de negociación, pero esta vez no le iba a funcionar, porque justo entonces llamaron a la puerta con los nudillos.

Entró un criado con una nota para Henry. Este la leyó y consultó a Rado un momento. El serbio dijo: «Sí, claro. Que suba».

Tres minutos más tarde apareció Marcus, deshaciéndose en disculpas. Venía desgreñado y con una grabadora digital en la mano. En principio, él debía haber participado en el viaje, pero algo lo había retenido en DC a última hora. Le susurró unas palabras a Henry, y ambos se excusaron.

Cuando habla de un asunto de peso o muy confidencial, Marcus tiene la costumbre de poner música. Debe de ser un temor arraigado a los micrófonos, imagino. Y en efecto, enseguida nos llegaron las notas de un aria desde la pequeña habitación contigua donde él y Henry se habían refugiado.

Volvieron al cabo de diez minutos con una expresión de extremada seriedad. Henry solicitó hablar a solas con Rado. Yo no sabía qué pasaba, pero estaba prácticamente seguro de una cosa: Dragović debería haber aceptado la oferta de veinte millones sin vacilar, porque daba la impresión de que el precio acababa de subir.

Aguardamos fuera veinticinco minutos mientras Henry y Rado deliberaban en la biblioteca. Pese a la alta graduación del *soju*, la aparición inesperada de Marcus me había despejado. Me pregunté si no estarían empleando un ardid de timadores con Dragović, aportando noticias de última hora para subir el precio.

Suponiendo que fuera así, yo no estaba en el ajo. Cuando Henry y Rado salieron de la biblioteca, no dijeron una palabra ni dieron la menor indicación sobre qué había sucedido, sino que continuaron hablando en voz baja en un rincón. Marcus le entregó la grabadora a la secretaria de Henry, seguramente para que se encargara de la transcripción.

Esperé, armándome de paciencia, hasta que me acerqué a mis jefes.

—¿Qué sucede? —pregunté.

—Vamos a tener que mantener esta información en compartimientos estancos —me contestó Marcus. O sea: no te entrometas.

130

De acuerdo, tampoco necesitaba saberlo todo, aunque, la última vez en que había tenido que actuar con información incompleta, poco me había faltado para que me violara un gigante de ciento treinta kilos y para que me encerrasen en la cárcel. Como mínimo, me hacía falta saber cómo afectaba la situación a mi propio «compartimiento» en la conexión Rado-Walker.

—Vale —dije—. Ya me diréis qué hay que hacer con Walker.

Marcus y Henry intercambiaron una mirada que significaba: tenemos malas noticias. Henry decidió hacerse cargo del mal trago y, poniéndome una mano en el hombro, me comunicó:

—Vamos a tener que sacarte del caso, Mike.

Me quedé estupefacto. Los miré a ambos parpadeando como un idiota.

—¿Cómo? Meto una vez la pata durante la cena y ya está… ¿a la calle?

—No es eso, en absoluto —aseguró Marcus—. No has cometido ningún error.

—Es que ya no se trata simplemente de introducir una enmienda en una ley —explicó Henry—. Las cosas han cambiado. Ahora estamos trabajando en un terreno totalmente distinto. Sería demasiado, Mike, y demasiado pronto, para ti.

Habría podido quejarme de que me hubiera arrastrado a Sudamérica cuando se me amontonaba el trabajo en mi despacho; habría podido decirle que había perdido una semana y que estaba harto de que me mantuviera en la inopia. Pero todo eso no habría servido de nada.

—Me he ganado un sitio en esta historia —dije, en cambio—. Corrí el riesgo y pesqué a Walker. Estoy preparado para asumir la responsabilidad. Déjame participar; no te defraudaré.

—Estamos intentando protegerte. Tú vas camino de convertirte en un profesional de primera. Deja correr este caso, por tu propio bien. En semejantes asuntos, un solo movimiento en falso y ya estás jodido. Irrevocablemente jodido.

Reflexioné un minuto y, por fin, lo dejé correr.

—Mensaje recibido —acepté—. Gracias por ser tan franco.

Los dejé charlando y salí a dar un paseo. Me pregunté si se habrían tragado mi comedia de soldado disciplinado. Porque, si

131

en realidad creían que yo podía soltar aquel asunto así como así (desconectando la antena de mi instinto entrometido, como quien pulsa un interruptor, y permitiendo que me mantuvieran a oscuras por segunda vez), es que sabían mucho menos sobre la naturaleza humana de lo que aparentaban.

Tenía que averiguar qué sucedía y qué había en esa grabadora. En parte me movía la curiosidad, por supuesto, y en parte era cuestión de ego. Yo había aportado el trabajo más arduo, y me merecía un papel en la jugada que estuvieran planeando. Pero había algo más: Davies y Marcus me inspiraban recelo desde que me habían metido a ciegas en el montaje para chantajear al senador. Había sido hasta ahora el peón de vanguardia en el asunto Walker-Rado, y tenía que asegurarme de que, si fallaba el nuevo plan que se traían entre manos, no acabaría convertido en el pringado que se queda con el maletín en la mano. Si, además, encontraba algún trapo sucio, alguna pequeña influencia que usar contra mis jefes, o un seguro para cubrirme en caso de emergencia, tampoco me vendría mal. Sabía que Henry me había contratado en parte porque soy un cabrón taimado, y desde luego no quería decepcionarlo.

Henry y Marcus iban a quedarse un buen rato en casa de Rado para diseñar una respuesta a la noticia bomba que había cambiado toda la estrategia del caso. La secretaria de Henry, por su parte, regresaba al hotel con la grabadora digital de Marcus, probablemente para transcribir su contenido.

Como es natural, me ofrecí a acompañarla. Nunca se sabe cuántos indeseables pueden acechar en un pueblo como ese.

La llevé dando un ligero rodeo por el lado de los astilleros y los talleres mecánicos; ese recorrido significaba que tendríamos que caminar unos minutos por la playa para llegar al hotel.

Margaret —así se llamaba la mujer— llevaba la grabadora en la mano. Había sido la secretaria de Henry durante décadas, tanto en su etapa en el Gobierno como después, en su actividad privada. A sus cincuenta y pico años, siempre peinada con moño y llevando la ropa impecablemente planchada, venía a ser como el equivalente humano de una caja fuerte. Aquella grabadora era clave para conocer la noticia que mis jefes habían recibido,

pero ella no me iba a permitir que escuchara ni siquiera un poquito. Y yo sabía muy bien que, una vez que la grabadora llegara a Washington, iría a parar a la cámara acorazada de Henry,
que era un armatoste formidable.

Lo había visto salir de allí en una ocasión, pues la tenía
oculta detrás de un panel falso de su despacho. Que me hubiera
permitido atisbarla podía parecer un desliz por su parte, pero la
verdad era que saber dónde se encontraba no servía de nada,
porque también era una Sargeant & Greenleaf, pero de un tamaño monstruoso. Incluso un experto habría necesitado veinte
horas de trabajo ininterrumpido para reventarla. Si quería escuchar la grabación, habría de ser en Colombia.

Fui dándole palique a Margaret mientras caminábamos.
Pronto tuvimos compañía. Ella echó un vistazo mirando hacia
atrás, y una segunda ojeada para cerciorarse. Luego ya solo
miró hacia delante mientras apretaba el paso con todo el cuerpo
en tensión.

—Nos sigue alguien —afirmó.

—Está bien —contesté—. Mantén la calma.

Me volví. Un hombre alto y musculoso, de tez oscura, cua-
rentón, desgreñado y de barba encanecida, venía a nuestra zaga.

Una palmera nos tapó la luna.

—Está muy oscuro para comprobarlo ahora —susurré—.
¿Has visto con qué colores va vestido? No sería de negro y azul,
¿verdad?

Margaret vaciló un momento mientras lo pensaba, y al fin
respondió:

—Sí. ¿Qué significa?

—Podría pertenecer a una banda —repliqué frunciendo el
entrecejo—. No nos pasará nada si no llevamos nada muy brillante a la vista.

Margaret me mostró la grabadora digital —plateada y relu-
ciente, una tentación de trescientos cincuenta dólares— que tenía en la palma de la mano. Ella llevaba un vestido sin bolsillos
y se había dejado el bolso en el hotel.

—¿Podrías guardarme esto?

—Sí, dame, tengo una riñonera.

Me la entregó. El hombre que nos seguía aceleró; nosotros
procuramos mantener las distancias. A unos cincuenta metros

133

del hotel, nuestro amigo musitó algo por lo bajini. Margaret casi salió corriendo hacia la puerta principal.

La trampa había surtido efecto. Ahora el farol.

—Estupendo —le dije señalando hacia la esquina—. Me parece que vienen unos soldados.

El ejército colombiano estaba desplegado por toda la costa. Ver a esos chavales de dieciséis años con morteros, chalecos antibala y rifles de asalto puede resultar algo desconcertante cuando llegas a Colombia, pero enseguida te das cuenta de que están ahí únicamente para evitar que secuestren a algún yanqui (y para sacarle de vez en cuando unos pesos a la población local).

—Voy a avisarles para que estén alerta —le advertí—. Tú sube.

—¿Seguro? —preguntó.

—Sí, sí; no te preocupes. —Siempre un mártir, el bueno de Mike.

Margaret se apresuró a entrar.

En la esquina no había ningún soldado. El tipo vestido de negro y azul estaba a cuatro metros. Se me acercó furtivamente y me susurró: «Marihuana. Coca. Marihuana. Coca».

—No, gracias, Ramón —contesté. Le di tres dólares en pesos por las molestias, rodeé el hotel y subí por la escalera de atrás.

No me sentía especialmente orgulloso por haber conseguido engañar a la secretaria. Al fin y al cabo, resulta casi demasiado fácil cuando has dispuesto de meses para ganarte la confianza de alguien. Pero yo necesitaba escuchar aquella grabación como fuera. Ahora bien, es esencial conocer a tu objetivo, y a mí me constaba que Margaret cumpliría las órdenes de Henry a costa de su vida, o poco menos. Su tarea esa noche era sencilla: preservar la grabadora, pero a mí me complicaba las cosas. Podría habérsela arrebatado por la fuerza, sin duda, pero eso no me habría dejado ninguna salida elegante. Por consiguiente, me había visto obligado a introducir un peligro exterior, alguien mucho más aterrador que yo, de manera que, para conservar el aparato, ella tuviera que cedérselo a quien representaba un peligro menor, o sea, al apacible Mike.

Ramón era un habitante del lugar que andaba siempre merodeando por la playa con un andrajoso suéter negro y azul. Que esos eran los colores de una banda criminal me lo había inventado para embaucar a Margaret; en realidad pertenecían al club de fútbol Boyacá Chicó. Por las tardes, Ramón vendía falsos puros cubanos; al oscurecer, trapicheaba con drogas y trataba de meterles mano a las mochileras. Si lo pillabas ya entrada la noche (y de todos modos, solía estar colocado a partir de mediodía), intentaba sacarte unos pesos con un cuento terrible sobre sus hijos medio muertos de hambre. Ofrecía un aire truculento, pero totalmente inofensivo: perfecto para mis propósitos. Yo había dado el rodeo por la playa para tropezarme con él, asustar a Margaret y conseguir que me confiara la grabadora.

La tarjeta de memoria exhibía una etiqueta: «Sujeto 23: teléfono fijo». No tardé más de treinta segundos en copiar su contenido en mi portátil. Luego pasé por la habitación de Margaret.

—No te olvides de esto —le dije entregándole el aparato; la tarjeta estaba colocada otra vez en su sitio.

—Gracias, Mike. No te imaginas el problema que tendría si llegara a perder de vista esta grabadora.

135

Aguardé a que todo estuviera en silencio. Y entonces enchufé los auriculares al portátil para escuchar la grabación.

—Ya me falta poco para conseguir la información que necesito —decía alguien—. Confío en tener el tiempo suficiente.

Era la voz de un hombre, probablemente de media edad; parecía preocupado, pero también seguro de sí mismo, elocuente. Alguien habituado a hablar en público.

—¿Tiempo suficiente? —preguntaba otra persona.

—Quizá ellos tienen idea de lo que ando buscando, pero no sé hasta qué punto. Me parece que me vigilan. Quién sabe de qué son capaces. Otros han desaparecido cuando se han acercado tanto a la verdad.

El otro interlocutor dio un suspiro, e inquirió:

—¿Quiénes son ellos?

—Solo me fío de ti, pero no puedo contártelo todo. Han sucedido demasiadas desgracias. Si te lo contara, te expondría al mismo peligro. No puedo cargarte con semejante peso.

—¿Sabes que parece como si estuvieras chiflado?

—Ya. Ojalá todo fuese paranoia. Pero no lo es. Creo que he encontrado a quien tiene la información. He de contactar con él antes que ellos. Serían capaces de cualquier cosa para conseguir la prueba. Si la tuvieran, créeme, yo estaría acabado.

—Has de informar a tu equipo de seguridad. Podrían matarte…

—Ni una palabra, ¿entendido? No tienes ni idea de las cosas que están en juego.

El otro vaciló y, finalmente, dijo que sí.

El primero inspiró hondo.

—Si vienen a por mí —dijo—, estaré preparado.

Estaba tan concentrado escuchando la grabación que no me di cuenta de que llamaban a la puerta la primera vez. Volvieron a llamar; tres golpes secos, seguidos de la voz de Marcus:

—¿Estás ahí, Mike?

Me incorporé con torpeza, dejé el portátil y los auriculares en el escritorio del rincón y abrí la puerta.

—¿Qué tal? —dije simulando aplomo (bastante mal).

—Quería comprobar que estás bien después de nuestra conversación hoy en casa de Radomir.

—Sí, bueno. Lo comprendo. —Sentía una palpitación en la garganta, aunque confiaba en que no se diera cuenta.

—Si juegas bien tus cartas, algún día llegarás a ser socio y tendrás un despacho en la tercera, con Henry y conmigo. Pero este caso implica demasiados aspectos y no es adecuado para alguien que está empezando; es excesivamente peligroso.

—Ya lo entiendo. Lo hacéis por mí.

—Así me gusta. —Echó un vistazo y se fijó en el portátil con los auriculares enchufados. Era un lince.

—¿Qué estabas escuchando?

—El nuevo álbum de Johnny Cash.

—Creía que se había muerto.

—Sí, pero cada año sacan alguna grabación antigua.

—¡Ah, ya, como Tupac!

—Exacto.

Marcus no era muy dado a la cháchara. Estar allí de pie bajo su mirada me resultaba insoportable. No sabía si me estaba vigilando, o si era solo su extraño instinto de espía el que lo impulsaba a detenerse en cada detalle, a prolongar la conversación por si podía pescar algo.

—Muy bien —dijo al fin—. Cambio de planes: regresamos mañana a Washington. El coche nos vendrá a buscar a las diez. No te retrases.

—Por supuesto.

Cuando se fue, cerré la puerta con cerrojo y me desplomé en la cama como un saco de arena.

En cuanto me hube calmado, puse la grabación una segunda vez y luego una tercera. Las preguntas se multiplicaban a medida que escuchaba: ¿Quién sería ese hombre, el sujeto 23? ¿Eran capaces Henry y Marcus de llegar hasta el punto de intervenir su teléfono? Desde luego; acababa de escuchar el resultado.

¿Y cuál era la prueba que ese hombre estaba a punto de encontrar, ese secreto lo bastante peligroso para matar por él? Tenía que estar relacionado con el caso Radomir y también con el hecho de que me lo quitasen de las manos y me dijeran que era demasiado peligroso para un novato.

Después de darle varias vueltas, se me ocurrió que quizá el sujeto 23 solo temía que se descubrieran sus pecados, y que acabara convertido en otra víctima del chantaje de Davies. ¿O realmente su vida corría peligro? ¿Era solo una obsesión? ¿Se trataba de alguien violento o lo suficientemente loco para atacar a quien se acercase siquiera a la información que ocultaba?

Aquello rebasaba con mucho los límites del trabajo habitual, incluso del juego duro. Tenía que averiguar quién era aquel individuo, y qué sabía, y qué querían de él mis jefes. En parte por orgullo profesional; el caso era mío, y me había ganado a pulso mi derecho a participar. Había algo más profundo, sin embargo: una cosa eran los trucos sucios, pero yo de ninguna manera quería mancharme las manos de sangre.

137

Capítulo once

$\mathcal{M}$e encantan las películas de atracos, especialmente las antiguas: personajes con jersey de cuello alto, robos de diamantes, actores como Cary Grant... Es todo tan limpio y elegante, y es tan inevitable que se acaben llevando el botín y que después celebren el trabajo con una copa de champán en la Riviera francesa y dándose un revolcón sobre el heno con Grace Kelly...

En la realidad, por el contrario, los jerséis de cuello alto son una idea pésima; no se creerán la cantidad de sudoración que produces cuando tratas de robar algo. Y nada sale nunca según el plan. Normalmente, acabas cada trabajo con uno o dos dedos machacados, con un par de cortes provocados por los cristales de un escaparate o una ventana, e incluso, en alguna ocasión, con un buen mordisco de perro. Y a cambio de todos tus esfuerzos, la mitad de las veces vuelves a casa con un magnífico botín de veintisiete pavos, o con una lata llena de monedas de veinticinco centavos, apestando a sudor de puro canguelo (incluso sin jersey de cuello alto), y el sueldo por hora, contando preparativos, salto de vallas e intentos fallidos, sale a un promedio tan lastimoso que podrías sacártelo trabajando en McDonald's.

Mis intentos para averiguar cuál era la relación de Marcus y Davies con aquella grabación resultaron igualmente fallidos. No sabía qué andaban tramando, pero lo hacían con tanta discreción que bien podría haberse tratado del Proyecto Manhattan (el que dio a luz la bomba atómica, ya saben). Marcus siempre estaba fuera de la oficina, en almuerzos interminables;

y las preguntas informales que yo le hacía a su secretaria («Oye, ¿sabes dónde está Marcus? Necesito que le eche un vistazo a un informe.») no me llevaban a ninguna parte. ¿Y si fisgoneaba un poco en su oficina? Ni hablar: por sistema, la puerta estaba cerrada con llave. Aunque tampoco importaba, en realidad. Él mantenía las antiguas precauciones que había adquirido trabajando para el Gobierno: cada vez que salía a almorzar, y todas las noches al marcharse, su escritorio quedaba limpio por completo; ponía todos los papeles a buen recaudo, e incluso sacaba el disco duro del ordenador y lo metía en la caja fuerte; la basura iba a la trituradora o a la incineradora, y nunca hablaba de nada sustancial fuera de los despachos, por si alguien pudiera escuchar algo.

Algunas de las medidas de seguridad que adoptaba me las había enseñado él mismo. Por ejemplo, variar de rutina de vez en cuando. Me había explicado la historia de un teniente coronel de marines, destinado en un puesto de avanzadilla de la provincia Helmand, en Afganistán. El militar no seguía dos veces la misma ruta (una práctica habitual en zonas de guerra), pero repetía un pequeño detalle: le gustaba izar y arriar la bandera todas las mañanas y todas las noches a la misma hora, como un reloj. Un francotirador le dio un día al alba cuando la bandera estaba a mitad del mástil. Me quedó clara la idea. Parecía una medida algo delirante en el plácido ambiente de Washington, pero, si observabas a Marcus con atención, te dabas cuenta de lo siguiente: siempre se dirigía a las reuniones delicadas dando rodeos y haciendo trayectos en zigzag.

Tras una semana o dos, empecé a sentir una profunda frustración en mis intentos de averiguar qué tramaban. Marcus pasaba fuera de la oficina más tiempo que nunca. La cantidad de tareas que asumía personalmente, en lugar de delegarlas en currantes como yo, me confirmaron que era un caso de excepcional importancia. Pero no podía sacarme de la cabeza la voz de la grabación, aquella charla sobre la posibilidad de acabar muerto y sobre la decisión de plantar clara. Yo había estado implicado en el caso Radomir desde el principio, y tenía que descubrir a dónde iba a parar, tanto para aplacar mi conciencia como para cubrir mi trasero.

La solución se me ocurrió al oír a Marcus, en la sala de des-

139

canso, hablando de un partido de fútbol de su hijo, y luego quejándose del precio de los colegios privados. Tal vez había sido espía en su momento, pero ahora no era más que un asalariado y un vulgar padre de familia. Esa particularidad implicaba que quizá sí había rastro de sus andanzas. Porque una cosa era segura: fuese a donde fuese, y actuara como actuara, debía pasar nota hasta del último café para que se lo reembolsaran. El lema del espía corporativo era: «No dejes huellas, pero guarda los recibos».

Los gastos se pasaban los días uno y quince de cada mes. Transmitías la información por Internet, la imprimías, metías la hoja con todos los recibos en un sobre y lo enviabas por correo interno al Departamento de Administración, en la primera planta. Aunque, en el caso de Marcus, advertí que era la secretaria quien llevaba en persona los gastos de su jefe al departamento en cuestión. Ese método me ponía las cosas un poco más difíciles que si solo hubiera tenido que interceptar el sobre mientras se hallaba en el casillero del pasillo, a la espera de que pasaran a recogerlo.

140

Era día quince. Yo sabía que Marcus iba a salir porque, al intentar programar una conversación con él, su secretaria me había dicho que estaría fuera de la oficina desde las once hasta las dos de la tarde. A las nueve y media, ella salió del despacho y se dirigió, como siempre, a la primera planta para entregar el sobre de gastos. Bajé por la escalera un instante después. En cuanto vi que depositaba el sobre, me acerqué al escritorio de Peg, la encargada de las nóminas de la empresa.

Yo iba cargado con un montón de sobres de papel manila y, por si fuera poco, con un par más de ellos del correo interno. Peg tenía en la pared de su cubículo una bandeja metálica donde los depositabas. Estaba lleno hasta la mitad y, como había estado observando a la secretaria de Marcus, sabía que el suyo había quedado encima. Los cubículos se hallaban pegados unos a otros, y en todo el edificio, cada tres metros aproximadamente, había una cámara de seguridad, tipo domo, adosada al techo. Tenía que hacerlo, pues, a hurtadillas.

Hay un truco que usan los magos y los fulleros llamado «empalme»: sin que lo note tu objetivo, cambias la carta de la base de la baraja por otra que tienes en la palma de la mano.

Normalmente, se utiliza esta técnica para que la carta escogida por el objetivo aparezca de golpe en tu mano, o salte del mazo entre las exclamaciones del público. Es un buen truco para reuniones familiares y para chavales con problemas de comunicación. Pero lo más importante en el terreno de los timos es el truco que explica que nunca puedas ganar en el juego de las tres cartas. ¿Saben cómo se las ingenia un trilero para sacar con ayuda de otra carta la que ustedes han escogido? Pues, ni más ni menos, que con una variante del empalme llamada «vuelco mexicano». Así es como cuelan la carta perdedora y se quedan con su dinero.

La técnica del empalme, asimismo, era el método que iba a utilizar para hacerme con el sobre de Marcus. La clave para salirte con la tuya, eso sí, es saber distraer al objetivo. Peg era una de esas damas cargadas de manías y achaques que hay en cualquier oficina: utilizaba apoyapies, almohadillas para las muñecas, abrazaderas LER (contra las lesiones por esfuerzo repetitivo) y la ineludible taza con la imagen de una gata; además, muchas de las conversaciones que se sostenían con ella eran una retahíla de dolencias, aliñada con preguntas tuyas sobre cómo andaba (mal) y con lamentos suyos por lo lejos que quedaba aún el viernes. Así pues, sabía cómo darle palique y mantenerla distraída.

141

Y ahora, damas y caballeros, el increíble Michael Ford intentará ejecutar un empalme, pero no con naipes, sino… —pausa teatral— con un montón de sobres del correo interno.

Me acerqué al cubículo de Peg, preparé mi montón de sobres y le pregunté cómo se encontraba. Ella mordió el anzuelo en el acto y se explayó sobre las moscas volantes, que volvía a padecer en la vista. Me cercioré entretanto de que el sobre de la secretaria de Marcus estuviera encima de todo. En efecto, así era. A continuación le hice una pregunta enrevesada sobre el próximo período de inscripción para la revisión médica de la empresa.

—Buena pregunta. Déjame comprobarlo.

Mientras ella se volvía hacia la pantalla y lo buscaba, me acerqué con mi montón de documentos a la bandeja metálica. Empujé con el pulgar el sobre de encima, el de mis gastos, dando lugar a que cayera dentro, al tiempo que tomaba con el meñique y el anular el primero de la bandeja —el de los gastos de Marcus— y lo adosaba limpiamente a la base de mi montón. Un empalme perfecto.

Salvo que al echar una ojeada a la bandeja mientras lo ejecutaba, advertí que el sobre que había debajo del de Marcus también tenía la letra de su secretaria. Era idéntico: «De: Carolyn Green. A: Gastos. Primera planta».

Mierda. ¿Había cogido el sobre equivocado?

Aparté la vista de la bandeja y miré a Peg, que estaba respondiendo a mi pregunta.

Necesitaba otra distracción. Rápido.

—Y ya que estoy aquí, ¿puedo hacerte otra pregunta? Dime, ¿cómo evoluciona la tarifa anual del Fondo de Inversiones de Fidelidad respecto al índice Dow Jones en relación con las pensiones de jubilación? Me preocupa que me estén fundiendo vivo con los intereses.

Eso se lo sabía de memoria. Mierda. La apreté aún más.

—¿Y los de Diversified International?

—Vamos a ver —dijo, y hojeó unos expedientes.

142

Esta vez el truco no me salió tan bien, pero me las arreglé para pescar sin que se notase demasiado el segundo sobre de la secretaria de Marcus. Peg se volvió justo cuando yo advertía que había un tercer sobre con la misma letra en el encabezado. Empezaba a sentirme como si me estuvieran timando a mí en el juego de las tres cartas.

Por más que lo intentaba, no se me ocurría otra pregunta para que Peg se diera la vuelta hacia la pantalla una vez más. Me había quedado allí plantado como un imbécil, actuando de un modo extraño, llamando la atención, despertando sospechas; en fin, haciendo todo aquello que no quería hacer. Saltaba a la vista que ella estaba perdiendo la paciencia. Finalmente, miré la taza.

—¡Ah! —exclamé—. ¿Esa es tu gata?

—¡Sí, *Isabelle*! —Alargó la mano hacia la taza y yo aproveché para coger el tercer sobre. A esas alturas, tenía en la palma de la mano un montón de diez centímetros de documentos, y ya era inútil cualquier intento de actuar con sutileza. Cuando concluimos por fin la charla sobre los problemas de cadera de *Isabelle*, me dolía el antebrazo. Al regresar a mi despacho, me apresuré a examinar el montón de sobres donde se hallaban los tres que mostraban en el encabezado la letra de Carolyn. Quizás ella también se encargaba de pasar los gastos de otras personas. Uno de los informes era de un tal Richard Matthews, y otro, de alguien llamado Daniel Lucas, ninguno de los cuales me sonaba. Tal vez pertenecían a empresas subcontratadas, pensé, y dejé aquellos sobres aparte. Desaté el cordel rojo del tercero y... allí estaban: los gastos de Marcus, describiendo sus pasos de las dos últimas semanas mejor que un detective privado. Examiné los restaurantes, los hoteles, los vuelos, los nombres de las personas con las que había cenado, buscando alguna pista que me revelara en qué había estado tan ocupado. Me llamaron la atención los almuerzos. Como era de esperar en un hombre tan cauteloso, no había acciones sistemáticas ni ninguna rutina, aunque tendía a frecuentar locales refinados que requerían reserva. Ese detalle podría resultarme útil.

Observándolo durante las últimas semanas, había descubierto en él un par de tics. A veces, en los días de sus largos almuerzos, cuando era imposible localizarlo, salía de su despacho disparado y con la cabeza gacha como quien emprende una misión. No es que él fuera una persona muy expansiva normalmente, pero su seriedad reconcentrada resultaba llamativa.

Hoy era justamente uno de esos días. Por lo tanto, pensé que había bastantes probabilidades de que hubiera salido a trabajar en el caso ultrasecreto que Davies y él se traían entre manos. Y aunque Marcus no era un habitual de ningún restaurante, había un par de ellos a los que había ido dos veces. Desde luego, no iba a tratar de seguirlo a ninguna parte. Eso implicaba demasiado tiempo y demasiado esfuerzo sin tener la seguridad de obtener resultados. Y francamente, me acojonaba en serio la idea de tratar de desbancar a Marcus en su propia especialidad.

Pero una cosa que sí podía hacer era llamar a algunos de esos restaurantes y comprobar si tenía una reserva. Salí a dar un paseo con mi móvil y comencé a repasar la lista: «Hola. Quería confirmar una reserva a nombre de William Marcus. Ah, ¿de veras? ¿No es ahí la Taberna Libanesa? Perdón, me habré equivocado de número».

143

Así, veinte veces.

Acabé con las manos vacías y volví a la oficina sintiéndome un poco idiota. Todo aquello era propio de detective aficionado. Debería haberlo supuesto; las cosas nunca resultan tan sencillas.

Fui a mi escritorio para recoger los sobres y llevárselos a Peg antes de que nadie advirtiera mis absurdas triquiñuelas y acabara metido en un aprieto. Pensarían, probablemente, que estaba robándole a la empresa y me darían la patada. Era un riesgo desatinado; y total, para nada. Pero en cuanto me senté de nuevo no pude resistir la tentación de echar otro vistazo a los dos informes restantes. Los había preparado la secretaria de Marcus, al fin y al cabo, y yo ya llevaba el tiempo suficiente en la empresa para saber si teníamos allí a un par de empleados con aquellos nombres. Abrí ambos sobres.

Volví a salir al exterior y marqué el número de la oficina que figuraba en el de Daniel Lucas. Efectivamente, respondió Carolyn: «Omnitek Consulting, oficina de Daniel Lucas».

Colgué y reflexioné unos instantes. Acababa de descubrir el alias de Marcus.

Pensé en los dos nombres: Matthews y Lucas. Me resultaban familiares. Tardé unos minutos en comprenderlo. Había algo común en ambos: eran variantes de los nombres de los evangelistas: Matthews (Mateo) y Lucas, del mismo modo que Marcus correspondía a Marcos.

Había dado varios pasos en falso, pero me sentía más bien orgulloso de mí mismo. Hice copias de los informes de gastos, dejé los originales en los casilleros del correo interno y luego salí a dar otra vuelta para llamar a los restaurantes que Marcus había visitado con sus nombres supuestos.

Nada.

Paciencia no me faltaba. Seguiría intentándolo hasta que lograse sorprenderlo.

Me lo había buscado, la verdad. Llevaba ya quince segundos mirándola practicar *jogging* delante de mí por Mount Pleasant, en el camino de regreso a casa. Yo no solía quedarme embobado, pero aquel era un caso especial: una chica lozana y de proporciones perfectas, corriendo por la acera, con su oscura cola de caballo oscilándole detrás.

Doblé una esquina, desviándome. Me alegraba que no me hubiese pillado espiándola y me lo hubiese recriminado. Pero al alejarme, vi que se detenía y se volvía hacia mí.

—¡Mike! —la oí gritar—. ¡Mike Ford!

Y cuando se acercó, la reconocí por fin: Irin Dragović, luciendo unas mallas negras de deporte.

—No vayas a perder el ritmo por mí —acerté a decir.

—Ya he terminado —dijo agachándose y frotándose la rodilla—. Me rompí el ligamento cruzado jugando a fútbol. Lo noto cuando hace frío.

—¡Vaya, qué lástima!

—¿Hacia dónde vas?

Señalé la calle Mount Pleasant.

—¿Puedo acompañarte un trozo?

—Claro.

Echamos a andar hacia mi casa. No había en ella ni rastro del papel de falsa ingenua que había representado en la playa de Colombia. Se disculpó, de hecho; me explicó que sus amigas la habían empujado a hacerlo, que ella siempre había sido más bien tímida y que quizá, como consecuencia, ahora se pasaba de la raya.

Le respondí que no se preocupara.

—¿Cuál es el mejor sitio para encontrar un taxi por aquí? —me preguntó, y echó un vistazo a la calle. Estábamos a una manzana de casa. Mi todoterreno se encontraba aparcado en la entrada.

Tenía la sensación de que aquel encuentro quizá no fuese tan fortuito como ella daba a entender, pero la verdad es que, habiendo suprimido su rollo de zorra de cine negro, resultaba encantadora, divertida y natural.

Desde aquella noche en Colombia, cuando me habían apartado del caso Rado y yo había conseguido la grabación, me rondaban muchos interrogantes sobre los negocios del serbio. Irin poseía una visión privilegiada de los asuntos de su padre, y también la habilidad para sonsacar a quien fuera, tal como había intentado hacer conmigo en la playa. Parecía una persona adecuada para charlar y tratar de sacarle información a la vez.

145

Y naturalmente, era lo más caballeroso. Me ofrecí a llevarla y nos dirigimos a su casa, en Georgetown, con mi coche.

Debería haberme limitado a dejarla allí, pero, cuando me detuve frente a la pequeña casa colonial de papá, me dejó entrever por fin sus intenciones.

—Lo de mi padre —comentó— es más complicado que arrancar un par de resquicios legales para negocios de importación-exportación.

—¿Me lo dices o me lo preguntas?

—¿Puedo hablar contigo?

—Claro.

Ella echó un vistazo receloso a uno y otro lado de la calle.

—¿Mejor dentro?

Aparté la vista de sus deslumbrantes ojos y miré la casa. No era buena idea. Había que pensar en Annie, aunque, con la cantidad de horas que trabajábamos, apenas la había visto en las dos últimas semanas, y también en mis jefes, que me habían dicho que me mantuviera alejado del caso. No ponerle las manos encima a la hija de Radomir, un turbio hombre de negocios que manejaba el cuchillo con destreza, parecía asimismo una política sensata.

—Sí —acepté—. Vamos.

Porque ¿cómo iba a pasar de la chica justo cuando se disponía a darme información? Era solo cuestión de trabajo, me dije. No obstante, ese razonamiento me resultó mucho menos convincente con el sonido de fondo de la ducha, una vez que entramos y que ella se excusó un momento para cambiarse.

Casi esperaba que reapareciera con un kimono entreabierto o una bata de seda: un numerito a lo Mata Hari. Y reapareció, en efecto, con ropa «un poco más cómoda»: unos pantalones holgados y una sudadera del Georgetown Basketball con el cuello lo bastante ancho para dejar un hombro a la vista. Podía relajarme un poco. Tenía el aspecto de cualquier chica universitaria en pijama.

Lo único que había para beber en la casa era vodka —típico—, de manera que yo me lo tomé con tónica y ella me imitó. Advertí que su copa estaba llena de burbujas y la mía, apenas. Un viejo truco: Lyndon Johnson abroncaba a su secretaria si le servía una bebida demasiado fuerte mientras él le apretaba las clavijas en su oficina a un pobre desgraciado medio borracho. Bebí despacio mi combinado y, poco después, cambié nuestras copas mientras ella estaba distraída.

Empezaba a caerme simpática esa chica, dejando aparte su evidente atractivo físico. Tenía un sentido del humor bastante aceptable, incluyendo una aguda apreciación de los modales exageradamente refinados de su padre («si no tiene burbon no es un Sazerac», declamó con gesto despectivo), y varias pullas mordaces sobre las hipocresías del senador Walker (al parecer, lo conocía por sus proezas entre las mujeres de Georgetown).

Reconduje la conversación hacia su padre para sacarle tanto como supiera. Casi se me olvidaba que ella, al propio tiempo, estaba tratando seguramente de embaucarme para que le contara lo que yo había llegado a saber.

Su interés en todo aquel asunto, me dijo, era ganarse el respeto de su padre. Él creía que el papel de una mujer consistía en follar y cocinar. Pero ella tenía demasiado cerebro y demasiada ambición para contentarse con eso, y quería demostrarle que era una digna heredera y ganarse así un lugar en el negocio familiar. Entrometiéndose en el asunto, había pensado, demostraría a todo el mundo su valía y ayudaría a su padre a salir del apuro que lo había conducido en primera instancia a recabar los servicios del Grupo Davies.

No me parecía que esa fuera toda la verdad.

—Lo único que yo sé —dije— es que recurrió a nosotros para negociar una de esos soporíferos resquicios legales sobre importación-exportación. —Eso era de dominio público prácticamente, pero Irin entornó los ojos con avidez.

—Es mucho más que eso —aseguró.

—¿Qué más sabes?

—No son solo sus negocios los que están en apuros. Es él mismo. Le preocupan ciertas cuestiones de jurisdicción y extradición: ha de protegerse frente a una demanda o un juicio.

Entreveía los verdaderos móviles de la chica: Radomir vivía rodeado de rumores que lo relacionaban con el tráfico de armas, y tal vez a ella le interesara algo más que modificar las estrechas miras de su padre sobre el papel de la mujer. Si Rado era sometido a juicio y se demostraba que era un criminal, a

147

ella le resultaría mucho más difícil mantener el glamuroso tren de vida de una universitaria americana de élite; la familia caería en desgracia, hundiéndose en la ruina, y los ingresos regulares de ella se agotarían.

No respondí nada. Suele ser un sistema más útil para hacer hablar a alguien que formular una pregunta. La mayoría prefiere decir algo que no debe antes que soportar el silencio.

—También eso está en manos del Congreso —prosiguió—. Y sé que hay una persona nueva que interviene en la decisión, alguien muy poderoso a quien han de convencer.

Parecía como si aquello tuviera algo que ver con el hombre de la grabación: el sujeto 23.

—¿Y tú cómo te has enterado? —le pregunté.

—Razonamiento deductivo —dijo con aire inocente.

Miré el tirante de su sujetador, la piel suave y olivácea de su hombro. Se me había acercado más sin que yo me diera cuenta. A medida que hablábamos, se había ido creando entre nosotros un clima de intimidad que parecía del todo natural, como acurrucarse en el sofá junto a una amiga de toda la vida. Ella notó que la observaba, que mis ojos se demoraban en la profunda hendidura del escote que dejaba ver la sudadera.

—Pura lógica, ¿eh? —farfullé.

—Bueno, quizá haya usado otros recursos —dijo con una sonrisa taimada—. Siempre viene bien contar con más de un arma.

Se inclinó hacia mí, irguiéndose ligeramente y apoyando las rodillas sobre el diván. Los pantalones le colgaban con holgura de las caderas, y me resultaba fácil adivinar su curva descendente e intuir las sombras de sus muslos. Terreno peligroso.

—¿Te parece factible? —inquirió—. Un solo hombre sobre el que recae todo el peso del asunto. Una especie de piedra angular.

—Quizá —contesté.

Ella no insistió ni me presionó más, ni tampoco deshizo la ilusión de que aquella situación tenía más de coqueteo que de interrogatorio. Su mano vino a posarse por encima de mi rodilla y luego se deslizó por mi muslo. Sus ojos flotaron muy cerca de los míos; luego desvió la cabeza hacia un lado. Un besito. Casi inocente. Su mano siguió ascendiendo. Pegó sus pechos a mi cuerpo, sus labios a mi sien.

Un deseo más profundo, más intenso que toda la fuerza de voluntad que mi mente fuera capaz de invocar, me atrajo hacia ella.

Quisiera creer que fue por amor a Annie. Quisiera creer que yo era muy buen chico. Pero no estoy seguro, porque tal vez solo fue instinto de conservación profesional. Ella había ensayado en Colombia un asalto de zorra descarada y, en vista de que no le dio resultado, me había estudiado mejor y pillado mi punto débil con su comedia de adolescente dulce y amigable. No sabía para quién trabajaba, pero era muy peligrosa. Y después de robar aquella grabación, yo poseía una información extremadamente delicada. Por mucho que me creyera un hombre firme capaz de mantener la boca cerrada, tenía una cosa bien clara: follármela resultaría, de un modo u otro, perjudicial para mi salud.

Me costaba creerlo: como en un sueño, me vi a mí mismo desde fuera de mi cuerpo. Le sujeté los hombros y la aparté suavemente. Ella me miró a los ojos. Inspiré hondo, le di las gracias por las copas y me puse de pie.

—Nos vemos —dije, y me marché.

149

Irin me había dado dos pistas: que su padre temía una extradición y que había una instancia más poderosa que el Congreso implicada en su caso. Por mi parte, yo no le había dado ningún dato. Me alegraba de haber salido indemne.

Por el momento, seguí vigilando a Marcus. Cada vez que él salía de la oficina con aquella cara impenetrable, llamaba a los restaurantes que frecuentaba con nombre supuesto y comprobaba las reservas. Ya pensaba que todo era inútil. Pero entonces, el jueves siguiente, tuve un golpe de suerte.

—Sí, señor Matthews. Lo tengo anotado. Almuerzo para dos a la una y media, en el reservado —me dijo el *maître* por teléfono. Tenía un ligero acento, tal vez chino.

A mí me dieron ganas de decir: «¿En serio? ¿Me toma el pelo?»

Ya estaba perdiendo la esperanza, la verdad, y me quedé estupefacto al ver que había dado resultado. Ahora sabía a dónde iba Marcus en una de sus salidas clandestinas.

Recobrando la compostura, dije: «Magnífico, gracias», y me dirigí a continuación al condado Prince George para ver qué demonios tramaba. El condado PG, como se lo llama en DC, y como los habitantes del condado PG no soportan que los llamen, es en gran parte una *terra incognita* para los ejecutivos de Washington. Desde el punto de vista de cualquier *yuppie*, el condado PG no es más que una extensión, en el estado de Maryland, del cuadrante sudeste —pobre y negro— de DC. Es decir, el último lugar de la tierra donde esperarías encontrarte a alguien como William Marcus. Y de eso se trataba justamente.

El restaurante, cuyo rótulo indicaba que había un karaoke en el interior, se hallaba en una zona comercial llena de colmados coreanos. De hecho, le había oído hablar de aquel sitio a Tuck, que siempre andaba buscando restaurantes exóticos auténticos en las afueras de DC. Se suponía que la comida era increíble. Mas no podía arriesgarme a que Marcus me viese allí; levantaría sus sospechas en el acto.

Aparqué a unos cien metros, ocupé un rincón junto a la ventana de la cafetería de enfrente y esperé. El café estaba quemado y amargo, pero la taza era interminable. A los quince minutos daba botes en mi taburete, muriéndome de ganas de mear. Pero no debía perderme bajo ningún concepto el momento en que saliera del restaurante con su cómplice.

Seguía sin estar muy convencido de mi actuación, y me parecía que quizás estaba persiguiendo sombras y arriesgándome sin necesidad. Después del duodécimo coreano trajeado que salió del local, cada uno de ellos suscitando un segundo mis esperanzas y frustrándolas después, decidí darme por vencido y correr al baño. Entonces se abrió la puerta una vez más. Era Marcus. La mantuvo abierta para dejar pasar a su acompañante. Irin Dragović, más voluptuosa que nunca, emergió a la luz del sol.

¿Qué demonios ocurría allí?

Marcus subió a su Mercedes Benz; Irin a su Porsche Cayenne. Ambos se alejaron a toda velocidad.

En el trayecto de vuelta, reduje el enjambre de abejas que zumbaban en mi cabeza a tres posibilidades.

Una: Marcus se estaba follando a Irin. Improbable. Él mismo había tendido trampas sexuales en muchas ocasiones y no era tan tonto como para dejarse dominar por su polla.

Dos: Irin actuaba de intermediaria con el Grupo Davies para algún negocio de la familia. Posible, aunque Rado contaba con numerosos lugartenientes y era evidente que no quería involucrar a su hija en sus asuntos.

Y tres: Marcus estaba utilizando a Irin como cebo sexual para atrapar al sujeto 23. Eso parecía una locura. ¿Por qué implicar a la hija de un cliente en una situación tan delicada? ¿Quién sabe? Tal vez el mismo Rado la había ofrecido: un trato semejante a tráete-tu-propio-cebo. Quizá, cuando intentó seducirme, la habían enviado mis jefes para averiguar qué sabía yo y también si estaba desobedeciendo. Esto último parecía algo egocéntrico por mi parte, de todos modos, por no decir paranoico. Yo no era más que un actor secundario allí.

Cuanto más lo pensaba, más me concentraba en una opción: si Marcus me había utilizado para atraer a Walker, ¿por qué no utilizar a Irin —tan deseosa de demostrar su valía— como señuelo para atraer al hombre de la grabación?

151

Capítulo doce

En los once meses que llevaba en el Grupo Davies había llegado a conocer, sin duda, el lado más sórdido de la política. Pero si había experimentado alguna sensación de hastío, se desvaneció por completo en cuanto oí resonar mis pisadas en las baldosas ajedrezadas del Capitolio. Todos esos héroes de mármol y los techos artesonados con molduras doradas me emocionaron tanto como si aquello fuera una excursión escolar y yo, un obseso de la educación cívica.

Así me sentí al menos hasta que di alcance a Walker en el Salón de las Estatuas, que es el punto de encuentro tradicional de la Cámara de Representantes y, aparte de la cúpula del Capitolio, lo más imponente de todo el edificio.

Había ido a hablar con él para ver si podía sacar algo más de información sobre Irin y los negocios de su padre. El senador tenía ciertas responsabilidades en relaciones exteriores y, dados los amplios dominios de su virilidad en el área de Georgetown, era muy probable que se hubiera tropezado con la chica o, como mínimo, que conociera un poco sus antecedentes. Y después de nuestra aventura suburbana, el hombre se moría de ganas de hacerme un favor.

En resumen, quería hablar de temas obscenos con Walker, y él me invitó al Salón de las Estatuas, lo más parecido que hay en Norteamérica al sagrado Panteón. El lugar estaba infestado de críos y monjas. Y yo cada vez me sentía peor.

Al verlo a los pies de Andrew Jackson, me fui hacia allí.

—¿Qué demo…? —Me corregí automáticamente al ver pasar a un crío de tierna edad—. Digo, ¿qué es todo esto?

—No estoy seguro. Hoy tengo una agenda muy apretada, de modo que perdona por convocarte en medio de este jaleo. Creo que es un acto en memoria de una misionera; algo relacionado con huérfanos. Solo he venido a hacerme un par de fotos. Mi encuestador me ha dicho que me hace falta mejorar mi imagen entre las mujeres. Y Charles entiende de eso.

Me señaló a un corpulento asesor que nos seguía a unos tres metros de distancia. Dato curioso: los senadores y congresistas, aquellos que, en teoría, dirigen el país, no tienen ni idea de las cosas que suceden; consumen todo su tiempo mendigando dinero a los donantes para la reelección, chismorreando y viajando a su lugar de origen para presidir carreras de cerdos en las ferias estatales. Son monigotes andantes, que solo confían en los jefes del partido y en un ejército de asesores —individuos con problemas de comunicación, antiguos empollones en la universidad— para que les digan qué deben pensar. Sus vidas están fragmentadas en períodos de diez minutos, mientras que un secretario se encarga de arrastrarlos de un evento a otro como si fueran víctimas de una parálisis cerebral.

—Oye, ¿esta conversación puede quedar entre nosotros? —le pregunté.

—Por descontado —aseguró Walker y, considerando la cantidad de basura que tenía sobre él, le creí.

—Bien. Quería preguntarte si conoces a una chica llamada Irin Dragović.

Él repitió el nombre, arrugó el entrecejo, como si hiciera un esfuerzo, y añadió:

—Quizá me haga falta algún dato más.

Dado su historial, ya suponía que no recordaría demasiado bien los nombres de las damas. Le mostré la foto de Irin colgada en su perfil de Facebook: una imagen encantadora en la que aparecía con un escote del cuarenta por ciento, bebiendo directamente de una botella de Moët & Chandon White Star.

—¡Ah, sí! —dijo—. Difícil de olvidar.

—Cuéntame.

Reflexionó un momento:

—Se insinúa con descaro, sabe qué quiere y se pirra por el poder. Quería que lo hiciéramos en mi escondrijo. —Se refería a las minúsculas oficinas que hay en los pasillos aledaños a la Cámara

153

de Representantes—. Y sin tonterías, ¿eh? Sin pretender aferrarse y sin sentimentalismo. Es una profesional. Y...

Echó una ojeada alrededor para comprobar que no hubiera nadie cerca (Charles estaba a la suficiente distancia y había un grupito de monjas a unos cinco metros). Pero teniendo en cuenta el lenguaje soez que solía emplear, verlo casi avergonzado me hizo temer que las explicaciones que iba a soltarme fuesen una auténtica bomba.

La estatua de Daniel Webster se alzaba a nuestra espalda, observándonos ceñuda. Me consideré un canalla por obligar a Walker a confesar sus vergüenzas bajo la mirada acusadora del Gran Divulgador de la Constitución, pero tenía problemas más graves de los que ocuparme.

—Sigue —lo apremié.

—Rollo violento —concretó—. ¿Te acuerdas de esa chica loquísima de la que te hablé?

—No especialmente. —Eric tenía siempre batallitas que contar, y yo solía desconectar cuando se explayaba.

—Sí, en el Ritz —insistió.

Meneé la cabeza.

—Bueno, la conocí en la fiesta de Chip. Aquella noche, ya sabes, cuando fuimos...

—Lo recuerdo. —Que te detengan con un puñado de putas y traficantes no es algo que se te olvide fácilmente.

—Bien, pues me siguió como un perrito hambriento y me pilló solo en la biblioteca. Nos estuvimos mandando mensajes de texto varios días, y acabamos quedando para tomar una copa en el Ritz. Reservamos una habitación. Ya sabes cómo son estas cosas. En resumen, que estoy metido hasta las corvas en el ajo, y ella va y me pide que le dé una zurra en el trasero.

»Como soy un caballero, la complazco. Una vez, y otra. Y entonces me pide que le atice una bofetada. E insiste. No es mi estilo, pero, bueno, le doy un toque juguetón en la cara. Y ella se incorpora entonces, interrumpiendo toda la historia, y me dice, como si fuera mi entrenadora de baloncesto o algo así: «A ver, escucha. Dame de verdad. De lleno en la cara».

Walker me miraba como diciendo: «¿Puedes creerlo?»

—Bueno, de eso ni hablar —prosiguió—. ¿Quién sabe qué anda buscando esa chica? Tenía claro que no iba a enzarzarme con ella de esa manera, imagínate, quizá dejándole marcas y todo. Continuamos todavía un rato, aunque creo que para entonces yo ya no ponía verdadero interés.

»En fin, metimos la directa y, ¡Dios mío!, justo cuando estaba a punto de disparar, va y se aparta. Me deja colgado. Me tenía atrapado y retorciéndome, chico, con todo el poder en sus manos. Al final logró que suplicase como un perro.

Oí un grito ahogado hacia el final de la historia. Cosa extraña porque estábamos solos, pero había sonado justo a nuestro lado. Segundo dato curioso: el Salón de las Estatuas es elíptico; si estás en un punto determinado (donde se encontraba el escritorio de John Quincy Adams, en concreto), te es posible escuchar las conversaciones de la otra punta del salón como si se desarrollaran apenas a medio metro, y viceversa. Adams solía espiar a la leal oposición. Y lo mismo había hecho, por lo visto, una hermanita de pálido rostro que se hallaba, precisamente, en el otro extremo. Deduje que era ella la que había soltado aquel gritito tras escuchar unas cuantas frases de nuestra conversación.

Arrastré a Walker unos pasos más allá.

—¿Qué quería sacarte?

—Contactos, presentaciones. Todo cuanto quiso, en realidad. Creo que me estaba utilizando como trampolín para llegar a cotas más altas, para acceder a personas más poderosas. —Meneó la cabeza—. Prefiero no volver a enredarme con ella.

—¿Y dejaste de llamarla?

—Ella ya estaba en otra cosa. Iba detrás de un alto cargo del Tesoro, me dijeron. Así es. Para ella no es una cuestión de sexo.

Se calló mientras pasaban varios congresistas.

—Era un asunto de poder. Se veía claro en su juego: primero, dejando que fueses el amo y, luego, cambiando las tornas para exprimirte y sacarte cuanto se había propuesto. Me lo soltó con todo descaro: «Eres uno de los hombres más poderosos del país, y yo una simple veinteañera; pero puedo conseguir que me supliques para follarme». —Se echó a reír—. Evidentemente, tenía razón. Con esos ojos y ese par de tetas en esta ciudad, podría estar dirigiendo el país.

—¿Y su padre?

—Es el espécimen de hombre con el que no conviene tropezarse. Sé lo bastante de él para no desear saber más.

155

—¿Qué quieres decir?

—Tal vez tenga que hacer negocios con él en algún momento. Por eso, cuanto menos sepa, mejor. «Negación admisible», así se llama en la jerga judicial: poder alegar ignorancia.

—¿Tienes idea de algo sobre problemas legales, o sobre una petición de extradición?

—No, y prefiero no saberlo.

Obviamente, estaba en la inopia sobre Rado. Lo dejé ahí. Caminamos unos pasos y, de golpe, lo sorprendí echándome una mirada inequívoca de «menudo cabrón estás hecho».

—¿Qué interés tienes tú en la encantadora Irin Dragović? —me preguntó—. ¿Pareja de baile, tal vez?

—No es lo que te imaginas.

—No, claro —dijo meneando la cabeza—. No es para remojarla. —Otra vez esa expresión. Preferí no seguir por ese camino.

Un viejo reloj sonó cinco veces en el pasillo; parecía un reloj de escuela. En la parte superior, entre las diez y las dos, tenía ocho luces; cinco de ellas se iluminaron de blanco y una de rojo.

—Tengo que ir a votar —anunció Walker.

—¿Ese es el significado de esas luces?

—Que me jodan si lo sé —renegó mientras consultaba su BlackBerry—. Un mensaje de texto de Charles.

Le hizo una seña a su asesor para que se acercara.

—¿Tienes la chuleta preparada?

Charles le tendió una ficha.

—Sí. Sí. No. Sí. Vale —dijo Eric, leyéndola—, está chupado.

—¿De qué va la votación? —pregunté.

Él alzó las manos y replicó:

—Ni idea. Pregúntale a Charles. He de salir corriendo. Oye, ¿tienes planes esta noche? Monto una fiestecita. Diversión asegurada.

El senador y yo teníamos diferentes ideas sobre la diversión.

—En otra ocasión —me excusé.

Huí de la bandada de monjas lo más deprisa que pude. Había confiado en que mis sospechas fuesen infundadas. Todo sería mucho más fácil si hubiera podido dejar correr el asunto. Pero no. Después de las explicaciones de Walker, todavía me inquietaba más a dónde podía ir a parar todo aquello. Irin parecía ser el cebo perfecto para el hombre de la grabación.

Capítulo trece

Sin duda William Marcus era precavido, pero me temo que al cabo de los años el antiguo espía había encontrado la horma de su zapato, a saber, su esposa. Mientras él se dedicaba a despistar a sus enemigos reales o imaginarios con nombres supuestos y citas en lugares apartados, Karen Marcus, adicta a Facebook, no paraba de enviarle mensajes como: «¿Aún no es hora de tomar una copa?», o «Me muero de ganas de verte en la ducha este fin de semana. Besitos». Por lo visto, la buena mujer no había llegado a dominar el galimatías de los ajustes de privacidad y, gracias a ello, a mí me resultaba casi tan útil como tener un rastreador instalado en el trasero de Marcus.

Casi, pero no del todo; razón por la cual me encontraba entre los arbustos del jardín de su casa, en McLean, decidido a plantarle un dispositivo en el trasero. Bueno, para ser exactos, en el hueco de la rueda de su Mercedes. Se habían marchado a Brandywine Valley, a casa de su sobrina, que pronto iba a tener un bebé, y se habían llevado el monovolumen.

Soy el primero en reconocer que la tecnología le quita toda la gracia al arte del fisgoneo, y había tratado, en primer lugar, de hacerlo a la anticuada y honrada manera, con todo el desgaste que conllevaba. Durante las semanas que me había pasado tratando de pescar a Marcus en uno de sus misteriosos almuerzos, me sumergí en la literatura existente sobre los modos de seguirle los pasos a alguien. Existen sistemas admirables: rutas alternativas, avance en paralelo, la técnica ABC... Una noche, mientras leía sobre los mejores coches para montar vigilancia, hice un alto y me pregunté qué demonios creía que estaba haciendo.

Lo cierto era que me había ido apegando a mi nueva y maravillosa vida de ejecutivo: tenía un montón de amigos, una novia preciosa, un patio trasero con barbacoa y cerveza fresca.

Annie y yo, aunque trabajáramos como locos, íbamos muy bien. La semana después de mi tropiezo con Irin, ella había tenido que viajar a París (un proyecto de la empresa que llevaban con gran discreción). Le pregunté si, al acabar, no podía tomarse un fin de semana largo para que yo me plantara allí en avión y lo pasáramos juntos (los vuelos trasatlánticos de último minuto eran uno de los muchos lujos que nos proporcionaba el Grupo Davies, a los que ya me había acostumbrado). Aunque cada vez íbamos más en serio, yo sentía una creciente inquietud porque percibía en ella cierta reserva, como un conflicto larvado o un motivo secreto que la frenara. Ese motivo me impedía pedirle que viniera a vivir conmigo, o decirle que la amaba. Esto último había estado a punto de hacerlo más de una vez, pero, al mirarla a los ojos, siempre sacaba la impresión de que todavía no era el momento. Era una sensación extraña, y me preguntaba si no tendría que ver con su trabajo *tête à tête* con Henry, o con cierto recelo frente a mi pasado o mi familia.

Después de París, sin embargo, me sentí tranquilo, seguro. Durante nuestra última noche allí, salimos al balcón de la habitación del hotel, que ofrecía una nítida vista de las Tullerías, desde La Défense hasta Notre Dame. El escenario, tras cuatro días de revolcones (apenas salimos del hotel, y Annie me había sorprendido con cierto material inédito solo apto para vacaciones), era tan romántico de por sí que ella, seguramente, le habría dicho «Te quiero» incluso a una paloma. Pero no importaba. Me lo dijo. Y yo se lo dije a mi vez. Ya era mía. El sueño se había hecho realidad.

A lo mejor es así como sucede (y por ello estaba permitiendo que las sospechas sobre mis jefes me llevaran a correr tantos riesgos); o sea, consigues todo cuanto deseabas y, de pronto, te aburres y te entran ganas de pifiarla. Pero no: yo no iba a permitir nada parecido. Annie y yo teníamos una reserva en la posada de Little Washington para dos semanas más tarde. Es una posada rural de superlujo, la mejor de la Costa Este, y no pensaba perderme la mejor comida de mi vida y unas vacaciones de sexo a tope consiguiendo que me mataran mientras jugaba a los espías con William Marcus.

Tal vez me había tropezado con un complot que podía poner vidas en peligro, pero también cabía la posibilidad de que estuviera relacionando hechos inconexos y desquiciándome por nada. Me habría resultado muy fácil olvidar todo lo ocurrido y dejarme absorber por las innumerables horas que pasaba en Davies trabajando. Pero cada vez que intentaba darle la espalda al caso de Rado y del sujeto 23, aparecía algo nuevo que me lo recordaba, como la dimisión de Tuck, mi amigo más íntimo en la oficina.

Un día estaba sirviéndome un café en la sala de descanso… Bueno, «sala de descanso» no le hace justicia a la estancia, que se encontraba en la segunda planta y había sido montada como un antiguo club para caballeros, con preciosos sofás de cuero gastado, suelos de mármol ajedrezado y comida disponible a cualquier hora. Estaba allí, decía, y Tuck se me acercó con una expresión lúgubre.

—Me largo, Mike —dijo—. Un nuevo trabajo. En el Departamento de Estado. Quería decírtelo antes de que otro te lo contara.

—¡Enhorabuena! —exclamé, aunque no estaba seguro de que fuera la palabra adecuada. En ese trabajo podías pasarte quince años ascendiendo entre burócratas inútiles y, pese a ello, tener menos influencia que un asociado del Grupo Davies con cinco años de experiencia. El padre de Tuck era subsecretario del departamento, de todos modos, así que supuse que contaría con cierta ayuda en su carrera para escalar posiciones—. ¿Y por qué el cambio?

El paseó la vista por los paneles de madera del techo, y me planteó: «¿Qué tal si salimos a dar una vuelta?» Eché un vistazo a las cámaras disimuladas allá arriba, y lo seguí.

Salimos y caminamos junto a los incongruentes complejos urbanísticos, que se alzaban yuxtapuestos en Embassy Row: una mansión estilo *beaux arts* al lado de un bloque de hormigón, y este, a su vez, al lado de un edificio islámico rematado con minaretes. Tuck charló sobre el sector en el que trabajaría dentro del Departamento de Estado, sobre las grandes oportunidades y sobre la tradición de servicio público de su familia. Pero yo notaba que tenía otra cosa en la cabeza.

159

—¿Por qué te vas realmente? —lo interrumpí.

Se detuvo y, volviéndose hacia mí, me explicó:

—Estuve hablando con mi abuelo. —Se refería a su abuelo paterno, el que había sido director de la CIA en los años sesenta—. Él no suele hablar mucho, pero me dijo que tal vez debería probar otros puestos. Que quizá el Grupo Davies no era el sitio idóneo para alguien como yo.

—¿Eso qué significa?

—Es lo único que puedo decirte. Mi abuelo está al tanto de casi todos los acontecimientos que tienen lugar en Washington, pero nunca enseña sus cartas. ¿Te has preguntado cómo se las arregla Davies, o cómo ha conseguido tener pinchada toda la ciudad?

—Actuando como un *boy-scout*, no. Eso seguro.

Tuck alzó las cejas y replicó:

—Quizá mi abuelo apuntaba por ahí. Tú has ascendido de una manera increíble, Mike. Vete con ojo. Me apenaría mucho que fuese todo demasiado bonito para ser cierto.

Echó a andar de nuevo, pero, por más que lo intenté durante el resto del paseo, no conseguí sacarle nada más. Dimos la vuelta para regresar a la oficina. Mientras pasábamos por la cima de la colina, en la calle Veinticuatro, vimos la ciudad a nuestros pies teñida de rojo por el crepúsculo.

—Cuando llegan los problemas —sentenció Tuck—, no son los de arriba quienes cargan con las culpas.

De toda la información que mi amigo me había proporcionado, una buena parte quizá podría haberla desestimado como fruto de la envidia. A fin de cuentas, él me había visto ascender —a mí, un intruso sin relaciones ni influencias—, y rebasarlo dentro de Davies. Pero lo cierto es que aquella especie de advertencia, por vaga que fuera, procedente de una persona tan conectada como su abuelo, no hizo más que avivar mi inquietud.

Quería mantener vigilados a Irin y a Marcus, por supuesto, porque, si mis peores temores se confirmaban (si había algo de cierto en las alusiones de la grabación a un posible asesinato), no me lo perdonaría jamás. Y si llegaba a suceder algo terrible en el caso Rado-sujeto 23, cabía la posibilidad de que yo acabara cargando con la culpa. Solo deseaba un pequeño seguro y estar al corriente de las intenciones de Marcus.

Me había documentado a fondo sobre los métodos tradicionales para seguirle la pista a alguien —a base de gastar suelas, por así decirlo—, pero al fin llegué a la conclusión de que estaban obsoletos. Tras una investigación exhaustiva (bueno, no tanto, porque me quedé dos horas varado en un avión en la pista del aeropuerto Reagan sin nada para leer, salvo el catálogo de productos en venta), descubrí que por ciento cincuenta dólares puedes comprarte un diminuto rastreador GPS provisto de un enganche magnético. Una vez instalado en el coche de tu presa, tienes derecho a relajarte y a tomarte un café mientras observas sus pasos en Google Maps sin correr ningún riesgo. El rastreador de Irin ya estaba firmemente adherido en el hueco de la rueda de su Porsche, pero para colocar el de Marcus había tomado especiales precauciones. De ahí que me encontrase merodeando por las inmediaciones de su casa. Tal vez lo más fácil habría sido hacerlo en la oficina, pero no me atreví porque el edificio estaba plagado de cámaras.

161

Tuve que salir de entre los arbustos y correr al descubierto para insertar el rastreador en el coche. Oí un ladrido (o quizá sería más exacto decir un gañido) detrás de la cerca, y salí disparado de allí. Misión cumplida. Por unos cuantos dólares, incluso un idiota como yo podía tomarle la delantera a William Marcus, el superespía. ¿No opinan que la tecnología es una maravilla?

A mí sí me lo parecía. Aunque a lo mejor exageraba un poco más de la cuenta dado mi entusiasmo. Según mis informaciones, no se habían producido más encuentros Irin-Marcus, pero yo no cesaba de echar ojeadas a sus respectivas localizaciones, bien en el navegador de Internet, bien en mi móvil. Resultaba divertido; era como jugar al comecocos por toda la ciudad. Y poco a poco, mi inquietud por el sujeto 23 se fue aplacando.

Hasta que, seis días más tarde, la secretaria de Marcus me convocó en el despacho de su jefe. Me esperaba sentado ante su escritorio, pero no se levantó ni me dijo que tomara asiento. Ni un saludo, ni unas palabras preliminares.

—Has estado hablando con Irin Dragović —me espetó.

—Me tropecé con ella, sí.

—Creía haberte dicho que te mantuvieras alejado del caso.

—Ella había salido a correr, pero le dolía la rodilla. Yo pasaba por allí casualmente y la llevé a su casa. Nada más.

Mirándome fijamente, preguntó:

—¿Recuerdas que te dije que las cosas se te pondrían muy peligrosas si te entrometías?

En realidad, cuando me había hablado de ello en Colombia, su advertencia había sido amistosa, una frase semejante a decir: «Te estoy protegiendo». Ahora, en cambio, sonaba como una amenaza.

—Ya me has entendido, espero —añadió.

Lo había entendido. No tenía ni idea de cómo se habría enterado de mis andanzas. Y confiaba en que únicamente estuviera al corriente de mi encuentro casi inocente con Irin, y no supiera nada del robo de sus informes de gastos ni del rastreo de su coche. Fuera como fuese, el mensaje era inequívoco: «Quítate de en medio o saldrás malparado». Excusarse o alegar ignorancia solo serviría para hundirme todavía más.

—Sin duda —dije—. Me mantendré al margen por encima de todo.

Él miró más allá de mí. Me volví. La puerta estaba entreabierta, y Henry Davies había aparecido en el umbral.

—¿Está todo claro, Mike? —preguntó. Obviamente, sabía de qué iba aquella pequeña reprimenda y se había pasado por allí para subrayar la gravedad de la situación.

—Sí.

—Entonces ya puedes irte.

Salí. Mientras rodeaba las columnas que flanqueaban la entrada de las suites ejecutivas, oí que Henry le decía a Marcus:

—He de salir. Seguiremos hablando del tema esta noche.

Tras la advertencia de Marcus, no trabajé gran cosa. Me pasé el resto de la tarde pegado a la pantalla, siguiendo mis rastreadores GPS. Aunque amenazadoras, sus palabras sonaban como si tan solo pretendiera mantenerme a raya. Pero si él y Henry iban a charlar sobre mi destino, quería enterarme de tanto como pudiera.

Hacia las seis de la tarde, Marcus salió de la oficina en coche y tomó por Reservoir Road hacia el oeste. Me llamó la atención que pasara tan cerca de Georgetown. Yo siempre estaba pendiente por si se acercaba a casa de Irin. Pero siguió adelante y cruzó el Chain Bridge hacia la orilla del Potomac en Virginia, cerca de la CIA. Eso disparó mi paranoia, hasta que recordé que la casa de Henry quedaba por esa zona, encaramada sobre el desfiladero del Potomac. El coche se metió por una calle sinuosa que llevaba a las mansiones situadas al norte del Chain Bridge. Lo más probable era que se dirigiera a casa de Davies.

Quería asegurarme, de todos modos. Despejé mi escritorio, bajé al garaje y saqué el todoterreno. Había quedado para cenar con Annie, pero todavía disponía de dos horas. Mi única intención consistía en pasar por delante de la casa para comprobar si realmente había ido a ver a Henry. Era un trayecto de diez minutos.

El largo sendero que conducía a la mansión de Davies contaba con una verja formidable y una cámara de seguridad. Pasé de largo y me detuve más adelante, en una calle sin salida que descendía hacia el río. Contemplé, allá abajo, las aguas embravecidas y espumeantes que se estrellaban contra las rocas.

La orilla del Potomac en Virginia es en gran parte un parque natural: desfiladeros, paredes rocosas y cuerdas colgantes para arrojarte sobre el agua. Me abrí camino por la empinada ladera y fui atajando hacia el punto más alejado de la finca de Henry; todavía no había invadido ninguna propiedad privada. Vista desde la carretera que acababa de abandonar, la casa era una fortaleza muy bien oculta. Pero la vanidad y las vistas del río podían imponerse en cualquier momento a las medidas de seguridad. Y en efecto, cerca del agua encontré una perspectiva despejada de la mansión, situada en un emplazamiento desde el que se dominaba todo el río. Al encaramarme, rodeando rocas y peñascos, distinguí dos figuras en la terraza, recortándose contra la cálida luz amarillenta del interior de la casa.

La acción inmediata que iba a emprender podía parecer demencial. Pero yo estaba en peligro: Marcus lo había afirmado con bastante claridad. Y si iban a tenderme una trampa para que cargase con las culpas en un asunto de vida o muerte sobre el que poco sabía, aún sería más demencial no hacer nada. Al fin y al cabo, ya había ido muy lejos. Si descubrían lo que había hecho hasta ahora —robar la grabación, fisgonear los sobres de gastos y rastrear el coche de Marcus—, estaba

163

perdido. Prefería averiguar la verdad ya y enfrentarme al porvenir con los ojos bien abiertos.

La valla de la finca era muy alta y estaba tan bien disimulada con setos que apenas se distinguía la alambrada de espino que la coronaba. Era totalmente imposible saltarla; al menos, sin destrozarme la ropa que llevaba para la cena y sin tener que pasar después por un hospital.

Rodeé la finca por un lado hacia la zona de servicio, donde vi un par de contenedores y una pista asfaltada para los camiones de la basura. Había una verja electrónica a la que se accedía mediante un sistema de radiofrecuencia: esas que se abren agitando un llavero o mediante una tarjeta de acceso. Forzar la cerradura superaba mis posibilidades. Pero la alta tecnología tiene ventajas e inconvenientes. Una vez que un propietario se ha instalado un equipo de «ábrete sésamo», suele ocurrir que también quiere automatizar la salida con un sensor de movimiento: puertas que se deslizan como en *Star Trek* en cuanto te acercas desde dentro. Ahí está el truco: no hay nada, salvo la llave, capaz de abrir desde el exterior; pero cualquier cosa sirve para hacerlo desde el interior.

Encontré un palo nudoso, lo introduje a través de la verja y lo agité por el otro lado a la altura de mi cabeza. Oí el chasquido inconfundible de una cerradura electromagnética, abrí la puerta y, por si acaso, la crucé a gatas.

En la zona de los contenedores había un único foco de gran potencia adosado a la pared, que servía para proporcionar una falsa sensación de seguridad. Es más aconsejable tener sensores de movimiento o, si no, nada en absoluto (que es lo mejor para identificar una linterna en la oscuridad). Ahora, cruzada la verja, el panorama era muy distinto. Tras un cuidadoso examen desde el umbral, conseguí identificar media docena de sensores de movimiento —infrarrojos y ultrasónicos, al parecer— montados en el bosque que conducía a la casa.

Yo había oído muchas teorías y me había pasado muchas horas, durante mis años de robos y allanamientos, tratando de descubrir cómo sortear semejantes instalaciones (taparse la cabeza con una sábana, caminar con pasos imperceptibles, ponerse un traje de buzo…), pero era evidente que no iba a conseguir acercarme a la terraza sin que me detectaran.

Así pues, dejaría que me detectasen. El truco del lobo suelto es muy viejo, pero suele dar resultado.

Hallé un buen lugar donde esconderme: un hueco entre las raíces de un árbol gigantesco. Todavía me encontraba en un lado de la casa, y no tenía a la vista la terraza donde se hallaban los dos hombres. Me situé frente al sensor más cercano y agité los brazos como un loco. Era más que suficiente para activarlo, pero no se encendieron luces ni sonó ninguna sirena. Mala señal. Eso parecía indicar que había una sala de control y una sirena silenciosa. Me deslicé un poco hacia el otro lado y di unos saltos delante de otro sensor. Luego me escondí en mi agujero.

No tardó ni unos minutos en salir un tío gruñón y patizambo, una especie de operario que empezó a buscarme con una linterna. El haz de luz pasó por mi árbol dos o tres veces. Yo estaba bien escondido, aunque eso no resultaba muy tranquilizador cuando imaginaba el destino que me esperaba si Henry Davies descubría que había entrado en su sanctasanctórum.

El hombre se alejó mascullando maldiciones y diciendo algo de un ciervo.

En cuanto entró en la casa, volví a hacer unas monerías delante del sensor y me oculté de nuevo. Después de tres rondas, el hombre ya ni siquiera se molestó en enfocar con la linterna mi escondite. Ya podía moverme con tranquilidad.

Corrí hasta la esquina. Me tumbé, avancé a rastras a lo largo de una zanja y, después, por debajo de la plataforma de madera donde los dos hombres seguían charlando. Al deslizarme con sigilo por el suelo, oí las voces de mis jefes.

Tendido en una posición incómoda, pues se me clavaba una piedra en la zona lumbar, observé cómo deambulaban a cosa de un metro por encima de mi cabeza. Temía que mi respiración fuera a delatarme y, media hora más tarde, apenas pude contenerme cuando sufrí un calambre en la pierna derecha. La conversación entre ambos discurría sobre temas de estrategia empresarial y sobre una serie de casos que no me interesaban, antes de abordar asuntos de mayor calado.

—¿Ford ha reaccionado como es debido? —preguntó Henry.

—Eso creo —contestó Marcus—. Últimamente, no nos ha

dado la lata sobre el asunto Radomir. Yo diría que lo ha dejado correr. La chica lo buscó a él, no al revés. Y te aseguro que hoy le hemos metido el miedo en el cuerpo. Es un buen chico.

—¿El sujeto 23 ha hecho más progresos para dar con la prueba?

—No lo sabemos. Ha dejado de usar los teléfonos intervenidos; se ha vuelto muy cauteloso de repente.

—¿Mantienes una vigilancia lo bastante estrecha para saber si ha pasado algún dato comprometedor?

—Sí. No creemos que lo haya hecho.

—Entonces, ¿es seguro apartarlo discretamente?

—Lo más probable. Con un ochenta por ciento, digamos, de tranquilidad.

—¿Tú qué opinas?

—Le falta poco para dar con ese expediente. Sería estupendo que nos guiase hasta donde se encuentre, pero si él lo localiza primero puede acabar con todo nuestro montaje. Lo prudente sería ocuparse de él más pronto que tarde.

—¿Podemos sorprenderlo a solas? Su esposa murió hace años, pero… ¿hay alguna novia, o la hija aparece por casa?

—No se acuesta con nadie. Es un animal de costumbres: pasa la mayor parte de los fines de semana en el campo, sin equipo de seguridad. La hija está en un internado; casi nunca viene de visita durante el curso.

—¿Algún otro cabo suelto?

—Sí; uno. La chica Dragović no deja de entrometerse. Me reuní con ella la semana pasada para ponerla a raya.

—¿Qué sabe?

—Los detalles del caso de su padre: que hay que evitar la extradición y mantenerse lejos de los tribunales.

—¿Y del sujeto 23? —preguntó Henry.

—Sabe que hay un hombre clave, pero no dejó entrever que supiera de quién se trata.

—¿Ella qué pretende?

—Ayudar, en apariencia —masculló Marcus—. Salvar a su padre de la extradición. Cree que su coño es el arma definitiva; vamos, que puede lograr cualquier cosa rascando en el punto adecuado. Me imagino que así es como ha descubierto las cosas que sabe. Le he parado los pies. Y punto.

—Si es tan testaruda como su padre, igualmente tenemos motivos para preocuparnos.

—Veintitrés es bastante asustadizo de por sí. Si ella se le llegara a acercar con ese torpe numerito de seducción, podría salir perjudicada. Muy perjudicada. —Henry no respondió—. ¿Tú crees que ella podría ser de ayuda para encontrar la prueba?

—Tal vez. Veintitrés está muy solo. Pero eso no importa. Si esa chica le echara un vistazo al contenido del expediente, tendría los días contados. Es información peligrosa, y habríamos de encargarnos de ella para protegernos. —Henry soltó un bufido de frustración—. En fin, no podemos utilizarla. Bastante embarullado está el asunto por sí mismo, sin contar con Radomir, ese psicópata, y con Veintitrés al límite del ataque de nervios. Menudo embrollo de mierda. Vamos a mantenernos a la expectativa por ahora, a observar y esperar. Todavía sigo reclutando clientes. Estamos hablando de miles de millones de dólares. Si tenemos éxito, ya no necesitaremos ningún caso más.

La lluvia tamborileaba en la terraza.

—Vigila a esa chica muy de cerca —prosiguió Henry—. Si consigue acercarse a Veintitrés, tendremos que movernos deprisa y ocuparnos de él de inmediato. Calcula diversas opciones. No será sencillo, pero siempre hay un modo.

—Así lo haré —aceptó Marcus.

—Me estoy congelando. ¡Vámonos!

Oí que se abría una puerta y luego un ladrido: cada vez más alto y más cercano. Joder. Tanto trabajo para entrar y, al final, me acaba husmeando el perrito de la mujer de Henry.

Regresé a todo correr a la verja. Salí y avancé entre los matorrales hasta llegar a mi coche. La lluvia me ayudó a despejar las ideas. Después de todo, Irin no trabajaba para Marcus. Era una entrometida igual que yo y, al parecer, había conseguido hacer mayores progresos. Pero al menos ni Davies ni Marcus se habían percatado de las pesquisas que estaba haciendo por mi cuenta. Irin y yo intentábamos cada uno por su lado ponernos al día en un juego cuyos objetivos no comprendíamos. Mis jefes se habían referido en términos muy vagos a lo que podría pasarle al hombre de la grabación o a la propia Irin. Quizá tenían intención de comprar a alguien, o de chantajearlo, pero resultaba difícil descartar que hubiera en juego otras probabilidades mucho peores.

167

Ya llegaba con veinte minutos de retraso a la cena. Me cambié en el todoterreno y me puse unas prendas que pensaba llevar a la tintorería. Hedía a sudor pese a todo: al sudor de puro canguelo que me había provocado entrar en la finca de Henry. Al llegar al lugar de la cena, no tenía precisamente mi mejor aspecto.

Annie me miró con una expresión como diciendo: «Dónde coño te habías metido». Desde que me había ido a Colombia con Davies, parecía muy interesada en saber qué me traía entre manos con el gran jefe. La había sorprendido echando alguno que otro vistazo a mi correo electrónico abierto, mirando mi móvil cada vez que sonaba y dándome palique para sacarme alguna pista. Había sido una de las discípulas estrella de Henry, y yo suponía que su curiosidad ocultaba una pizca de envidia, o incluso el temor de que mi ascenso en Davies representara para ella una amenaza, ya que solo un número limitado de asociados podían convertirse en socios de pleno derecho.

Al menos confiaba en que ese fuera el único motivo de su curiosidad. Porque ella mantenía todavía una estrecha relación con Henry y, a veces, me cuestionaba si él no usaría esos encuentros a solas para sonsacarla, para averiguar qué tramaba yo. Por paranoico que pareciera (dada la idea de que tal vez, queriéndolo o no, estuviera ayudando a Davies a vigilarme), no iba a contarle que había estado espiando a los jefes.

Culpé al todoterreno de mi retraso.

—Tú y tu coche —rezongó.

Tuck me había insistido en que probáramos aquel auténtico restaurante de Sichuan, y pidiéramos un plato llamado *ma-la*, que se traducía más o menos como «lengua dormida». No era solo picante, como sugería su nombre, sino que tenía un sabor espantoso y olía como la muerte. Hice lo posible para simular que me lo comía mientras fantaseaba con unos espaguetis con albóndigas. Por debajo de la mesa, revisé los rastreadores GPS en mi teléfono móvil: el coche de Irin estaba como siempre en el garaje que había junto a su casa, en la calle Prospect, y Marcus había regresado ya, cruzando Georgetown. Nada interesante. Pero en estos momentos, a las ocho y media de la tarde de un día laborable, él se dirigía hacia el sur del Capitolio.

Y

La cena había concluido. Annie me dirigía esa típica mirada de voy-a-quedarme-frita-en-cinco-minutos, y yo me moría por saber qué se estaba cociendo en el sudeste de DC, cerca del astillero naval: el último lugar donde te habrías imaginado a un elemento como Marcus. El único problema era que estábamos a la vuelta de la esquina de mi casa; por lo tanto, difícilmente podía dejar a Annie tirada.

Saqué mi teléfono.

—¡Ay, Dios! Le había prometido a Eric Walker que me pasaría por su casa para jugar unas manos.

—Mejor nos acurrucamos en el sofá y miramos una película —sugirió Annie. Esa solución, como ya sabía a estas alturas, significaba que ella se quedaría dormida como un tronco antes de que terminasen de pasar los créditos iniciales.

—Estaría bien. Pero es un tema de trabajo. Hay varios nuevos senadores que me convendría conocer. ¿Por qué no vienes conmigo? A lo mejor te resulta útil. Algunos de ellos supervisan temas de seguridad nacional.

Annie tenía varios casos relacionados con el Departamento de Seguridad Nacional, pero yo estaba seguro de que ella quería retirarse ya. Me había marcado un farol.

—Ve tú, cariño. ¿Me voy a mi casa?

—Quédate en la mía.

—De acuerdo.

La acompañé hasta la puerta y le dije que volvería temprano. La temperatura había bajado en picado, y la lluvia se había convertido en aguanieve.

Después de tanto observar los rastreadores —dos pequeñas dianas en el mapa—, quería comprobar si me conducían a alguna parte. Marcus se había dirigido a la orilla del río, a la altura del astillero naval. Aquella había sido desde hacía muchos años una de las zonas más sórdidas de DC, llena de almacenes abandonados, clubs punks de mala muerte y baños públicos. En su día habían demolido gran parte de los edificios para dejar espacio al nuevo estadio de los Nationals y construir bloques de apartamentos. Pero el plan se había paralizado debido a la crisis, y ahora era una tierra de nadie: un desierto de solares, aparcamientos vacíos e inmensos hangares de la Marina desmantelados, con las ventanas hechas trizas. En fin, no era el lu-

169

gar que escogerías para una sofisticada reunión de negocios; más bien constituía un escenario propicio para un asesinato.

Según el GPS, el coche de Marcus estaba frente a la orilla. Quizá había bajado hasta allí para contemplar el río, para quedarse a solas con sus pensamientos o para escuchar *Cat's in the Cradle*. Aunque no era probable. Aquel lugar, situado entre el puente 295 y Buzzard Point, era mucho más adecuado para que te atracasen que para meditar o inspirarse.

Un fuerte viento de abril azotaba la cortina de lluvia helada que caía sobre el Potomac. Seguí la señal del dispositivo, si bien con más dudas a cada segundo que pasaba; me indicaba que avanzase por la orilla junto al viejo astillero. Me fui aproximando a la diana del mapa sin dejar de examinar los alrededores. Al parecer, mi jefe se encontraba al final de uno de los muelles. Escruté la oscuridad: no se veía nada. Pero los satélites no mienten. Tras echar una ojeada para asegurarme de que no me seguían, bajé del coche y recorrí el muelle a pie, sin despegarme de las sombras.

170 Una lucecita roja destelló al acercarme a la diana. Esta es una prestación útil del dispositivo, al menos hasta que te hallas merodeando en la oscuridad por un muelle desierto. Entonces esa diana que parpadea más y más deprisa y casi se convierte en un círculo rojo incandescente puede llegar a resultar un poco siniestra.

Me detuve justo en la diana, al borde del muelle. El coche de Marcus no se veía por ningún lado. ¿Habría encontrado el rastreador en el hueco de la rueda? ¿Lo habría arrojado al Potomac, y la corriente lo habría arrastrado hasta allí? No era lógico, teniendo en cuenta el recorrido que me había trazado.

En ese momento, aunque apenas se distinguía, una sombra se deslizó al fondo del muelle. Enseguida cambió su posición.

Se me ocurrió otra idea: aquel era el sitio ideal para que el propio Marcus hubiera dejado el dispositivo con el fin de averiguar quién lo seguía y acorralarlo; para eso servían las maravillas digitales. En tal caso, yo mismo había provocado que me atrapara.

Los movimientos de la sombra eran lentos pero inequívocos, una vez que sabías dónde mirar. Una silueta cruzó los conos de luz amarillenta que arrojaban las lámparas de sodio.

No había salida: William Marcus venía a por mí como uno de los jinetes del Apocalipsis. Y era imposible salir del apuro con mentiras. Ensayé algunas mentalmente, pero él me calaría a la primera. ¿Cómo podías justificarte por haberle colocado a tu jefe un transmisor, por merodear en los alrededores de su casa, o por seguirle la pista?

No, no había justificación. Aquello sería el final de Mike Ford. O al menos el final de los grandes momentos que el Grupo Davies me había proporcionado. Adiós a los medallones de ternera Shenandoah con patatitas *baby* en la posada de Little Washington. Y mucho peor: ellos tenían material de sobra para enterrarme, basándose simplemente en las infracciones de las leyes de financiación electoral, y no digamos ya si echaban mano al asunto del narcoburdel. Otra vez a la cárcel; se acabó la farsa: un digno hijo de mi padre.

Mientras oía cómo crujía cada vez más cerca el entarimado en la oscuridad, me preocuparon menos los aspectos materiales y mucho más las curtidas manazas de Marcus. Vamos, no iría a matarme, ¿no? Pero, bueno, ¿qué coño sabía yo de los hábitos de un tipo que se había pasado los años ochenta estrangulando a sandinistas?

En todo caso, no podía correr el riesgo de que me atrapara. Todas las alternativas parecían peor que malas. Desde luego no me gustaba el aspecto del agua, que se agitaba coronada de espuma tres metros más abajo. Pero, por atroz que pudiera ser la travesía, yo era capaz de llegar a nado hasta el muelle siguiente. Una de las cosas buenas de la Marina: aprendes a zambullirte en las aguas que sean y a mover el culo deprisa sin hacer demasiado ruido.

Una linterna fue barriendo el muelle. Me lancé a la negrura sin pensarlo más. El principal riesgo cuando te sumerges en agua helada es que des una boqueada de la impresión, tragues un montón de agua y te vayas al fondo como un áncora. Eso conseguí evitarlo; aunque el frío me estremeció de pies a cabeza, jadeé como un loco. Si no te condenas tú mismo dejándote llevar por el pánico, en aguas árticas dispones de unos quince minutos antes de perecer de hipotermia. De manera que, por mucho que sintiera que me moría, sabía que me quedaba tiempo de sobra. Como la luz de la linterna recorría el agua describiendo amplios arcos, retrocedí a nado y me metí bajo el muelle, una pequeña caverna cubierta de moluscos y de un musgo pestilente. Golpeándome la cabeza de vez en cuando con alguna viga o algún poste, nadé en dirección a Marcus.

Lo oí allá arriba. El haz de su linterna se introducía entre las rendijas del entarimado. Cuando estuvo más cerca, me sumergí en el agua y pasé buceando por debajo de él.

Casi deseaba que vociferase o profiriese amenazas, porque ese silencio gélido y vigilante daba más miedo que cualquier otra cosa.

Retrocedí hasta el mamparo del que arrancaba el muelle, y luego, nadando de costado (el aguanieve me helaba la oreja), llegué al muelle siguiente, que se encontraba a unos cincuenta metros. Trepé fuera del agua y traté de correr hacia el coche, pero estaba tan entumecido que lo máximo que conseguía era avanzar a tropezones. La linterna apuntó hacia mí y me iluminó un instante, pero ahora estaba lejos y su luz era muy débil.

La valla que había entre los dos muelles me proporcionaba un poco de margen. Una vez que estuve en el todoterreno, lo puse a ochenta por hora para recorrer la calzada de adoquines y llegué rápidamente a la 395. Tenía la calefacción zumbando a tope. Debería haber tardado veinte minutos en llegar a casa, pero tardé el doble de tiempo porque fui dando bruscos rodeos y comprobando en cada giro que Marcus no me seguía.

Entré corriendo en casa, arrojé toda la ropa en el lavadero y, metiéndome directamente en la ducha, me pasé veinte minutos bajo la humeante agua. Las manos me temblaban todavía tan violentamente que apenas podía girar los grifos. Lo único que me animaba era la perspectiva de deslizarme bajo la gruesa colcha y tenderme junto a Annie.

Entré con sigilo en el dormitorio a oscuras y me metí en la cama. Cuando extendí la mano hacia su cintura, toqué únicamente el colchón. No estaba.

Me la encontré abajo. Es decir, me sorprendió ella a mí. Me estaba esperando en el sofá con una taza de té; me había visto bajar la escalera y había dejado el libro que estaba leyendo. Se notaba que había llorado, pero ahora su actitud era totalmente fría.

—¿Estás follando con otra? —preguntó con una extraña calma.

Me quedé de piedra. Estaba sonriéndole, contento de verla de nuevo después de una noche tan espantosa. Pero la sensación de alivio se evaporó en el acto.

—¿Qué? —me extrañé—. ¡No!

Ella alzó una de las fotos de la página de Facebook de Irin que yo había imprimido.

—Siempre llegas tarde, siempre te inventas excusas. Y ahora llegas, te quitas la ropa y te metes directamente en la ducha. ¿Crees que soy idiota? Ya veo qué pasa, ya.

—Eso es por trabajo —aseguré—. Su padre es Rado Dragović.

—No me vengas con esas. ¿Una chica marchosa de veinte años intrigando en el Pentágono? He revisado su nombre en tu portátil, y hay un millón de búsquedas en el historial. ¿Es que estás acosando a esa chica?

—Cariño, tú sabes perfectamente que buscar en la Red forma parte del trabajo. Estoy investigándola por un caso importante, y le prometí a Walker que nos veríamos esta noche...

—Cierra el pico —ordenó—. Walker está en el Senado ahora mismo, en una sesión obstruccionista. Deja de mentirme. Es repugnante.

Se levantó y se fue hacia la puerta. Corrí tras ella, tartamudeando, envuelto únicamente en una toalla. Otra vez se me estaba congelando el trasero, pero ahora por salir medio desnudo al porche. Comprendí que la verdad era mucho más difícil de creer que cualquier cuento que pudiera improvisar sobre la marcha. Pero no quería volver a mentirle.

—Cariño. Puedo explicártelo. Era por trabajo. Si te he mentido es porque no quería implicarte. Tiene que ver con nuestros jefes, con el Grupo Davies. Por favor, vuelve adentro.

—¿Quieres que confíe en ti?

—Sí.

—Entonces confía tú en mí. Sabes cómo funcionan las cosas en esta ciudad, Mike. Toma y daca. Cuéntame qué ocurre.

—Voy a enseñártelo. —La llevé al lavadero, junto a la cocina, y saqué la ropa de la lavadora.

—Huele a cloaca —dijo arrugando la nariz. Sin duda debía

173

esperarse un perfume de mujer o el rastro oloroso del sexo.

—Te he mentido; no debería haberlo hecho. Perdona. En serio. Pero no quería que te vieras implicada. Desde luego no estaba follando con nadie que apestara de esta manera.

—Explícame qué sucede.

Escogí las palabras con cuidado. Prefería no implicarla por si todo aquello resultaba ser pura fantasía, pero todavía menos por si existía un peligro real.

—Me tenía preocupado que hubiera aspectos poco éticos en un caso en el que intervine, y debía comprobar algunas cosas. Como soy imbécil, mientras husmeaba furtivamente, me he caído en unas aguas fétidas y no me he congelado de milagro.

Ella reflexionó unos instantes y replicó:

—Es una coartada demasiado absurda para ser inventada, la verdad. —Me escrutó con mucha atención—. ¿Te has caído al agua?

—Sí; en el río. Y estaba helado. He pasado una noche de perros. Lo siento muchísimo.

—¿Por qué no me lo contaste?

—Sé que me estoy volviendo un maniático, pero no quería mezclarte en el asunto. Una decisión estúpida. Estoy hecho polvo.

—¿Se lo has contado a Marcus o a Henry?

—No, no. Y por favor, que quede entre nosotros. Estaba actuando por mi cuenta y podría meterme en un buen lío si se enterasen. ¿De acuerdo?

—Tendrías que contárselo. Ellos sabrían qué hacer.

Annie era una ambiciosa, como yo. El trabajo lo era todo para ella, y tenía una estrecha relación con Davies. Joder, había sido el propio Henry quien había propiciado que trabajáramos juntos al principio, en mis primeros casos. No quería ni pensar qué haría Annie si se veía obligada a elegir entre él y yo.

—Ya. Pero ¿puede quedar entre nosotros? He hecho la comprobación, no había nada de particular y, seguramente, me complicaría la vida por haberme extralimitado. No se lo contarás a nadie, ¿verdad?

Noté que volvía a ponerse recelosa.

—No —dijo al fin.

—¿Me lo juras?

—Sí.

—Gracias. No volveré a mentirte. Tienes derecho a estar enfadada, de modo que dispón del tiempo que necesites para que se te pase. Puedo llevarte a casa si quieres, pero espero que me perdones y te quedes.

Me miró fijamente hasta obligarme a bajar la vista, y todavía me hizo sufrir un minuto más.

—No —dijo—. Vamos a la cama.

Por fin. Lo único que deseaba: taparme hasta la barbilla con la colcha y acurrucarme junto al calentito trasero de Annie. El Paraíso. Ella apagó la luz.

—Y otra cosa, cariño —dijo.

—¿Sí?

—Si alguna vez me la pegas, te daré caza y te crucificaré.

¡Ay! La hija de su padre.

—Harás bien, cielo —musité—. Te quiero.

—Yo también.

«Se acabó», pensé. Al cuerno Irin y el sujeto 23. No iba a tirarlo todo por la borda por haber sacado de contexto un par de datos y por haberme divertido jugando a los detectives.

Caso cerrado, ¿de acuerdo? Mas no podía dejar de darle vueltas a las reticencias de Annie, o al hecho de que su primer instinto hubiera sido explicárselo todo a nuestros jefes.

Traté de convencerme de que no le había contado la historia completa por su propio bien, pero tal vez había sido por el mío. Mientras intentaba inútilmente conciliar el sueño, caí en la cuenta de que mis sospechas sobre el Grupo Davies me estaban haciendo dudar de todo lo relacionado con la empresa, que era mi mundo entero. Los amigos, el dinero, la casa y, en cierto modo, la propia Annie: todo se lo debía a Henry. Entonces, ¿en quién podía confiar?

175

Capítulo catorce

*T*enía la cabeza rapada y la complexión de un delantero de rugbi; se le formaban michelines en la nuca, semejantes a un paquete de salchichas; lucía unas aerodinámicas gafas de sol tintadas, propias de un jugador de béisbol; caminaba muy tieso, sacando los codos, como si padeciera obstrucción de colon o creyera que estaba actuando en una película del Oeste; llevaba un traje deportivo y una corbata barata. En resumen: un poli.

Dada mi historia familiar, los policías me ponen algo nervioso. Sí, vale: ahora que tengo la cartera llena y una casa coquetona en la ciudad, aprecio un poco más su encanto, pero cuesta desprenderse de los viejos hábitos. Y considerando el carácter poco ortodoxo de mi conducta reciente, no me alegré en absoluto cuando aquel musculitos se sentó a mi lado en la barra de una cafetería y se dedicó a mirarme de arriba abajo.

No abundan las cafeterías decentes en el barrio donde trabajo. Hay una llamada The Diner, pero es uno de esos locales retro que están tan de moda, donde un sándwich te cuesta diez dólares. Por ese motivo, aunque demasiado a menudo, acabo almorzando en Luna's, un garito familiar de estilo contestatario: el típico sitio donde te tropiezas en el baño con un mural de Noam Chomsky y Harriet Tubman caminando cogidos de la mano hacia el arcoíris. Eso sí, las hamburguesas son buenas y baratas. Y si comes en la barra y te concentras en tu plato y en las tazas de café gratis, casi no notas la diferencia con respecto a los grasientos antros habituales.

Por descontado, no era el lugar adecuado donde habría esperado encontrar a aquel rubicundo agente del orden.

—¿Michael Ford? —preguntó.

—¿Lo conozco?

—Erik Rivera —se presentó—. Soy detective del Departamento de la Policía Metropolitana, división de Investigaciones Especiales.

—Muy bien.

—Se trata de una visita amistosa —afirmó. Parecía implicar la amenaza de una etapa menos amigable—. ¿Qué tal el pastel de frutas?

—Está bueno.

—Estupendo.

Supongo que así les enseñaban a congeniar en los campamentos de verano del Departamento de Policía. Dejaba bastante que desear, pero por suerte enseguida fue al grano.

—Confiaba en que podría contar con su ayuda para aclarar varias dudas que tenemos sobre algunos tejemanejes del Grupo Davies —me comentó.

¿Tejemanejes? ¿Estábamos en un episodio de *Dragnet*? Inspiré hondo y, con un tono monocorde, le solté mi mejor rollo de experto leguleyo:

—Lamento informarle de que tenemos un acuerdo de estricta confidencialidad con todos nuestros clientes, y de que estoy obligado legalmente a abstenerme de comentar nada con usted, a menos que sea bajo citación judicial. E incluso en ese caso, la obligación varía según la jurisprudencia. Le sugiero que dirija sus dudas al Consejo de Administración del Grupo Davies. Con mucho gusto le facilitaré la información para contactar con él, y me cuidaré de que este asunto sea abordado de modo satisfactorio para todas las partes implicadas.

Me volví hacia mi pastel de frutas, le añadí un poco de helado por encima y comí un bocado.

—Muy bien —masculló e, irguiéndose, dejó patente toda su corpulencia de tío duro—. Entonces le explicaré varias cosas mientras disfruta de su postre. ¿Y si le dijera que el Grupo Davies se dedica sistemáticamente a corromper a los más poderosos de Washington?

Me entraron ganas de decir: «¡Ah, se refiere a los 500!», o «No me diga». Pero permanecí en silencio.

—¿Y si le dijera que Radomir Dragović se encuentra bajo

sospecha de haber cometido crímenes contra la humanidad?

A ver, Radomir era un poco pelmazo, sí, pero ¿crímenes de guerra? Venga ya. Eso era xenofobia. No todos los serbios son genocidas. Claro que, por otra parte, así se explicaría su inquietud por una posible extradición.

—¿Y si le dijera que usted podría ser cómplice de varios delitos graves? Creo que ya sabe lo bastante sobre la cárcel y sobre la importancia de cooperar con las fuerzas del orden, señor Ford, para tomar la decisión correcta.

De acuerdo. Estaba empezando a cabrearme. Sus palabras eran, obviamente, una indirecta sobre mi padre y un signo inequívoco de que el policía me había investigado. Mi primer impulso fue derribarlo de un puñetazo del taburete y arrancarle la tráquea con la cucharilla de postre. Pero esa era la reacción que él buscaba, evidentemente, y me contuve.

—Usted no es del Distrito de Columbia —le objeté—. ¿Ese acento es de Long Island?

Rivera se quedó algo descolocado.

—Sí —asintió—. De Bay Shore.

—Entonces debería saberlo —dije mirando bajo su taburete.

—¿Saber qué?

—Que, cuando uno sale a pescar, hay que llevar cerveza. Que pase un buen día.

No sé si pilló el chiste el polizonte, pero captó el mensaje.

—Como quiera —murmuró—. Ya nos veremos.

Me dejó su tarjeta. Mientras terminaba el pastel, me permití exteriorizar al fin mi nerviosismo. Sacudí las manos e inspiré hondo. ¿Qué coño quería de mí la policía? Aunque no me iba del todo mal en mi carrera, yo seguía siendo un don nadie en Davies, y no era, claro, un objetivo evidente para la división de Investigaciones Especiales.

Desde el punto de vista profesional, la actuación de Rivera era una torpeza, cuando menos. Empezar sin más con amenazas, aunque sean tácitas, nunca te lleva muy lejos. Si pretendía convertirme en un topo, la había pifiado. Mis jefes, probablemente, se enterarían de que la policía estaba metiendo las narices en la firma; más aún cuando Rivera había tenido el descaro de abordarme cerca de la oficina. Quizá era esa la intención:

aislarme de mis jefes para convertirse así en mi único amigo. O quizá yo le estaba dando demasiadas vueltas, y él era un rematado zoquete. Posibilidad que, según mis conocimientos del poli promedio, parecía bastante factible.

En realidad no me había dicho nada concreto. Diez minutos de búsqueda sobre el Grupo Davies te proporcionarían indicios suficientes para presumir de esa manera ante un novato como yo, e incluso para intimidarlo y hacerle hablar. Joder, a lo mejor ni siquiera era de la policía. La corrupción política era cosa del FBI, a fin de cuentas. Había algo que no encajaba. Yo, ciertamente, albergaba muchas dudas sobre mis jefes, pero, después de salvarme por los pelos dos veces en una sola noche, primero con Marcus y luego con Annie, ya no me atrevía a pasarme de la raya en mis fisgoneos extraoficiales. Y aún sabía demasiado poco para que se me pasara siquiera por la cabeza la idea de cambiar de bando y trabajar contra Davies. Él era imparable, y nada sucedía en esta ciudad sin su conocimiento. De una cosa estaba seguro: Henry y Marcus se enterarían de aquel encuentro tarde o temprano; sería mejor contárselo y ganarme unos puntos antes de que supieran por otra vía que la policía me había sondeado.

Pasé por la caja registradora.

—Ya ha pagado su amigo —me hizo saber la camarera.

Hijo de puta. No soporto deberle nada a nadie. Así es como llegas a dominar a los demás: gota a gota.

Mis jefes habían estado inaccesibles desde el viaje a Colombia. Pero en cuanto le mencioné a Marcus por correo electrónico el tropiezo con Rivera, encontraron un hueco y se mostraron ansiosos por recibirme de inmediato.

Me senté entre ambos en la mesa de juntas del despacho de Davies y les conté la historia.

—¿Solo ha dicho eso? ¿Sin más detalles?

—Solo eso. Espero no haberme pasado de la raya.

—No. Lo has hecho muy bien. Lamento que hayas tenido que pasar ese trago, e imagino que te gustaría saber si hay algo de cierto en ello.

Davies parecía sereno y decidido a calmarme.

—Yo creo en el trabajo que hacemos aquí, aunque unas palabras tranquilizadoras no me vendrían mal.

—Mike, llevas suficiente tiempo en Washington para saber que aquí todo el mundo quiere sacar tajada —dijo, muy serio—. La única excepción es el Departamento de Policía.

—¿De veras?

Davies abandonó su aire inexpresivo y se echó a reír.

—Claro que no. Ni siquiera necesitas el título de secundaria para entrar en el cuerpo. Son simples ladrones con insignia. Marcus, ¿con qué frecuencia intenta algo así la policía o el FBI?

—Una o dos veces al año, por lo menos.

—¿No consideras raro que se haya acercado a ti, a un empleado relativamente nuevo? Y, además, por su propia cuenta, sin supervisión ni contexto oficial en absoluto.

—Sí, me ha sorprendido.

—No hay árbitros, Mike. Nadie está fuera de la partida. Esto es la típica maniobra de la pasma. Tú ya sabes que no somos seminaristas, pero actuamos siempre de un modo escrupuloso: nunca cruzamos el límite. Llevo en esto cuarenta años, Mike, y estamos totalmente limpios; no hemos cometido jamás una infracción. La gente nos echa encima un montón de mierda, pero nunca nos ha salpicado siquiera. Los que son legales lo saben y nos dejan en paz. Pero a veces aparece un detective, un agente del FBI, un inspector… Y el personaje en cuestión cree que, si logra encontrar algún trapo sucio de la firma más poderosa de Washington, algo comprometedor para nosotros o para nuestros clientes, podrá cobrárselo a base de valiosos favores.

—Siempre buscan lo mismo —corroboró Marcus—. Quieren que movamos hilos para conseguirles un aumento o un buen chollo dentro del cuerpo. Casi siempre solamente ambicionan que les encontremos un puesto en una empresa privada para sacarse cinco veces más que el sueldo que les paga el Gobierno.

—Por suerte —añadió Henry—, hace falta algo más que un pastel de frutas para comprar a nuestro mejor asociado. —Se levantó y me dio una palmada en el hombro—. Lo has hecho muy bien, Mike. Y sabemos que para ti ha sido duro quedarte en la inopia en el caso Dragović-Walker.

—¿Ya podéis contarme de qué va esa historia?

—Verás, Mike. Por desgracia, en buena parte por incidentes como este, nos vemos obligados a fragmentar la información. ¡A Marcus incluso le están poniendo dispositivos en el coche, por el amor de Dios! No todo el mundo es una tumba como tú. Y conste que lo valoramos mucho. Te habrás dado cuenta de que tanto Marcus como yo estamos trabajando como si fuéramos asociados de primer curso. A veces las cosas salen a pedir de boca: te cae un dato en las manos y se te presenta la oportunidad de hacer el negocio de tu vida. Entonces has de lanzarte de cabeza; a toda máquina. Nos va muy bien, por supuesto, pero cuando aparece la ocasión de dar un giro de verdad, de convertir una firma de talla mundial en algo todavía más grande, tienes que agarrarla al vuelo. Algún día podremos explicártelo. Y lo comprenderás.

Me cuestioné si ese negocio tenía que ver con grabaciones, con amenazas y con un hombre llamado sujeto 23.

—Sabemos que sigues trabajando noventa horas a la semana. Aunque parezca que hayamos desaparecido, nos damos cuenta. ¿Por qué no utilizáis tú y Annie el *jet* de la empresa, y os vais unos días a la casa de San Bartolomé? Cuando os apetezca, no tenéis más que avisarnos. Dispondréis de vuestro propio rincón junto a la playa, en un lugar retirado, y os relajareis. Te lo has ganado de sobra.

En cuestión de sobornos, eso ya era el máximo.

—Nos encantaría, Henry. Gracias.

Salí del despacho. Me sentía mejor al ver que incluso unos profesionales como ellos a veces cometían errores: mencionar el pastel de frutas del que yo no había hablado. Ahora ya sabía que me vigilaban.

181

Capítulo quince

Consideren a todos los hombres importantes de Washington, y reduzcan ese grupo a los que tienen voz y voto en cuestiones de jurisdicción internacional, así como una hija en un internado y una esposa muerta. Les quedarán ciento sesenta personas. Amplíen el conjunto inicial para incluir el panorama nacional completo, y el número ascenderá a trescientas cuarenta y ocho.

Calculando que cuesta más o menos media hora localizar una muestra de audio de cada una de ellas —una conferencia grabada o alguna entrevista en YouTube—, estamos hablando de dos o tres semanas de trabajo ininterrumpido. Por si fuera poco, del cuarenta por ciento de esas personas no hay modo de encontrar ningún audio; entonces las dejas aparte en un montón de casos pendientes y no paras de preguntarte si el sujeto 23 estará ahí escondido, mientras tú pierdes el tiempo escuchando clips en Internet de las últimas conferencias de TED. En condiciones normales, habría contado con un ayudante para repasar la lista, pero en este caso no podía permitir que mis jefes se enterasen de lo que estaba haciendo. Desde que los había escuchado a hurtadillas, llevaba una semana dedicando las noches a buscar al sujeto 23.

Llevar a cabo semejante tarea, además del trabajo restante, resultaba criminal. Pero mi encuentro con el detective Rivera había reavivado mis temores por la suerte de aquel hombre, cuyas conversaciones habían grabado mis jefes. Tenía que hacer algo, aunque me daba un poco de miedo meterme otra vez en andanzas clandestinas después de mi tropiezo con Marcus.

Por ahora, cero resultados. Y ni siquiera había tenido la oportunidad de empezar a hurgar en el pasado de Radomir para ver si había algo de cierto en las referencias de Rivera sobre crímenes de guerra.

Eran las ocho de la noche de un jueves. Habitualmente, no soy una persona muy dada a quejarse, pero la verdad es que había pasado una semana de mierda, incluyendo un riesgo cierto de congelación y una acusación por «graves delitos». Encima, había pillado un extraño resfriado, seguramente al inundar mis senos nasales con el agua infestada de bacterias del río. Estaba encorvado sobre el portátil en la mesa de la cocina, repasando la lista de candidatos para encarnar a mi hombre misterioso, una lista que no parecía decrecer nunca.

En fin, casi no podía más. Me hacía falta un descanso, permitirme disfrutar (aunque fuese un minuto) de esa nueva vida que me había ganado.

Annie, con pantaloncillos cortos y una de mis sudaderas, se había quedado plantada ante la nevera abierta con una actitud claramente indecisa. Examinó varios recipientes de comida preparada y luego se giró y se percató de que la miraba con fijeza.

—¿Qué pasa? —preguntó clavando sus ojos en los míos.

—Tú —dije.

—¿Qué problema tienes, Ford?

—Ninguno. Me encanta mirarte.

—Eres un cielo.

—Basta. —Y cerré el portátil—. Ven aquí.

La abracé y nos mecimos con suavidad por la cocina. Ella apoyó la cabeza en mi hombro.

—Voy a prepararte la cena.

—¿Qué andas tramando? —preguntó.

—Nada. ¿Por qué eres tan suspicaz? Un buen partido como tú… Debería tratarte así todos los días. ¿Qué tal si te preparo una cenita, nos tomamos un par de copas de vino y después te llevo al Gibson? Cualquier cosa que te apetezca.

El Gibson era un bar clásico de la calle U, un local tranquilo y distinguido, al estilo taberna años veinte, que yo, normalmente, habría rechazado por pretencioso, pero donde los camareros trataban los licores con devoción casi religiosa.

—O si quieres vamos a bailar después.

183

—Veremos.

Sonrió y se dirigió hacia la escalera.

—Voy a arreglarme antes de que recobres el juicio.

Tenía en el frigorífico unos trozos de lomo de ternera. Empecé a calentar aceite en una sartén y fui a sacar un poco de ensalada. Annie se había encerrado arriba, en el dormitorio, y oí que encendía la radio. Siempre escuchaba las noticias.

Incluso en mi propia nevera, yo no era capaz de encontrar nada; me parece que es un rasgo típicamente masculino. Subí los escalones de dos en dos para preguntarle a Annie si sabía dónde demonios se había escondido la mostaza.

Pero me detuve en seco frente a la puerta.

No había la menor duda. Era la voz del sujeto 23 la que sonaba en el interior del dormitorio.

Abrí de golpe.

Era él, en la radio. Cuando escuché aquella voz por primera vez, estaba lastrada con una carga de violencia por el temor a lo que Henry pudiera hacerle, o por las represalias que él amenazaba con tomar. Ahora, en cambio, disertaba muy seguro de sí mismo, con un tono sereno, técnico y tajante.

—Antes de ocuparnos de la extradición —decía por el diminuto altavoz—, ¿no deberíamos abordar el límite jurisdiccional considerando si los presuntos crímenes violan el derecho de gentes?

—¿Qué es eso? —le pregunté a Annie.

—¿Qué?

—El programa de la radio.

—No sé, las noticias —dijo volviéndose desde el tocador—. Un caso del Tribunal Supremo.

Presté atención cuando intervino el locutor: «Eran palabras del juez Malcolm Haskins, en la vista oral celebrada la semana pasada, respecto a un caso que podría tener enormes repercusiones en la legislación sobre derechos humanos. Y ahora pasemos a Seattle, donde...»

Bajé corriendo, abrí el portátil y busqué algún audio del juez Haskins. Todo el mundo en Washington había oído hablar de él, pero muy pocas personas —si es que había alguna— lo conocían. Vivía recluido y rehuía las fiestas y galas mundanas. Desde que yo participaba en la vida social en DC, lo había visto en persona una única vez: en la fiesta de Chip. Y recordé que Irin también había asistido.

Como juez asociado del Tribunal Supremo, Haskins ostentaba mucho más poder en la práctica que el presidente de dicho Tribunal. Era un moderado, hecho que lo convertía con frecuencia en el quinto voto decisivo. En cierto modo, tenía más peso que cualquier otra figura política de la capital: él detentaba su puesto de por vida, no se veía en la necesidad de recaudar fondos o de llegar a acuerdos, y sus decisiones no podían revocarse.

Y yo sabía sin mirarlo que su nombre figuraba en la lista.

Encontré clips de varias vistas orales celebradas el año anterior, y escuché su voz. Luego pinché la grabación del sujeto 23 que había sustraído en Colombia a mis jefes:

«...Ojalá todo fuese paranoia. Pero no lo es. Creo que he encontrado a quien tiene la información. He de contactar con él antes que ellos. Serían capaces de cualquier cosa para conseguir la prueba. Si la tuvieran, créeme, yo estaría acabado.»

Pasé varias veces de una voz a otra: del timbre resonante de un pilar del Estado a las inflexiones de un hombre acorralado y peligroso. Traté de serenarme, de conservar la calma. Era la misma persona, no cabía duda: Malcolm Haskins.

—Mike —oí gritar a Annie—, ¡la cocina!

Una llamarada de casi un metro se había elevado del fogón. Supongo que debería haber apagado el gas antes de ponerme a escuchar la grabación. Me levanté corriendo, saqué la tapa de una olla y la eché encima de la sartén. Las llamas le lamieron los costados un instante, y se extinguieron.

Poco me había faltado para incinerarme allí mismo, junto con la casa entera y la chica de mis sueños. Pero las manchas de hollín y el humo que serpenteaba por el techo y me escocía en los ojos eran entonces lo de menos.

185

Capítulo dieciséis

*E*n cuanto descubrí que la voz de la grabación era la de Malcolm Haskins, se fueron aclarando muchos de los misterios de las últimas semanas.

Por ejemplo, las vistas orales que había escuchado en la radio. Procedían de un caso del Tribunal Supremo relacionado con el derecho de extradición y la Ley de Reparación de Agravios a Ciudadanos Extranjeros. Es una ley que se remonta a los tiempos de los padres fundadores. Básicamente dice que, bajo ciertas circunstancias, puedes ser llevado a juicio en Norteamérica por crímenes de guerra cometidos en cualquier parte del mundo.

Si Rado había cometido tales crímenes, como Rivera había insinuado, habría de estar muy interesado en el desenlace del caso. Y tal vez los resquicios legales que yo iba a conseguir que Walker introdujera en la Ley de Relaciones Exteriores no eran tan inocentes, o tal vez tenían por objetivo evitar que Rado fuese juzgado en Estados Unidos.

Si mis jefes hallaban el modo de meterse en el bolsillo al Tribunal Supremo, las leyes ya no tendrían ningún valor. Este hecho explicaría que me hubieran apartado del caso. Estaban dispuestos a involucrarme en operaciones de segundo orden, pero supongo que es más prudente dejar al novato en casa cuando se trata de corromper al tribunal más importante del país.

Todavía no conseguía creerlo del todo: intentar desactivar al Supremo parecía una locura, pero también lo parecía todo cuanto había presenciado desde que había conocido a Henry. Entonces…, ¿por qué no?

La noche en la que estuve a punto de reducir a cenizas la cocina, descubrí que al menos disponía de un poco de margen antes de que pasara algo entre Irin y Haskins. Henry había dicho que prefería esperar y que, por ahora, no iba a ocuparse del sujeto 23 (qué quería decir exactamente con ello, lo ignoraba), pero que actuaría de inmediato si Irin se enredaba con él.

Yo tenía un amigo que había trabajado dos años atrás como funcionario del Tribunal Supremo. Después lo había fichado un grupo corporativo y había recibido, como bonificación al firmar el contrato, el medio millón de dólares que es usual para los empleados que proceden del Supremo. Duró un año; luego se largó. Ahora vivía del bono y se dedicaba a viajar.

Nunca se sabía en qué parte del mundo estaría, pero era posible localizarlo por correo electrónico. Le pregunté si sabía dónde vivía Haskins, o si creía que paraba en la ciudad. Me respondió a los veinte minutos: «Imposible que esté en DC. Ese hombre es como el jodido Thoreau. No hay vista oral ni asamblea alguna la semana que viene; te aseguro que se ha largado a su casa del condado Fauquier para pasar el fin de semana en plan ermitaño».

Esa misma noche repasé los titulares de las últimas semanas, buscando cualquier aparición pública de Haskins, y cotejé la información con el registro del rastreador GPS que había colocado en el coche de Irin. En efecto, al menos en dos ocasiones ella había asistido a las mismas recepciones que el juez: un acto de recaudación de fondos y una conferencia celebrada en la American University. Debía de haber averiguado que era Haskins quien decidiría el destino de su padre y estaba evaluándolo por sí misma. Quien sabe si ya había empezado a ejercer su hechizo en él.

Al día siguiente llamé a la oficina de Haskins. Dije que era del periódico escolar de Georgetown y pregunté si podría hablar con él unos minutos antes de que pronunciase su discurso en el campus.

—Bueno, hijo —me dijo el jefe de prensa—; me temo que está de vacaciones hasta el viernes que viene. No me consta que haya ningún discurso ni acto público.

—¡Ay, Dios! —exclamé—. Claro, es el programa del año pasado. ¡Vaya fallo, amigo! Que pase un buen día.

A lo mejor se me había ido la mano tratando de aparentar que estaba en edad universitaria, pero había confirmado mis datos. La información de mi amigo, según la cual Haskins había salido de la ciudad, era correcta.

Ahora me dedicaría a vigilar el rastreador del coche de Irin, comprobando que se mantenía alejada de Haskins y que no sucedía nada, mientras se me ocurría qué demonios hacer. Me sentí mucho mejor y, al echar un vistazo en Twitter a Irin (otra usuaria compulsiva de Internet), descubrí que incluso disponía de más margen. «Pásatelo bien en Paris...», había escrito una de sus amigas. Fantástico. Cuanto más lejos de Haskins, mejor.

Nada me impedía marcharme con Annie a la posada de Little Washington, despejar un poco mis ideas y calcular los próximos pasos. Nunca me había sentido tan necesitado de un descanso.

Llegó por fin el sábado, un precioso día de primavera. Annie y yo salimos de DC por la 66, y muy pronto se alzaron en el horizonte las estribaciones de las montañas Shenandoah.

Un detalle gracioso: no pude resistir la tentación de echarle un vistazo al rastreador, y resultó que el coche de Irin estaba circulando si bien se suponía que estaba en París. Tal vez se lo había dejado a un amigo.

Más gracioso todavía: la diana del rastreador se movía como si nos siguiera a Annie y a mí de camino hacia el campo. No me inquieté demasiado. Había montones de ciudadanos que salían fuera el fin de semana cuando hacía buen tiempo.

Y ya nada gracioso en absoluto: después de llegar a la posada; después de que Annie saltara de alegría al ver la botella de champán que nos aguardaba en la habitación, y de que yo descubriera un cuarto de baño con lujos que jamás habría creído posibles, eché otra ojeada y vi que la diana del dispositivo había salido de la 66 para dirigirse al norte, hacia el condado Fauquier, donde Haskins tenía su casa de campo.

Perdí de golpe las ganas de beber champán y de zamparme la comida de mi vida, compuesta de seis platos. Aumenté la resolución de la pantalla y observé cómo se acercaba Irin a un pueblo —a una hora de donde nosotros estábamos— llamado

188

Paris, en Virginia. Nunca lo había oído nombrar, pero uno de los numerosos conserjes y ayudas de cámara, que se desplazaban sigilosamente para atender nuestros caprichos, me facilitó toda la información: «Es un pueblecito del condado Fauquier al que se escapan las personas influyentes de Washington; como ocurre en este mismo pueblo», me dijo. Parecía un buen sitio para que un juez clave del Tribunal Supremo huyera del mundanal ruido.

Henry y Marcus habían dicho que tendrían a Irin vigilada. No sabía cómo exactamente, pero una cosa me quedaba clara según lo escuchado bajo la terraza de Henry: si esta noche la chica se acercaba a Haskins y a la prueba que este ocultaba, la vida de ella, y acaso la del juez, correrían peligro. Y yo me temía, basándome en las advertencias de Tuck y de Marcus, que, si todo se venía abajo y alguien sufría algún perjuicio, Henry me tendería una trampa para que cargara con toda la culpa.

«Déjalo correr», pensé. Traté de convencerme de que aquello no estaba sucediendo. No podía arriesgar mi carrera. Y si volvía a cagarla con Annie, perdería cuanto había conseguido hasta ahora con una chica que era de las que aparecen, con suerte, una vez en la vida.

189

Ni yo mismo lo creía (era como si me viera en un sueño) cuando le dije a Annie que tenía que marcharme, que haría lo indecible para regresar a la hora de la cena.

—Dime que es una broma.

—¡Ojalá!

Nos pasamos veinte minutos repitiendo una y otra vez los mismos argumentos. Me parecía imposible que estuviera discutiendo con ella cuando sus consejos —que me quedara allí, lejos del peligro— eran perfectamente lógicos. ¿Cómo podía abandonarlo todo y arriesgar lo ganado a pulso?

Noté que ella volvía a albergar sospechas, que estaba pensando en la otra noche, en las mentiras, en la foto de Irin.

—Diría que me estás engañando, pero no te considero tan idiota como para hacerlo con semejante torpeza —afirmó—. Eso me tranquiliza. Solo quiero… Dime qué está pasando.

—No puedes contárselo a nadie.

—No lo haré.

—Júramelo.

—Te lo juro.

—Es un caso del trabajo que ha quedado fuera de control. He de conducir una hora desde aquí e impedir que pase una cosa, impedir que alguien sufra graves daños, o algo peor. No te voy a mentir, pero no puedo contártelo todo, porque es una situación peligrosa, y nunca me lo perdonaría si te viera involucrada. Lo siento.

—Muy bien. Voy contigo.

—Lo siento, Annie. No lo puedo consentir.

—Llama a la policía entonces.

—Lo haré. No permitiré que me hagan daño.

—Si es así, ve. De acuerdo. Ve.

Era evidente que no podía llamar a la policía. Ya había visto cómo Davies y Marcus se metían en el bolsillo a la policía local. Y además, ¿qué les explicaría sin parecer un chiflado de remate? No. Ahora se trataba estrictamente de limitar los daños, de encontrar un modo de que Irin no se acercase a Haskins, aunque tampoco debía jugarme el cuello.

Confiaba en poder hacerlo evitando que todo saltara por los aires. Había muchos modos de que el asunto se torciera: provocando la intervención de mis jefes, de la prensa, de la justicia… Ni siquiera llegaba a imaginarme la posible magnitud del desastre.

El rastreador del coche de Irin había dejado de moverse a mitad de camino entre Upperville y Paris. La diana se había detenido en medio de la autopista. Cuando llegué al lugar, no vi nada: ni coches ni casas; únicamente bosques y un bache enorme que por poco se traga mi todoterreno. Quizá ese bache había provocado que se cayera el GPS del Porsche de Irin, o quizá se trataba de otra emboscada. En todo caso, pasé de largo y aceleré hacia Paris.

El lugar no era propiamente un pueblo, sino una docena de casas coloniales diseminadas por una hondonada que ascendía hacia las estribaciones del Blue Ridge. Eso me daba más esperanzas de localizar a Irin y a Haskins.

Crucé toda la población buscando el Porsche, pero no lo vi. Al cabo de media hora, paré en el Red Barn Country Store.

Me moría de hambre. El especial de esa noche consistía en una taza de café (amargo) y una barrita de chocolate Snickers. Nada que ver con las exquiciteces de la posada. Intenté ahuyentar mis dudas, pero ya estaba poniéndome de mal humor y enojándome conmigo mismo. Vamos a ver, ¿qué demonios pensaba hacer aquí? Quizá había acabado enloqueciendo de pura obsesión.

Pero no tuve demasiado tiempo para apurarme. El muelle de la puerta mosquitera crujió al abrirse, y volvió a cerrarse de golpe. Malcolm Haskins, enfundado en unos holgados vaqueros y una sudadera de Yale Law, acababa de entrar en la tienda. Observé su reflejo en las puertas de vidrio de los refrigeradores mientras hacía la compra: una caja de cartuchos, bolsas de basura y una sierra plegable de esas que se usan para podar. Podía haber venido a aprovisionarse para pasar un buen fin de semana en el campo —era la temporada de los pavos—, pero su lista de la compra, como es obvio, no me tranquilizó.

Al llevarse la mano al bolsillo para pagar, la sudadera se le ciñó a la cintura. Entonces distinguí la silueta de una funda metida en la pretina, adecuada para una pistola grande: quizá un calibre cuarenta.

Mala señal.

No me fue difícil seguirlo. Había pocas luces en el pueblo y las calles estaban desiertas. Aparqué en un camino cortafuegos que quedaba oculto de la autopista. La casita de Haskins, a unos cuatrocientos metros, estaba en mitad de un prado, al pie de las colinas. Pero no se divisaba ni rastro de Irin ni de su Porsche.

Recorrí el ralo bosquecillo de detrás de la casa, en paralelo a la carretera principal. Oculto entre dos árboles, me dediqué a atisbar el interior de la casa; parecía lo más cauto y lo más sensato. Al menos hasta que observé que se detenía un Porsche blanco frente a la entrada. Si hubiese estado en la carretera, quizá habría podido asustar a Irin, o hablar claro, ya sin reparar en las consecuencias, y prevenirla del peligro.

Eché a andar, pero no llegué a tiempo: Irin desapareció en el interior.

Irrumpir en la casa y anunciar que se trataba de una trampa era, bueno, un poco temerario. Le explicaría a Haskins con toda calma que lo había estado acechando, porque mis estimados colegas querían amenazarlo, corromper al más alto tribunal de Estados Unidos y acaso matarlo. En realidad estaba haciéndole un favor. Eso me saldría de un tirón. Y luego habría de cargar con las consecuencias de haber traicionado a mis jefes, y enfrentarme al destino que tuvieran previsto para Haskins. Pan comido.

Pero no; no iba a jugarme el físico. Tenía que haber otra manera. Si lograra sabotear la fiesta antes de que mis jefes llegasen a averiguar qué pasaba... Recordé con insistencia que habían dicho que mantendrían a Irin bajo vigilancia y, aunque no veía a nadie por ningún lado, presentía que Marcus no debía de andar lejos.

Me imaginé que la chica debía de haber dado comienzo ya a su numerito de seducción. Ambos estarían nerviosos, y no me sería difícil asustarlos. Cogí un puñado de grava y lancé una piedra, que rebotó en las tablillas de madera de la casita, una cabaña de dos pisos; la siguiente chocó en una ventana produciendo un chasquido. Esperé a que se produjera alguna reacción, pero no se encendió ninguna luz en el piso de abajo, ni tampoco los focos del exterior.

Bueno, yo ya había cumplido con mi parte. Me dije a mí mismo que lo había intentado. No tenía sentido perderse la cena. Yo no era responsable de los sucesos que fuesen a ocurrir. ¿Qué otra cosa podía hacer? ¿Entrar con un descaro absoluto y explicar mi papel en la conspiración de Henry? No. La única opción era largarse y dejar que sucediera lo que tuviera que suceder.

Los humanos hemos de transigir para hacer realidad nuestros deseos. ¿Iba a renunciar a mi dichosa existencia —ternera Shenandoah, baños de lujo, una novia que parecía sacada del catálogo de J. Crew—, y joderlo todo por intentar cumplir con mi obligación?

Ni hablar. Yo no era ningún mártir. Pretendía cuidar de mí mismo y...

¡Eh! ¿Qué sucedía? Ni siquiera recuerdo haber tomado la decisión. De hecho, creía haber decidido no acercarme a la casa. Pero ahí estaba, caminando muy decidido. Mentalmente, me di una palmada en la frente (en plan «seré idiota») al notar que mis pies estaban en movimiento y que las ramas me rozaban las piernas mientras me aproximaba a la casita.

O bien yo era demasiado honrado, o bien quería irrumpir allí como el puto *sheriff* porque era consciente de que la mitad de mi alma ya estaba en manos de Davies. En uno u otro caso, los ángeles bondadosos que me impulsaban iban a conseguir que me mataran, cosa que no me alegraba nada.

Pero aún no estaba todo perdido. Di tres golpes en la puerta trasera; luego otros tres con más fuerza. De niños, llamábamos así a las puertas y salíamos corriendo.

Nadie respondía.

Bajé del porche y retrocedí unos pasos; entonces oí que Haskins le gritaba algo a Irin. Vi un instante cómo se asomaba nerviosamente a una ventana de arriba con la escopeta en la mano. Él no llegó a verme. Mis peores temores, los que me había inspirado la conversación entre Marcus y Henry sobre el peligro en el que Irin se había metido, acabaron de confirmarse.

No había muchas ventanas en la parte trasera, pero sí las suficientes para colarse dentro. El problema, para el ladrón profesional, es que, por muy tentador que resulte cargarse un cristal, te acabas rajando inevitablemente un brazo o una pierna mientras corres de aquí para allá hecho un manojo de nervios.

Me fijé en un mango que sobresalía por detrás de un montón de troncos. Era un hacha para partir leña. Eso serviría. La manera más fácil de meterse en una casa no es echando la puerta abajo, cosa que suele costar cinco minutos o más, salvo que cuentes con la palanca adecuada, sino que la mejor manera es reventando la cerradura.

Procuré entretenerme con todos esos pequeños detalles técnicos del oficio para no pensar en la locura que estaba cometiendo: en las consecuencias de entrar por la fuerza en la casa, exponiéndome a cualquier peligro.

Puse el filo del hacha detrás de la cerradura y le di un par de golpecitos en el mango para asentarla. Agarré este con ambas manos y arranqué limpiamente el cilindro, que rodó por el porche. Era cuestión de meter la mano y retirar el cerrojo.

Había sido rápido: apenas debían de haber transcurrido diez segundos desde el primer golpecito y ya estaba dentro. Pensé que podría sorprender a Haskins y hacerlo entrar en razón. No

193

tuve tanta suerte. Me estaba esperando con una escopeta de dos cañones y me apuntaba directamente a la cara.

Irin estaba sentada en el sofá. Tenía los ojos enrojecidos y se tapaba la boca con las manos. Haskins, bien plantado sobre el entarimado, sujetaba el arma en una postura que parecía propia de un tirador competente.

Me puso el cañón bajo la barbilla y me cacheó para ver si llevaba armas.

—He venido a ayudarle —dije—. No lo haga. La chica no forma parte del montaje. Ellos, que ya deben de estar en camino, están enterados de todo, y lo utilizarán contra usted.

—¿Qué cree usted que sabe?

Retrocedió. Los dos cañones me miraban desde lo alto.

—Ella no trabaja para Henry Davies. No es sino una chica estúpida que pretende ayudar a su padre. Si usted le hace algún daño, caerá en manos de ellos. Están esperando que actúe justo así. Seguramente, han de estar a punto de llegar. No lo haga, créame. Ellos lo aprovecharán para chantajearlo.

—¿Quién es usted? —preguntó. Observé que los nudillos se le quedaban blancos al agarrar con más fuerza la culata de la escopeta.

—Yo descubrí lo que ocurría: estaban tratando de tenderle una trampa. He venido a ayudarlo.

—Usted trabaja para Davies.

—Pero ellos no me han enviado. Solo pretendo impedir que hagan daño a alguien.

Estaba tratando de apaciguar con buenas palabras a un juez del Tribunal Supremo para que bajase su arma. Contaba con una única ventaja: la situación me parecía tan surrealista que me costaba creer que se estuviera produciendo; de lo contrario, me habría quedado paralizado.

—Eso es un «sí» —dijo, y se echó a reír con pocas ganas mientras meneaba la cabeza—. Demasiado tarde —murmuró, y enseguida lo repitió—: Ya no hay tiempo.

Se sentó en el sofá, todavía apuntándome. Me dio la sensación de que aquel hombre había perdido el rumbo.

—Siéntese. —Me indicó una mecedora con la escopeta.

Me senté. Para ser alguien tan bien armado y, supuestamente, paranoico, el juez parecía bastante sereno.

194

—¿Cómo se llama?

—Michael Ford.

—¿De veras ha venido para impedir este desastre?

—Sí. Todavía no es demasiado tarde.

Volvió a reírse. No como si estuviera loco, sino como si le acabaran de explicar un chiste buenísimo.

—Bueno, es un gesto digno de un caballero de la Mesa Redonda. Pero acaba de meterse de cabeza en una situación delicadísima sin ningún motivo. No creo que esto vaya a terminar bien para ninguno de nosotros.

Quizá estaba tan tranquilo porque ya había decidido acabar con nosotros.

—No lo haga.

—Deje ya de decir eso, por el amor de Dios —ordenó—. No tiene ni idea de qué sucede, ¿verdad?

En eso acertaba.

—No me parece que vaya a creerlo si se lo cuento yo —le dijo a Irin—. ¿Quiere decírselo usted misma?

—No debes detenerlo, Mike —musitó ella, clavando la vista en el suelo—. Él no iba a hacerme daño.

Miré de nuevo a Haskins, que dijo:

—Yo sería incapaz. Tengo una hija, ¿sabe? ¿Qué ha oído decir en Davies? ¿Que soy un psicópata capaz de proteger mi sucio secreto por cualquier medio? ¿Que mataría a esta chica si se me acercaba? —Meneó la cabeza—. No. Van a venir a por mí esta noche, ¿verdad?

—Han estado vigilando a esta chica —le expliqué—. Dijeron que, si ella se acercaba demasiado a usted, a la prueba, pasarían a la acción.

—Ahora sé con seguridad que vendrán a buscarme. La basura que quieren encontrar no es sobre mí, Michael; es sobre Henry, y quieren recuperarla, hacerla desaparecer de una vez por todas. Yo la tengo en mi poder. Y a mí no van a chantajearme. Ya han probado todas las tentaciones, ya han ejercido todas sus influencias contra mí y han fracasado. Van a matarme. Y como ahora la chica sabe demasiado, supongo que la matarán también.

—¿No iba usted a hacerle nada? —pregunté.

—No, ya se lo he dicho antes —suspiró, frustrado.

195

—Entonces, ¿solo pretendía protegerse a sí mismo?

—Sí.

—¿Y yo estaba tratando de hacer lo correcto?

—A su manera desencaminada en absoluto, quizá. Si hubiera venido por orden de Davies, no estaría charlando conmigo totalmente desarmado. Habría venido dispuesto a matarme.

—Entonces no lo entiendo. ¿Por qué no podemos terminar con todo esto? ¿Por qué tiene que acabar mal?

—Porque hemos llegado tarde —sentenció Haskins, y examinó por la ventana las sombras del exterior.

Se me acercó y, bajando la voz, me preguntó:

—¿Cuánto hace que conoce a Henry Davies?

—Casi un año.

—Yo lo conozco desde hace tres décadas, desde la universidad. Fuimos compañeros de habitación el primer año. Imagino que ya le habrá oído su discursito, eso de que es posible corromper a cualquier hombre, ¿no?

—Sí —asentí. Yo había oído una versión ligeramente distinta, claro: que puedes controlar a cualquier hombre si encuentras los resortes adecuados. Pero ahora ya no era posible seguir simulando que había una diferencia entre control y corrupción.

—Él ha construido su imperio sobre esa creencia —aseguró Haskins—. Dinero y poder absolutos. Y lo trágico es que tiene razón. Lo he observado durante años. De un modo lento pero seguro, ha ido reclutando a senadores y congresistas e incluso se ha metido a algún presidente en el bolsillo. Es una especie de coleccionista. Uno a uno, ha demostrado ser capaz de comprar o manipular a cualquiera que detente algún poder en el Capitolio. Ya casi los tenía a todos.

—Salvo a usted, ¿no es eso? En su caso no lo ha conseguido. Usted ha demostrado que se equivocaba.

—No importa. Todos los hombres tienen un precio y pueden corromperse. Esas son las reglas en el mundo de Henry Davies. No existe nadie incorruptible. De modo que si aparece alguien…, bueno…, hay que quitarlo de enmedio.

Se levantó y apagó las luces. Por un momento nos quedamos en la penumbra. Luego, gradualmente, comencé a distinguir siluetas grises.

—¿A qué se refiere? —pregunté.

Él alzó la escopeta de nuevo y miró por la ventana.

—Yo cometí el error de intentar frenarlo mediante la ley —musitó—, mediante la institución a la que he consagrado mi vida. Es decir, por medios legítimos. Pero no era suficiente, y ahora es demasiado tarde. Él nunca pierde. ¿Eso no se lo ha dicho?

—Sí, claro. Pero esta noche ha perdido. Estamos a salvo. Vámonos.

—No. Ellos confiaban en que los guiara hasta la prueba. Yo sé más de la cuenta. Y eso no les deja más que una alternativa. Si no es posible corromperme, me matarán: las reglas de Davies.

—Es demencial —dije. Pero el murmullo que me llegaba ahora no dejaba lugar a dudas. Había alguien ahí fuera, quizá varios hombres, y se estaban acercando.

—Yo también lo había creído así en otros tiempos. Pero esto queda más allá de la lucha sin cuartel de Washington, Michael. Más allá del chantaje y de la incitación al delito. Estamos hablando de asesinato. Y no es la primera vez.

—¿Henry ha matado gente?

—Sí. Ha dado la orden de matarla. Él prefiere que parezca la muerte habitual de cualquier ejecutivo: provocando una embolia o un ataque cardíaco. Nada demasiado sospechoso.

Haskins se apartó un momento para atisbar por la ventana, y retiró un centímetro la corredera de su pistola para comprobar que había un cartucho en la recámara.

—Pero yo no me iré tan discretamente. Voy a hacer todo lo posible para que no le resulte nada fácil encubrir este crimen.

Miré mi teléfono: no tenía cobertura.

—¿No podemos llamar a la policía?

—No hay línea; seguramente está cortada. Ya se lo he dicho: es demasiado tarde. No me queda tiempo.

—¿Tiempo para qué? ¿A qué se refiere?

—Henry no me persigue solo a causa del Tribunal Supremo. Lo he observado durante años y siempre he sospechado de él. He ido averiguando cómo ha edificado su imperio, por qué medios ha acosado a los 500. Creí que podría detenerlo mediante la ley, pero, como ya sabrá, el dueño de la ley es él.

197

Debería haberle explicado a alguien dónde está la prueba. —Se inclinó otra vez para atisbar por la ventana—. Me parecía que disponía de más tiempo. Ahora todos sabemos demasiado. Esto es un embrollo endiablado, y si hay algo que no soporta Henry son las complicaciones.

Se oyó un crujido de pasos en el porche delantero. El juez nos guio hacia la parte trasera.

—¿Qué prueba? —pregunté.

—Nadie aprende sin cometer errores. Henry solo cometió uno, que yo sepa, hace mucho tiempo. Él empezó como agente electoral, allá en los años sesenta: artimañas, maniobras sucias... Consiguió él solito que el Watergate pareciera una travesura. Un periodista de investigación llamado Hal Pearson empezó a investigarlo. Henry lo mató. A mí me consta que la prueba que demostraría su culpabilidad aún existe. Debería haberle dicho a alguien dónde buscarla, como seguro de vida. Pero no queda tiempo.

—¿Por qué me lo cuenta a mí?

—Ellos saben que estamos aquí la chica y yo, pero ignoran que usted ha venido. Mire. —Cogió un cuaderno grande de una mesita, anotó algo, arrancó la hoja y me la dio—. Este es el modo de encontrar esa prueba.

Por un momento solamente se oyó el murmullo acelerado de nuestra respiración y los crujidos que sonaban en el porche. Vi una silueta que se movía en el patio trasero. Los hombres de Henry. Por suerte, había ocultado el todoterreno en el camino.

Haskins me miró.

—¿Está pensando en llegar a un acuerdo? —me preguntó.

La verdad es que la idea se me había pasado por la cabeza. Si la historia que me había contado era cierta, Haskins acababa de entregarme con aquel papel una baza muy valiosa. En caso de que los secuaces de Henry me atraparan y estuvieran decididos a matarme, podría usar la información que el juez me había dado para salvar mi propio trasero.

—No —le respondí—. Pero ¿por qué confiármela a mí?

—Piénselo bien —dijo Haskins, yéndose hacia la escalera—. Esta es la única cosa del mundo que teme Henry Davies: la prueba del único error que ha cometido en su vida. No se detendrá ante nada para conseguirla. O sea que, sí, es muy valiosa. Pero ¿de veras cree que él dejará que se vaya sana y salva la persona que conozca su existencia? ¿Que la dejará disfrutar de una vida larga y venturosa? —Soltó una risotada.

Yo no sabía qué pensar. Aquello me sobrepasaba.

—Verá, yo no lo estoy ayudando, Michael. Tener conocimiento de las cosas que acabo de exponerle es una sentencia de muerte. Pero es el único resorte contra Henry Davies. Y ese hombre no se dejará controlar, no permitirá que nadie que lo sepa continúe viviendo. Por esa razón no he querido compartir nunca el secreto. No importa si me cree o no. Pronto lo comprobará por sí mismo.

—¿Y entonces? ¿Qué se supone que debo hacer?

—Ocultarse. Sobrevivir. Su única posibilidad, si es que sale de esta, es encontrar la prueba y acabar con Henry Davies. Porque, si él se entera de que la tiene usted (y le aseguro, Dios nos asista, que se las ingeniará para saberlo), la cosa será muy sencilla. O usted o él. Uno de los dos habrá de sucumbir.

Se estaba pasando con aquel estilo rimbombante, a lo *Señor de los Anillos*, pero varias siluetas oscuras rodeaban ya la casa, y no pude discutir con él.

Haskins nos indicó a Irin y a mí que nos escondiéramos. Yo me negué. Si realmente venían a matarnos, quería plantar cara.

—Ni hablar —me dijo—. Ellos ignoran que está aquí. Es nuestra única esperanza. Tiene que esconderse y huir. Vayan arriba o les disparo yo mismo.

A Irin, todavía aturdida, le indicó una de las habitaciones del piso superior. Ella me echó una mirada antes de que se cerrara la puerta.

—Estoy muerta de miedo, Mike —susurró.

—Todo saldrá bien. Tú agacha la cabeza.

Busqué alguna salida desde el segundo piso. Cada vez que me acercaba a una ventana, un haz de luz blanca la iluminaba desde el patio trasero. Estaba atrapado. Supuse que tenían cubierta la parte posterior y que estaban estrechando el cerco por delante. Todo muy eficiente.

¿Qué pasó, pues? Que me aspen si lo sé. Cuando se acercaron a la casa, seguí las indicaciones que me había dado el dueño de la escopeta (siempre una opción sensata), y me escondí. Estaba atrapado en una habitación del piso de arriba, sudando la gota gorda y tratando de pensar cómo demonios salir de allí. Oí cómo forzaban la puerta principal con mucha menos suavidad de la que yo había empleado con la trasera. Alguien vociferó unas órdenes. No era fácil asegurarlo, pero la voz se parecía a la de Marcus. Entonces se oyeron gritos y disparos por toda la casa.

Alguien andaba ruidosamente allá abajo. Se produjo un silencio que duró un minuto; luego resonó una secuencia que me dejó helado: dos detonaciones, entre las que transcurrió tan solo medio segundo, de un revólver o un rifle, y después un tercer disparo. Un ejercicio militar estándar: cuerpo-cuerpo-pausa-cabeza, el esquema inconfundible de un buen tirador abatiendo a un enemigo.

Sonaron pasos en la escalera y el chirrido de una puerta al fondo del pasillo. La casa era vieja y todo crujía: imposible moverse con sigilo. Estaban buscando. Asomé la cabeza por la ventana un instante y me eché atrás justo a tiempo para evitar el barrido de la linterna.

Lo último que deseaba era quedarme allí, pero, si los asaltantes desconocían que estaba en la casa, cabía la posibilidad de que consiguiese permanecer escondido hasta que pasase la tormenta.

Oí otra puerta, ruido de pasos acercándose. Apenas lograba contenerme. Supongo que Irin no lo logró. Alguien echó a correr, tropezando y derribando muebles. Me figuro que se dejó dominar por el pánico y que salió corriendo.

Y entonces volví a oír el mismo sonido. Tres disparos: pam-pam…, pam.

Examiné el armario por dentro a la tenue luz de mi teléfono móvil. Si iban a ejecutarme, casi prefería que no fuese acurrucado y tembloroso entre viejos álbumes de fotos y bolas de naftalina. Estaba a punto de descartar esa opción cuando distinguí los contornos de un cuadrado en el techo del armario. Apenas el espacio justo para pasar los hombros: una trampilla de acceso al desván. Quizá podría salir por allí al tejado y evitar al hombre que vigilaba la parte trasera.

Trepé al estante superior, cerré la puerta del armario desde dentro y me encaramé a través del recuadro hasta el desván. Allí no había suelo, sino únicamente el armazón y el aislamiento de fibra de vidrio de color rosa sobre la placa de yeso de los techos de abajo. Las viguetas crujían a cada movimiento que hacía.

Volví a colocar la trampilla de madera que cubría el acceso desde el armario, y observé que había algunos tablones sobre las viguetas y la fibra de vidrio para desplazarse por el desván. Cogí uno de ellos, apoyé un extremo sobre el recuadro de acceso y encajé el otro haciendo cuña contra una de las vigas del techo. Era una versión rudimentaria del cerrojo de seguridad que más teme un ladrón: una barra metálica apoyada detrás de una puerta y bien anclada en el suelo. Es un sistema que hace prácticamente imposible forzar una entrada. Los ladrones aprenden a identificar esos cerrojos, que suelen encontrarse en el centro de una puerta metálica, y buscan por otro lado.

Oí entrar a varios hombres en la habitación que acababa de abandonar; la habían registrado con rapidez y decían algo a gritos a los que vigilaban la parte trasera. Debían de haber descubierto que yo estaba en la casa. Busqué alguna salida: un respiradero del tejado, un aguilón por donde pudiera escabullirme. Pero no había ningún orificio más ancho que una tubería. ¡Dios mío, hacía un calor espantoso allí dentro!

Sonó un puñetazo en la trampilla de acceso. Me aparté, manteniendo el equilibrio sobre las viguetas. En su momento, había aprendido por las malas a no perder pie en los desvanes. Una vez, en una de aquellas noches presididas por la ley de Murphy, mi amigo Luis y yo habíamos entrado en una casa de Falls Church. Subimos al desván, y el chaval calculó mal al pisar: la pierna izquierda atravesó bruscamente el aislamiento, la derecha se le quedó atascada en una viga y sufrió un desgarro del ligamento de la ingle.

Me desplacé por las viguetas, que se arqueaban y tiraban de los clavos, produciendo un crujido inconfundible. En ese momento percibí el silbido de dos disparos. Dos haces de luz, que parecían casi compactos a causa del polvo que se arremolinaba, se hicieron visibles por los orificios abiertos en el suelo del desván, a menos de dos metros a mi izquierda.

Abajo se habían puesto a aporrear todavía con más fuerza la trampilla de acceso, y me percaté de que la madera se astillaba y empezaba a ceder. Me alejé un poco más.

Pam, pam. Otros dos disparos y otros dos haces de luz a mis pies. Más cerca que antes. Cada vez que me desplazaba podían determinar mi posición. Aguardé a que destrozaran el recuadro. Oí un último crujido, la madera cedió por completo y el tablón que había puesto para asegurarla se desplomó. Mi plan, por así llamarlo, consistía en aguantar allí cuanto pudiera antes de acometer mi siguiente acción. No sabía cuántos hombres había, pero quería atraer al desván al mayor número posible de ellos.

Distinguí unas manos en el agujero del acceso.

Aguardé.

Y en el preciso momento en que aparecía la cabeza, tomé ejemplo de mi viejo amigo Luis y salté desde las viguetas hacia la parte delantera de la casa, hacia el vestíbulo de dos alturas, rezando para no tropezar más que con el aislamiento y la placa de yeso.

202

Recuerdo una sensación de vacío en el estómago mientras caía. Todo iba como una seda hasta que se me enganchó la barbilla con la placa de yeso o quizá con algún cable, percance que me hizo girar bruscamente sobre mí mismo. A pesar de todo seguí cayendo y choqué con la cadera contra la pared que quedaba por encima de la puerta principal; el golpe dio mayor impulso al giro que llevaba, y acabé aterrizando sobre un hombro y un lado de la cabeza en el entarimado.

El golpe resonó en mi cráneo. Me incorporé tambaleante y me puse de pie. Si había alguien vivo en la planta baja, no lo vi. Irin yacía desmadejada sobre la escalera, con un disparo en el tórax y otro en la cuenca del ojo, y Haskins estaba en el salón, boca arriba, con dos disparos en el pecho y otro en la frente. Yo nunca había visto a ninguna persona muerta, salvo en un tanatorio, donde suelen estar acicaladas y con las manos cruzadas. Creo que casi tuve suerte de estar todavía aturdido por la caída, porque todo me parecía irreal, tan falso como una casa encantada de feria.

Los individuos del desván ya bajaban ruidosamente. Corrí hacia la salida. Arranqué la bandera del porche y atranqué con el mástil la manija de la puerta para ganar un poco de tiempo. En la parte delantera no había nadie. Supongo que había conseguido dejar atrás a todos los que estaban registrando la casa. Corrí unos veinte metros y entonces, algo menos atontado, advertí que cojeaba y que tenía desgarrados los pantalones. Una astilla de yeso, de casi dos centímetros de ancho, se me había clavado profundamente en el muslo.

Con aquella herida no creía que pudiera llegar a tiempo a mi coche, aun suponiendo que la puerta principal aguantara. Había una única farola en la carretera, frente a la casa, a unos seis metros en dirección opuesta al camino donde tenía aparcado el coche. Corrí hacia ella y me arranqué la pernera del pantalón; me saqué el pedazo de placa de yeso y dejé que me manara la sangre en la mano: la suficiente para asegurarme de que Marcus la vería. La derramé en el suelo, donde relucía bajo la luz de la farola, y corrí en la otra dirección.

Circular por el cortafuego con las luces apagadas resultó toda una experiencia, pero acabé yendo a parar a una carretera secundaria que se alejaba de Paris. La herida de la pierna solo requirió ocho puntos en el puesto de urgencias de Front Royal. En vez de ternera Shenandoah, comí un sándwich de pollo en el aparcamiento de una hamburguesería Arby's. Luego desdoblé la hoja de papel amarillo que Haskins me había dado: mi sentencia de muerte y mi única esperanza.

Capítulo diecisiete

Annie estaba aún despierta cuando regresé a la posada. Me metí directamente en el baño y me duché, limpiándome la sangre seca de la pierna. Cuando salí, le expliqué que estaba bien, agotado pero bien, y que todo se aclararía a la mañana siguiente. La habitación se hallaba a oscuras, y los puntos no tenían mal aspecto bajo el vendaje. Ella insistió en que le contara lo ocurrido, por supuesto, pero se mostró compasiva cuando le dije que lo único que quería era dormir.

El desayuno, servido por el personal omnipresente y siempre solícito de la posada, no era obviamente el momento indicado para hablar de temas confidenciales. Así obtuve un pequeño aplazamiento para no tener que explicarme.

En cuanto subimos al coche, puse la radio. Annie me miraba, esperando que hablara; yo mantenía la vista fija en la carretera. Al cabo de quince minutos, perdió la paciencia y apagó la música.

—Mike, has de contarme qué ha pasado. Y ese vendaje en la pierna… ¿Estás bien? ¿Te han herido?

—Estoy bien. Yo…

Me falló la voz. Había confiado en que mi viejo don para improvisar chorradas me ofreciera una salida. Pero no. Los hechos de la noche anterior conservaban la pátina irreal de un sueño, y los esfuerzos que estaba haciendo para reaccionar ante ellos y seguir adelante me paralizaban por completo la mente.

—Necesito tiempo para pensar —musité—. Es… —Contemplé las líneas blancas de la autopista, que pasaban parpadeando por nuestro lado, y meneé la cabeza—. ¿No podríamos hablar más tarde?

Ella asintió lentamente y me cogió de la mano mientras avanzábamos por las sinuosas carreteras del valle de Shenandoah. Me sorprendió que hubiera funcionado, la verdad, porque Annie es capaz de ser tan persistente como yo. Pero cuando miré por el retrovisor, entendí por qué lo había dejado correr. Por primera vez, desde la experiencia de anoche, me veía a plena luz del día: unas ojeras tan oscuras que casi parecían cardenales, una mirada vacía y anestesiada, una palidez enfermiza... Tenía aspecto de moribundo.

No dormí ni el sábado ni el domingo por la noche. Me pasé las horas mirando el techo, escuchando la respiración de Annie, consolándome apenas cada vez que le echaba una mirada y veía el mohín que hacía con los labios mientras dormía.

De vez en cuando me sentaba en el borde de la cama, en medio de la oscuridad, y palpaba la tarjeta que el detective Rivera me había dado. ¿No era todo aquello un peso excesivo para mí solo? ¿Debía hablar con la policía y cometer el único pecado que no puede perdonarse entre ladrones? ¿Habría algún modo de escapar de Henry, no digamos ya de vencerlo?

205

—Jo, tienes una pinta penosa —me dijo el compañero del despacho de enfrente, cuando llegué el lunes por la mañana—. Un fin de semana a tope, ¿no?

—Sí, fantástico —contesté.

Me imagino que la situación espantosa con la que me había tropezado se me reflejaba en la cara, lo cual era nefasto. Seguir la rutina y actuar con calma parecía el único modo de pasar el trago, de despistar a Marcus y a Davies hasta que se me ocurriera qué hacer.

Dos muertos y, curiosamente, los periódicos no habían dicho nada ni el domingo ni el lunes. Quizá solo los asesinos y yo lo sabíamos. Pero eso no podía durar.

Nunca me había parecido tan relajante el buzón de Outlook, pensé al sumergirme en las rutinas triviales de la jornada. Casi me daba la impresión de que el fin de semana no había existido.

Casi.

A través de la cristalera, vi que William Marcus doblaba la esquina de la escalera y recorría el pasillo hacia mi despacho. Se lo veía tan tranquilo como siempre, con una taza de café en una mano y un *muffin* de arándanos en la otra.

Oí sus pasos silenciados por la moqueta.

Pasó de largo frente a mi puerta.

Podía seguir con el correo electrónico; por ahora, estaba a salvo. Al cabo de unos minutos, me atreví a asomarme al pasillo y no lo vi.

—Mike. Al despacho de Davies. Ahora mismo.

Era él, a mi espalda. Como si hubiera sonado un disparo, me puse rígido del todo y me llevé los puños al pecho. Enseguida extendí los dedos y me obligué a inspirar lenta y profundamente.

—Claro —farfullé.

Mientras subíamos a la tercera planta, el corazón me retumbaba como una secadora mal calibrada. Traté de imaginarme algún motivo vulgar y razonable para que me convocasen tan de repente, pero no se me ocurrió ninguno. La única explicación era que sabían que yo estaba en la casa cuando Irin y Haskins fueron ejecutados. Pese a ello, seguí a Marcus con docilidad, sabiendo (aunque no acabara de creerlo) que estaba a punto de caer en manos de los asesinos.

Davies se hallaba sentado ante su escritorio, con las gafas de lectura puestas, tecleando lentamente un mensaje.

—Un segundo —dijo sin levantar la vista.

—¿Has pasado un buen fin de semana? —preguntó Marcus.

—Sí —contesté—. Annie y yo salimos fuera. Estuvimos en la posada de Little Washington.

Hablaba con calma, aunque me notaba el pulso en el cuello y las sienes. Ellos intercambiaron una mirada. Davies asintió e inquirió:

—¿Probaste la ternera?

—Sí. Deliciosa. Tendría que ver si encuentro una buena carnicería por aquí...

Marcus se me acercó.

—Vacíate los bolsillos —me susurró al oído, tendién-

206

dome una bandeja de plástico. Me saqué el móvil, las llaves, la cartera…

Me pasó la mano por el bolsillo de la chaqueta, palpó un bolígrafo y me hizo señas para que lo depositara en la bandeja junto con el reloj.

—Muy bien —dijo Davies—. Así pues, ¿nada fuera de lo común?

Marcus me indicó que permaneciera de pie. Obedecí.

—Bueno, la posada es espectacular —comenté—. Pero aparte de eso, nada más.

Siempre en silencio, me palpó el cinturón y luego me deslizó los dedos a lo largo del esternón. Los sentí tan duros como un martillo golpeando el hueso.

—Magnífico —exclamó Davies—. Marcus, tú tenías un buen carnicero, ¿verdad?

Marcus hurgaba en la bandeja, revisando mis pertenencias.

—Sí. En el Eastern Market. —Por fin parecía satisfecho, y le hizo a Davies un gesto de conformidad.

Había mantenido otras veces con ellos esa especie de charla intrascendente antes de entrar en materia, pero nunca mientras me cacheaban.

—Así pues, ¿nada fuera de lo común? —repitió Davies.

—No.

Miró a Marcus, que se encogió de hombros.

Davies sonrió ampliamente y dijo:

—Bueno, fantástico.

—Estupendo —añadió Marcus.

Quizá había interpretado mal la situación. El cacheo era extraño, pero todo el mundo parecía contento. Me relajé un poco e incluso aventuré una sonrisita.

—De maravilla —dije.

—Ja —soltó Davies—. Bueno, mantén esa versión y no tendremos problemas. Como el resto del mundo, tú te enterarás por primera vez dentro de…

Miró a Marcus. Este consultó su reloj y anunció:

—Hacia las once y media.

—… dentro de unas horas de las dos lamentables muertes ocurridas en el condado Fauquier. La historia completa se filtrará poco a poco los próximos días.

207

Me observaron, estudiando mi reacción. Asentí, sencillamente. Con un solo gesto, las cartas habían quedado boca
arriba. Querían que mantuviera mi versión, que siguiera el
juego como si los asesinatos no se hubieran producido.

—¿Entendido?

—Sí —afirmé.

Henry miró un momento a Marcus, y añadió:

—¿Lo ves? Un alumno capaz. Eso nos ahorrará mucho trabajo y un montón de inconvenientes.

—No debes preocuparte por tu implicación —intervino
Marcus—. Nosotros nos hemos ocupado de todo. No te pasará
nada. La policía llegó horas más tarde y se encontró con un
caso lamentable de asesinato y suicidio.

Henry carraspeó antes de decir:

—En cuanto a nuestra intervención, debes saber que senti-
mos como el que más lo ocurrido. Empezaba a preocuparnos el
enredo del juez con esa joven, su conducta cada vez más errática,
su obsesión. No podemos saber con exactitud qué pasó entre
ellos. Nosotros intentamos detenerlo, pero llegamos demasiado
tarde. No estoy muy seguro de qué sabes o crees saber, pero quédate tranquilo. Nosotros no somos los malos de la película, Mike.

—Ni somos exactamente los buenos —terció Marcus—,
pero tampoco asesinos a sangre fría. No conviene para los negocios.

—Eso sucedió —prosiguió Henry—. Ni que decir tiene que
la situación es peligrosa para todos nosotros, y tú no tienes las
manos limpias, Mike. El caso va a desatar un revuelo extraordinario. Un circo mediático como no se había visto desde…, no
sé…, ¿desde Chappaquiddick?, o ¿desde el asesinato de Mary
Meyer? Todo el trabajo que tú has realizado con Walker y con
Radomir no tendría buen aspecto bajo un atento escrutinio.

—Yo no sabía qué sucedía en ambos casos.

—O no querías saberlo. El dinero tiende a embotar la curiosidad ética. Es natural. Sabes bien por tu trabajo con Marcus
que ni él ni yo formulamos amenazas. Sí te diré que, aunque
todo el mundo se cree que es un buen chico, pocos lo son. La
gente piensa que es honrada, pero solamente porque nunca ha
sido puesta a prueba, porque nunca se ha visto obligada a pagar
el verdadero precio de la honradez. Te digo todo esto porque en

realidad me gustas; me veo a mí mismo en ti. Y soy capaz de ahorrarte un montón de sufrimiento.

»Conocía tu pasado desde el principio, Mike. Tú naciste para vivir en ese terreno intermedio: ni blanco ni negro. Por eso te escogí. Sé más sobre tus antecedentes que tú mismo. Marcus y yo habríamos preferido seguir adiestrándote con tiempo, introduciéndote poco a poco en las complejidades de nuestro trabajo. Pero me temo que las cosas se han precipitado. Siempre has sido un alumno precoz. Puedes llegar a ser un fenómeno. Puedes llegar a ser como yo algún día. Tú decides.

Se me acercó y se irguió ante mí.

—Y ahora dime. ¿Hablaste con Haskins en la casa? ¿Te contó algo? ¿Te dio alguna cosa?

Noté los ojos de Marcus taladrándome, escrutando cada parpadeo, cada tic, cada gota de sudor. Aunque mintiera, mi cuerpo me delataría y diría la verdad.

—No.

Marcus seguía mirándome fijamente.

—De acuerdo —dijo al fin.

Supongo que había pasado el examen.

—¿Y estamos todos en la misma onda respecto a este fin de semana? ¿Correcto?

Actuaban de un modo impecable, aunque no podía esperarse menos de Davies. Él me había brindado una versión verosímil (que habían intentado impedirlo y no lo habían conseguido) para aliviar mi conciencia. Nadie es un canalla desde su propio punto de vista. Ya me veía a mí mismo deformando mi recuerdo y rebobinando los hechos de aquella noche, hasta que la versión de Henry se convirtiera en la verdad.

Me había presentado la cuestión de manera que decir «sí» me resultara muy sencillo: un paso insignificante como todos los que había dado en el Grupo Davies. Cada uno era tan pequeño que casi no lo notabas. Y luego, un día, te dabas la vuelta y no podías creerlo ni hacer nada para remediarlo: habías vendido tu alma. Sus preguntas sonaban totalmente anodinas, como si estuviera confirmando los planes para una cena, en vez de encubrir un doble asesinato y la corrupción del Tribunal Supremo. Era muy fácil: un «sí» y nada más. Los dos me miraban con gran atención.

209

—Sí —dije—. Por supuesto.

—Excelente, Mike. Estoy seguro de que no ignoras que aquí, en Davies, sabemos cómo recompensar la lealtad. Dime, Marcus, ¿quién ha sido el empleado más joven que se ha convertido en socio de la empresa?

—Collins. Tenía treinta y seis años.

—Eres el primero de la lista, Mike.

—Gracias —musité.

—Bueno, tómate todo esto con calma. La discreción es clave, desde luego, pero esta no ha de ser tampoco la última conversación que mantengamos al respecto.

Davies dedicó unos veinticinco minutos más a sondearme. Le seguí la corriente como un buen soldado, sin demostrar el miedo que sentía, aunque a cada palabra suya se me retorcía el estómago. Al cabo de un rato, hasta me resultaba penoso hablar.

—Entonces, todos de acuerdo —dijo por fin.

—Sí.

Me tendió la bandeja. Recogí mis cosas y luego me acompañó a la puerta. Antes de salir del despacho, me obligó a volverme hacia él poniéndome una mano en el hombro.

—Y si recuerdas algo, cualquier cosa que se te haya olvidado mencionar, ahora es el momento. Celebro que lleves aquí el tiempo suficiente para captar, sin que yo haya de subrayarlo, la gravedad de la situación. Se va a producir un extraordinario revuelo y habrá mucha presión. Ven a hablar con nosotros. Porque, si decides hablar donde no debes, ya te das cuenta, estoy seguro, de que nosotros lo sabremos antes de que lo hagas.

—Claro.

Dejaron un intervalo decente para que el soborno no pareciera tan claramente una retribución por mi silencio. Consistía en una bonificación trimestral y en un aumento de sueldo por méritos especiales: en total, doscientos mil dólares a lo largo del año siguiente. Marcus me dijo que, como el trabajo había bajado un poco, si quería tomarme unos días libres, podía hacerlo. Todo el tiempo que quisiera.

Capítulo dieciocho

Coge el dinero y mantén la boca cerrada. Si hubiera hecho eso, todo habría sido mucho más fácil. Pero pese a que la sensatez me dictaba que actuara así, todavía no era capaz de venderle mi alma a Henry. Yo no era un malvado matón a sueldo, aunque podía ser algo mejor todavía: pronto me convertí en un fugitivo, en el célebre autor de un doble asesinato. Decirles que «sí» a Davies y a Marcus era en realidad el único modo de manejar la conversación. Si recurría a Rivera o a los federales, o si incluso, en un acceso de despecho suicida, intentaba encontrar la prueba del juez Haskins para acabar yo mismo con Henry, habría de simular que seguía la corriente a mis jefes para ganar tiempo. ¿Qué podía hacer, si no? ¿Lanzarles una apasionada reprimenda al estilo de James Stewart, y darles unas palmaditas de consuelo mientras confesaban ante la policía? Imposible. Lo único factible era seguirles el juego, o fingir que lo hacía. Yo sabía que era así, y estaba seguro de que ellos lo sabían también y que vigilarían cada uno de mis movimientos.

Me llegó al buzón de voz un mensaje de mi prima Doreen, invitándome a la primera comunión de su hijo el domingo siguiente. Estaba a punto de borrarlo (no había tenido noticias de ella desde hacía cinco o seis años), pero en el último momento me atrapó con un detalle: iba a preparar la carne guisada que hacía mi madre.

Como ya he dicho, la clave para un timador de éxito es

utilizar la avidez del objetivo contra sí mismo, y lo cierto era que yo añoraba ese guiso. Aquella invitación olía mal; parecía una encerrona. Estaba convencido de que, un par de días antes de la fiesta, ella me llamaría para decirme que mi padre tal vez asistiría también y me preguntaría si había algún inconveniente por mi parte. No podría decir que no sin quedar como el malo malísimo. Probablemente, era mi propio padre quien había orquestado todo el asunto. Bueno, al menos estaba bien saber que no había perdido su destreza para tender trampas.

Esta vez iba a dejar que se saliera con la suya. De hecho, me hacía falta charlar un rato con el viejo maleante. En la actualidad me enfrentaba a una desagradable opción: o le seguía el juego a Henry y conservaba mi vida de ensueño, o me chivaba a la policía desafiando a William Marcus (ya saben: el hombre capaz de matar de nueve maneras distintas con un simple sobre). Es decir, había que escoger entre mantener el código de honor entre ladrones o, como mi madre le había suplicado a mi padre una vez, contarlo todo. Ahora que mi trasero estaba en juego, la respuesta no parecía tan sencilla.

Por tal motivo, no esperé la llamada de Doreen y yo mismo telefoneé a mi padre.

—Fantástico —me contestó—. Te pasaré a recoger.

Creía haberle hecho una concesión, pero la verdad era que no parecía necesitar que se compadecieran de él.

Cuando llegó, comprobé que había conseguido que el Cutlass volviese a funcionar. Más aún: en el semáforo, parecía un avión a punto de despegar.

—Tuve que rectificar los cilindros —comentó.

—¿Has modificado la cilindrada?

—Quizá —masculló con una sonrisa culpable. —Le lancé una mirada—. Ya que estaba, ¿entiendes? Ahora es de cuatrocientos sesenta y, además, conseguí de gorra una culata de un quinientos cincuenta.

Salimos zumbando.

Había logrado poner en orden la contabilidad y los créditos de Cartwright, y le había ahorrado a la gasolinera unos seis mil dólares al mes. Su nerviosismo había desaparecido, así como aquel aire de rata acorralada que tenía al salir de la cárcel.

Lo llevé al asador del que le había hablado la otra vez. Me contó que se había hecho amigo de un empleado de la Junta de Contabilidad de Virginia.

—Lo encontré en Google —especificó.

No estaba mal. El resultado era que podría tener la oportunidad de presentarse al examen si se mantenía sin antecedentes durante dos años, una vez concluida la condicional. El último cuestionario de prácticas le había salido perfecto.

En esta ocasión no le hice pasar un mal rato con los reproches habituales. Vamos, ¿quién era yo para juzgarlo? El embrollo en el que acababa de meterme convertía sus robos en una mera infracción de tráfico. Fue pasando el tiempo sin que me animara a formularle la pregunta que en el fondo quería hacerle, entre otras cosas porque deseaba olvidarme de aquella decisión terrible. Pero en cuanto llegaron los cafés, él mismo sacó el tema.

—¿Qué te preocupa, Mike?

—¿Se me nota?

Asintió.

—Te estás comiendo las uñas. Era uno de tus tics, de chico. Escucha, no voy a… O sea, podemos hablar de cualquier cosa que quieras. Siento mucho que la charla se acalorase tanto la otra vez. Me falta práctica. Allá, en Allenwood, no hay muchas ocasiones de mantener una conversación íntima, ¿sabes?

—Yo no pretendía reventar ninguna caja fuerte, pero tenías razón: no hay nada gratis. Me he metido en un lío.

Entonces sonó un timbre en su bolsillo.

—Mierda, perdona. Es mío —dijo, y lo buscó para silenciarlo—. La alarma. He de volver a casa para recibir la llamada de la condicional.

No podía negarse: el viejo realmente se había puesto al día.

Pasando frente al payaso del almacén de licores, regresamos a su caravana, detrás de la gasolinera, y llamó al contestador de la condicional. Cuando se dio la vuelta, me vio mirando unos planos de construcción que había clavado en la pared de la caravana. Estaban viejos, casi hechos jirones, y mostraban una casa de tres habitaciones de estilo Craftsman que me resultaba tremendamente familiar.

Me observó en silencio mientras yo caía en la cuenta. Ahora sabía dónde había visto aquellos planos y por qué aquel payaso me producía escalofríos. Él, cuando yo era un crío, me había traído a este mismo lugar donde ahora estaba la caravana, aunque entonces no existía la gasolinera; había sacado los planos y me había enseñado el terreno donde iba a construir una casa para nosotros. Fue justo antes de que lo condenasen a veinticuatro años de cárcel.

—¿Le vendiste la parcela a Cartwright?

—Sí —afirmó—. Necesitábamos dinero.

—¿Te estafó?

—Me pagó el sesenta por ciento de su valor. Pero no me quedaba más remedio. Tenía que cerrar el trato antes de que me metieran en prisión.

Y ahora el pobre manejaba el surtidor de gasolina justo donde había soñado con levantar su pequeña mansión.

—Lo siento.

—No vale la pena lamentarse.

—La he cagado, papá.

Él se apoyó en la encimera, a mi lado, y reconoció:

—Soy un experto en ese terreno.

Recordé que Haskins me había advertido de lo peligroso que era conocer cualquier trapo sucio de Henry Davies. El hecho de que lo hubiesen matado no hacía más que corroborar sus palabras. Yo no quería involucrar a nadie más de lo necesario, y menos a un hombre con la condicional que estaba haciendo lo posible para enderezar su vida. Por lo tanto, le ofrecí a mi padre una versión abreviada de lo sucedido.

—Se trata de mi trabajo. Quieren que mantenga la boca cerrada sobre un asunto que tienen entre manos.

—¿Un asunto feo?

Asentí.

—¿Hasta qué punto?

Eché un vistazo al periódico que había en la mesa de la cocina. La noticia de la desaparición del juez del Tribunal Supremo había llegado al fin a primera página. Los chicos de la prensa, sin embargo, iban muy rezagados, puesto que los co-

214

mentarios en Internet ya se habían apresurado a aventurar las hipótesis más obscenas, aunque todavía no se supiera nada de la sórdida verdad.

—De lo peor. No puedo decirte mucho más.

Hizo una mueca y se pasó la mano por el pelo.

—Habla —dijo al cabo de un minuto—. Cuéntaselo todo a la policía. Es la única manera.

Como ocurre normalmente, tiendo a buscar el consejo que quiero escuchar. Supongo que debido a eso tenía tantas ganas de hablar con mi padre, una persona que constituía un vivo ejemplo de capacidad para mantener la boca cerrada. Y ahora resultaba que él me animaba a seguir la enojosa costumbre de hacer lo correcto, de la que yo estaba tratando de zafarme. Precisamente ahora, cuando mi honradez comenzaba a chocar con mi aparente respetabilidad y con mi carrera en Davies. Porque ¿de qué te sirve una mala influencia si te dice que hagas lo que debes?

—Pero tú nunca hablaste —repliqué.

—No, no lo hice.

Suspiré con frustración.

—¿Por qué crees que he cerrado el pico todos estos años? —me preguntó.

—Por lo de siempre: no cedas, protege a tus amigos… Es como un código de honor entre ladrones.

—¡Por Dios, Mike! —Meneó la cabeza—. Yo no me habría separado de vosotros ni de tu madre por semejante motivo. Eso era algo que quería explicarte la última vez que hablamos. Mi mayor error no fue confiar en unos ladrones del barrio, sino en un hombre honrado.

—¿Qué sucedió?

—No importa. Al final no era cuestión de hablar o no hablar. Se trataba de actuar correctamente. No fui a la cárcel para proteger a mis cómplices, sino para proteger a la familia. No me quedaba otro remedio. Hazme caso. Estas cosas nunca acaban bien. Habla. Sal del aprieto mientras puedas.

El asunto Haskins había explotado aquella mañana a primera hora. Una docena de reporteros de televisión se habían apostado en plataformas frente al Tribunal Supremo para tener

215

una buena vista del edificio como telón de fondo. Alineados bajo los focos, parecían charlatanes de feria. La multitud de periodistas y los camiones bloqueaban prácticamente los alrededores del Capitolio, completando el ambiente.

Era un circo que solo Washington puede llegar a formar: un fino barniz de seriedad política recubriendo un fondo de pura sordidez; de ese modo se permitía que hasta los medios más respetables participaran en el espectáculo. La prensa también había montado un campamento en Paris, cerca de la escena del crimen. Las grandes cadenas se anticipaban a los noticiarios de máxima audiencia dando avances informativos, y todas ellas emitieron la declaración del presidente sobre la muerte de Haskins.

Al día siguiente la noticia se había convertido en un tema de conversación habitual para romper el hielo, y había un runrún constante de comentarios y rumores: «He oído que la mató durante…», «Me han comentado antes que…», «En Internet dicen que fue por asfixia», «No, no; a balazos…»

Durante toda la semana fue como si no hubiera sucedido nada en el mundo aparte de esas dos muertes. Observé cómo la versión amañada de Davies se convertía poco a poco en una realidad en millones de mentes y en boca del mismísimo presidente. Todas las pruebas iniciales apuntaban a un caso de asesinato y suicidio. Henry debía de haberse ocupado de eliminar cualquier indicio que contradijera su historia, así como de ingeniárselas para localizar a la persona con la que el juez había estado hablando en la grabación. Ni siquiera podía imaginarme qué grado de influencias, acuerdos en la trastienda del poder, amenazas formuladas a media voz requeriría una maniobra de semejante magnitud.

¿Y yo iba a derribar al hombre que había movido todos esos hilos? Imposible.

La pregunta estaba por todas partes, era ineludible, y me resultaba abrumadora: ¿quién había matado a Malcolm Haskins y a Irin Dragović? Me las arreglé para seguir en apariencia mi rutina diaria mientras la presión iba en aumento, pero al final lo único que deseaba era plantarme frente a la Casa Blanca con una pancarta como el típico maníaco, y vociferar la verdad hasta que la policía se me llevara a rastras.

Υ

Annie notaba que ocurría algo. La noche siguiente a la conversación con mi padre, me pidió que saliéramos a dar un paseo. Quería apartarme de las innumerables excusas —trabajo, correos electrónicos, llamadas— a las que había venido recurriendo para no hablar de mi auténtica preocupación. Atravesamos el barrio de Adams Morgan. Preferí llevarla por un camino inusual y dar un largo rodeo para no pasar por Kalorama, ni frente a la mansión del Grupo Davies.

Nos detuvimos en el puente Duke Ellington, una franja de piedra caliza extendida sobre el parque Rock Creek.

—¿Qué pasó realmente el sábado, Mike?

Supongo que el aire espectral que yo ofrecía después de los asesinatos había bastado para que ella no se empeñara en fisgonear. Pero ya sabía que eso no podía durar.

—Alguien salió malparado —musité—. Intenté evitarlo, pero no me fue posible.

Contempló cómo se deslizaban las nubes sobre una rodaja de luna, y murmuró:

—Haskins.

Permanecí en silencio.

—No estás solo, Mike. Dime cómo puedo ayudarte.

—Solo necesito que estés a mi lado. Con eso me basta.

Escuché el murmullo del arroyo allá abajo, entre las rocas, y me aferré a la barandilla. Annie no apartaba los ojos de mí.

—Pasó algo terrible. Yo tengo parte de la responsabilidad y no permitiré que las cosas queden así. Voy a sacar la verdad a la luz, aunque eso implique enfrentarme a Henry.

Permaneció pegada a mí, acariciándome la espalda.

—Escucha —dije—. Voy a hacerte una pregunta estúpida, porque no sé cómo terminará todo esto. Estoy…, estoy preocupado. Porque quizá acabe complicando las cosas con Davies, y eso podría ponerlo todo en peligro: el trabajo, la casa y, a lo mejor, tú y yo. Pero tú seguirás a mi lado, ¿verdad? ¿Aunque no quede ninguna de esas cosas? ¿Aunque acabe en la calle con las manos vacías?

Me miraba furiosa, con los brazos cruzados sobre el pecho. No había pretendido obligarla a elegir entre Davies y yo, por-

217

que no estaba seguro de lograr salir vencedor. Tal vez ella se había interesado por mí únicamente porque era la nueva estrella ascendente de la empresa. Según mis noticias, además, Henry se había encargado de urdir nuestra relación: las oficinas contiguas, los mismos casos... Annie pasaba mucho tiempo hablando con él a solas en su despacho. ¿Era una locura pensar que había colocado a su mano derecha conmigo para que me vigilara? Podía ser. Dadas las maniobras que le había visto hacer a Davies, tampoco era tan rebuscado. No, no. Aparté la idea de mi mente. La presión y el miedo me estaban haciendo mella.

—Olvida que te lo he preguntado —me disculpé.

—Es una pregunta idiota, Mike. Porque tú sabes que sí. —Y me abrazó.

Había sido una pregunta estúpida: no porque la verdad fuese obvia, sino porque su respuesta no me decía nada. Era lo mismo que cuando Marcus y Davies me habían preguntado si iba a seguir su juego y a encubrir la verdad. Ella solo podía responder de una manera, tanto si pensaba quedarse conmigo como si no.

Verdad o mentira, qué importaba. Me reconfortó oírselo decir.

Hablaría con la policía, pero no porque estuviera convencido de que fuera la mejor jugada. De hecho, estaba casi seguro de que me iba a lanzar de cabeza a un océano de dolor, pues poseía una información peligrosa. Y puesto que nada permanecía en secreto para Henry por mucho tiempo, prefería adelantarme: iría a por él antes de que él viniera a por mí.

Capítulo diecinueve

$\mathcal{H}$enry había dado a entender que estaría vigilándome, pero la verdad es que despistar a cualquier perseguidor, real o imaginario, resultó ser la parte más fácil. La zona alrededor de la Diecinueve y la calle L Noroeste está construida como un laberinto en tres dimensiones: edificios de oficinas de cristal, callejuelas, calles de sentido único y aparcamientos subterráneos con seis salidas cada uno. Casi me perdí yo mismo.

Lo más complicado fue localizar un teléfono público que funcionara. Al fin encontré uno —bastante grasiento— en un restaurante griego. Telefoneé al número principal de la policía metropolitana y les pedí que me pusieran en comunicación con el detective Rivera, simplemente para comprobar que era quien decía ser.

No respondió. Dejé un mensaje de voz. Le dije que quería hablar en un lugar seguro, siempre y cuando él pudiera demostrar su identidad y su buena fe. Le proporcioné una dirección de Hotmail y una clave de acceso. Yo le dejaría mis mensajes en la carpeta de borradores, sin enviarlos, y él podía hacer lo mismo para ponerse en contacto conmigo. Había leído en un artículo que los terroristas recurrían a este sistema para comunicarse, y pensé que, si les había servido a los talibanes, también podría servirme a mí para eludir cualquier rastreador tecnológico que Henry estuviera utilizando conmigo.

Después de llamar a Rivera, la sensación de náusea de las últimas semanas me abandonó prácticamente en el acto. El temor se acumula con la expectativa y la incertidumbre. Por disparatado que fuera mi plan, ahora que ya había dado un paso contra Davies; me sentía aliviado, casi eufórico.

Apenas soportaba escuchar las falsedades sobre el asesinato que difundían los medios de comunicación. Pero aquel día la cosa cambió: observé con satisfacción que el pulcro relato de los hechos urdido por Henry (un Haskins trastornado que mataba a Irin y luego se suicidaba) se tambaleaba en primera página. Con el atento escrutinio al que se veía sometido un caso semejante (habían llamado al FBI para investigar lo ocurrido en el condado de Fauquier), a Davies no le sería posible ocultar que ambas víctimas habían sido asesinadas. La CNN decía contar con fuentes según las cuales aquel suceso era algo más que un asesinato-suicidio. Otros rumores indicaban que la policía buscaba a un hombre armado que todavía andaba suelto.

A cada nueva información aumentaba mi confianza. La fuerza de Henry procedía en parte de la imagen que proyectaba: un hombre cuyo largo brazo llegaba a todas partes, capaz de doblegar a quien quisiera, por poderoso que fuese, y de modificar la realidad a su antojo. Pero esa imagen se estaba resquebrajando. La versión de los asesinatos que mis jefes habían fabricado se volvía cada vez más problemática, y yo podía relajarme un poco pensando que incluso su poder tenía un límite. Debían de haber comprado a unos cuantos policías locales, sin duda, pero... ¿a todo el FBI? Venga ya. Había tomado la decisión más sensata.

En la oficina mantenía las apariencias. Aquella tarde, hacia las ocho menos cuarto, seguía trabajando todavía en la biblioteca jurídica de la primera planta. Estaba leyendo, reuniendo más información sobre Rado Dragović y la Ley de Reparación de Agravios a Ciudadanos Extranjeros. Normalmente, el edificio estaba vacío a esas horas, pero de improviso oí alboroto en el vestíbulo.

Subí la escalera con cautela, siguiendo el ruido de pasos precipitados. Al abrir la puerta que daba a la tercera planta, vi a varios agentes que se dirigían hacia el fondo del pasillo, es decir, hacia la suite ejecutiva: los despachos de Marcus y Davies.

Reprimí una sonrisa. Vaya con la omnipotencia... ¿Tan deprisa había averiguado la policía el papel de Henry en los crímenes? Casi me sentía decepcionado. Me esperaba un poco más de emoción.

Vi que Davies salía enseguida al pasillo y lo recorría, seguido por los agentes. Retrocedí hacia la escalera antes de que me vieran. Henry no parecía, desde luego, un hombre a punto de pasearse esposado ante las cámaras.

Al asomarme a la segunda planta, donde se encontraba mi despacho, comprendí qué estaba sucediendo. A través de las ventanas, atisbé el parpadeo rojo y azul de un buen número de coches patrulla. Tomé por el pasillo de detrás y atisbé a Davies guiando a los agentes hacia mi lugar de trabajo. Un policía se había apostado junto a la escalera principal; los demás se agolpaban ya ante mi puerta.

Revisé las últimas noticias en mi Blackberry; no tuve que entretenerme mucho. Había unos titulares enormes en todas las páginas: yo acababa de entrar en la pista central del circo.

No habían publicado mi nombre, pero según fuentes próximas a la investigación, la policía estrechaba el cerco en torno a una «persona relacionada» con los asesinatos de Malcolm Haskins e Irin Dragović. Henry me había dicho que se enteraría de mi siguiente paso incluso antes que yo. De algún modo debía de haber sabido que me había vuelto contra él. ¿Habría arreglado las cosas para presentarme a mí como el asesino?

Escabullirme de la poli era una de mis especialidades, aunque había perdido práctica. Un antiguo compañero de andanzas, al que todo el mundo llamaba Smiles, había abandonado los robos en residencias privadas para convertirse en un «ratero de oficina», triplicando automáticamente sus ganancias. Se asombrarían ustedes de lo ciego que se vuelve el personal en su lugar de trabajo. Smiles escogía un edificio y entraba vestido con ropa medio decente sin que nadie le preguntase nada; cogía un par de portátiles, quizá una taza de café del comedor y salía sin más, saludando al guardia jurado.

La policía todavía no había tomado por completo el edificio del Grupo Davies. Basándome en la experiencia de mi compinche en exploración de oficinas, confiaba en que nadie repararía en el joven sospechoso de asesinato, impecablemente vestido,

221

que se arrastraba a gatas por la moqueta entre los cubículos menos utilizados de la planta.

Avancé ciento cincuenta metros, dejando atrás un despacho todavía ocupado por un sujeto concentrado en sus auriculares que se meneaba rítmicamente sobre la silla, y cubrí el recorrido hasta la mesa de una de las secretarias. Mi estratégica posición dio lugar a que me tropezase cara a cara con el pequeño muestrario de zapatos de tacón que Jen, otra asociada sénior, guardaba bajo su escritorio (viajaba en metro con zapatillas deportivas y se cambiaba al llegar a la oficina).

Estaban subiendo más policías a la segunda planta. Observé que se habían apostado junto al lavabo de caballeros y en la escalera principal. Ahora tenían cubiertas todas las salidas. Entonces se me ocurrió una cosa; sería muy generoso llamarlo un plan, pero era el único recurso que me quedaba y lo puse en práctica sin más.

Arrastrándome a través de una sala de juntas poco utilizada, conseguí eludir a dos polis que montaban guardia y me colé en el baño de señoras. No había más que tres asociadas séniores que trabajaran en el Grupo Davies, que era más bien cosa de hombres, y parecía que ya se habían marchado; era probable, pues, que dispusiera del lugar para mí solo. Los polis eran todos hombres también. Provisto del par de preciosos zapatos que había cogido de debajo del escritorio de Jen —unos Jimmy Choo con trabilla posterior—, aguantaría allí tranquilamente.

Resultaba mucho menos espectacular que abrirse paso a base de patadas y llaves de lucha libre a través del cerco policial, pero, ¡qué barbaridad!, aquel baño de señoras era algo impresionante: tenían flores, sofá, revistas de decoración... Me sentía ya claramente discriminado mientras me hacía con un ejemplar de *Martha Stewart Living*, y me instalaba en el cubículo del fondo.

La cosa pareció funcionar. Permanecí allí sentado una hora sin que nadie viniese a molestarme mientras la policía barría el edificio. Al fin supongo que un agente se armó de valor para echar un vistazo en el lavabo de señoras. Yo había confiado en que no llegáramos a ese punto, pero me mantuve en mi idea y metí a presión los pies en los zapatos de tacón a pesar de los gemidos de protesta del cuero de Jimmy Choo (saltaron varios puntos de la costura, todo hay que decirlo).

Suerte que se me había ocurrido lo de los zapatos, porque el poli se dedicó a probar las puertas, una a una. Si me hubiera limitado a subirme al retrete para esconderme, me habría localizado en cuanto se hubiera tropezado con una puerta cerrada sin que se vieran unos pies tras ella.

Cuando llegó a mi cubículo, solté mi carraspeo más delicado.

—Disculpe —se excusó.

Oí cómo se aproximaban sus pasos, luego un gruñido: seguramente se estaba agachando para mirar. Me estiré las perneras de los pantalones para que me cubrieran la mayor parte del pie y creo que conseguí dar una impresión aceptable del bello sexo de tobillo para abajo.

Oí cómo se alejaba, luego la puerta. Volví a respirar por fin. No era una fuga de película, pero había dado resultado.

Entonces me llegaron voces desde el pasillo. La puerta volvió a abrirse y sonaron pasos en el cuarto de baño. Mala señal.

Una hora en el cubículo de un baño es mucho tiempo y, durante ese período, me di cuenta de un par de cosas. En primer lugar (a raíz de la lectura de *Martha Stewart Living*), que tenía que hacer algo con mis cajones de trastos; y en segundo lugar, y más importante, que, aunque Henry me hubiese incriminado por los dos asesinatos, la situación no dejaba de encerrar alguna ventaja. Sin duda, aún existe la pena de muerte en Virginia, donde habrían de juzgarme, y siguen aplicándola. Pero yo siempre procuro mirar la mitad llena del vaso, y lo cierto era que ahora ya no tenía nada que perder. Por decirlo en la jerga de los ejecutivos: el coste marginal de cualquier delito adicional a partir de ese momento era igual a cero. Podía bajar a la ciudad y entregarme a todos los impulsos criminales que había reprimido en los últimos diez años y, aun así, no estaría más jodido que ahora. Porque, la verdad, teniendo a Marcus y Davies pisándome los talones, estaba completamente jodido.

Así que cuando el agente se acercó por segunda vez al cubículo, se me aceleró el pulso: en parte por miedo, claro, pero sobre todo de alivio. Basta de esperar y de esconderse. Asomó la cabeza por debajo de la puerta y, al fijarme en él, vi..., vi la cara del policía que había estrellado mis adolescentes narices contra el marco de la puerta del coche patrulla cuando me metía esposado en la parte trasera, para soltar acto seguido una risita y decir: «¡Uf!»; vi la cara del pedazo de mierda, de pelo cortado a cepillo, que se presentó una mañana en casa cuando yo tenía doce años y se llevó para siempre a mi padre; vi la cara del funcionario de la sala de visitas de Allenwood —un tío de enorme barriga— que, cuando mi madre, ya en los huesos a causa del cáncer, alargó una mano hacia la de mi padre, ladró: «Nada de contacto».

El poli levantó la vista desde debajo de la puerta del cubículo. Sonrió y dijo: «Bonitos zapatos, capullo».

Le di una patada en la sien antes de que pudiera alcanzar la funda de la pistola. Se estrelló de cabeza contra la baldosa de mármol, y se desplomó con un golpe sordo. Me había brotado el rencor de toda una vida en aquella patada, o quizás es que era muy susceptible respecto a mis zapatos.

Lo dejé esposado al fondo del cuartillo e inspeccioné el pasillo. Por suerte, el poli al que había noqueado en el baño era el que habían dejado vigilando la escalera trasera. Bajé disparado al aparcamiento subterráneo sin que nadie me viera.

Me imagino que la exploración del baño debía de haber sido un último esfuerzo desesperado. Todavía había varios coches patrulla en la parte de delante, así como un cordón policial alrededor del edificio, pero el número de fuerzas del orden ya no era tan elevado como antes ni mucho menos.

Algunos de ellos vieron salir, probablemente, al camión del servicio de limpieza, pero no debieron de advertir que, cuando se detuvo en la señal de *stop*, saltó de su parte trasera una sombra que salió corriendo hacia el parque Rock Creek. Ese era yo.

Había escapado, pero todos los policías de DC me estarían buscando.

Por suerte para mí, el parque Rock Creek se ramifica a lo largo del noroeste de Washington, enlazando con otros parques que atraviesan Georgetown y los barrios colindantes.

Me había pasado horas haciendo *jogging* por aquel lugar y

lo conocía bien. Es el doble de grande que Central Park, mucho más arbolado y está plagado de campamentos disimulados de vagabundos y de Dios sabe qué más. Pensé que, si el cuerpo de Chandra Levy había pasado allí un año sin ser descubierto, yo contaría al menos con unos días de libertad. Estaba seguro de que quienquiera que me buscase ya habría llegado a mi casa, pero tal vez no al apartamento de Annie.

Caminé con sigilo por los senderos hacia el Observatorio Naval, y luego, cruzando la avenida Wisconsin, hasta el parque Archbold-Glover. Cualquier crujido entre las ramas, o un mapache asustado desplazándose en la espesura me sobresaltaba, pero gracias a la oscuridad estaba pendiente de antiguos y sencillos temores: todo un alivio considerando los auténticos peligros que me esperaban en la ciudad.

Di un gran rodeo por el barrio de Annie, buscando indicios de vigilancia, y no encontré ninguno. Su apartamento se hallaba en el segundo piso de una casa antigua reconvertida. Para no correr el riesgo de que me vieran desde la calle, trepé por las terrazas de la parte trasera, me encaramé hasta el segundo piso y salté la barandilla.

225

Ella estaba en el sofá, vestida con una sudadera gigante y unos pantalones de pijama, bebiendo una taza de té y leyendo un libro. Podría haberme quedado horas contemplándola.

Como no quería darle un susto, golpeé suavemente el cristal con los nudillos.

—¡Eh, Annie! Soy yo.

No se sobresaltó. Dejó el libro en el brazo del sofá, entró en la cocina y sacó el cuchillo Wüsthof de treinta y cinco centímetros que le había regalado en Navidades. Lo sujetó con firmeza y, sin temor aparente, se acercó.

Dios mío, amaba a esa chica.

—¿Mike?

—Sí, soy yo.

—¡Dios! —exclamó mientras abría la puerta corredera—. Por poco te mato.

—El colofón más lógico para el día que llevo.

Dejó el cuchillo en la mesa, me atrajo hacia sí y me abrazó.

—¿Qué demonios está ocurriendo? —me preguntó—. ¿Has visto las noticias? ¿Se refieren a ti? ¿Eres sospechoso?

Tenía puesta sin voz la CNN. El suculento tema de los asesinatos de la casa de campo se había vuelto más jugoso todavía. Ahora decían que la historia había sido el resultado de un triángulo amoroso. El asesino, obsesionado con Irin y loco de celos, había cometido el doble asesinato y se había dado a la fuga. Me sorprendió que todavía no apareciese mi foto en sobreimpresión en todos los canales.

—No creas nada de todo eso —le pedí.

—¿Estás bien?

—Sí.

—Cuéntame qué pasa.

—¿Recuerdas mis intenciones de no permitir que las cosas quedaran así, y mi sospecha de que lo sucedido estaba relacionado con Haskins, tal como te dije? Bueno, pues es Davies quien está detrás de los asesinatos. Yo lo sabía y pensaba decírselo a la policía. Él me aconsejó que le siguiera el juego, porque no me hacía una idea del precio que debería pagar en caso contrario. Se refería a esto: me ha incriminado a mí. Cuanto ves en la tele es mentira. Es él quien está tras este asunto.

—Pero ¿cómo iba a poder orquestarlo todo? Hay muchas personas implicadas.

—Él tiene esta ciudad en sus manos, Annie: chantajes, extorsiones… Se ha ido metiendo en el bolsillo, uno a uno, a cada personaje importante de Washington. Haskins era lo máximo: el Tribunal Supremo.

Al escucharme diciéndolo en voz alta, era consciente de que sonaba como el delirio de una conspiración criminal. Ella se apartó de mí y, cruzando los brazos, me espetó:

—Dicen que ha pasado algo en la oficina. Que un agente ha sido atacado.

—Tenía que escapar, Annie. Henry controla a la policía; lo he visto con mis propios ojos.

La estaba perdiendo, me daba cuenta. ¿Qué habría pensado yo mismo si se hubieran invertido los papeles, si ella me hubiera soltado aquella sarta de locuras y le hubiese pateado la cabeza a un policía? Llegados a este punto, yo volvía a ser el hijo de un timador, un personajillo fuera de su ambiente y, si mi naturaleza criminal había tardado tanto en salir a la luz, se debía únicamente a que me había vuelto demasiado codicioso.

—Escapando vas a empeorar las cosas, Mike. ¿Qué pensará la gente?

—No puedo entregarme, Annie. Henry es capaz de llegar a todas partes.

Unas luces destellaron en la ventana de delante. Era el Mercedes Benz de Marcus. Este y Davies se apearon.

Henry es capaz de llegar a todas partes. Me aparté de la ventana y me volví hacia Annie.

—¿Les has contado nuestra conversación de anoche, que iba a tratar de pararles los pies?

—No, Mike. —Dio un paso atrás, abriendo mucho los ojos. Noté que estaba asustada.

El romance con Annie había sido demasiado fácil. Al rememorarlo, veía con claridad en él la mano de Davies; primero, situándome en un despacho contiguo al de ella; luego, mencionándomela en la fiesta de Navidad... Dios sabía qué otros trucos había empleado, con o sin conocimiento de ella misma, para que acabáramos juntos.

Incriminarme por los asesinatos debía de haber llevado su tiempo y, probablemente, el proceso había dado comienzo mucho antes de que yo llamase a Rivera esa misma mañana. La noche anterior le había notificado a Annie que hablaría; no había nadie que supiera lo que ella sabía: que pensaba contactar con las autoridades, que conocía toda la verdad sobre la muerte de Haskins... Debía de habérselo contado a Henry y a Marcus. Así pues, ¿nuestra relación había sido un montaje? ¿Ella no era más que otro cebo sexual? ¿Todo había sido urdido desde un principio para que Henry pudiera espiarme y tenerme en un puño? ¿A eso se refería cuando me dijo que se enteraría incluso antes que yo si me decidía a hablar?

Durante toda la semana había conservado el dominio de mí mismo, pero sentía que mi voluntad se iba debilitando. Notaba en mi interior el mismo ímpetu, las mismas ganas de actuar, sin reparar en las consecuencias, que había experimentado justo antes de dejar fuera de combate a aquel poli en el baño.

Annie lo percibió. Echó un vistazo al cuchillo que había dejado sobre la mesa. Entonces lo supe: tanto si se lo había contado a Davies como si no, tanto si nuestra relación era una farsa como si no lo era, supe que la había perdido.

227

—Deja de huir, Mike —dijo.

Henry y Marcus ya estaban en la puerta principal.

—Soy inocente. Es la verdad.

—Entonces entrégate.

—No. La verdad ya no tiene ninguna importancia.

Abrí la puerta de la terraza y salté hacia el mullido césped, tres metros más abajo. Al aterrizar se me abrieron varios puntos de la herida del muslo. Enseguida eché a correr entre los árboles y me perdí en la oscuridad.

Capítulo veinte

Que Annie me hubiera delatado me dejó hecho polvo, claro, pero en cierto modo me tranquilizó. Davies me había inculpado al enterarse de que iba a hablar con la policía. Si era Annie quien se lo había contado, la filtración no procedía de Rivera. Y hoy por hoy me convenía confiar en él.

Desde que se habían producido los asesinatos el sábado anterior, me había dedicado a hacer averiguaciones sobre la información que Haskins me había entregado antes de morir. El juez me había puesto sobre la pista de un hombre llamado Karl Langford y me había proporcionado su dirección. Él era la única persona que sabía cómo encontrar la prueba que relacionaría a Davies con la muerte de Hal Pearson, el periodista asesinado hacía cuarenta años. Si Langford seguía vivo, había sido únicamente porque Henry ignoraba que lo sabía.

Aunque el juez Haskins había tratado durante años de coaccionar a Langford por medios legales para que colaborara y sacara a relucir la prueba contra Henry, no lo había logrado, pero yo no tenía por qué andarme con tantas formalidades. Había investigado un poco y me había enterado de que se encontraba en Sarasota. No sería difícil localizarlo, porque (y aquí era donde la cosa se complicaba) estaba muerto: un derrame cerebral en 1996.

Por consiguiente, dar con la prueba para atrapar a Henry por mi propia cuenta era imposible. Necesitaba a Rivera. Quizá él me ayudaría a reabrir el caso, o a reconstruir la información que Langford había poseído. Era evidente que no podía hacerlo sin ayuda y, mucho menos, con todos los agentes de policía de la Costa Este buscándome. Por no tener, ni siquiera tenía una muda de ropa.

El detective Rivera me había dejado un mensaje a través de la cuenta de Hotmail. Lo llamé el viernes con un móvil de prepago que había comprado, y me dijo que me había convertido en el principal sospechoso de los asesinatos, y que tanto mis datos como una fotografía mía habían sido enviados a todos los cuerpos de seguridad.

Lo primero que quise saber era por qué un policía de DC intervenía en la investigación de un caso de corrupción política.

—Davies está metido en muchos asuntos sucios del Distrito de Columbia —me contó Rivera—. Tiene fuentes de información por todas partes, desde conserjes y *maîtres* a sueldo, hasta la *madame* de cualquier burdel o los proveedores de cualquier modalidad de vicio sofisticado. Eso fue lo primero que me interesó de él. Habría pasado el caso a los federales hace mucho, pero descubrí que tiene a más sobornados en lo alto de la pirámide que en la calle. Conozco a algunas personas a las que transmitir la información con toda confianza, pero antes he de comprobar lo sólidas que son las pruebas que dice tener usted contra él.

Continuó presionándome para averiguar qué sabía sobre Henry y conocer los detalles del doble asesinato. Yo desconfiaba, claro. Pero, la verdad, cuando todos los representantes de la ley están convencidos de que eres un obseso homicida que disfruta poniéndose zapatos de tacón, no se hacen una idea de lo agradable que resulta que alguien te diga: «Mike, me consta que es usted inocente. Puedo ayudarlo a salir de esta. He hablado con varios miembros del FBI, de los que me fío, y quieren citarlo como testigo contra Henry Davies».

Lo grabé mientras me decía estas palabras y me exponía sus sospechas sobre Davies, y le dije que me guardaría la grabación como un seguro. No me cabía duda de que la prensa se abalanzaría sobre aquel material en medio del revuelo desatado por el asesinato de Haskins y por mi fuga.

«No hagas jamás lo que ellos esperan.» Es la primera regla cuando eres un fugitivo. Le pedí a Rivera que nos viéramos al día siguiente en el guardarropía del ala oeste de la Galería Nacional de Arte. Es la sección clásica del museo, un edificio al estilo panteón, de grandes vestíbulos, columnas y cúpulas, diseñado por el mismo arquitecto que el Jefferson Memorial; el punto de encuentro que podía esperarse de un tipo como yo, emocionado como el que más ante su primera cita con un poli.

Debíamos encontrarnos a las tres y media, o sea, ya, y por esa razón yo me hallaba en la otra punta de la galería, en el ala este: un edificio lleno de aristas, de mármol rosa y de arte contemporáneo. Me había apostado en la planta superior, desde donde dominaba el atrio central y todas las salidas. Ambos edificios contaban con detectores de metal, de manera que cualquier invitado inesperado —la policía o Marcus en persona— vendría sin armas. O eso esperaba.

Saqué el móvil de prepago y llamé al guardarropía del ala oeste. Tras escuchar mi historia de turista extraviado, la amable dama que me había atendido repitió en voz alta el nombre de Rivera. Allí estaba, con toda puntualidad.

Oí que la mujer le decía: «Su hijo está en el edificio del ala este, en la instalación Flavin. Es en la planta superior. Ya lo verá; busque un montón de bombillas».

231

Tenía razón: detrás de mí había un túnel construido con fluorescentes de cada color del espectro cromático. Al cruzarlo, te sentías como si te hubieras tomado un ácido y estuvieras en pleno viaje psicodélico.

Aguardé, abriendo bien los ojos. Si Rivera quería atraparme, me resultaría más fácil identificar una emboscada en ese momento, cuando él y sus posibles secuaces cruzaran a toda prisa el patio que iba de un ala a otra del museo.

La Galería Nacional era una parada obligatoria en cualquier maratón turística, y estaba llena de críos en plena excursión escolar, adolescentes muertos de aburrimiento y alegres grupos de asiáticos provistos de cámaras fotográficas. Entre esa muchedumbre, divisé a Rivera. No parecía que viniera acompañado, aunque eso podría querer decir quizá que eran lo bastante profesionales para no dejarse identificar.

—¿Qué demonios le ha ocurrido? —me preguntó Rivera cuando llegó al fondo de la instalación artística y me vio con un gran vendaje en la nariz y gafas de sol.

—Nada.

—¡Ah! No es mala idea.

No podía deambular por la ciudad con un pasamontañas para que no me reconociera la policía, pero el vendaje surtía el mismo efecto: la cara me quedaba en gran parte tapada y parecía que me había roto la nariz o que me la habían operado.

—Bueno, ¿qué sabe sobre Davies? —preguntó.

—Fui testigo de cómo su lugarteniente, William Marcus, mataba a dos personas.

—Me dijo que tenía pruebas.

—Necesito inmunidad —exigí—. Un trato con los federales y la garantía de que retirarán la acusación de asesinato contra mí.

—Su situación no tiene buena pinta, Mike: el dueño de una tienda lo vio en Paris y ha declarado que usted salió del local y ' siguió a Haskins la noche del asesinato; su amigo Eric Walker afirma que estaba usted colado por esa chica —Irin—, y que andaba preguntando por sus hábitos sexuales; ciertas compras que hizo, en especial esos rastreadores GPS, encajan en el perfil de un acosador (uno de los dispositivos fue encontrado a pocos kilómetros de la escena del crimen), y toda esa historia de ponerse unos zapatos de tacón y dejar esposado a un policía en el baño de señoras… —Chasqueó la lengua. No, la cosa no tenía buena pinta—. Sé lo bastante sobre los métodos de Davies, de todos modos, para sospechar que él podría estar detrás de todo esto. Pero los simples policías como yo preferimos los casos sencillos. A usted se le ha puesto la cosa muy cuesta arriba, y yo no pienso convertirme en un mártir. ¿Qué pruebas tiene en concreto? Cuanto más sólidas sean y cuanto más nos alejemos de su palabra contra la suya, mejor.

—¿A qué se refiere?

Yo sabía gracias a Haskins que Langford había ocultado una prueba irrefutable que implicaba a Henry Davies en la muerte del periodista. Pero me abstuve de contárselo a Rivera. Dejando aparte mi alergia a la bofia, había algo en su actitud que no me acababa de gustar. Estaba sudando: no mucho, ligeramente, pero los chillones colores rojos y morados de los fluorescentes propiciaban que fuera más visible. Opté por sonsacarle cuanto pudiera.

—¿Haskins le contó algo? —me preguntó—. ¿No le dio nada? —Reflexioné aquellas preguntas, todavía en silencio. Prefería que siguiera hablando, que dijera más de la cuenta—. ¿Alguna prueba que podamos utilizar contra Davies?

Estoy seguro de que era un buen policía —tenaz y entregado—, pero era un mal timador. La gran dificultad en la mayoría de los timos es no saber eludir el anhelo de aquello que deseas desesperadamente. Es decir, has de disimular tu avidez hasta el punto de rechazar el ofrecimiento del objetivo cuando este te brinda por primera vez lo que quieres robarle: debes continuar con la farsa hasta que, prácticamente, te obligue a aceptarlo. Porque en cuanto pides el objeto en cuestión —un reloj, una cartera—, en cuanto lo deseas simplemente, es cuando la codicia hace su aparición y se va todo al cuerno. El posible timado se lo huele en el acto, y el juego ha terminado. Y Rivera estaba salivando.

—No —dije—. Nada.

Retrocedí y estudié las salidas.

Rivera alzó la mano y se pasó el dedo por la ceja derecha. Aquel hombre era una mole, todo lo contrario de una persona nerviosa; en consecuencia, ese gesto era mala señal: no resultaba natural en él. Para acabar de estropearlo, echó un vistazo al destinatario de su gesto. Fue un vistazo nada más, pero bastaba.

Sin decir una palabra, eché a andar a paso rápido en dirección contraria.

—He de comprobar una cosa —le grité—. Espéreme aquí.

—¿Cómo? —Salió tras de mí.

Durante la conversación, Rivera se había concentrado en la única cosa que le interesaba a Henry: la prueba de la que Haskins me había hablado. En cambio, los detalles del doble asesinato, que deberían haber constituido una prioridad para él, los había pasado casi por alto. Además, parecía estar seguro no solo de que yo estaba en la casa en el momento de los crímenes, sino también de que había mantenido una conversación a solas con Haskins. Cosa que yo no había dicho en absoluto. Quizá me estaba volviendo paranoico, pero toda su actuación olía muy mal. Me largaba.

Creía poseer un buen radar para detectar agentes encubier-

233

tos, pero por lo visto hoy no funcionaba. Al dirigirme hacia la salida, se materializaron los refuerzos de Rivera: varias personas de aspecto anodino —un estudiante, un jubilado y un turista— se convirtieron de repente en secuaces suyos; no me quitaban la vista de encima, y parecía que sabían qué se traían entre manos. La decisión de última hora de cambiar de lugar en el edificio me había proporcionado un poco de tiempo, les había desbaratado el plan, pero ahora estaban rodeándome con gran rapidez.

La mayor parte de mi experiencia en peleas las he adquirido estando borracho, muy borracho. Curiosa coincidencia. El resultado es que las lecciones me han quedado un tanto confusas. Aun así, en el Ejército aprendí un par de cosas que me han servido casi siempre para salvarme de una buena paliza.

Una de ellas es esta: mientras me alejaba corriendo de Rivera, un fulano, que llevaba pantalones cortos y gorra de béisbol, dobló la esquina y trató de atraparme. Me zafé de él, lo agarré de la muñeca y le retorcí el brazo derecho por la espalda. Sé por propia experiencia que duele de cojones, en especial cuando le giras el codo en dirección contraria, retorciéndole los ligamentos del hombro como un trapo de cocina. Como todos los demás gorilas que ya venían a la carga, aquel me sacaba por lo menos veinte kilos, de modo que los trucos de pequeño cabrón taimado eran mi única esperanza. En cuanto perdió el equilibrio, me agaché, lo empujé con la cadera en su centro de gravedad y salió volando por encima de mi hombro.

Quiero aprovechar la ocasión para presentarle mis más sinceras disculpas al señor Flavin por los daños ocasionados a sus fluorescentes. La verdad es que no pretendía mandar a aquel desgraciado por los aires de esa forma, aunque hay que reconocer que la lluvia de chispas y cristales cuando se vino abajo el muro de luces, de seis metros, resultó espectacular.

Al llegar a la planta baja del atrio, vi que estaba acorralado: tenían todas las salidas cubiertas. Había algo en aquellos matones, una especie de competencia letal, que me convenció de que eran agentes de Marcus, en lugar de policías. Seguramente, se me pondrían peor las cosas peleando y cabreándolos todavía más, puesto que no tenía ninguna posibilidad de salir de allí. Pero después de la semanita que llevaba (habían pasado siete días desde los asesinatos), no había nada más tentador que una buena dosis de violencia desenfrenada.

Al rodear una escultura de Richard Serra —una serie de planchas de acero gigantescas inclinadas formando unos ángulos increíbles—, me tropecé con el propio Marcus. Empuñando una pistola eléctrica que emitía un pequeño rayo azulado, apareció junto a mí como salido de la nada y me sujetó de la muñeca con una llave mucho más eficaz que la que yo había empleado con su compinche. Me dijo que lo acompañara sin ofrecer resistencia si quería ahorrarme una buena descarga.

Como ya había utilizado uno de mis dos trucos, era de cajón lo que tocaba ahora: en la punta de los zapatos yo llevaba un refuerzo metálico; se lo incrusté con ganas en la espinilla, rascándosela a conciencia de arriba abajo, y terminé con un golpe seco que le torció bruscamente el tobillo. El chasquido que sonó me arrancó a mí mismo una mueca de espanto.

Él aflojó la presión una fracción de segundo. Conseguí zafarme, aunque no había dado medio paso cuando me agarró de nuevo de la muñeca y me la retorció por delante. Me volví para evitar que me desgarrase el hombro, pero mi espalda se estrelló contra el frío acero de la escultura de Richard Serra. Marcus, ahora frente a mí, mantuvo la presión. Sentí que algo cedía en mi hombro. Con la otra mano, me apuntó la pistola eléctrica a la cara; el arco azul fulguró apenas a dos centímetros de mi ojo, aunque me las arreglé para mantenerlo a raya con el brazo libre. La tenaza sobre mi muñeca lo obligaba a adoptar una posición forzada y le impedía llegar con la pistola a mi cuerpo. Yo no podía liberarme, pero al menos intentaba evitar que me soltara una descarga. Estábamos en un punto muerto.

Al cabo de unos segundos, Marcus ladeó la cabeza y miró la escultura. No le era posible alcanzar mi cuerpo, cierto, pero no le hacía falta. Contaba con la plancha metálica de dos metros y medio que yo tenía pegada a mi espalda: con eso bastaría para dejarme frito. Por mi parte, ya había agotado mis dos trucos. Se me había acabado la suerte. Apuntó a la plancha de acero y disparó unos pequeños arcos azules a la superficie.

Aullé sin parar todas las obscenidades que conocía. Él estuvo cocinándome a la plancha cuatro segundos antes de que me desplomara, y me aplicó la pistola otros cinco segundos ya en el suelo. Todo se había vuelto brumoso en cuanto me vine abajo, aunque recuerdo con claridad que cada músculo de mi cuerpo se contraía a causa de la corriente, como tratando de zafarse del hueso. A continuación, Rivera, con la placa en la mano, dijo: «Policía metropolitana. Dejen paso, por favor, dejen paso», mientras Marcus me arrastraba fuera del museo y me arrojaba al asiento trasero de un coche.

Capítulo veintiuno

*T*umbado en el asiento de atrás, lo único que veía desfilar a través de las ventanillas eran árboles. Apenas había recuperado del todo la conciencia cuando salimos de la carretera y nos acercamos a un túnel de hormigón abierto en una ladera. Una puerta enrollable de acero se abrió lentamente y se tragó el coche.

Habíamos parado. Marcus tiró hacia arriba de mis muñecas, que tenía esposadas a la espalda, y me condujo por un garaje subterráneo. Cruzamos una sólida puerta y avanzamos por el pasillo. Se detuvo después de recorrer seis metros y levantó la vista hacia la cámara negra, tipo domo, montada en el techo. Un segundo después se abrió otra puerta.

—Necesito la grabación, Clark —pidió Marcus al hombre que había dentro: una mole de dos metros de estatura y ciento sesenta kilos. El tío dio un trago de una botella de tres cuartos de litro de soda, y nos hizo una seña para que entráramos. Me costó un segundo reconocerlo. Era Gerald, el jefe de informática del Grupo Davies. Nos llevó a una habitación iluminada únicamente por el resplandor gris azulado de la docena de monitores que cubrían la pared.

Algunos de estos mostraban lo previsible en una oficina de seguridad: pasillos, oficinas, salidas... Incluso reconocí a Peg, rodeada de nóminas, que se había colocado una botella de agua caliente alrededor del cuello. Otras imágenes me resultaron inquietantes: una mujer doblando ropa limpia en la sala de estar, con los críos jugando a sus pies, o la cara de un hombre en primer plano, mirando inexpresivamente hacia la derecha de la cámara.

Gerald le tendió a Marcus un disco. Volvimos al pasillo, subimos tres tramos de escaleras de hormigón; giramos y pasamos por la puerta verde de una cámara acorazada Sargeant & Greenleaf, dotada de un sistema de acceso biométrico. Marcus empujó una puerta al fondo del pasillo. La luz del sol me deslumbró unos momentos, pero, cuando mis pupilas se acomodaron otra vez, vi a Henry Davies, que me miraba exhibiendo una gran sonrisa.

—Bienvenido de nuevo —saludó. Mi carcelero y yo entramos en su despacho por la puerta disimulada tras el panel de detrás de su escritorio. Estábamos en la planta superior de la mansión del Grupo Davies. Todo cuanto acababa de ver debía de ser un anexo secreto enclavado en la colina.

—Maggie —llamó Henry.

Su secretaria, la mujer a la que le había birlado la grabación en Colombia, se asomó por las puertas abiertas de la suite.

—¿A alguien le apetece tomar algo? —inquirió Henry—. ¿Café? ¿Soda?

Ella echó una ojeada a los presentes, a Marcus, a Davies y, finalmente, a mí. Yo tenía las manos esposadas en la espalda, un ridículo vendaje colgando de la nariz y un verdugón enrojecido en el cuello, donde Marcus me había aplicado su pistola. Henry disponía de varias ayudantes, pero Margaret había sido su secretaria durante décadas. Ella debía de estar en el ajo; no parecía más sorprendida por mi aspecto que si hubiera llevado los calcetines de distinto color.

—Agua —pedí.

—Yo tomaré un refresco de cola —dijo Henry.

—Nada para mí, gracias —masculló Marcus.

Margaret regresó al cabo de un minuto con las bebidas y me dejó delante, sobre la mesa de juntas del despacho, un vaso alto de agua con hielo. Vamos, la típica reunión de negocios con el rehén de un secuestro. Pura rutina.

—¿Por qué no le quitas las esposas? —le sugirió Henry a Marcus. Este me liberó las manos, y Davies me indicó que me sentara. Era en aquella mesa donde siempre celebraba las reuniones.

—¿Qué quieres de mí? —pregunté tomando asiento.

—Muy sencillo. —Me dio unas palmaditas en la mano—. Quiero que vuelvas. Naturalmente, tú has tratado de hacerte el héroe. Es comprensible. Ya te lo dije: en general, cada uno se considera honrado hasta que descubre —como tú estás empezando a descubrir— el precio de la honradez. No puedo culparte por lanzarte contra mí. Yo intenté lo mismo a tu edad: quitar de en medio a mis jefes para llegar arriba de todo.

»Yo, sin embargo, lo conseguí. Me reconozco mucho en ti, Mike. Cada vez que alguien (y aquí solamente hay unos pocos que estén al corriente) descubre por primera vez el alcance de nuestros planes, su primera reacción es huir, o tratar de detenernos, creyendo responder así a su mejor fibra moral. Pero en realidad es miedo, vacilación o falta de voluntad.

—¿Y qué pretendes exactamente con esos planes? —le pregunté.

—Tú eres un chico listo. Estoy seguro de que ya lo sabes: tengo la capital en mi poder y he reunido a todos los hombres y mujeres poderosos de Washington como si fueran una colección de cromos. Antes todo era más sencillo: un hombre podía ser tuyo si lo pillabas engañando a su mujer, o aceptando un soborno de diez mil dólares. Pero ahora ya nada escandaliza a nadie. Un senador se recupera de una infidelidad con una rueda de prensa y un mes de oración. Es una pena, la verdad. Vivimos una época degradada. A mí no me gusta particularmente el juego duro, pero, en vista de que hay tan pocas cosas que escandalicen ya, hemos tenido que subir las apuestas: las circunstancias con las cuales atrapar a nuestros objetivos.

»A efectos prácticos, ahora yo soy el Gobierno: tengo todo el poder en mis manos, pero desprovisto de la infinidad de estupideces que su ejercicio lleva aparejadas. ¿A quién le importan esos detalles?

Hizo un gesto despectivo y prosiguió:

—He trabajado mucho tiempo en este gran proyecto, y Haskins iba a ser la última pieza. Las cosas no salieron del todo como las había planeado, pero estoy seguro de que su sustituto en el Tribunal Supremo será más receptivo. Como empleado de esta firma, tú has disfrutado de los beneficios de nuestro esfuerzo, aunque nunca me ha parecido que demostraras mucha

239

curiosidad por saber de dónde salía el dinero. No puedes hacerte el exigente, Mike; y ya es hora de que arrimes el hombro en el trabajo sucio.

—¿Y si digo que no?

Se rio entre dientes.

—Veo que todavía estás un poco confuso. Una negativa no entra dentro de lo posible. No es cuestión de sí o no, y llegará un momento en que suplicarás que te aceptemos de nuevo.

Le echó un vistazo a Marcus y añadió:

—Todo el mundo acaba quebrándose.

Marcus bajó la vista y se miró los pies. Me hubiera gustado saber qué material guardaría Davies sobre él desde hacía décadas.

—La única cuestión —prosiguió— es cuánto te tendremos que presionar.

—¿Como amenazarme con matarme?

Davies pareció decepcionado y replicó:

—Siempre se piensa eso al principio, demostrando cierta falta de chispa creativa. En la escala de los temores, hay otros que superan con facilidad al de la muerte. Muchos individuos no lo reconocerían, pero preferirían la muerte antes que la traición, antes que la vergüenza, antes que el sufrimiento de sus seres queridos o, probablemente, antes que verse obligados a hablar en público. Es cuestión de aplicar poco a poco esos... llamémoslos «estímulos» para aumentar la presión, y luego esperar y ver cuánto aguanta el sujeto. Un trabajo fascinante, realmente.

—¿Y cómo va el proceso conmigo?

—Bueno, hemos empezado suavecito. Quítale a un hombre su trabajo, su autoestima, su buen nombre... Luego, si su peor temor es ser un criminal, provocamos que el mundo lo injurie como tal: como un pervertido, como un asesino. Y a continuación le privamos del ser que más ama: Annie, por ejemplo.

—De eso nada —protesté—. Si ha sido Rivera quien me ha vendido, no ha podido ser Annie. Ella me conoce y no se tragará la basura que le has estado suministrando a la policía.

—¿Por qué no lo entiendes, Mike? No se trata de lo uno o lo otro, de Rivera o de Annie. Puedes comprar a cualquiera. En lo referente a Rivera, ya te advertí que sería capaz de venderte por un precio adecuado, aunque no te dije que seríamos nosotros quienes lo compráramos. ¿Sabes por qué te ha entregado? Para congraciarse con nosotros, sí; pero el dinero, lo creas o no, lo necesitaba para hacerse la cocina nueva y poner encimeras de granito. En cuanto a Annie…, bueno. —Se volvió hacia Marcus y le ordenó—: Pon la grabación.

Marcus metió el disco que Gerald le había dado en el lector del portátil, y lo giró para mostrarme la pantalla. Pinchó un archivo de vídeo: Annie, sentada donde yo estaba en ese momento.

A juzgar por la perspectiva, debían de haber ocultado la cámara en las estanterías. Busqué con la vista.

—No la encontrarás —apuntó Davies.

Recordé las cámaras de vigilancia que acababa de ver en la guarida de Gerald, y, angustiado, lo comprendí de golpe.

—Nos vigilas a través de los portátiles y los móviles —le espeté.

Sonrió. Podía permitirse el lujo de echar un vistazo a las cámaras instaladas en todos los equipos electrónicos que la empresa proporcionaba a los empleados. A veces había visto a Gerald caminando perezosamente por los pasillos, volviendo la cabeza para mirar con aire lascivo a las mujeres que pasaban; especialmente, a Annie. Me estremecí al pensar en qué podría haber llegado a ver de mi vida privada.

Señaló la pantalla con la barbilla mientras el vídeo proseguía. En las imágenes, él llevaba la misma ropa que ahora.

—Es de esta mañana —indicó—. Ella ha venido a vernos.

«He estado dándole vueltas a vuestras explicaciones de ayer —les decía Annie a Henry y a Marcus—. Deseo colaborar. Cuando Mike vino a casa anoche, tenía una mirada extraña; estaba aterrorizado. Me da miedo que intente hacerme daño. ¿Es cierta la versión que corre? ¿Es peligroso?»

«Mucho», contestaba Henry.

Ella miraba fijamente la mesa un buen rato y luego se volvía hacia Davies.

«¿Qué puedo hacer para detenerlo?», preguntaba.

Apreté los puños.

—Esto son chorradas —exclamé.

Marcus me chistó para hacerme callar.

241

—Ahora viene lo mejor.

Annie continuó:

«Mike me contó ciertas cosas sobre el trabajo que hacéis tú y Marcus. Quizá yo todavía no he tenido ocasión de apreciar todo el alcance de la actividad del Grupo. Quiero ayudaros a encontrarlo, y espero que me tengáis en cuenta para trabajar también en ese sector más delicado, y lucrativo, de la empresa.»

Entonces Henry se colocaba detrás de ella y le ponía las manos en los hombros.

«Haré lo que sea», decía Annie.

—Maldito hijo de puta. —Me abalancé sobre él, pero Marcus me cogió del bíceps y, retorciendo los dedos, me pinzó un nervio. Sentí un dolor lacerante que me subía hacia el hombro.

Retrocedí. Henry me observó receloso mientras me calmaba.

—Ya ves cómo va el asunto, Mike. Paso a paso, iremos aumentando el dolor. No hemos hecho más que empezar. Llegará un momento en que te tragarás tu orgullo, y cederás. Si lo haces ahora, volveré a dártelo todo: el dinero, tu puesto, la respetabilidad, la libertad, la vida que siempre has deseado. Sálvate a ti mismo y a las personas que amas. Colabora. Cuéntame qué te dijo Haskins en aquella casa. ¿Dónde está la prueba?

Sonreí. Él me miró desconcertado.

—Sé una cosa que tú no sabes. Y eso te mata.

—Quizá te acabe matando a ti, Mike. No te hagas el engreído.

—¿Es verdad? —pregunté—. ¿Mataste a ese periodista?

—¿Te refieres a Pearson? —Henry se pasó los dedos por la garganta, por aquella cicatriz que le había visto por primera vez en Harvard. Percibí aspereza en su susurrante voz—. Perdí una cosa aquel día y quiero recuperarla. Estás jugando a un juego sin entender los peligros que entraña. Habla, Mike. De lo contrario, las cosas van a ponerse muy feas.

—Vas a torturarme —dije.

—De muchas maneras —replicó—. Supongo que debes de tener alguna idea estúpida en la cabeza. ¿Cuál es?, ¿el potro de tortura?

242

—En realidad me estaba imaginando a Marcus con una batería eléctrica enchufada en mis pelotas —contesté.

Henry suspiró.

—No debieras temer a la policía, Mike. La cadena perpetua o la inyección letal serían para ti lo más llevadero. Ahora bien, si quisiera algo sangriento y exótico, recurriría a Radomir.

—¿Dragović?

—Sí, el mismo. Supongo que has estado demasiado ocupado para considerar ese aspecto. Mataste a la hija del «Carnicero de Bosnia».

—Conque es un criminal de guerra, ¿eh?

—Es EL criminal de guerra. Pero cuando concluyó el conflicto, continuó sus actividades en privado y se apuntó a unos cursos a distancia en la Universidad de Negocios de Harvard. Se entusiasmó con las «mejores prácticas», según las llamamos nosotros, y aplicó el concepto al campo de la intimidación. Al parecer, leyó un reportaje en *The Economist* sobre un señor de la guerra de Sierra Leona, un muchacho de diecinueve años, al que le gustaba comerse el corazón de sus enemigos, creyendo que así se volvía invisible, o invencible. Radomir entrevió posibles sinergias entre esas tácticas y su floreciente mafia de tráfico de personas. Invitó, pues, a cenar a sus rivales, a todos menos a uno, y delante de ellos se comió el corazón del ausente, que era su competidor principal.

—Cocinado al vacío —remachó Marcus.

—Algo teatral, en mi opinión —opinó Henry—, pero resultó eficaz. Dragović escribió su estudio práctico sobre violencia psicópata. Torquemada, Wu Zetian, Saddam Hussein: lo mejor de lo mejor. Ahora está aquí, en Estados Unidos, buscando al hombre que mató a su hija: buscándote. Qué fórmula de sufrimiento te tendrá reservada es algo que rebasa mi imaginación.

—Pero ¿qué hay de la extradición? —cuestioné—. Él no se atrevería a pisar Estados Unidos; podrían someterlo a juicio. Por eso me arrastraste a Colombia para verlo.

—Ya suponía que sacarías esa conclusión. Tienes razón. Solamente un loco arriesgaría su imperio para vengar a una hija que él mismo consideraba una puta. Dragović es un caso interesante, no obstante. Marcus y yo somos buenos ejemplares

243

americanos del *homo economicus*: por mal que se pongan las cosas, siempre buscamos lo más conveniente para nuestros intereses. Dragović, en cambio, es más complicado. Él se rige por la sangre y el honor, principios que resultan irracionales y un auténtico latazo cuando tengo que hacer mis cábalas. Pero en realidad no hay manera humana de negociar con él. Arriesgaría hasta el último centavo, arriesgaría su vida, lo arriesgaría todo con tal de atraparte. Únicamente recuperará su honor cuando tenga tu cadáver delante.

—Las amenazas no servirán —intervine—. Haskins no me dijo nada.

—Es muy fácil ponerse duro, Mike. Dragović usa un hacha; yo prefiero el escalpelo. ¿Realmente estás dispuesto a poner en peligro a tus seres queridos?

—Total, Annie ya no cuenta y mi madre está muerta. ¿Quién queda?

—Doctor Dominion, cincuenta y dos, cincuenta y uno —recitó Henry. La dirección de mi padre.

—Vaya, el que nos dejó en la estacada. ¿Qué pasa? ¿Es que no haces los deberes? No podría importarme menos su destino, la verdad.

Yo me había ablandado respecto a mi progenitor desde que había salido de la cárcel, pero Henry no lo sabía.

—Tú has sido propiedad mía toda tu vida, Mike, aunque lo estés descubriendo ahora. Por ese motivo te saqué de Harvard. Dime, ¿por qué un timador competente como tu padre tuvo que dedicarse de repente al robo de casas? ¿Y por qué fue a robar a una casa vacía?

Me incorporé en la silla. Desde pequeño venía haciéndome esa pregunta.

—Yo no soy el único que ha matado a alguien —sentenció Davies.

—¿De qué me estás hablando?

—Perry, James Perry —pronunció con lentitud. Así se llamaba el antiguo jefe de mi madre—. Perry era conocido mío, un buen político de segunda fila, el presidente del partido en Virginia. —Se me aproximó mirándome a los ojos—. Tu padre lo asesinó.

—Imposible.

Mi padre tenía una sola regla: nada de violencia. Se lo había inculcado a todos quienes habían llegado a trabajar con él: nadie debe salir herido.

—No fue un robo, Mike. Tu padre estaba en aquella casa borrando sus huellas. ¿Tantos años usando ese cerebro privilegiado y no lo habías descubierto?

—¿Por qué? —Lo miré con desprecio.

—Seguramente, quería proteger a su familia.

Mi padre me había dicho lo mismo en su críptica explicación de la otra noche.

—Después de todo, Perry se estaba follando a tu madre —expuso—. ¿Y quién podría reprochárselo?

Me abalancé hacia él por encima de la mesa. Marcus me sujetó del cinturón, y yo le solté una patada brutal en la cara. Le di en la ceja con el tacón. Mientras seguía vuelto hacia él, vi una sombra con el rabillo del ojo. El canto de la mano de Henry se abatió sobre mi tráquea como una barra de acero.

No me lo esperaba, ni me habría imaginado que él llegara a ensuciarse las manos. Su golpe me dejó sin respiración en el acto. Marcus me arrastró hacia atrás, me izó por los hombros y me esposó a la silla.

El dolor de la garganta no era muy intenso al principio, pero sentía algo roto, como si me hubiera reventado una parte del cartílago. Noté que se me empezaba a hinchar la tráquea.

—Ambos sabemos que los asesinatos no prescriben —puntualizó Henry, irguiéndose ante mí.

—No pienso contarte una mierda —le grité, aunque me salió un gallo en la voz. Lo peor no era el golpe, ahora me daba cuenta, sino la lenta inflamación de la garganta. Típico de Henry: sin levantar un dedo, me asfixiaría aumentando poco a poco la presión.

—Se te va a cerrar la tráquea, Mike.

—Ce de coacción —grazné sonriendo—. No funcionará, Henry. Te acabará saliendo el tiro por la culata. Voy a atraparte.

Se echó a reír, mirando a Marcus, y añadió:

—Nosotros te lo hemos enseñado todo, Mike, aunque te hemos reservado una lección. Es verdad que la coacción —la extorsión, el chantaje, como quieras llamarlo— tienen mala fama. —Sentí que la tráquea se me iba estrechando hasta dejar

245

un diminuto orificio nada más. La cabeza se me nublaba por momentos—. Pero eso se debe a que hay muy poca gente que sea lo suficientemente decidida. Has de estar dispuesto a llegar hasta el final, e incluso a ejercer la violencia, a matar.

El despacho se desvanecía. Me estaba desmayando.

—Tu padre era decidido, Mike. Tú, no lo creo.

Henry vertió el hielo de mi vaso en su pañuelo, me echó la cabeza hacia atrás agarrándome por el pelo y me aplicó la cataplasma helada en la garganta. Yo oscilé al borde del desmayo, medio ahogado. Tras unos instantes que parecieron eternos, logré llenar otra vez mis desesperados pulmones.

—Llévalo abajo —le ordenó a Marcus—. Y dile a Maggie que me lo envíe de nuevo a las cinco en punto.

Me encerraron en un despacho vacío con una bolsa de hielo para la inflamación. Permanecí tendido en el suelo, procurando no moverme, confiando en que mi garganta mejorase antes de que fuera tarde. En efecto, al cabo de una hora ya pude inspirar pequeñas bocanadas de aire sin demasiada dificultad.

Había un guardia apostado en la puerta, y era consciente de que Gerald me estaba observando a través de la cámara que había en el techo.

Al examinar el despacho, palpé la pared con la mano y noté que cedía de un modo casi imperceptible. La mayor parte de la mansión del Grupo Davies estaba construida con listones, yeso y ladrillo. Pero, para mis intenciones, lo mismo habría dado que hubiera estado hecha de hormigón armado. Al dividir el edificio en oficinas, debían de haber recurrido al chapucero sistema moderno: placa de yeso sobre un armazón de acero. Una lástima desde el punto de vista arquitectónico, pero una gran noticia para mí. En su día, me había encontrado muchas veces ejemplos parecidos, especialmente en los asaltos a locales comerciales. Alguien se gastaba dos mil dólares en una puerta de seguridad y una buena cerradura, y la montaba en una pared que podías atravesar de un puñetazo.

Me pasé un buen rato estudiando la estructura de la pared, examinando el vano de la puerta y los interruptores para deducir qué había detrás de la placa de yeso. En la universidad había estudiado algo de carpintería e incluso había trabajado, bajo el brutal sol de Florida, en la construcción de casas de madera.

Pretendía dejar pasar un poco de tiempo, además, para que me bajase la inflamación. Era absurdo echar a correr si iba a perder el conocimiento en cuanto empezara a jadear.

Finalmente, me apoyé de espaldas en la pared, junto al marco de la puerta, y atravesé con el codo la placa de yeso. La caja de empalmes eléctricos quedaba un poco más allá, pero lo bastante cerca para que fuera posible arrancar el cable. Me interesaba solo el hilo negro, que es siempre el cable de fase; lo metí en el ojo de la cerradura de la puerta. Pero no me hacía falta el otro cable para conectarlo a tierra: para eso usaría al guardia que estaba fuera.

El ruido debió de alertarlo, como era mi intención, y tal vez le provocó cierta sudoración, cosa que habría de incrementar la corriente a través de su cuerpo. La manija de la puerta se sacudió un momento y casi en el acto sonó un grito en el pasillo.

Saqué el cable negro, eché abajo la puerta de un empujón y derribé al guardia, todavía tembloroso en el suelo. Me pareció una justa revancha por la descarga que me había propinado Marcus en el museo. Le sujeté los brazos a la espalda y lo registré: guardaba unas esposas flexibles y un juego de llaves. Le ceñí las muñecas con fuerza y le quité la porra del cinturón.

Me llegó desde el fondo un tumulto de pasos. Aquel pasillo, flanqueado de oficinas sin ventanas, era un callejón sin salida. Cerré todas las puertas y me oculté en la última de la derecha. La escogí porque, tras sus paredes, se oía el zumbido de un generador; eso me daba una idea de dónde me encontraba.

Estaba atrapado, sin duda, pero yo no era de los que se dejan arredrar por unos cuantos tabiques. Clavando el extremo de la porra en la placa de yeso del despacho, hice palanca hacia abajo y abrí una brecha de casi un metro de alto. Repetí la operación en paralelo, a treinta centímetros de distancia, y despejé con un par de patadas un estrecho paso en la pared. Era un truco de bombero.

Pasé a gatas, yendo a dar al pasillo por el que Marcus me había arrastrado cuando llegamos. Corrí hasta la puerta y enseguida llegué al garaje subterráneo. Al cabo de un minuto co-

247

rriendo, apenas lograba aspirar el aire suficiente debido a mi averiada garganta. Pulsé el mando de las llaves del guardia, y el pitido me condujo a un Volvo familiar último modelo. No estaba nada mal para un gorila. Henry, obviamente, pagaba bien cuando se trataba de seguridad.

La puerta de acero enrollable me bloqueaba la salida, pero ahora tenía problemas más acuciantes: Marcus y sus hombres llegarían en cualquier momento. Puse la marcha atrás y arremetí contra una barandilla que había junto a la puerta por la que acababa de salir. Embestí con el parachoques trasero una segunda y una tercera vez, hasta que la barandilla quedó aplastada como yo quería. Aparecieron varias caras en la mirilla de la puerta, pero el amasijo de hierros les impidió abrirla.

Oí un tintineo de cristales y vi el cañón de una pistola asomando por la mirilla.

Miré la puerta de acero. Los principios básicos para salir de una casa son los mismos que para entrar. En la vida real también existen los ladrones de joyas, no solo en las películas. Un grupo en especial, conocido como las Panteras Rosas, ha ganado más de quinientos millones de dólares robando joyerías en veinte países distintos sin lanzar garfios para escalar, ni deslizándose por los conductos de aire acondicionado, ni reventando cajas fuertes, sino que prefieren entrar con coches de gran cilindrada en las galerías comerciales de lujo y estrellarlos contra las vidrieras de las joyerías. Poco limpio, pero eficaz.

La puerta metálica parecía formidable. No me gustaba la idea que tenía en la cabeza, pero, en fin, ¿se imaginan lo jodido que puedes quedarte dentro de un Volvo?

Pisé a fondo el acelerador, alcanzando los setenta kilómetros por hora antes de estrellarme. Sentí como si el estómago se me saliera del tórax, a causa de la fuerza del impacto, y como si me hubieran dado un porrazo en la cara con un tablón. El coche se inundó de una nube de polvo; olía de un modo atroz. Me bajé tosiendo y gateé por el suelo de hormigón; me sangraba la nariz, y la fricción con el *airbag* me había quemado la piel de la cara.

A la puerta de acero le había ido mucho mejor: de poco me habían servido mis técnicas de huida. Varias balas rebotaron en la plancha del coche, no lejos de mi cabeza, y un haz de luz

rasgó la nube de polvo. El impacto, de todos modos, había tor-
cido la puerta enrollable hacia fuera, dejando en la parte infe-
rior —bajo el guardabarros abollado del coche— un hueco de
entre uno y dos palmos. Me apresuré a cruzarlo a rastras, ro-
zándome el flanco con un filo dentado de acero.

El barrio Adams Morgan quedaba a dos manzanas. Como
siempre, estaba lleno de taxistas etíopes. Yo tenía un aspecto
dantesco, pero con un segundo billete de veinte dólares logré
convencer al conductor para que me llevase lejos de allí.

Capítulo veintidós

$\mathcal{H}$enry casi me había destruido en su despacho al decirme que Annie me había traicionado, que Rivera me había vendido, que mi madre había sido adúltera y mi padre, un asesino. En cierto modo, me había hecho un favor, demostrándome sin lugar a dudas que mi sueño de una vida legal se había esfumado. Ahora ya estaba en condiciones de abandonarlo sin vacilar. Haskins tenía razón: Davies era el dueño de la ley, y yo habría de saltármela. Ser un criminal nato ayudaba lo suyo.

La primera parada la hice en mi casa. Robar en tu propia vivienda entraña cierta emoción perversa, sobre todo cuando hay un coche patrulla aparcado delante. Pero haber tenido que soportar a Henry torturándome para que volviera al redil, presidido por la imagen de su repulsivo padre, y a Rado Dragović decidido a comerse mi corazón, la policía era lo de menos.

Como a mucha gente poco de fiar, a mí me costaba confiar en los bancos; de ahí que tuviera guardados unos seis mil dólares en billetes de cien entre las páginas de mi viejo ejemplar rojo y dorado de Derecho Penal. Por ello, tras huir de la guarida de Henry, entré en mi casa sin alertar a la policía y recogí el dinero, una muda, un traje y mi desvencijado portátil de la etapa anterior al Grupo Davies.

Sabía que, si utilizaba mis tarjetas de crédito o mis cuentas bancarias, Henry y la policía darían conmigo. Tendría que acabar robando para salir adelante; se trataba de una cuestión práctica, pero entrañaba algo más: la perspectiva de sumirme de nuevo en el crimen me producía el alivio que solo es capaz de sentir un abstemio que se ha pasado doce años sin probar una gota de alcohol.

A la hora de robar un coche, mi sistema favorito consistía en aprovechar un descuido de un aparcacoches, puesto que esos empleados siempre andan corriendo de aquí para allá para ocuparse de los vehículos. Yo tomaba al vuelo unas llaves del mostrador y me daba tranquilamente un paseo junto a la acera, pulsando el mando hasta que se encendían los faros de mi nuevo bólido. Quienes recurren a los aparcacoches suelen ser propietarios de modelos de gama alta, así que acabé saliendo a todo gas de la entrada del Arts Club de Washington con un V8 Infiniti.

Actualmente, todo Washington está lleno de cámaras en los semáforos y de coches patrulla capaces de escanear cada matrícula con la que se cruzan. Ambos sistemas sirven para localizar los coches robados; habría de deshacerme cuanto antes del Infiniti. Necesitaba un coche sin identificar, un teléfono limpio y una pistola que no estuviera registrada, así como algunos otros accesorios básicos. En resumen, me hacía falta un supermercado para chicos malos, y sabía dónde encontrarlo.

Conduje cuarenta minutos hasta una zona pantanosa de Manassas, cerca del embalse de Occoquan. Aparqué a cierta distancia de un cobertizo de aluminio semicircular instalado en un trecho andrajoso del bosque, inspeccioné el terreno para cerciorarme de que no hubiera ningún policía a la vista y, hecha la comprobación, me dirigí a la puerta trasera, asegurada con un candado Yale reforzado. Conocía bien ese candado, pero, a pesar de todo, tardé dos minutos en abrirlo.

El interior del cobertizo venía a ser el paraíso del ladrón. Colgadas ordenadamente de las paredes, había todas las herramientas imaginables para un asalto: palancas, juegos de ganzúas e incluso tenazas hidráulicas y radiales de motor capaces de abrir un agujero en una pared de hormigón en menos de un minuto. En las vitrinas había media docena de móviles de prepago; me metí un par de ellos en el bolsillo.

Abrir la caja fuerte del armamento, grande como un armario, me costó más de lo deseado. Pero dado el muestrario de herramientas que tenía a mano, fue solo cuestión de tiempo. En el interior, había una docena de armas largas, incluidos dos rifles de asalto AR-15 con el mecanismo trucado para hacerlos totalmente automáticos: quizá demasiado del estilo Charles

251

Bronson para mi gusto. Cogí un par de Berettas de nueve milímetros como las que había utilizado en la Marina.

—¿Por qué no te quedas también una de esas HK del cuarenta y cinco? —dijo una voz a mi espalda—. La del nueve no acaba de rematar el trabajo.

Me volví, sujetando la pistola con firmeza a la altura de la cadera. Cartwright, sonriendo, se había plantado allí. Señaló hacia el fondo del cobertizo: una cámara con detector de movimiento muy bien disimulada, que se me había pasado por alto.

—Alarma silenciosa —explicó—. No estaba ahí la última vez que entraste.

—Perdona. Temía que te tuvieran vigilado. A ti y a mi padre.

—A él lo tienen vigilado. A mí, no. ¿Ese coche de ahí fuera es tuyo? —preguntó.

—Sí. Bueno, mío exactamente no.

—Te lo cambio por un Honda Civic de diez años con matrículas limpias.

—Gracias —dije. No habría sido un trato muy ventajoso en condiciones normales, pero no me quedaba otro remedio. Cartwright siempre estaba ahí cuando uno se sentía desesperado, y siempre se aprovechaba de la situación.

Toda la escena guardaba un inquietante parecido con la otra ocasión en que me había atrevido a desafiarlo. Porque era la segunda vez que me sorprendía robando en su garaje. La primera vez, yo tenía dieciséis años. En aquella época, para mi hermano y sus secuaces, aquel lugar era mítico, como la cueva de Alí Babá. Un día Jack me pidió información sobre el candado del cobertizo: el Yale reforzado. Yo le comenté que, con tiempo suficiente, seguramente podría forzarlo. Me desafió a hacerlo y, claro, acepté. Jack y sus amigotes, incluido Charlie, el hijo de Cartwright, me llevaron hasta allí y me pincharon para que lo hiciera. Me bastó un minuto.

Cuando apareció Cartwright salieron todos a escape, dejándome solo en el garaje. Su primera reacción al sorprenderme fue darme un sopapo tremendo en la cara. Nadie sabía de dónde sacaba el dinero, pero todo el mundo se cuidaba de no cabrearlo. Y ahí estaba ahora, atrapado en su almacén de herramientas y pistolas, ante el propietario hecho un basilisco.

—¿Sabes cómo se pondría tu padre si te viera arriesgándote estúpidamente y andando con esa pandilla de idiotas? —me dijo aquel día. Yo bajé la vista, avergonzado—. ¿Cómo has entrado?

Le mostré el candado, abierto pero intacto.

—No lo he roto, ni he cogido nada. Pero quería comprobar si lograría abrirlo.

—¿Tú lo has abierto? —Tras unos instantes, me pareció menos furioso, incluso un poco impresionado—. ¿Quién te ha enseñado?

—Nadie. Me gusta hacerlo. Por pura diversión.

Él era consciente del destino que me esperaba: teniendo a mi padre en la cárcel, a mi madre enferma trabajando en dos empleos, y a mi hermano y su pandilla de sinvergüenzas como único modelo, sabía muy bien que acabaría muerto o encarcelado más pronto que tarde. Pese a todo, no me impediría que siguiera por ese camino, ya que necesitaba dinero para pagar las facturas del hospital. Así pues, hizo un trato conmigo aquel día: él me enseñaría el oficio —candados y cerrojos para empezar— si yo me dejaba de chapuzas y golpes de poca monta con el grupito de mi hermano. Debió de compadecerse de mí. Quizá comprendió que no podría evitar que me metiera en líos, e intentó al menos enseñarme lo suficiente para que no me pescaran; o quizá reconoció en mí un talento precoz que explotar. Lo cierto, en cualquier caso, es que me enseñó a trabajar como un profesional y me inculcó todo cuanto sé. Hice algún que otro trabajillo para él y, en general, procuré no tentar la suerte con la pandilla de los mayores. Pero no era capaz de decirle que no a mi hermano, y eso acabó siendo mi perdición.

Ahora, doce años más tarde, después de haberme jurado a mí mismo que no volvería a esa vida, Cartwright me había pillado de nuevo en su garaje con las manos en la masa.

—¿Estás bien? —me preguntó.

Asentí.

—¿Qué más necesitas?

Recorrí con la vista las hileras de herramientas de la pared y señalé hacia lo alto, indicándole una barra de acero rematada con una pinza. No había tocado una de esas en diez años: desde la noche en que me detuvieron, desde mi último asalto.

Se llama Halligan y es una herramienta de bombero; básicamente, una palanca tuneada. En un extremo tiene una cuña bífida un poco acodada, que se puede introducir entre la jamba y la hoja de cualquier puerta para hacer palanca; en el otro extremo, tiene un pico y una azuela. Fue diseñada por el Departamento de Bomberos de Nueva York, aunque la idea esencial se la robaron a los ladrones. La historia se remonta a los años veinte o treinta, cuando un grupo de bomberos estaba revisando las cenizas y escombros de un banco del bajo Manhattan, que había sido desvalijado y luego incendiado para borrar cualquier rastro. Los atracadores se habían dejado una palanca forjada a medida, terminada en una pinza. Los bomberos copiaron la idea, la transmitieron a otros colegas, y a lo largo de las décadas fueron mejorando la herramienta hasta lograr que sirviera para abrir cualquier puerta en menos de un minuto.

Y después, como era de esperar, algunos ladrones como yo volvieron a apropiársela.

Cartwright me la bajó. Qué sensación tan reconfortante volver a tocarla.

Me echó un vistazo y expresó:

—Es un placer tenerte de vuelta, Mike.

—Dile a mi padre que no se preocupe. Que estoy bien.

—Claro. Y no te apures, las pistolas puedes pagármelas más adelante.

254

Después de dejar a Cartwright, me detuve en la estación local de autobuses Greyhound para sembrar unas cuantas pistas falsas. Compré un billete para Florida con la American Express de la empresa y uno para San Francisco con mi tarjeta personal. Luego recorrí la estación, como si fuese Robin Hood, y repartí mis tarjetas de crédito y débito entre los viajeros de la sala de espera: un individuo blanco con rastas, que llevaba unos pantalones de retales; una pareja adolescente de expresión alucinada, y un manco que bebía a morro de un frasco de jarabe para la tos. Los cuatro se dispersaron a toda velocidad y desaparecieron.

Como ya había renunciado a cualquier ayuda de la policía, la prueba contra Henry, de la que Haskins me había hablado, era mi única esperanza. Después de darle muchas vueltas, había llegado a la conclusión de que el juez no habría perdido la vida mientras intentaba pasarme los datos del tal Langford si este hubiera estado muerto de verdad.

Me hacía falta investigar más a fondo sobre ese personaje y, tras cinco horas en la biblioteca Reston Regional (mi aspecto y mi olor se parecían a los de los demás vagabundos que infestaban el lugar, porque no me había dado tiempo de cambiarme), atisbé algunos rayos de esperanza.

El abogado de Langford se llamaba Lawrence Catena. Al parecer, trabajaba en su propia casa de Great Falls, en Virginia, otro barrio residencial de lujo de DC, y estaba especializado en fideicomisos testamentarios y corporaciones empresariales afincadas en Delaware. Este estado autoriza a cualquier persona (aunque no sea oriunda) a constituir una empresa de forma anónima, es decir, sin facilitar los nombres de ninguno de los propietarios y administradores, razón por la cual atrae a un montón de empresas tapadera y de abogados sin escrúpulos que se especializan en ese terreno. Los fideicomisos y las sociedades limitadas de Delaware son perfectos para ocultar bienes, eludir impuestos, etcétera. Una empresa tiene los mismos derechos legales que una persona, e incluso algunos que nosotros no poseemos. Frente a un especialista en ocultar activos como Catena, no tenía ninguna posibilidad de fisgar en los asuntos de Langford, a menos que algún funcionario local hubiera cometido, como ocurre a veces, el error de incluir cierta información en las cláusulas de constitución o una cadena de titularidades que vinculase a las empresas fantasma con las personas que se ocultaban tras ellas.

Menudo embrollo. Ya casi estaba ciego de tanto leer letra pequeña en mi pantalla, pero, justo cuando iban a cerrar la biblioteca y dejarme otra vez en la calle, lo encontré: una transferencia desde una propiedad de vacaciones de Langford, en Saint Augustine, a un fideicomiso *inter vivos*.

La explicación residiría sencillamente en que Langford había sido consciente de que su salud empeoraba y había querido impedir que el Tío Sam esquilmase su herencia. Pero yo empezaba a tener la nítida sensación (era mi única pista, no lo olviden, y estaba desesperado) de que él se contaba entre los

255

muertos vivientes. Suele tenerse la idea de que un accidente de aviación o un suicidio simulado son un buen método para fingir que has muerto. Aunque la verdad (cosa que debía saber un abogado como Catena) es que esas situaciones generan demasiadas preguntas. En efecto, es mejor morirse con discreción en Florida y que te incineren sin más, como había hecho Langford.

Estas reflexiones me ayudaron a sentirme bastante orgulloso de mí mismo, pero no me sirvieron de nada. Por desgracia, a Langford no lo había sobrevivido ningún pariente cercano. Y no hay que olvidar que si los Catena de este mundo cobran quinientos dólares la hora es en parte para que mantengan la boca cerrada. Es imposible en absoluto arrancar un secreto profesional de sus privilegiadas manos.

Imposible de modo «legal», para ser exactos, cosa que Haskins había descubierto demasiado tarde en su afán por encontrar la prueba contra Henry Davies que Langford tenía en su poder. Yo, por mi parte, no iba a andarme con menudencias legales y me había equipado en el garaje de Cartwright con las herramientas suficientes para reventar cuanto hiciera falta. Ese era mi plan B, de cualquier modo. Pero no tenía tiempo de entrar en la oficina de Catena y registrarla de arriba abajo; confiaba en hacerlo de un modo más astuto.

Localicé al abogado cuando salía de su despacho y lo seguí hasta una casa de Georgetown, cerca de Dumbarton Oaks. En la entrada había varios conserjes y signos inequívocos de que se celebraba una fiesta de altos vuelos. Aguardé a que entrara, pasé de largo y aparqué en un oscuro hueco situado a la vuelta de la esquina, desde el cual se veía bastante bien el salón y la cocina de la casa.

Lo llamé al móvil mientras lo observaba por la ventana.

—Larry Catena al habla.

—¿Cómo está, señor Catena? —dije—. Perdone que lo moleste tan tarde. Soy Terrence Dalton, de la oficina del forense. Tenemos aquí un cadáver y, según la documentación que hemos encontrado, se trata... —Fingí que leía—. Sí, se trata de Karl Langford. Fecha de nacimiento, quince de marzo del cuarenta y tres. Estábamos buscando al pariente más cercano y hemos visto que era usted su abogado.

—Me temo que se equivoca. Karl Langford ha fallecido.

—Sí —contesté con un tonillo irritado—, lo sé; está en la morgue. Por eso lo llamamos a usted.

—¿Me está diciendo que ha encontrado la documentación de Karl Langford en un cadáver de Washington? —preguntó. La inquietud se manifestaba en su voz.

—Sí, así como varias tarjetas de crédito y otros objetos. ¿Podría venir mañana a identificarlo?

—Iré sin falta.

Le di una hora y un número falso, y colgué. No sé si se tragó mi historia, pero apenas importaba. Era un viejo truco de timador para tirar de la lengua a alguien: lo llamabas y le decías que, según el carné de identidad hallado en el cadáver, tenías a su esposa o a su hija en el frigorífico de la morgue. Cuando la persona en cuestión ya estaba histérica, la tranquilizabas facilitándole una descripción que no encajaba con la de su ser querido: una farsa conocida habitualmente como «mujer negra muerta». Ese par de impactos sucesivos de horror y alivio repentinos solía dejar al afectado lo bastante aturdido para que te diera sin rechistar la información que quisieras —normalmente, el número de la Seguridad Social, un nombre o una dirección—, con el pretexto de que era necesario para aclararlo todo. Sabía que Catena no me proporcionaría la dirección actual de Langford, pero daba igual. Yo pretendía que se pusiera en contacto con él, y se me había ocurrido que matar a su cliente muerto sería un buen sistema para averiguar si aún seguía vivito y coleando.

Observé que el abogado salía y hacía una llamada. Perfecto.

Ahora ya me había cambiado y llevaba puesto un traje. Había vivido el tiempo suficiente entre la alta sociedad de Washington para saber colarme sin ninguna dificultad en una fiesta. Si hubiera sabido de joven lo fácil que era… En lugar de forzar puertas o caerme de los tejados, me habría metido en una fiesta, diciendo: «Hola, soy compañero de trabajo de John», y luego me habría servido un burbon, charlado de *Policías de Nueva York* o de algún cotilleo político trillado, para introducirme acto seguido en el dormitorio y meterme todas las joyas en el bolsillo.

Así fue más o menos como entré en la casa, una hermosa

257

mansión de estilo colonial con un porche de columnas. Tenían el mismo proveedor de *catering* que se encargaba de las fiestas de Navidad del Grupo Davies, cosa que era buena señal. Me serví un par de chuletas de cordero y examiné a la multitud, buscando a Catena. Los invitados eran muy educados: todos ellos evitaban cuidadosamente mirar al tipo de la nariz vendada.

Localicé al abogado, que estaba al pie de la escalera con aire incómodo, y le preparé un bloqueo. Cuando dobló la esquina, choqué con él; enseguida me disculpé profusamente.

—No se preocupe —dijo.

Me apresuré a dejar la copa y a salir de allí como alma que lleva el diablo. Me inquietaba que se me hubieran oxidado mis habilidades de carterista, y así era. Casi lo había cacheado para encontrarle el móvil, aunque parecía que no se había dado cuenta. Quizá estaba todavía demasiado inquieto con la noticia de que el cadáver de Karl Langford había aparecido en la morgue de DC.

Una somera búsqueda en Google te aclara con qué secuencia de teclas te es posible sortear la clave de un iPhone. Por lo tanto, no tuve más que echar un vistazo a sus llamadas recientes para encontrar lo que buscaba. Inmediatamente después de mi numerito de la morgue, Catena había telefoneado a alguien que figuraba bajo las siglas MT, y cuyo número tenía un prefijo de Maryland. Ni siquiera tuve que molestarme en consultar una guía telefónica inversa, pues la dirección figuraba en la agenda del teléfono: una vivienda con residencia asistida de Eastern Shore llamada Clover Hills. La examiné a través de la conexión a Internet del propio teléfono: un lugar bastante bonito, incluso con campo de golf.

Así fue como me vi, aquella misma noche, metido en el profundo búnker que protegía el *green* del hoyo diecisiete de Clover Hills. Provisto de unos prismáticos, me asomé bajo la leve llovizna. Me sentía cómodo con mis viejas ropas de ladrón —sudadera con capucha y vaqueros—, mientras estudiaba atentamente el terreno. A través de la ventana del dormitorio, distinguí a Langford: el hombre que, según el juez Haskins, tenía en su poder la prueba contra Henry Davies; presentaba un aspecto deplorable, pues del pecho le salían varios tubos, pero, pese a todo, resultaba bastante aceptable tratándose de un hombre muerto.

Con ayuda de la Halligan hice un trabajito impecable arrancando el cerrojo de las puertas correderas de la terraza. El hombre ni se enteró de mi irrupción. Cuando despertó, tenía los brazos atados a la barandilla de la cama con cinta de embalar. Sentir mis viejas herramientas en las manos me confería una tranquilidad especial, por equívoca que fuese mi posición: allí estaba, vestido como un matón ante un viejo muerto de miedo y enchufado, supuse, a una máquina de diálisis.

El aparato iba bombeando lentamente. Una pequeña rueda impulsaba la sangre por un tubo que discurría por una serie de botellas de plástico para regresar serpenteando a la cama del paciente, cruzar su torso y hundírsele en el pecho. Daba la impresión de que le iba directo al corazón.

—Lo ha enviado Henry Davies —me dijo.

No sabía qué sería más eficaz, si su temor o su odio a Henry, es decir, si debía buscar su colaboración o su despecho; de momento lo dejé en la duda.

—Quiero información sobre Hal Pearson —le espeté.

Langford se lamió los resecos labios y miró el techo.

—Henry lo asesinó. Si usted me mata, la prueba se hará pública. Y ahora haga el favor de quitarme esa cinta de las muñecas, y déjeme dormir un poco. Bastante duro resulta vivir enchufado a este puto vampiro mecánico para que, encima, vengan a hacerme perder el tiempo con preguntas idiotas.

—¿Qué prueba tiene?

—La suficiente.

—¿Qué, exactamente?

—Su puta madre.

Tal vez era su exabrupto habitual, pero sin duda se equivocó de hombre y de momento. El asunto de mi madre lo tenía todavía en carne viva después de mi altercado con Davies.

Observé cómo iba girando la bomba y circulando el fluido rojo. Unas pequeñas abrazaderas —nada más— mantenían sujetos los tubos por donde pasaba su sangre. Miré a ver si el monitor estaba conectado con algún sistema —una línea telefónica o un cable de Ethernet— para avisar a la enfermera en

259

caso de que Langford tuviera algún contratiempo. No lo estaba. Y yo había trasladado el teléfono a una silla para dejarlo fuera de su alcance.

Me acerqué a la máquina. Un par de giros y un pellizco en el tubo, y tendría la vida de aquel hombre entre mis dedos. Podía desangrarlo poco a poco sobre la moqueta marrón.

Nada de violencia. Esa era la única ley que respetaba mi padre, la única que yo nunca había cuestionado. Hasta hoy. Ahora ya no sabía en qué creer. Al parecer, mi padre era un asesino también.

Esos impulsos sangrientos encajaban con mi estado de ánimo actual. Desde que había visto cómo Henry convertía mi vida en una mentira, inculpándome por los asesinatos, había disfrutado a fondo de mi regreso al lado oscuro: un robo por aquí, una patada a un policía por allá... ¿Qué tenía que perder? Le demostraría a Davies que me había juzgado mal. Yo tenía lo necesario para aplicar la última lección, para utilizarla contra él; y la voluntad suficiente para llevar la coacción al máximo, a los peores extremos de violencia.

Observé cómo se le aguaban los ojos a Langford; vi cómo me miraba mientras yo rozaba con los nudillos el centro de la bomba y sentía la pulsación de la máquina, el frío plástico deslizándose bajo mi piel.

Y de repente, aparté la mano.

No, aquel no era yo. «Es imposible», pensé. Henry podía atraparme persiguiéndome, utilizando a mi padre como cebo, poniendo a Annie en contra mía, enchufándome las pelotas a una batería eléctrica o entregándome a Radomir.

O bien podía repantigarse y observar cómo me corrompía a mí mismo, cómo torturaba a un anciano y me convertía en un pequeño recluta malvado, tal como él había querido desde el principio. Si desangraba a aquel pobre viejo, ¿cuánto tardaría en incorporarme otra vez a sus filas?

Me aparté de la máquina.

Langford me estudió un buen rato.

—Está tratando de pararle los pies, ¿eh? —dijo al fin; luego soltó un ruido extraño, entre un resuello y una risotada—. Siempre he sentido debilidad por los bobos. ¿Qué quiere saber? —Ladeé la cabeza sin acabar de dar crédito a lo que oía—. Si usted trabajase para Davies —añadió—, yo sería ahora mismo un charco pegajoso a sus pies.

Me dejó desconcertado. Yo ignoraba dónde colocaría la decencia entre el dinero, la ideología, la coacción y el ego. Mis averiguaciones sobre Langford indicaban que debía de ser tan corrupto como los restantes residentes de Washington. Pero al no matarlo y dejarlo con vida, la mejor parte de mí mismo me había abierto una puerta. Y no iba a desaprovecharlo.

—¿Dónde está la prueba? —pregunté.

Escrutó mi rostro con atención, e inquirió:

—¿Es usted quien mató al juez del Tribunal Supremo y a la chica?

—Eso dicen. Pero imagino que adivinará quién está en realidad detrás de esa historia.

Me miró los pies.

—¿Y sus zapatos de tacón?

Supongo que la prensa se había refocilado en ese detalle de mi huida del Grupo Davies.

—No me permitían caminar deprisa. ¿Qué sabe sobre Henry?

—Usted ya conoce lo esencial. Mató a un periodista en 1972.

—¿Por qué?

—Pearson estaba investigando las maniobras sucias de Davies. ¿Le suenan G. Gordon Liddy y John Mitchell?

—Sí, claro.

—¿Y la operación Gemstone?

—He oído hablar de ello.

—El Watergate era la punta del iceberg. Liddy estaba planeando algunas cosas en verdad desatinadas: lanzar bombas incendiarias a la Brookings Institution, administrarle alucinógenos a Ellsberg, secuestrar a una serie de activistas y enviarlos a México…

—Pero nunca le dieron luz verde.

—No le dieron luz verde a Liddy. El fiscal general, Mitchell, le dijo: «… gracias pero no, muchas gracias, y haz el favor de quemar los papeles con el esquema de todas esas locuras». Liddy era un aficionado con ínfulas, el típico halcón agresivo que se había escaqueado del Ejército; un imbécil, en suma, ra-

261

zón por la cual ha oído usted hablar de él. Lo acabaron pillando. En cambio, no habrá oído hablar del papel de Henry Davies en esa misma conspiración, porque, como sin duda ya sabe, es despiadado, extraordinariamente competente, un hombre que prefiere actuar y arrostrar las consecuencias antes que pedir permiso. En comparación con las actividades que Davies llevó a cabo, las chorradas de Liddy parecían casi tan inocentes como romper los carteles electorales del partido demócrata. Estoy seguro de que ya se imagina de qué cosas es capaz.

»Davies era una joven promesa. En dos años solamente había pasado de atender el teléfono a convertirse en el maniobrero número uno del comité de reelección del presidente, ya sabe, de esos que se infiltraban en la oposición para sabotearla. Era algo increíble. Todo el mundo le hacía la pelota, le pedía favores; suponían que pronto entraría en el Congreso. Y luego, ¿quién sabe? Subía como un cohete. Pero justo entonces Hal Pearson se dedicó a hacer averiguaciones sobre él y fue atando cabos acerca de su papel en las maniobras sucias. El periodista representaba una amenaza para su ascenso, una amenaza para toda la campaña. Woodward y Bernstein eran un par de reporteros con suerte; ellos se limitaron a rascar la superficie, pero Pearson se habría llevado por delante la capital entera.

»Davies descubrió que Hal lo estaba investigando y fue a su apartamento, en Mount Pleasant. Sospecho que Pearson se esperaba la típica maniobra de intimidación, quizás alguna amenaza, aunque no se figuraba que fuera a verlo Henry Davies en persona. No sé qué le dijo este, pero el periodista era un bebedor empedernido y tenía genio, y me imagino que no se lo tomó bien. La cosa pasó a las manos, y Pearson apareció estrangulado al día siguiente, con el cuello amoratado.

—¿Henry dejó algún rastro? —pregunté.

—Sí. La policía sacó el lóbulo de su oreja de la garganta del periodista.

Aquello explicaba la cicatriz de Davies.

—Una cosa es segura: Pearson no estuvo dándole mordisquitos en la oreja. Casi lo mató, de hecho; le aplastó la laringe y debía de estar estrangulándolo a su vez. Como consecuencia, emite ese susurro espeluznante cuando habla.

—¿Y cómo logró salir impune?

—Se había convertido en un incordio para el partido. Sus jefes quisieron deshacerse de él, sacarlo de Washington cuanto antes. Le dieron un puesto de mierda de agregado de defensa en Luxemburgo y le concedieron tiempo de sobra para que le arreglaran la oreja. Estuvo fuera seis meses, quizás un año.

»Aquella historia habría sido el fin para cualquiera, pero para él no. Sus superiores abortaron su carrera en la Administración, por supuesto, pero Davies siempre había sido más bien un maníaco, una especie de coleccionista. Generalmente, los jóvenes matones como él se contentaban con cumplir órdenes y codearse con los jefes; eran felices si tenían la oportunidad de charlar con un fiscal general. Él, en cambio, siempre estaba maquinando y, cuando llegó el momento, tenía en sus manos mucho material peligroso. —Langford señaló con la cabeza la cinta adhesiva—. Creo que ya me he ganado que me quite eso, ¿no?

Le liberé las muñecas.

—Gracias —murmuró. Inspiró de modo tembloroso y prosiguió—. Henry había guardado pruebas y documentos de toda categoría que había recibido de sus superiores sobre cada una de las artimañas y maniobras de las que eran cómplices. Cuando sus jefes trataron de quitárselo de encima, ya estaba preparado. A todos ellos les fueron ocurriendo cosas desagradables. Davies usaba como un escalpelo los secretos que había recopilado: uno a uno, los fue eliminando. Una cosa inaudita. Desde el exilio, desarboló a todo aquel que tratara de llevarle la contraria. Una verdadera masacre. Y él salio ileso. Bueno, casi. Regresó de su travesía del desierto convertido en un personaje muy oscuro. Creo que fue entonces cuando descubrió que podía ser más poderoso moviendo los hilos desde la sombra.

»Había seguido el juego para medrar y complacer a sus jefes. No tenía un centavo, pero quería un gran despacho y una casa imponente. Ese afán lo corrompió y le costó su carrera política. Desde entonces ha dedicado toda su vida a demostrar que cualquier hombre honrado, que todo Washington puede corromperse, y que ellos no son mejores que él.

»Mientras realizaba esa tarea, iba ganando dinero. Y pieza a pieza, ha llegado a construir un imperio. Comenzó realizando las investigaciones previas a las campañas electorales: análisis

263

de candidatos a la vicepresidencia, a las secretarías de Estado, etcétera. Siempre iba más lejos de lo que requería el trabajo y, si alguno de los candidatos se le atravesaba, este acababa leyendo su propio funeral en la primera página del *Post*. En un momento dado consiguió infiltrarse en el Servicio de Investigación Federal, donde trabajan los encargados de averiguar los antecedentes del personal de la Administración, los que preguntan a los aspirantes de la CIA si quieren follarse a sus hermanos y demás. Aquello fue para él una auténtica mina de oro. Luego metió las zarpas en los grupos de oración. Eso empezó en los años ochenta. De repente todos los pesos pesados de Washington confesaron sus peores secretos un día a la semana, antes del desayuno. Se suponía que esos grupos eran sagrados, estrictamente confidenciales, pero Henry se las arreglaba siempre para tener a alguien escuchando.

—Pero ¿y las pruebas? —pregunté—. ¿Y la sangre? Encontraron un trozo de su oreja en la garganta de la víctima, ¿no? Imposible dar con un caso más claro.

—Tiene toda la razón. Pero los políticos intimidaron a la policía local. El expediente en el que figuraba el informe del caso y el trozo de oreja desapareció. La versión que hicieron pública afirmaba que Pearson había muerto a manos de un ladrón. Algunos debieron de pensar que podían comprarle ese expediente a la policía y utilizarlo para mantener a Henry a raya. Pero se equivocaron.

»Al principio, ese expediente tenía un precio muy elevado. Al fin y al cabo, tener influencia sobre Henry Davies parecía cada vez más valioso. La prueba se había esfumado durante su exilio y, en un primer momento, él no sabía si existía, ni quién la tenía. Después, a medida que se volvió más poderoso y que los hombres que le plantaban cara iban cayendo uno tras otro, se consideró que poseer la única cosa por la que él habría matado era más y más desaconsejable. El precio cayó en picado. Por fin, un amigo mío, James Perry, presidente del partido en Virginia, se apoderó de la prueba. Y fue lo bastante cobarde o lo bastante sensato para esconderla. No podía destruirla, pero, por si Henry llamaba a su puerta, la ocultó.

Inspiré hondo. James Perry, según Davies, era el cerdo que se acostaba con mi madre: el hombre al que mi padre habría asesinado. Mi madre había sido secretaria de Perry, eso era cierto. Parecía como si todo el embrollo fuera estrechando el cerco en torno a mi familia y a mi pasado. Me armé de valor. Por encima de todo, debía conseguir la prueba. La relación de mi padre con Henry Davies, fuese cual fuese, habría de esperar.

—¿Dónde está ahora? —quise saber.

Langford se rio con amargura y replicó:

—Eso es lo más bueno. Perry poseía en secreto una empresa constructora: edificaciones y reformas. Sus compinches le pasaban un montón de trabajo del Gobierno, de modo que él tenía las llaves de la mitad de los edificios federales de Washington. La dejó totalmente a la vista en uno de esos inmensos archivos que los federales tienen diseminados por todas partes: kilómetros y kilómetros de estanterías almacenando polvo. Si no sabías qué nombre había puesto en el expediente, jamás lo encontrarías.

—¿Dónde está ese archivo?

—Avenida Pensilvania, 950.

—No me diga…

—Ya lo ha oído.

—¿El Departamento de Justicia?

—Le deseo mucha suerte.

—¿Nunca le dijo el nombre que puso en el expediente?

—No. Nunca le contó nada a nadie. La historia que acabo de explicarle se le escapó en pleno desvarío etílico, un día en que estábamos los dos borrachos en un torneo de golf en Myrtle Beach (pagado con dinero del contribuyente). Aunque mi ignorancia no me serviría de nada si Davies me encontrara. Seguro que se lo pasaría en grande sorbiendo una Coca-Cola, mientras Marcus me arrancaba la piel a tiras hasta que yo dijera un nombre que no sé, o hasta que me desangrara. Solo Perry sabía el nombre que figuraba en ese expediente. Y lleva muerto dieciséis años.

—¿Quién lo mató? —pregunté. Henry acababa de contarme que mi padre había sido el asesino.

—Fue víctima de un atraco según la versión oficial. Washington puede ser un lugar muy peligroso para quienes saben demasiado. Yo siempre pensé que Davies, de algún modo, había estado detrás del crimen.

—¿Alguna vez oyó a Perry mencionar el nombre de una mujer llamada Karen Ford?

—¿Cree que ella lo asesinó? —Langford sonrió mientras lo pensaba—. Quizá de una congestión en las pelotas. Cosa que no podría reprocharle —añadió.

—¿Usted la conocía?

—Únicamente por las cosas que Perry me contó. Era una mujer atractiva, según él; tenía por marido a un timador que había acabado mal. Creía que la mujer trabajaba para él con la intención de ganárselo y obtener su ayuda para limpiar el expediente del marido y conseguirle la condicional. Perry, un tío con estilo hasta el final, le daba falsas esperanzas mientras intentaba llevársela a la fuerza a las Palisades, donde un amigo suyo tenía una casita que utilizaba como picadero. ¿Por qué me pregunta por ella?

—Era mi madre.

Langford chasqueó los labios e hizo una mueca.

—Por si le sirve de consuelo, nunca oí que ella hubiese accedido. A Perry le gustaban las chicas difíciles, pero no podía mantener la boca cerrada. Seguramente me habría enterado.

Me quedé callado.

—Toma y daca —sentenció Langford—. Ya conoce el juego, supongo. Diga, ¿cómo me ha encontrado?

—Malcolm Haskins.

—¿Y él cómo supo que yo conocía la existencia de la prueba contra Henry?

—No me lo explicó. En realidad no tuvimos mucho tiempo para charlar antes de que Davies lo matase. ¿Usted desapareció a causa de Haskins?

Langford asintió.

—Había empezado a acosarme y a hacerme preguntas sobre el asunto. Yo me negué a contestarle. Pero cuando un juez del Tribunal Supremo se empeña en hacerte testificar, morirte no deja de ser una de las opciones más prácticas. Además, si Haskins estaba al corriente, no me cabía la menor duda de que Henry se enteraría. Circunstancia que habría de llevarme una vez más a la escena que ya le he descrito: Davies tomando su Coca-Cola y Marcus desollándome vivo. Esa es la razón por la que huí y traté de esconderme. Pero oiga, ¿toda esta historia suya con Davies es un asunto estrictamente personal?

—Sí. Y lo es todavía más a cada cosa que descubro.

—¿Le ha ofrecido algún trato?

Asentí y le expliqué:

—Resultó extraño. Quería que volviera con él. Por encima de todo parecía interesarle mi sumisión, la posibilidad de verme sufrir bajo su yugo.

—Y usted se negó.

—Le di una patada en la cara a Marcus y traté de estrangularlo a él.

—Bien hecho —exclamó Langford. Pero enseguida se corrigió—. Bueno, desde el punto de vista de su propia supervivencia, más bien fue una estupidez. Debería haber aceptado; era lo más razonable. He dicho «bien hecho» porque me gusta ver cómo sufren esos impresentables. Lo único que tiene usted a su favor es que a Henry le cuesta lidiar con los hombres poco razonables. No obstante, sea quien sea su objetivo, él siempre acaba encontrando un motivo convincente para hacer su voluntad.

—¿Por eso habla usted conmigo? ¿Cree que puedo salir de esta?

—No. Debería haberle dicho que sí a Davies. Será usted un cadáver, o algo peor, antes de que termine la semana. Le estoy contando todo esto porque, si usted ha podido encontrarme, él también podrá. Yo casi estoy muerto. Y está bien marcharse haciendo una última jugada, en lugar de esperar de brazos cruzados.

Echó una ojeada a la habitación, a los mismos paisajes colgados de las paredes que Dios sabía cuántas personas habían contemplado desde esa misma cama mientras morían lentamente. Me dio la sensación de que él había hecho un trato hacía mucho tiempo: un trato que al final lo había dejado allí, solo y sin nombre.

267

Capítulo veintitrés

A través de Cartwright, le envié a mi padre el mensaje de que se reuniera conmigo en el sitio donde una vez él me había perdido. El Civic avanzó ronroneando por el camino de tierra y se detuvo junto al campo de béisbol. Era arriesgado encontrarnos, arriesgado para ambos, pero yo tenía que asegurarme de que estaba bien y avisarle de que Henry iba a por él.

Apoyé la barra Halligan en la valla de tela metálica de la parte trasera del campo. Cuando tenía diez años, mi padre me dejó allí, creyendo que mi madre me había llevado a casa al terminar el partido. Mientras caía la noche, me encontré con varios chavales del barrio y nos lo pasamos en grande jugando a policías y ladrones, y luego disparándonos por turnos con una pistola de aire comprimido de un solo tiro. Yo nunca había visto a mi padre asustado, pero aquella noche de primavera, cuando apareció rastreando los campos para buscarme, estaba pálido como un fantasma.

Ahora tenía casi el mismo aspecto de angustiado.

—¿Estás bien? —me preguntó. Repasó de un vistazo los estragos que me había dejado aquella semana espantosa: las rozaduras en la cara, el moretón moteado y negruzco de la garganta (que aún no me funcionaba del todo bien), y la cojera que me había quedado tras estrellar el coche contra la puerta metálica. La herida del muslo que me había hecho en casa de Haskins iba cicatrizando por fin, y se había formado una gruesa costra. No ves cómo picaba la hija de puta, aunque era buena señal; quería decir que se estaba curando.

—Sí —afirmé.

—Aunque has pasado mejores momentos, ¿no?

Asentí. Él me abrazó.

—¿Te ha seguido alguien? —pregunté.

—No. No le había dado esquinazo a nadie desde hace un montón de tiempo. Casi lo echaba de menos. ¿Has sido tú quien ha matado a esos dos que salen en las noticias?

—No.

Todavía no habían hecho público que yo fuera el principal sospechoso. Me imaginaba que Davies tendría algo que ver con ello. Así, manteniéndome todavía al margen, intentaría convencerme de que volviera al redil con la promesa de dejar correr el asunto si yo accedía a sus deseos. Un mecanismo más para presionarme.

—¿Le diste una patada a ese poli?

—Sí, pero fue para escapar. El resto es un montaje para inculparme.

No pareció sorprendido.

—¿Te tienen vigilado? —inquirí.

Asintió.

—Sí, la policía, a ratos. Y hay unos pintas que parecen matones privados aparcados frente a la caravana. Los he denunciado por mirones y masturbadores furtivos y, cuando ha llegado la patrulla local a comprobarlo, me he escabullido por detrás. Tus amigos Marcus y Henry también me hicieron una visita.

—¿Te amenazaron?

—Con mucho estilo. Me dijeron que, si colaborabas, conseguirían que desaparecieran todos tus problemas. Querían que los ayudara.

—¿Y qué dijiste?

—Dije que no había hablado contigo, pero que haría cuanto pudiera. Es mejor dejarlos a la espera, mientras acabo de entender la situación, que mandarlos a la mierda directamente. Mantenerlos interesados, ¿sabes?, por si queremos sacarles algo.

—¿Tú mataste a James Perry?

—Sí —afirmó sin vacilar—. También ellos lo mencionaron. ¿Pretenden doblegarte con esa historia?

—Sí. Quieren que coopere en encubrir que fueron ellos

quienes mataron al juez del Tribunal Supremo y a esa chica.

—Entrégame a mí —propuso—. Yo ya le tengo cogido el tranquillo a la cárcel.

Le observé la cicatriz de la mejilla. Se la habían rajado cuando todavía estaba preso con uno de esos horribles pinchos carcelarios que yo conocía de oídas. Ni hablar. Él no pagaría por mí; ya había cumplido su condena.

—Yo me metí en este lío, papá. Las consecuencias me toca soportarlas a mí. ¿Por qué mataste a Perry? ¿Trabajabas para Davies?

—No. Nunca lo había visto hasta esta semana.

—¿Entonces por qué?

—Yo no quería hacerlo. ¿Recuerdas a Perry? Quizá lo hayas visto alguna vez, de pequeño.

—Vagamente —dije evocando el brumoso recuerdo de una comida de empresa, o algo así—. ¿Gordo? ¿Con poco pelo?

—Exacto. Un individuo falsamente simpático que no paraba de reírse en tu propia cara. No sé cómo lo conoció tu madre, quizás en el Palacio de Justicia, pero era un pez gordo en el mundo de la política. Cuando yo salí de la cárcel la primera vez, ella pensó que sería conveniente cultivar su amistad. Perry le ofreció trabajo de secretaria. Y ella lo aceptó.

»Tu madre nunca me lo dijo, pero deduzco que él…, bueno, le tenía ganas. Y como suele ocurrir con la mayoría de esa gentuza respetable, su amabilidad resultó ser una artimaña. Él estaba utilizando mi condicional, haciéndole promesas e incumpliéndolas: todo para ganársela…

Arañó la tierra del campo de juego con la punta del zapato.

—… ¿entiendes?

Lo había captado.

—Yo no sabía nada; tal vez no había prestado la atención necesaria. Una noche, ella me llamó a casa. Había estado trabajando hasta tarde con Perry. Al regresar juntos en coche de una reunión, él le dijo que debía firmar unos papeles en las Palisades. La había llevado a una casa y, una vez allí, había empezado a ponerse pesado.

»Ella se las arregló para distraerlo y me llamó. No quería avisar a la policía. Cosa comprensible. Me presenté allí hecho una furia. Perry estaba borracho, en plan repulsivo, y se lanzó sobre mí. Le di un empujón para mantenerlo a raya. Él se tambaleó, tropezó con un escalón y, al caer, se dio en la sien con la esquina de la chimenea. Fue todo muy aparatoso. La sangre salía a borbotones. Mandé a tu madre a casa para que se ocupara de ti y me encargué del cadáver.

»Lo dejé por el sudeste de Washington y lo arreglé todo para que pareciera un atraco. La cosa coló al final, aunque tardaron varios días en encontrarlo. Volví esa misma noche a la casa con lejía y agua oxigenada. El estropicio era tremendo. Me pasé horas. Al terminar, cuando ya había tirado toda la basura al vertedero y estaba echando un último vistazo, sonaron las sirenas. Alguien debía de haber llamado a la policía. Me había pasado la noche yendo y viniendo con un coche desvencijado que no encajaba en ese barrio. Me tenían acorralado. Reventé la cerradura de la casa y fingí que se trataba de un asalto mal planeado. El resto creo que ya lo sabes.

Me había relatado la historia con voz serena, contemplando el bosque que rodeaba los campos. Entonces se dio la vuelta.

—No quiero que pienses que soy un asesino, Mike.

Como buen timador, se había ganado la vida procurando que los demás le creyeran. Y yo le creí; creí que había actuado para proteger a mi madre, que no era un asesino a sangre fría. Sin embargo, había algo en su relato que no cuadraba, algo que no sabía precisar.

No dije nada. ¿Qué vas a decir cuando descubres que los hechos definitorios de tu vida son falsos, que has odiado a tu padre, que lo has atormentando durante dieciséis años porque no conocías bien la historia o, mejor dicho, porque lo habías entendido todo al revés? Él no había callado para encubrir a nadie, ni se trataba del código de honor entre ladrones. Había callado para proteger a mi madre, para protegerme a mí, para salvarse de una cadena perpetua —o aún peor— por haber matado a un hombre poderoso.

No me hacía falta preguntarle por qué no me lo había contado nunca. Él se culpaba a sí mismo por lo sucedido aquella noche y no debía de querer implicarme. Acaso podría haberme dicho además algo así como: «Yo era un puto desastre, y, cuando tu madre quiso ayudarme, mis malos pasos —mis delitos, la condicional— acabaron exponiéndola a un hombre

271

repugnante como Perry». («A un corrupto —se me ocurrió pensar— como yo mismo...») Al fin y al cabo, Perry era un artista de la extorsión tal como lo era yo mientras trabajaba para Davies.

No había nada que decir.

Tampoco hubiera servido de nada, porque no tuvimos tiempo de hablar más. Nos deslumbró un destello de linternas por todo el parque. No sé cómo nos habían localizado. Sonaron a lo lejos portazos de coches y chasquidos de cadenas: perros. Estaban a varios centenares de metros, cerca de donde yo había aparcado el Civic; eran muchos, pero no parecía que fuera la policía. Un haz de luz los iluminó. Nosotros ya corríamos por el bosque, pero había distinguido varias caras. Marcus estaba entre ellos.

Corrí codo con codo con mi padre. Sentía que me ardían los pulmones y que me fallaban las piernas. Nos ayudábamos a levantarnos el uno al otro cuando tropezábamos, y seguíamos corriendo a ciegas entre los árboles. A cosa de un kilómetro, mi padre me guio chapoteando por un arroyo medio helado, y luego dio un brusco giro de noventa grados. Yo confiaba en que los hubiéramos despistado. Teníamos una ventaja considerable.

Entonces lo oí: un rumor de ramas a nuestra espalda, jadeos, tintineo de cadenas... Cada vez más cerca. El ruido aumentaba rápidamente. Eran los perros, sin duda. Pero no se oía ningún ladrido. La jauría salió de golpe de la oscuridad: una docena de ojos relucientes rodeándonos entre las húmedas hojas, las bocas abiertas, los dientes afilados. Mas, por el contrario, reinaba un extraño silencio: les habían cortado las cuerdas vocales.

Sir Larry Clark, siempre tan solícito, debía de haberle prestado sus perros a Henry.

En una ocasión, aquel fin de semana en que conocí a Larry, había presenciado cómo obedecían la orden de matar. Los perros habían acorralado a un conejo; Clark dio la orden y, de repente, ya no daba la impresión de que fueran perros, sino una sombra borrosa de músculos y afilados colmillos blancos. Al terminar, cuando se escabulleron con los morros manchados de sangre, parecía como si alguien hubiera echado el conejo a una licuadora.

Hubo un extraño momento de calma. Los perros habían formado un círculo y comenzaron a estrechar el cerco. En cuanto se movía el primero, los demás lo imitaban. Yo llevaba la barra Halligan y, seguramente, habría podido mantenerlos a raya un minuto o dos, pero para entonces ya nos habrían encontrado. La sujeté con ambas manos, dispuesto a darles con la punta aguzada del pico.

Un dóberman se arrancó hacia mí.

—Dejadlo —oí que gritaba alguien a mi espalda. Los perros retrocedieron en el acto.

Me giré. Annie se alzaba ante mí sobre un árbol derribado. Por lo visto, formaba parte del grupo.

—¿Quién coño es esa? —preguntó mi padre.

—Mi novia.

—Muy guapa.

—Gracias.

—¿Y cómo va eso, por cierto?

—No demasiado bien.

Era capaz de soportar que Annie me vendiera y me robara mi puesto; incluso era capaz de resignarme a que me devorase una jauría de dóbermans, pero de eso a que mi exnovia supervisara y saborease la carnicería... Está bien, destino, tú ganas. Me has atrapado. O sea, ¿hasta qué punto iba a llegar aquel embrollo de mierda?

Annie atravesó el círculo de perros y se me acercó. Supongo que tendría que haberle asestado un buen porrazo, pero era demasiado hermosa para dejarla sin sentido con la Halligan.

Ella se arrojó a mis brazos; echó la cabeza atrás y me besó.

—¡Estás bien!

En realidad estaba desconcertado.

—Llegarán de un momento a otro —me advirtió.

Retrocedió, cogiéndome de la mano.

—Pero ¿y la grabación que me enseñó Henry, esa conversación con él en su despacho? ¿Tú no estás de su parte?

—¡No, Mike! —exclamó. Me sujetó los hombros y me miró fijamente a los ojos—. Le seguí la corriente para averiguar si las explicaciones que me dabas eran ciertas.

—¿Y?

—Lo he estado observando. Ahora te creo, Mike. Tenía que

273

comprobarlo por mí misma. Era todo demasiado disparatado. Me resultaba difícil creer toda esa historia —los asesinatos, la inculpación...— sin cerciorarme primero. Eres un gran tipo, pero..., bueno, hay mucho loco suelto por ahí.

No podía culparla.

—Me he sumado a la búsqueda para poder encontrarte antes de que te hicieran daño. Yo sigo allí dentro, Mike. Puedo ayudarte a pararles los pies.

—Escucha —le dije—. Existe una prueba contra Henry. Y sé dónde está. Es un expediente policial, pero oculto bajo un nombre falso. Sin ese nombre, será imposible encontrarlo.

Mi padre escrutó las sombras.

—Annie, encantado de conocerte. Pareces una mujer adorable, pero me temo que hemos de marcharnos.

Ella miró hacia el bosque. La sujeté de la mano.

—No permitiré que vuelvas con él —dije—. Es un monstruo.

—No lograrás derrotarlo sin alguien trabajando desde dentro —aseguró—. No te queda otro remedio.

—Annie... —La miré indeciso; miré a mi padre. Era cierto. Si ella huía con nosotros y nadie se encargaba de despistar a Henry, nos acabaría atrapando a todos. Le pedí que consiguiera un teléfono de prepago para hablar a salvo; que yo la localizaría.

—Seguid hacia la autopista —dijo señalando un leve resplandor amarillo a lo lejos—. Yo guiaré a los perros en la otra dirección.

Volvió a besarme; se fue alejando, pero se detuvo.

—¡Espera! —exclamó—. No van a tragarse que has conseguido escapar milagrosamente.

Nos miramos los tres.

—¡Pégame! —exigió.

—¿Cómo?

—Uno de los dos. Dejadme una marca. O se notará que habéis escapado con demasiada facilidad y lo deducirán. Y entonces sí que estaremos bien jodidos.

Por la cara que ponía mi padre, advertí que estaba admirado de su astucia.

Ella me miró con expresión acuciante.

—No puedo, Annie.

—¡Ay, joder! —renegó. Cerró los ojos y se dio un buen puñetazo entre el labio y la nariz.

—¡Por Dios! —Me acerqué, horrorizado.

—¿Qué tal ha quedado?

Tenía sangre entre los incisivos y en el orificio nasal.

—Horrible.

—Fantástico.

—¿Estás bien? —pregunté.

—Sí. Idos ya.

Mi padre me arrastró, y corrimos hacia la autopista.

—Cásate con esa chica —me soltó en plena carrera.

—Y que lo digas.

Medio kilómetro más adelante, nos metimos en una alcantarilla que pasaba por debajo de una carretera y llegamos a gatas a la parte trasera del aparcamiento —ahora medio vacío— de un centro comercial.

—¿Sabes robar un coche? —preguntó mi padre.

—Con toda delicadeza —contesté, y rompí con la Halligan la ventanilla del copiloto de un Volkswagen. Metí el pico en la ranura de la guantera y la abrí haciendo palanca. Hojeé el manual. Nada. Destrocé la ventanilla de un Audi y repetí el proceso.

—¿Está en el manual? —inquirió mi padre con aire escéptico. Percibí esa nota paternal inequívoca de «me parece que la estás pifiando».

—Sí —respondí, y saqué la llave extra de la última página del manual. Está ahí pegada cuando compras un coche, y el usuario casi siempre se olvida de sacarla. La verdad, ¿quién se lee el manual de un coche?

Abrí las puertas.

—Sube —le indiqué.

Salimos a escape del aparcamiento y nos internamos por carreteras secundarias hacia campo abierto. Aún jadeábamos los dos después de la persecución.

—Qué raro. Casi echaba de menos la emoción —comentó mi padre.

—Y yo.

—Aunque lamento que todo el mundo quiera matarte.

—Es un detalle. Y gracias por contarme qué pasó con Perry. Perdóname. Por todo.

—Me alegro de que sepas al fin por qué no hablé. Me atormentaba no poder contártelo.

Ahora que ya nos entendíamos el uno al otro, nos pusimos a trabajar como dos viejos cómplices.

Capítulo veinticuatro

Mi padre y yo entramos en la cabaña cargados con una caja de suministros y una cocina de propano. Las paredes estaban cubiertas de grafitis delirantes: «Nunca pretendí hacerle daño a madre», «Me pusieron unas esposas», «Me arrancaron la piel».

—¿Quién es tu decorador? —pregunté a Cartwright.

—¡Ah! Un yonqui se metió aquí el año pasado —respondió mirando las paredes.

Era una casita de tres habitaciones situada en las montañas de las afueras de Leesburg. Cartwright, que ejercía más actividades clandestinas de las que podría enumerar, la conservaba por si le hacía falta un refugio seguro.

—¿Y ese hedor? —inquirí. Era una mezcla de olor corporal y calcetines revenidos.

—Tuve a diecinueve salvadoreños escondidos aquí la semana pasada.

No quise saber más.

—¿Lo has traído todo?

Cartwright sacó seis latas de una bolsa (yo iba a preparar chile) y luego un sobre, en cuyo interior había una maciza placa dorada con un águila en la parte superior. El sello de la ATF (Agencia de Alcohol, Tabaco, Armas de Fuego y Explosivos) figuraba en el centro, y debajo, la leyenda «Departamento de Justicia» y «Agente especial».

Eché un vistazo a mi reloj. Annie tendría que haber llegado hacía dos horas; no la había visto desde nuestro encuentro de la noche anterior en el parque. Estaba convencido de que Marcus y Henry se habían olido su doble juego, y debía de estar muerta o algo peor. Dios sabía de qué serían capaces.

Mi padre se había pasado horas examinando los planos del Departamento de Justicia. De acuerdo con la información que Langford me había proporcionado, habíamos logrado identificar las zonas del sótano con espacio suficiente para albergar los archivos. Allí era donde estaba escondida la prueba contra Davies.

A todo esto, aparecieron unos faros en el cortafuego de detrás de la cabaña. Cartwright apagó las luces. Ocupamos nuestros puestos: mi padre con la escopeta en la puerta; nuestro amigo y yo, con fusiles AR15, en las ventanas.

Si la habían descubierto, ella los guiaría hasta nosotros.

El coche se detuvo. Se oyó cómo se abría y se cerraba la puerta. No había luna. Era imposible ver quién venía.

—¡Plásticos! —gritó Annie.

La contraseña. Para conservar el buen humor, yo la había sacado de una famosa escena de *El graduado*. Bajamos las armas. Corrí a su encuentro y la abracé; luego la hice pasar.

—Un sitio encantador —dijo al entrar en la cabaña.

Arrojó la chaqueta sobre un sillón y añadió:

—Jeffrey Billings.

Mi padre y yo nos miramos.

—¿El nombre del expediente? —dijimos al unísono.

—Sí —respondió.

Ya teníamos todo lo necesario para atrapar a Davies. La alcé por los aires y di varias vueltas. Ella hizo una mueca de dolor.

—¿Te encuentras bien? —pregunté.

—Sí, estoy bien.

Algo le pasaba, intuí. Tenía los ojos enrojecidos, como si hubiese llorado. Con delicadeza, le subí la manga para examinarle el brazo por el que la había sujetado: un cardenal azulado le rodeaba la muñeca.

—Henry... ¿Lo ha descubierto? ¿Por qué has tardado tanto en llegar? ¿Te ha hecho daño?

—No, no. —Se rio un poco para disimular el dolor que sentía—. No ha sido Henry. Cuando me vio la cara anoche, en el bosque, creyó que habías intentado matarme. Él no sospecha nada; ni Marcus tampoco. Los dos bajaron la guardia, y yo tuve la oportunidad de oírlos hablar del nombre que fi-

LOS 500

gura en el expediente. —Se señaló la muñeca—. Esto me lo
ha hecho Dragović.

—¿Radomir? Entonces ¿es cierto que ha entrado en el país?

—Está en Washington. Cuando salía esta tarde de la oficina, me han seguido dos de sus hombres, me han sujetado
cada uno por un lado y obligado a subir a un coche. Hemos ido
a un bar de copas, entrando por detrás.

El White Eagle: una vieja mansión de estilo *beaux arts*,
donde concedían audiencia Aleksandar y Miroslav; un auténtico imán para el dinero nuevo de los países árabes y de Europa
del este.

—Me han llevado a la trastienda. He intentando huir corriendo, pero me han agarrado (volvió a bajarse la manga), y
me han llevado a rastras. Dragović estaba allí cenando.

—¿Qué quería?

—A ti. Le he dicho que habías desaparecido, que estábamos
del mismo lado, que trabajo para Henry y que este colabora con
la policía para darte caza. A él parecía importarle todo un bledo.

»He tratado de pararle los pies. Le he dicho que Davies no
iba a permitir que nadie me tratara así y le he recordado lo poderoso que es. «Me tiene sin cuidado», me ha contestado. Y ha
añadido que pasará por encima de Henry y de cualquiera que
se interponga en su camino, y que recuperará su honor a cualquier precio.

»Se me ha puesto detrás, muy cerca. Notaba su aliento en
la nuca. «Yo amaba a mi hija —ha murmurado—. El señor
Ford la ama a usted. El señor Ford ha matado a mi hija, así
que…» —Annie se interrumpió un momento—. No ha acabado la frase. Se ha vuelto a sentar, ha untado con mantequilla
un panecillo y ha agitado su copa de vino…

Bajó la vista al suelo, reacia a continuar.

—¿Qué más ha dicho, Annie?

—El plazo es hasta mañana a las ocho. Si no te ha localizado
para entonces, vendrá a buscarme a mí.

—¿Para qué?

Apretó los labios y cerró los ojos.

—Para nada bueno —sentenció.

La estreché entre mis brazos. Estaba temblando.

—No te habrá hecho daño.

—No. Solo me ha amenazado.

La miré a ella y a mi padre. Eran lo único que me quedaba. Iba a conseguir que los mataran a ambos por mi culpa, por la cruzada que había emprendido contra Henry Davies. Él quería que volviera. Y no dejaba de tener razón: yo no era consciente del auténtico precio de la honradez. Quizá, al final, me había obligado a descubrir mi propio precio.

Rado superaba con creces a Henry cuando se trataba de pura maldad psicópata, pero este tenía la influencia suficiente para mantenerlo a raya. Si me daba por vencido, quizá Davies sería capaz de impedir que Rado se acercase a Annie. Significaría vender mi alma, por descontado, pero la mitad de los habitantes de Washington habían aceptado el mismo trato, y habían sobrevivido. Yo haría igual.

—Escuchad —dije—. No puedo permitir que sufráis ningún daño por mi culpa. Puedo ir a hablar con Henry…

Annie y mi padre se miraron. Él puso los ojos en blanco; Annie soltó un «pfff» muy expresivo.

—No tienes la menor posibilidad, Mike —aseguró mi padre—. Se trata del hombre más temido de la capital y, por una vez, es él quien tiene miedo. Hay un montón de desgraciados que está deseando liberarse de su yugo. Él dice que todo el mundo tiene un punto débil, y nosotros tenemos el suyo. No puedes dejarlo ahora.

—Bueno —terció Annie—, ¿cómo vamos a hacerlo?

La conduje hasta la mesa donde estaban los planos.

—Esto es el Departamento de Justicia —indiqué.

Era un edificio federal con un nivel de seguridad IV, igual que el del FBI. Los únicos objetivos más fortificados eran la CIA y el Pentágono. Todo ello significaba: tarjetas inteligentes de identificación cotejadas con una base central de datos, visitantes con escolta permanente, sistema de detección de intrusos, circuito cerrado de cámaras con supervisión centralizada, rayos X y magnetómetro en cada entrada, y cajas fuertes de combinación grupo II (¡uf!, las viejas Sargeant & Greenleaf).

El edificio albergaba al FBI, a la policía judicial, al fiscal general, a la DEA y al Consejo de Prisiones: los enemigos más temidos de cualquier criminal reunidos en una misma sede.

—Entraré ahí para robar ese expediente —sentencié.

—¿Y luego? —planteó Annie.

—Luego a negociar con el diablo.

Había cuatro guardias en la entrada del Departamento de Justicia, todos armados. Por si fuera poco, los dos agentes del Servicio de Protección Federal, situados junto a la puerta principal, llevaban metralletas HK MP-5. Todas las bolsas y maletines pasaban por rayos X. Los visitantes desfilaban por los cuatro detectores de metal, de puertas curvadas, que los retenían cinco segundos antes de dejarlos continuar.

Era sábado, el principio del fin de semana, y el lugar estaba casi vacío. Habría preferido el ajetreo de la hora de mayor afluencia, pero no nos quedaba tiempo para escoger. Annie había oído que Henry y Marcus, además de mencionar el nombre que figuraba en la prueba, se referían a Eastern Shore; no sé cómo lo habían descubierto —quizá gracias al teléfono robado del abogado—, pero pronto localizarían a Langford, si es que no lo habían hecho ya. En ese caso le arrancarían la información sin ningún escrúpulo. Y una vez que supieran dónde estaba el expediente, yo tendría compañía aquí, en el Departamento de Justicia.

Annie me había cortado y teñido el pelo en nuestro refugio, y Cartwright me había añadido un bulto en la nariz. Se trataba de un trocito de látex, pero con él apenas me reconocía a mí mismo.

Toda la confianza que había sentido con mi disfraz se evaporó en cuanto me aproximé a los guardias.

Mi padre se había quedado de piedra cuando le había enseñado los planos del edificio en el refugio.

—No me digas que te explican en Internet cómo asaltarlo —me comentó.

Así era, de hecho. El «guardián del Congreso», o sea, la Oficina de Fiscalización del Gobierno, montaba operaciones cada cinco años más o menos para ver si lograba atravesar los controles de seguridad de la CIA, el FBI, el Departamento de Justicia, los tribunales federales, etcétera. Solían probar en diez sedes oficiales, y nunca los habían interceptado ni atrapado en ninguna de ellas. Después tenían la gentileza de explicar dónde y cómo lo habían hecho, publicando el informe en la Red para que los jóvenes emprendedores como yo pudiéramos encontrarlo. Para que luego digan que el dinero de tus impuestos no sirve de nada. Incluso, al final del informe, había un párrafo muy simpático donde se explicaba que, por problemas de presupuesto, esos fallos seguramente no se solucionarían pronto.

Esperaba que no, desde luego. El guardia me miró ceñudo.

Verán: si prestan atención en Washington, enseguida advertirán que, como en la mayoría de burocracias, el noventa por ciento del esfuerzo se dedica a aparentar que las cosas se realizan. En temas de seguridad, la cifra probablemente es más alta; es decir: más guardias, más fusiles, más barreras... Billones de dólares gastados para demostrar que se gastan billones de dólares en ese apartado: para tener los accesos de cada edificio oficial forrados de hombres armados hasta los dientes, para tranquilizar al público y a los peces gordos con un gran despliegue que les demuestre que se emplean todos los recursos necesarios...

Puede que todo ello sirviera de algo, pero todavía existían modos de burlar los controles, y a lo mejor esa fachada acorazada tenía incluso el efecto contrario, porque creaba una falsa apariencia de invulnerabilidad. Cosa positiva para mí. Desde el punto de vista de un timador, era una creencia muy fácil de explotar. Si aquel a quien quieres engañar tiene una fe absoluta en el orden y la ley, tú simplemente has de encarnar a las fuerzas del orden y la ley.

Le mostré mi placa al guardia.

—¿Qué tal? —saludé con mi mejor contoneo de poli «solo ante el peligro»—. He de dejar unos datos en la oficina del DAG.[4]

Alcé mi maletín. Le echó un vistazo, miró la placa y chasqueó la lengua.

—Pasa —dijo. Llevaba una palanca plana oculta en un lado del maletín para despistar a los detectores de metales, pero él me indicó con un gesto que me los saltara y pasara sin más. Podría haber llevado una mina antipersonas dentro...

---

4. Deputy Attorney General: fiscal general adjunto. *(N. del T.)*

Me habría sido útil, de hecho, porque llamó con una seña a una joven de mirada severa, recién salida de la academia, que iba con un traje pantalón de ejecutiva. Yo ya me esperaba que me pusieran escolta, aunque eso complicaba las cosas. Por lo general, en los edificios con un nivel de seguridad IV, te adjudican una niñera a menos que poseas una acreditación especial. Un amigo mío que trabajaba en el Departamento de Estado tuvo que esperar seis meses a que le llegase la acreditación, y cada vez que iba a mear tenía que pedir permiso y dejarse acompañar.

Como ya contaba con esa contingencia, saqué el móvil, mientras caminábamos, y me puse a teclear (en Washington llamarías la atención si no te pasaras todo el rato mirando tu BlackBerry como un zombi).

«Adelante», escribí, y pulsé enviar.

Había un trayecto a pie de diez minutos hasta la oficina del DAG. Ella se detuvo en la puerta.

—Aquí está.

—No, no. Yo voy al DAOG —aclaré.

—El agente de abajo me ha dicho el DAG.

—No. DAOG: Grupo de Operaciones de Deuda Contable.

Ella soltó un bufido y esbozó una sonrisa forzada.

—Muy bien, de acuerdo.

Yo estaba ganando tiempo. Podría haberle atizado con la palanca y arrastrarla a un baño, pero así era más divertido.

Estábamos a medio camino cuando comenzaron a destellar los focos de emergencias y una desagradable voz femenina dijo por megafonía: «Evacuación de emergencia. No es un simulacro. Diríjanse, por favor, a la salida más cercana sin perder la calma. No se dejen llevar por el pánico. No es un simulacro. Repetimos: no es un simulacro».

—Hemos de salir —me dijo, alarmada, y se fue derecha hacia la parte delantera del edificio. Cerca de la salida, me separé de ella aprovechando el tumulto y escapé por la escalera.

Mi padre había aguardado mi señal —el mensaje de texto— y había llamado anunciando la amenaza de bomba. Él había cumplido sobradamente su condena, y yo no iba a permitir que interviniera de modo directo en la operación. Eso era asunto mío.

283

Ahora el lugar estaba totalmente vacío. Reventé dos puertas con la palanca para acceder al sótano, donde, según Langford, debía estar oculta la prueba contra Henry.

Parecía que no hubieran tocado nada desde los años setenta: las paredes eran de hormigón; las polvorientas cajas de cartón se apilaban hasta casi un metro y medio de altura en estantes industriales; unas rejas de metal dividían el sótano en jaulas cuadriculadas y los tubos de ventilación discurrían a escasa altura.

Oculto en algún rincón de aquel laberinto se hallaba el único recurso para salvar mi trasero, así como el de mi padre y el de Annie: un expediente con la etiqueta «Jeffrey Billings». Entré en la primera jaula y hojeé un montón de papeles; algunos de ellos se habían ordenado alfabéticamente, otros no. Eché un vistazo al flanco de las cajas para ver los nombres o cualquier leyenda que indicara su contenido. Estaba todo desordenado. En algunas cajas había fechas; en otras, nombres; en otras, códigos. Me puse a revolver entre las que podían albergar expedientes que empezaran con la be. No encontré ningún «Billings».

Afuera se oían sirenas. No me quedaba mucho tiempo antes de que la brigada de artificieros registrara el edificio. Me aparté de las cajas y traté de pensar con calma, de un modo sistemático: el expediente había de contener muestras de sangre y tejido, así como el informe de la policía. En consecuencia, tenía que ser voluminoso. Me planté, pues, en mitad del pasillo y me puse manos a la obra.

Una puerta chirrió a mi izquierda. No estaba solo. Me agaché detrás de un palé cargado de cajas y examiné el sótano. Sonaban pasos, ahora justo en línea recta. Los seguí en paralelo mientras trataba de vislumbrar algo entre las cajas y la tela metálica de las jaulas.

Entonces vi su cara. Nunca pasas mucho tiempo solo cuando te persigue William Marcus. Di un rodeo para alejarme. Tenía que encontrar el expediente antes de que lo encontrara él, o me encontrase a mí. Yo llevaba la palanca metálica; él, una pistola. Estaba casi seguro de que todavía no me había visto. De lo contrario, ya me habría acorralado.

Marcus iba recorriendo el sótano lentamente. Me agazapé, crucé en línea recta las hileras de estanterías y me metí detrás de unas cajas que quedaban en su camino. Esperé con la barra en ristre. Bastaría un golpe. Una vez que lo tuviera fuera de combate, podría centrarme en la búsqueda.

Me concentré, respirando muy despacio para que no me oyera. Ya tenía que haber doblado la esquina. Pasaría de un momento a otro. Sujeté la barra con más fuerza, sintiendo el sudor frío contra la superficie de hierro.

Pasaron cinco segundos; diez, veinte.

No venía.

Entonces sonó un estrépito metálico en un rincón; me volví a mirar. Distinguí el pasillo, la salida.

Marcus había desaparecido.

Aguardé un momento. ¿Quería encerrarme? ¿Había dado con la prueba? Doblé la esquina, y entonces lo olí, un olor que conocía bien porque había impregnado mi infancia: el pestazo a col revenida de un escape de gas natural.

Marcus había destrozado la válvula de una tubería de gas del techo, a unos quince metros de distancia. Entre los sofocantes gases, vislumbré unos papeles ardiendo. Las llamas lamían ya la base de un montón de cajas al otro lado del sótano.

285

No; él no había encontrado la prueba, ni tampoco se le había escapado mi presencia allí. Sencillamente, iba a matar dos pájaros de un tiro mediante un incendio infernal. Giré en redondo para huir, pero estaba en una de las jaulas; habría de retroceder hacia las llamas si quería alcanzar la salida.

Oí un rugido: el gas se había inflamado. Me golpeó una oleada de calor. Las llamas llegarían de inmediato, y no podría escapar. Justo delante, apoyada en la reja metálica, había una caja fuerte abierta: un cuadrado de metro y medio de lado por uno de profundidad. Me abalancé a su interior sin pensármelo y cerré la puerta de golpe.

La cortina de fuego pasó rugiendo como el motor de un jet. Duró varios segundos. Las paredes metálicas fueron calentándose cada vez más, pero, aunque aún se oía el murmullo del fuego, ya sonaba con menos violencia. Empujé la puerta. Nada.

¡Uf! Había cerrado la caja fuerte. Esto sí que era una novedad. Ahora era yo el botín, y tendría que robarme a mí mismo.

Notaba un gusto a quemado en el aire enrarecido y, para no tocar las paredes ardientes de la caja, me hice un ovillo.

Lo mejor del caso era que abrir una caja fuerte del Gobierno podía costar unas veinte horas, suponiendo, claro, que lo hicieras desde fuera. En la oscuridad total que reinaba allí dentro, recorrí con los dedos la cerradura, una caja del tamaño de mi mano situada detrás de la rueda de la combinación. Dos tornillos estrella la fijaban a la puerta; los saqué con la palanca y tanteé el interior de la cerradura.

La cabeza me daba vueltas a causa del humo, y el sudor me empapaba la camisa, me corría por la cara y me producía escozor de ojos.

Era el típico modelo de combinación grupo II con cuatro ruedas. Todas las cerraduras con combinación, sean de un candado barato o de una cámara acorazada, encierran sus secretos en el llamado bloque de ruedas: tres o cuatro discos ensamblados y provistos cada uno de ellos de una muesca lateral. El dial exterior conecta con el disco trasero y, de cada disco, sobresalen unos dientes situados de tal modo que, cuando giras el dial cuatro veces para «iniciar» el mecanismo, estás, de hecho, conectando las cuatro ruedas mediante sus dientes. Al desplazar el dial hacia un número y girarlo luego en la dirección contraria, dejas un disco con su muesca alineada bajo un pasador. Si vas girando el dial en una y otra dirección en el orden correcto, las cuatro muescas quedan alineadas, el pasador cae y la cerradura se abre.

Noté el olor a chamuscado de mi pelo mientras metía el meñique en el mecanismo para hallar a tientas las muescas de las ruedas. No era tarea fácil; jadeaba y mascullaba porque se me torcía y trababa el dedo.

Coloqué la primera rueda; luego la segunda. El aire casi me quemaba la piel. La caja fuerte, en principio un refugio contra el fuego, se había convertido en un horno. Giré la tercera rueda hasta situarla en su sitio, y después la cuarta, y recé para que las llamas se hubieran moderado y no me convirtiera en una tea humana en cuanto abriera la puerta.

El sótano estaba negro en absoluto cuando abrí; las llamas se agitaban al fondo. Caminé a gatas, poniéndome la camisa en la boca y humedeciéndola con la poca saliva que me quedaba.

Se me chamuscaba la piel y me ardían los pulmones a cada sorbo de aire, pero logré llegar a la salida. Cerré la puerta a mi espalda y subí tambaleante un par de escalones.

A través de la ventanilla, vi el sótano lleno de llamas y humo negro. El expediente había ardido y, con él, también el secreto de Henry. Mientras continuaba subiendo, la presión en el sótano debió de aumentar, puesto que los cristales de las ventanas saltaron por los aires y el fuego absorbió el oxígeno necesario para reducirlo todo a cenizas. La prueba, el único resorte contra Henry, su único error y mi única posibilidad, había desaparecido.

Subí los peldaños casi a gatas, alejándome del calor y atreviéndome al fin a respirar unas bocanadas de aire. El trazo rojo de un rótulo de salida de emergencia destacaba en lo alto entre la nube de humo, y se fue perfilando a medida que me acercaba. Empujé la barra de la maciza puerta, salí dando tumbos a la parte trasera del edificio y alcé la cara hacia el sol, que un minuto antes creía que no volvería a ver.

¡Salvado! Al menos hasta que me giré y vi a una legión de policías, bomberos, sanitarios, agentes de las fuerzas especiales y del FBI que se me aproximaban. Todos los que poseyeran en la zona de la capital unos pantalones de color caqui, un corte de pelo al cero, un bigote militar o un vehículo con un faro parpadeante habían sitiado la manzana de la avenida Pensilvania, y ahora se lanzaban sobre mí.

Si yo tenía una pesadilla recurrente era esta: un ejército de zombis pies planos. El primero en llegar me agarró del brazo. Se acabó la aventura. Yo era un fugitivo y me había pillado la policía: un batallón de agentes a los que Henry podría comprar, si no lo había hecho ya. Acababa de contemplar cómo ardía mi único recurso. Alcé las manos, rindiéndome.

—¿Te encuentras bien, compañero? —me dijo el poli; luego gritó—: ¡Dejad espacio! ¡Llamad a los sanitarios! ¡Lo hemos encontrado! ¡Avisad a todos! ¡Lo hemos encontrado!

Al parecer, había cundido la inquietud por la desaparición de un agente ATF, o sea, yo. Me ayudaron a cruzar la barrera que habían montado en torno al edificio como medida de precaución.

Tener a todos aquellos integrantes de las fuerzas del orden mirándome me incomodaba bastante más que mi piel chamuscada. Me puse la mano en la boca y gesticulé como si me faltase el aire. Trajeron una bombona de oxígeno y me tumbaron en

287

una camilla. Confiaba en que, entre la máscara, el pelo quemado y el tizne de la cara, tardaran un poco más en reconocerme. Me palpé la nariz; el bultito se me había caído o se había fundido.

Los sanitarios me aplicaron bolsas de hielo. Estaban atendiendo a otra media docena de víctimas: algunas de ellas se hallaban sentadas en el bordillo; otras, tendidas en el suelo.

Había otra valla a unos treinta metros para mantener a raya a la multitud. Los medios habían tomado posiciones, y los portales estaban cubiertos de cámaras y teleobjetivos. Habían retenido a los evacuados en una zona diferente. Observé que la policía los interrogaba y que salían después por el único hueco de la valla. La única salida.

Y ahí estaba William Marcus, charlando con un policía y escrutando a cada persona que abandonaba la zona. Un agente de paisano le hizo un gesto y apartó la valla para dejarlo pasar. Él se encaminó hacia la ambulancia. Hacía mí.

El truco de hacerme pasar por un agente ATF me había servido para despistar a los guardias, pero no me serviría con él. Yo esperaba que un súbito empeoramiento —una conmoción, un paro cardíaco o cualquier otra cosa— obligara a los sanitarios a meterme en la ambulancia y sacarme de allí, pero me era imposible provocarme una crisis a voluntad o falsificar mis constantes vitales.

Marcus fue examinando las caras de los policías y de las demás víctimas mientras se aproximaba. Intenté incorporarme, levantarme de la camilla, pero el enfermero —un chico peinado con coleta y de enormes manazas— me obligó a tenderme otra vez.

Mi perseguidor venía directamente hacia mí. Miré al cielo, recé para que pasara de largo. Pero ni siquiera llegó a mi altura.

Cuando atisbé otra vez, ya no estaba. Me giré y lo vi regresar hacia la valla. Henry Davies le hacía señas para que volviera. Hablaron un momento y cruzaron la avenida Pensilvania hacia un hombre que se hallaba junto a un coche negro.

Este subió con ellos al coche y arrancaron. Era mi padre.

Capítulo veinticinco

*L*a ambulancia me trasladó al hospital universitario George Washington. La zona de admisión de urgencias estaba atestada, era un caos, y me resultó fácil escabullirme mientras esperaba al técnico del electrocardiograma. Regresé a la escena del crimen (mi nueva especialidad, por lo visto), recogí mi coche en los aledaños del Departamento de Justicia y me puse en marcha de inmediato para averiguar en qué demonios se había metido mi padre.

Esa misma mañana, antes de irme, habíamos hecho un trato: yo me encargaría del trabajo más duro y él permanecería en la retaguardia.

Debería haberlo previsto, me imagino: nunca te fíes de la palabra de un timador. Vale, él me había salvado, pero yo no estaba seguro de poder salvarlo a él.

Conduje hasta el edificio del Grupo Davies y pasé por delante, observando los ventanales de Henry. Mientras me había tenido allí dentro esposado, las persianas habían permanecido cerradas. Ahora estaban abiertas, y el despacho, vacío.

¿Cuál era el plan exactamente, Mike? ¿Asaltar el castillo, cortarle la cabeza a Davies y rescatar a mi padre como un caballero andante? No parecía factible. Estaba comiéndome las uñas cuando sonó mi móvil.

—Mike.

Era mi padre.

—¿Dónde estás? —pregunté—. ¿Te encuentras bien?

—En el motel Budget Motor, en la avenida Nueva York. He pasado mejores momentos, pero me he escapado. ¿Tienes coche?

—Voy para allá. ¿Está la pasma?

—No, que yo sepa. Pero ven cuanto antes.

Como sabía que el viejo era un estoico, el tono angustiado de su voz, la tensa desazón que reflejaba me inquietaron.

Salí cagando leches hacia la avenida Nueva York. Conocía la zona. Era la puerta principal del Distrito de Columbia hacia la autopista Baltimore-Washington, un lugar sórdido donde los haya, lleno de hoteles turbios y fábricas abandonadas.

El motel Budget Motor era una inmersión de primera en ese ambiente: putas haciendo la calle, ventanas tapiadas y adictos al *crack* mendigando o vendiendo mercancía robada (paquetes de calcetines casi siempre) a los coches atrapados en los atascos.

Eso sí, el motel contaba con televisión por cable gratis. Varios traficantes me acosaron al cruzar el aparcamiento hacia la habitación donde mi padre se había refugiado. La puerta estaba abierta; la cerradura parecía forzada.

Lo encontré dentro con una pistola en la mano. La bajó nada más verme. Estaba tendido en la cama sobre el flanco izquierdo, y encima del hombro derecho tenía un montón de servilletas de papel empapadas de rojo.

Un olor a café inundaba la habitación. De tal palo, tal astilla.

—¿Quieres un poco? —me preguntó—. He preparado una cafetera mientras esperaba. Me servirá para reponerme.

Lo ayudé a sentarse. Le bajaba un hilo de sangre de la oreja.

—¿Ha sido Henry?

Asintió.

—¿Anda por aquí cerca?

—Quizá. Me habían encerrado en uno de esos almacenes. Me he escapado.

—¿Puedes andar?

—He corrido cuando ha hecho falta, pero ahora me siento un poco débil. Será mejor que me ayudes a bajar la escalera.

Le hice pasar el brazo sobre mis hombros y nos dirigimos por la parte trasera hacia mi coche. Mientras caminábamos, se le levantó un poco la camisa y vi que tenía verdugones rojos en la espalda, sobre los riñones.

—Te llevaré a un hospital.

290

—Creo que estoy bien, Mike —dijo respirando agitadamente—. Cartwright tiene un médico, bueno, un veterinario (buen cirujano y mal jugador) que le debe dinero. Él se ocupará de mí.

Lo acomodé en el asiento del pasajero. Ni rastro de Henry ni de Marcus. Dejamos la avenida Nueva York y avanzamos por calles secundarias en dirección al embalse MacMillan y al centro hospitalario Washington.

—Te detendrán si vas a un hospital, Mike. Siempre hay policía. No estoy tan mal como parece, no te preocupes.

Yo seguí conduciendo; no pensaba discutir.

—¿Qué ha sucedido? —le pregunté.

—He visto que iban a por ti y he intervenido. Les he dicho que ya tenías la prueba.

—La he perdido, papá —dije, avergonzado, meneando la cabeza—. Marcus lo ha quemado todo.

—Está bien —contestó sin alterarse lo más mínimo—. Se lo he dicho para que se largaran de allí, para darte un respiro. Henry tiene la misma debilidad que nosotros. Cree lo que quiere creer: que todo el mundo tiene un precio, que todos quieren llegar a un acuerdo. Nosotros podemos usar esa convicción en su contra. Le he dicho que queríamos negociar.

—¿Qué clase de acuerdo?

—Ninguno. En cuanto nos hemos alejado del edificio, me he cerrado en banda. Él me ha amenazado… —hizo un expresivo gesto de bla, bla, bla— … con la cárcel, con la inyección letal, con hundirme del todo por el asesinato de Perry, etcétera, etcétera.

»Pero no he picado. No iba a permitir que me utilizase para doblegarte. En vista del éxito me han llevado a un viejo almacén, y Marcus se ha puesto manos a la obra. —Hizo una mueca, retorciéndose en el asiento—. Un verdadero artista, ese tío.

—¿Qué pretendían hacer?

—Me han dicho que me matarían si no te convencía para que volvieras con ellos y cerraras un trato a cambio de la prueba. Les he replicado que, por mí, adelante. Cosa que los ha cabreado en serio. Muy susceptibles, ambos.

—Davies no está acostumbrado a que le digan que no.

291

—He notado que Marcus quería tomárselo con más calma, pero él no paraba de ladrarle: «¡Más, más!» Yo estaba medio inconsciente, o sea que... —Se encogió de hombros—. No ha sido tan terrible. Creo que al final el propio Henry ha intervenido. —Soltó un gruñido—. Joder.

—¿Qué pasa?

—Aquí y aquí —dijo señalándose la región lumbar y la ingle—. Me está matando. Déjame en el hospital y lárgate. Llama a Cartwright. Dile que no necesitamos al veterinario, y tú déjame delante de urgencias.

Estaba muy pálido y no cesaba de temblar.

—Ya casi estamos, papá. Aguanta.

—He salido de allí a escape —dijo; había cerrado los ojos—. Yo era el único medio que tenían para presionarte. Así que he pensado que, si yo desaparecía, tú podrías acabar con él y no habrías de llegar a ningún acuerdo. He echado a correr. O lograba escapar o moría en el intento. El resultado era el mismo.

—Para mí, no. ¿Cómo lo has conseguido?

Se llevó la mano al bolsillo y me tendió un diente, un canino con salpicaduras rojas. Le miré la boca. No era suyo.

—Aún me quedan algunos trucos —dijo—. La buena noticia, Mike, es que ese expediente le da pánico. Supongo que hay mucha gente por ahí con ganas de devolvérsela, pero nadie tiene en sus manos un secreto suyo.

—Ni yo tampoco, papá. Ha ardido allí dentro. La he cagado, no tengo nada.

Hizo un gesto desdeñoso.

—Eso no importa. Henry cree que lo tienes.

Era verdad: la paliza que mi padre se había llevado por cerrar la boca debía de haberlo convencido de ello.

Me detuve frente al hospital y llamé a gritos a las enfermeras de urgencias. Una de ellas le echó un vistazo a mi padre y enseguida lo entraron en una camilla. Las seguí.

—No deberías haberlo hecho, papá —murmuré. Se había puesto en manos de Henry para salvarme a mí.

—Como el número del violín —contestó sonriendo.

Cambiar una cosa sin valor por otra valiosa, quería decir.

—No, papá. De eso nada. No deberías haberte entregado. Es demasiado.

—Eso ha de hacer uno por su familia.

Me dio la mano todo el rato mientras hacían los trámites de admisión. Estas palabras y los teléfonos que no paraban de sonar en la sala de urgencias me lo acabaron de recordar, aunque creo que yo ya lo había intuido: se había sacrificado por mí del mismo modo que se había sacrificado por mi madre.

La noche en que lo detuvieron por el allanamiento de aquella casa de las Palisades seguía nítida en mi memoria. Yo había repasado cada detalle mil veces para tratar de entender lo sucedido, y sabía que él no había recibido ninguna llamada de aviso. Recuerdo incluso que en el juicio quedó claro que no había ningún teléfono en la casa. Es más: mi madre había regresado una hora antes de que él saliera. «Para ver un partido de béisbol», me había dicho.

Claro. Perry ya estaba muerto antes de que él llegara. Mi madre era una mujer de armas tomar y, cuando Perry había tratado de forzarla, lo había empujado y él se había dado el golpe con la chimenea. Ella lo había matado. El comportamiento de mi padre (no decir jamás una palabra para defenderse durante el largo juicio, dejar a su familia durante dieciséis años y sobrevivir al infierno de la cárcel) se debía a ese motivo; todo lo había hecho por ella. Había asumido la culpa para protegerla, del mismo modo que ahora se había sacrificado ante Henry por mí.

De niño, nunca había podido engañarlo. Traten de embaucar a un timador y verán. En estos momentos, mientras me miraba desde la camilla y vio mi expresión estupefacta ante mi descubrimiento, supe que se había dado cuenta.

—Gracias, papá. Te quiero.

—Yo también. Pero no te vayas a poner muy sensiblero. Volveré dentro de una hora como nuevo.

Tenía las manos heladas. Un médico llamó por teléfono y pidió una no sé qué intensiva y ocho unidades de cero-positivo.

—He perdido la prueba. Te he fallado, papá. Lo siento.

—No importa, Mike. Lo tenemos asustado. Gato por liebre, ya sabes. Has de jugar con ese individuo, en lugar de hacerlo con las cartas que tienes en la mano.

Seguramente, le dije alguna frase sentimental más, y él no me llevó la contraria. Luego se lo llevaron al quirófano.

293

Uno de los polis de la sala de espera no paraba de pasar por mi lado y de lanzarme miradas; se acercó a su colega y parlamentaron un rato. Yo no pensaba irme a ninguna parte, de todos modos, hasta que supiera cómo estaba mi padre.

Cartwright se presentó al cabo de media hora.

—¿Qué tal está? —preguntó.

—En el quirófano. No sé nada.

—Este lugar está plagado de policías —masculló señalando con la barbilla las puertas del fondo.

Di un buen rodeo y exploré el pasillo. En efecto, allí estaba mi amigo el detective Rivera, el poli que me había traicionado. A saber cuántos matones más habrían enviado Henry y Marcus.

Volví junto a Cartwright.

—Has de salir de aquí —me urgió.

—No voy dejarlo solo.

—Es absurdo que te entregues así a la policía, Mike.

—No me iré.

—Yo cuidaré de él. Tu padre y yo llevamos mucho tiempo juntos. Lo sacaré de esta.

Oí que se abría la puerta al fondo del pasillo. Rivera se aproximaba encabezando una cuadrilla de agentes de paisano, según parecía. Nos ocultamos detrás de una esquina.

Cartwright me agarró del hombro y me ordenó:

—Sal de aquí, maldita sea. Yo cuidaré de tu padre. Tú encárgate de quien le haya hecho esto.

Había perdido el único medio de acabar con Davies, pero no importaba. Encontraría otro sistema.

La policía ya estaba muy cerca, pero me resistía a moverme. Cartwright me apremió:

—¡Vete!

Me puse en marcha y les di el esquinazo a los polis metiéndome por una puerta de servicio. Habían infestado el hospital. Me pasé más de media hora asomándome por las esquinas, escondiéndome en habitaciones vacías y corriendo de aquí para allá, mientras ellos registraban el ala de cirugía.

Pero no podía irme aún. No podía consentir que mi padre muriera allí. Tenía que verlo otra vez, comprobar que iba a recuperarse. Encontré una habitación para el personal de guardia, forcé la puerta y tomé la bata y el estetoscopio de un residente dormido. Volví al ala de cirugía agachando la cabeza y simulando que examinaba unos papeles que había encontrado en la bata.

Salí por un pasillo interior a la zona de urgencias y pasé junto a un par de polis que escrutaban a todos los civiles, aunque parecían ciegos ante cualquier bata blanca. Me metí en un mostrador de enfermeras vacío. Enseguida se acercó una supervisora vieja, de aspecto severo.

—¿Puedo ayudarlo?

—Necesito el historial de Robert Ford.

El estetoscopio hizo su efecto. La mujer no sospechó; se limitó a hurgar entre las carpetas colgadas en el archivador.

—Ya debe de estar con el cadáver en patología —dijo.

No podía ser.

—¿Quiere comprobarlo otra vez? —le pedí señalando el ordenador. Ella tecleó el nombre. Me puse a su lado y leí por encima de su hombro. El texto —negro sobre fondo verde— parpadeaba en la pantalla. No podía creerlo. En la última línea decía: «transferido morgue».

—¡Ah! —añadió ella—. Está abajo, en la cámara frigorífica.

295

Capítulo veintiséis

*P*or culpa de mis errores, mi padre estaba muerto y a mí apenas me quedaban tres horas antes de que Rado se lanzara en busca de Annie y le aplicara técnicas tercermundistas que no quería ni imaginarme. Mi única arma, la prueba contra Henry, se había convertido en cenizas.

Debía tomar una decisión: perder mi alma a manos de Davies, o perder a la mujer que amaba a manos de Rado. Aun suponiendo que Annie y yo lográramos esquivar al psicópata balcánico, Henry descubriría tarde o temprano que ella estaba de mi lado y la utilizaría para doblegarme. Nada permanecía en secreto para él.

Dos hombres querían verme muerto o hacerme sufrir tanto que deseara estarlo. Mi padre se había permitido el lujo de no escoger, de aceptar una muerte honrosa y convertirse finalmente en un mártir. Pero si trataba de imitarlo, no solo sufriría yo las consecuencias, sino también Annie, y ella era lo único que me quedaba.

Era un dilema imposible. Vislumbré una salida y decidí seguirla con una fría e implacable determinación. Si los hombres honrados eran todos criminales, quizá solo los criminales fueran honrados. Tenía que hacer un trato. Mi padre podía haber muerto, pero me había dejado la respuesta: me entregaría yo mismo a mis asesinos, y confiaba en ingeniármelas para salir del aprieto con mis dotes de timador.

Y

Después de huir del hospital, me dirigí primero al White Eagle, el club en el que Aleksandar y Miroslav concedían audiencia.

Había una fila de Mercedes negros aparcados alrededor del precioso edificio, una antigua embajada. Subí por la escalera en curva hasta la puerta principal, donde unos hombretones cuadrados, que vestían trajes muy ceñidos, me cerraron el paso.

—Decidle a Miroslav y a Aleksandar que Michael Ford está aquí. Decídselo también a Radomir si es que ha venido; le interesará saberlo.

Uno de los gorilas pulsó su auricular, del que salía un cable que desaparecía en el interior de su traje. Medidas de seguridad muy sofisticadas para un «club social». Me cachearon a fondo y luego me guiaron por los salones —llenos de europeos turbios y putas de lujo— hasta una acogedora habitación del sótano, con chimenea, una araña en el techo y dos pequeños divanes.

Aparecieron Miro y Alex, me ataron las manos a la espalda y me tumbaron en el suelo boca abajo. Miro me puso un pie en las muñecas, presionándome contra la alfombra, y me mantuvo así mientras ellos charlaban de otra cosa (me dio la sensación que de fútbol) en un idioma que no entendía. Parecía que estaban totalmente despreocupados.

Rado llegó al cabo de media hora, hecho que indicaba una libertad de movimientos cuando menos osada para un hombre perseguido por crímenes de guerra. Chasqueó los dedos, ladrando unas órdenes —en serbio, supuse—, y Alex me puso de pie.

—Es muy valiente su actitud —dijo Rado—. Venir aquí y aceptar el castigo como un hombre. Casi lamento no tener la ocasión de disfrutar de esa chica de pelo negro, pero es un gesto honorable de su parte.

—¿Quiere vengarse? —pregunté.

—Está bastante claro, ¿no? —Sonrió con sorna, alzó las manos y miró a sus secuaces. Ellos asintieron.

—Yo le ayudaré a tomarse la revancha —le brindé.

—Me parece que eso ya lo he oído antes —respondió Rado, sonriendo—. Déjeme adivinarlo: hemos atrapado —adoptó el tono de un policía de película— al chico equivocado.

297

—Fíjese en que me he presentado aquí indefenso. Piénselo.

Se me acercó mucho, casi como si me fuera a besar, y me agarró del pelo con una mano. Me miró fijamente a los ojos y luego, con un vigor repentino, me estrelló la cabeza contra algo muy duro —la repisa de la chimenea, me imagino—, porque perdí el conocimiento en el acto.

Ojalá hubiera permanecido así. Cuando volví en mí, tenía aún las muñecas atadas a la espalda, pero ahora la cuerda que las amarraba ascendía hasta un gancho del techo. El golpe que había recibido en la cabeza le daba a todo un aire borroso y submarino, de tal forma que me resultaba más difícil conservar el equilibrio. Me habían colocado de puntillas sobre un cajón. Si descendía un poco para apoyar los pies, la cuerda se tensaba y me forzaba los hombros hacia atrás (ya tenía uno de ellos bastante deteriorado desde mi encontronazo con Marcus en el museo). Y cada vez que me desequilibraba, la cuerda me tironeaba de los brazos, retorciéndome la articulación.

Alex sujetaba el otro extremo de la cuerda y de vez en cuando, incluso si lograba mantener el equilibrio, daba un tirón.

—La garrucha o el ahorcamiento palestino —me informó Rado, siempre tan solícito—. Conocido como *strappado* en la época de Maquiavelo, quien lo sufrió en sus propias carnes por conspirar contra los Medici, o como «las cuerdas» en el famoso hotel Hilton de Hanoi. Creo que fue así como los norvietnamitas privaron al senador McCain de la movilidad plena de sus brazos.

Lo único peor que la tortura, créanme, es sufrirla a manos de un pelmazo. Cada vez que caía en un estado de semiinconsciencia o me refugiaba en mi fantasía (un domingo de invierno en la cama, notando el cálido trasero de Annie pegado a mi cuerpo), Rado me despertaba parloteando sobre otro dato curioso. Por fortuna, en el hospital me habían administrado unos potentes analgésicos por las quemaduras. Y yo había birlado algunos más antes de escabullirme. Sin su efecto calmante, lo más probable es que hubiera reconocido los crímenes que no había cometido y dejado que Dragović me matara. Así, por lo menos, mientras sentía que se me desgarraban los músculos y los tendones de los hombros y que se me dislocaban los huesos, el dolor era meramente atroz.

—Bien aplicado, este tormento no deja huellas —añadió el bosnio—. Aunque fácilmente puede paralizar los dos brazos y dejarlos insensibles de modo permanente.

Casi me sentí aliviado cuando dejó de hablar y desapareció a mi espalda.

—Es a Henry a quien ha de buscar —dije—. Y él me busca a mí.

Rado reapareció con un cuchillo de carnicero, fino y afilado como una navaja. Con cortes rápidos y precisos, arrancó los botones de mi camisa, uno a uno, y luego separó la tela dejando mi pecho al descubierto.

—Eso que dice suena lógico. Pero como ya sabe, hace falta corroborarlo. La confianza no es mi fuerte.

Me puso la punta del cuchillo unas pulgadas por encima del ombligo y me pinchó.

—¿Ha oído hablar de mi debilidad por el corazón? —añadió con desenvoltura.

—Sí.

—Cuesta mucho atravesar el esternón.

Le dio un puñetazo al mío, que sonó como una puerta hueca.

—En cambio, si pasas por debajo del esternón, mediante la llamada incisión subixfoidea, es posible mantener consciente a tu víctima casi todo el rato.

—Le estoy ofreciendo un trato —murmuré—. Podemos ayudarnos mutuamente.

—Ya veremos —contestó, y presionó con el cuchillo. La piel se arqueó alrededor de este. Él la extendió, usando dos dedos de la otra mano, y mi carne se abrió limpiamente bajo el filo aguzado.

Una larga noche la que pasé con Rado. Y aquella no fue más que mi primera parada.

Al día siguiente, una despejada mañana de primavera, Rado y sus gorilas favoritos me subieron en coche a Kalorama, a la mansión del Grupo Davies, para que me reuniera con Henry. Creo que es ahí donde ustedes se habían quedado al comenzar la historia. Yo, por el momento, tenía el corazón intacto.

Después de dejarme junto a la acera, Alex me enseñó de lejos el brillo de su Sig Sauer; y, por si fuera poco, Rado, en el asiento trasero, se llevó una servilleta a los labios, todavía hambriento, para recordarme qué había en juego.

Aguardaron a la vuelta de la esquina mientras yo arrastraba mi cuerpo maltrecho hacia las oficinas. El Grupo Davies había cerrado durante el fin de semana y, en esos momentos, albergaba únicamente a Henry y a su gabinete de guerra: el equipo de seguridad que trabajaba sin descanso en una zona de la mansión que las personas respetables nunca llegaban a ver.

Marcus me recibió en la puerta. Observé que le faltaba un diente: el que le había arrancado mi padre de un puñetazo. Reprimí una sonrisa. Me hizo pasar por el arco de seguridad y noté que su atención se redoblaba cuando el detector de metales sonó a la altura de mi pecho. Me cachearon y desnudaron por si llevaba armas o algún micrófono. Henry era demasiado listo para dejarse atrapar con un dispositivo electrónico.

Al registrarme los bolsillos, Marcus sacó un par de documentos falsos y una cosa que yo no sabía que llevaba encima: los planos de una casa, cuidadosamente doblados, que mi padre, un maestro de la prestidigitación hasta el final, me había deslizado allí cuando estábamos en el hospital.

Incluso a él se le escapó una mueca cuando me quité la camisa. El corte era de unos diez centímetros y la piel se me fruncía alrededor de las grapas metálicas. Rado no me había hundido muy profundamente el cuchillo allá en el White Eagle, y la hemorragia se había detenido enseguida una vez que había recurrido al objeto que tenía más a mano —una grapadora Swingline, siempre de fiar— para cerrarme la herida.

Había sido una larga y extraña semana, y resultaba fácil repasar sus huellas mirándome de pies a cabeza mientras volvía a vestirme: las quemaduras de las manos que había sufrido en el Departamento de Justicia, los cortes en la cara producidos al chocar con el coche, el verdugón del cuello que me había dejado la pistola eléctrica... La sesión de tortura me había dislocado el hombro, y el trabajito reciente de Rado resaltaba por derecho propio en mitad del pecho; en el muslo, casi se me había cicatrizado ya la herida que me había hecho aquella noche espantosa (parecía que hubiera pasado un año), cuando había oído cómo Marcus ejecutaba a Haskins e Irin. Y en fin, la rodilla la tenía muy hinchada, algo se me había descuajaringado: o bien en alguna de las caídas, o bien al estrellarme con el Volvo contra la puerta metálica.

Después de vestirme, Marcus señaló el sobre que llevaba en la mano. Quería verlo.

—No lo enseñaré hasta que cerremos un trato —sentencié—. Si desaparezco, esto se hará público.

Me guio por los pasillos de hormigón de la zona restringida, pasando junto a la sala donde Gerald lo supervisaba todo. Al llegar al despacho de Henry, me indicó que pasara y se quedó fuera montando guardia.

Davies me invitó a sentarme en un extremo de la mesa de juntas, y ambos miramos por los ventanales. Washington se extendía a nuestros pies. Yo ya sabía qué acuerdo quería ofrecerme.

Me daría todos los reinos y la gloria de este mundo a cambio de mi alma. Así de simple. Para ello, tenía que darme por vencido, dejar que él me corrompiera, y la pesadilla concluiría. Ya no habría de preocuparme por Rado y su cuchillo, ni por la seguridad de Annie. Y volvería a recuperar mis bienes: la casa, el dinero, la fachada respetable que siempre había deseado.

Él quería llegar a un acuerdo; quería sentir que era suyo de nuevo. Y yo temía no tanto las amenazas físicas que me acechaban, sino la posibilidad de no ser lo bastante fuerte para resistirme a sus promesas, a las hábiles manipulaciones con las que había dominado lenta e insidiosamente a la ciudad entera. Temía que me doblegara; temía acabar cumpliendo sus peticiones; temía (ahora que había descubierto el precio de la honradez: la vida de mi padre y el sufrimiento de Annie) que yo también, igual que los demás, terminara optando alegremente por la corrupción.

No podía permitirlo. Debía derrotarlo en su propio juego.

Se inclinó hacia mí, susurrando:

—Dilo y todo habrá terminado. Vuelve con nosotros, Mike. Has de decir una palabra: «sí».

Quería verme convertido en su protegido, casi como si fuera un hijo. Pero yo estaba convencido de que no permitiría que me entregara sin más. Para ser digno de él, no debía simplemente aceptar sus condiciones, rendirme y suplicarle que me aceptase de nuevo, porque no aceptaría más que a un hombre tan cauteloso y circunspecto como lo había sido él mismo en su ambiciosa juventud, alguien que resultara difícil de convencer.

—Esa es la base de la verdadera confianza —argumentó—: cuando dos personas conocen sus respectivos secretos, cuando se tienen mutuamente acorraladas, la destrucción mutua está asegurada. Todo lo demás son sandeces sentimentales. Estoy orgulloso de ti. Es la misma jugada que yo hice cuando estaba empezando.

Dejé el sobre sellado encima de la mesa. Allí estaba el único resorte capaz de acabar con él: el lóbulo arrancado de su oreja y el informe policial que ponía de manifiesto su intervención en la muerte de Pearson. Tenía en mi poder las dos cosas que Henry deseaba: aquel sobre y yo mismo.

Solo yo sabía quién había matado en realidad a Haskins e Irin. Poseyendo esa certeza y el sobre, yo representaba un verdadero peligro para él.

Puesto que mi padre estaba muerto y creyendo que Annie me había traicionado, Davies no tenía nada con qué presionarme. Por una vez, no contaba con la abrumadora ventaja a la que estaba acostumbrado. Había llegado el momento de ponerme codicioso.

—Tú y Marcus asesinasteis a Haskins y a Irin para dominar el Tribunal Supremo. Era una jugada que iba mucho más allá del caso Radomir, una inversión a largo plazo. ¿Qué beneficio aportará con el tiempo?

Henry sonrió como un padre orgulloso. Ya se percataba de a dónde quería ir parar. Él habría hecho exactamente lo mismo.

—El suficiente.

—Siento curiosidad.

—Tengo una docena de clientes cuyos intereses dependen de decisiones del Tribunal Supremo. Eso para empezar, pero, a lo largo de la próxima década, estamos hablando de una cantidad de diez u once cifras, quizá.

Miles de millones, o decenas de miles de millones.

—Verás, Mike, este iba a ser mi último trabajo con clientes. Las personas estrechas de miras siempre preguntan: «¿Cuánto te parece suficiente?», o «¿Cuántas casas necesitas?». Preguntas que demuestran lo limitadas que son, tanto en su visión como en sus deseos. El dinero, las casas, las mujeres, a las que triplico en edad, todo ello está muy bien. Pero esa no ha sido nunca la cuestión.

»Después de lo de Haskins, al fin tendré suficiente; suficiente para no depender más de los clientes. Es cierto que esta ciudad está en mi poder, pero he de ganar el dinero cumpliendo las órdenes de otros. Ya no. Ya no habré de someterme a los deseos ajenos. Con los ingresos que ahora se producirán, conseguiré al fin mis propios objetivos, financiados con mis propios fondos y ejecutados mediante mi propio poder. Esta ciénaga junto al Potomac será mi imperio y no tendré que obedecer a nadie. Aunque todavía me quedan unos cuantos cabos sueltos: este sobre, de entrada, y las lamentables y recientes desavenencias con mi asociado estrella.

—Socio —puntualicé.

—Eso podríamos hablarlo.

—¿Cuánto gana un socio? ¿El año pasado, digamos?

Juntó las yemas de los dedos, y especificó:

—Nosotros utilizamos una escala de salarios fija según cada categoría. En vista de tus aportaciones, probablemente podría ascenderte en el organigrama. En tal caso, cuenta entre cinco y siete millones anuales. Y con el dinero que entrará gracias al Tribunal Supremo, el año que viene será muy bueno. Así que calcula una cantidad cuatro o cinco veces superior.

Reflexioné un momento y, dando unos golpecitos en el sobre, indiqué:

—Te entregaré esta prueba y la garantía de que no tendrás que volver a preocuparte. A cambio, Rado desaparece, la policía me deja en paz, yo recupero mi vida y me convierto en socio de pleno derecho.

—Y a partir de ahora, eres mío. Socio de pleno derecho también en el trabajo sucio. Cuando encontremos a Rado, le rebanarás el pescuezo.

Asentí.

—Entonces estamos de acuerdo —concluyó.

El diablo me tendió la mano. Se la estreché y le entregué mi alma junto con el sobre.

303

Υ

¡Chas, chas! El ruido venía de abajo. Había empezado un poco antes, pero ahora, en el despacho totalmente silencioso, era imposible no advertirlo.

Henry se acercó a los ventanales de un lado de la habitación y fue dando la vuelta hasta los del otro lado. El Range Rover de Rado, así como otro idéntico con todos sus hombres, estaban aparcados frente a la entrada lateral de la zona restringida de la mansión.

—Marcus —gritó Henry—. Ven aquí.

El compinche apareció de inmediato con la pistola desenfundada (supongo que mi destruido físico no debía de preocuparle lo más mínimo). Los chasquidos de antes sonaban ahora como disparos.

Rado y sus hombres estaban dentro del edificio.

Henry me apuntó con el dedo y ordenó:

—Átalo.

Marcus me derribó con una llave y me sujetó por los hombros y el cuello contra el suelo antes de que pudiera darme cuenta. Me puso los brazos hacia atrás y me colocó una esposa en la muñeca derecha. Antes de ponerme la izquierda, la deslizó por el tirador del archivador de Henry. Me dejó sentado en el suelo, totalmente inmovilizado.

Podría haber sido peor. Tras la sesión con Rado, había adoptado una norma general: no meterme en ningún embrollo que pudiera implicar secuestro y tortura sin tragarme unos cuantos analgésicos primero. Servía para mitigar lo peor de la experiencia. Y si a ello se sumaba el entumecimiento y la indiferencia frente a mi destino que sentía desde que había muerto mi padre, ya casi no me afectaba que me zarandeasen un poco más y me retorcieran un hombro medio dislocado.

Henry y Marcus eran demasiado astutos para que hubiera podido pillarlos con un micrófono oculto. Pero Davies, como antiguo secuaz de Nixon, debería haber sido lo bastante prudente para no ponerse un micrófono a sí mismo. En ese momento levantó la vista hacia la estantería, desde donde la cámara oculta, que sin duda había usado para chantajear a docenas de políticos, por fin lo había pillado a él. Supongo que nunca había tenido que preocuparse del tema, ya que él la controlaba.

Pulsó un botón de su teléfono.

—¡Gerald! —ladró al auricular.

Pero Gerald, mucho me temo, no estaba disponible.

Cuando Annie había oído por vez primera mi plan, se había puesto tan pesada como una niña pequeña para que la dejara colaborar. Yo no quería permitir que arriesgara su vida. Pero dado que amenazó con presentarse a la fiesta sin invitación y sin conocer los peligros a los que se exponía, habría sido más arriesgado aún mantenerla en la inopia.

Después de su actuación en el bosque y de recibir un puñetazo mientras nos perseguía a mí y a mi padre, se había congraciado del todo con Henry. Y como miembro del grupo de búsqueda que me seguía la pista y alumna aventajada en los trabajos sucios de Davies, no tenía nada de extraordinario que ella entrase en la zona restringida de la mansión.

Cuando le conté que Gerald tenía un ojo omnipresente en la vida privada de los empleados de la empresa, no recordó al principio de quién se trataba.

—Un tío alto, con montones de muñequitos de Star Wars. —Annie reaccionó con una expresión asqueada—. Lo lamento.

También ella había reparado en las repulsivas miradas que le dedicaba Gerald en la oficina; hoy le había bastado con hacer un numerito de damisela en apuros, para lograr que él le abriera la puerta del cuartito desde el que controlaba todas las cámaras de la mansión. Los cien mil voltios de la pistola eléctrica con la que iba armada se encargaron del resto. Annie había esposado al esbirro (con dobles esposas, para asegurarse) y luego había conectado la señal de audio y vídeo desde el edificio hasta el coche de Rado mediante una conexión inalámbrica.

Ciertamente, al decirle a Henry que sí y estrecharle la mano, yo había caído al fin en sus manos. Pero al reconocer por su parte que había sido el responsable de la muerte de Irin y Haskins (pensando que yo solo estaba negociando mi precio), había sido él quien había caído en las mías. Rado estaba escuchando, y bastó con eso para que su sed de venganza se reorientara hacia el objetivo correcto, o sea, hacia Davies.

Se reanudaron los disparos, ahora más cerca, respondidos

por el inconfundible «¡ra-ta-ta-tá!, ¡ra-ta-ta-tá!» de una metralleta automática.

Yo, desde luego, no era un fan de Dragović, el criminal de guerra. Le había dicho a Annie que saliera del edificio en cuanto Davies pronunciara las palabras mágicas, revelándole al mafioso serbio que él había matado a su hija. Así pues, cuando los secuaces de Dragović avanzaron por los corredores secretos de la mansión, yo ya no tenía ninguna vela en aquel entierro. Dado que deseaba que los hombres de Henry fueran aniquilados, le había proporcionado a Rado el esquema básico del edificio, pero, como tampoco quería que le resultara demasiado fácil, me había guardado algunos detalles. Por encima de todo, para emplear una frase de Kissinger, esperaba que ambos bandos perdieran. Ansiaba, sobre todo, que hubiera bajas.

Henry no parecía muy feliz con aquella invasión armada. Se acercó a la mesa mirando el sobre fijamente. Le enfurecía que lo hubieran atrapado, sin duda, pero creo que había algo más en su actitud: la sensación de haber sido traicionado.

A pesar de su pose y su poder, estaba solo: a su esposa, prácticamente, la había comprado; no tenía hijos; no había nada en su vida aparte del trabajo; en lugar de amistades, tenía complicidades, y la única modalidad de confianza que conocía era el pacto suicida que se produce cuando dos hombres poseen información mutuamente comprometedora. Deseaba un protegido, un hijo, pero yo ni borracho pensaba acompañarlo en ese infierno.

Cogió el sobre.

Dar gato por liebre es uno de los timos más viejos y sencillos del mundo. Le vendes a alguien una liebre y le das una bolsa donde hay un gato.

Es una comedia arriesgada, una torpe jugada por lo general. Pero yo tenía algunas cosas a mi favor. Mi padre había soportado una paliza mortal para no revelar dónde estaba la prueba, con lo cual Henry había dado por supuesto que yo la tenía.

Eso era solo una parte de la cuestión. En el caso de Henry, saltaba a la vista en qué creía. Nosotros, los timadores, en realidad no creemos en nada, pero podemos descifrar con rapidez en qué tienen fe los demás. Y si un objetivo considera con toda su alma que una verdad es creíble, pueden estar seguros de que hallaremos el modo de usarla contra él. Henry no vacilaba en proclamar su máxima esencial: todo el mundo es vulnerable, cada cual tiene un precio. Y ponía toda su fe en una cosa: la traición. En eso residía su fortaleza, cierto, pero yo iba a convertirlo en su debilidad. En el mundo de Davies la honradez no existía, y eso lo impulsaba a confiar en que me poseería: que también a mí, como a cualquier otro, se me podía corromper. Y dejé que lo creyera. El sobre era lo de menos. Yo no estaba jugando con mis cartas, jugaba con las suyas.

Mientras Marcus pasaba por el falso panel que daba al corredor de la cámara acorazada, Davies abrió el sobre que tenía en las manos y lo sacudió para vaciarlo.

Una rodaja de albaricoque seco rodó por la mesa; luego cayó revoloteando el menú del White Eagle. (Radomir, bendito sea, se había ofrecido a conseguirme una oreja humana para que el ardid resultara más realista. «No me cuesta nada», había dicho. Yo había declinado la oferta.)

—No hay ninguna prueba, Henry. Marcus la quemó en el Departamento de Justicia.

Los disparos sonaban cerca. Una bala atravesó la moldura del panel, esparciendo una lluvia de astillas y polvo de yeso.

—Radomir lo ha oído todo. —Alcé la vista hacia la cámara oculta en las estanterías—. Ahora sabe que mataste a su hija.

Yo ya había presenciado en Colombia cómo desplegaba Dragović su estilo primitivo. Pero había sido el propio Henry quien me había hecho ver lo peligroso que resultaría —en el universo de temor y codicia calculada que él gobernaba— un hombre que únicamente creía en la sangre y el honor.

En el sótano del White Eagle, incluso cuando Rado me había abierto aquel corte en el pecho, yo había mantenido mi versión. Supongo que mi firmeza lo convenció de que no mentía y le impulsó a escuchar mi plan. Si conseguía probar mi afirmación de que Davies había matado a su hija, si conseguía que este reconociera su crimen, permitiría que la deliciosa violencia psicópata de Dragović se encargara de todo lo demás.

Acaso fuese un criminal de guerra, pero por lo menos seguía un código de honor, cosa que lo convertía en cierto modo en una persona más honrada que los hombres de apariencia respetable que trabajaban todos los días a las órdenes de Davies.

307

Henry había jodido a base de bien a la hija de Rado, del mismo modo que había jodido a mi padre, y ahora estaba a punto de descubrir que la única verdad que regía su mundo era falsa. Algunas cosas no tenían precio; algunos hombres no aceptaban tratos.

—Ingrato de mierda —escupió Henry—. Te lo he ofrecido todo. Te he puesto esta ciudad en bandeja. Y cuando vienes a por mí, ¿ni siquiera tienes la decencia de hacerlo como un hombre y, en cambio, te escondes detrás de Rado?

Yo seguía amarrado al archivador. Se plantó ante mí, furioso.

—Esa puta de Annie... —Sonrió—. Ya lo veo: los dos, todavía juntos. Ahora lo entiendo.

Miró hacia la puerta.

—Vuelvo en un minuto. Ella sufrirá primero, ya lo verás. Y luego te tocará a ti. ¿Crees que has encontrado una salida, Mike? ¿Crees que no lograré atraparte? Te equivocas. No has hecho más que empeorarlo. Me suplicarás, me pedirás de rodillas que pare. Me darás todo lo que quiero y todavía más.

Me asestó una patada en la cara con la puntera metálica del zapato. El despacho se volvió borroso como una vieja televisión, pero no perdí la conciencia. Ahora los gritos y los disparos sonaban por todos lados.

Davies sacó una pistola del cajón del aparador y cruzó el falso panel hacia el corredor de la cámara acorazada. Escupí un poco de sangre, tratando de describir un arco, pero babeé sobre mi camisa.

El efecto de los analgésicos se me estaba pasando; debía apresurarme. Las esposas me caían justo sobre las muñecas; estaban ceñidas y con la cerradura mirando en dirección contraria a mis dedos, por lo que no me habría sido posible alcanzarla con ellos para tratar de forzarla, aunque Marcus no me hubiera quitado todo objeto punzante.

Los disparos resonaban con más fuerza; como quien dice, en el despacho. Oí un gemido. Las esposas no se daban de sí por mucho que tirase de ellas; por consiguiente, sería mi mano la que habría de estrecharse. Me eché hacia atrás el pulgar izquierdo apretándolo con la mano derecha: noté cómo aumentaba la presión y cómo el hueso se doblaba apenas. Lo solté. Me iba a desmayar. Sentía un dolor espantoso. Había que hacerlo a lo bruto, como quien se arranca un esparadrapo de golpe.

Tiré del pulgar bruscamente. El hueso se partió como una astilla. La imagen del despacho osciló de nuevo mientras yo pasaba la mano a presión —y los huesos astillados— por la argolla metálica. Tuve arcadas a causa del dolor, pero hice un esfuerzo para no vomitar. Mi mano estaba libre. Me puse en pie, colgándome las esposas de la muñeca derecha.

Busqué en el escritorio, pero Henry se había llevado la única pistola. Me metí por el panel entreabierto. La entrada estaba vacía. Solamente se oía una respiración entrecortada, y ya no sonaba ningún disparo.

Avancé un poco más y atisbé por la esquina. Había cuatro o cinco cuerpos. Marcus había caído, y también Rado. Henry tenía razón al decir que este defendería su honor a cualquier precio; yo ya contaba con ello, pero el serbio había ido demasiado lejos. Henry, pistola en ristre, pasó por encima del cadáver de Marcus y se asomó a la puerta del fondo para ver si había más hombres armados. Él ya había sobrevivido a otras masacres, y yo no permitiría que sobreviviera a esta. Habría de desplazarme por detrás de él y coger la pistola de uno de los caídos. Las que veía en el suelo o en las manos de los muertos tenían la corredera echada hacia atrás y la recámara vacía: ya no les quedaban balas.

309

No percibí que el cuerpo de Rado se moviera; tenía todo el aspecto de un cadáver. Tan solo alzó una mano mientras levantaba la pistola y le disparaba dos veces a Henry en la parte posterior del hombro izquierdo. Este se dio la vuelta con una mueca de dolor, tropezó con una papelera y cayó sentado de golpe en el suelo, como lo hubiera hecho un bebé. Apoyándose contra la puerta y gruñendo entre dientes, vació el cargador en el postrado cuerpo de Dragović.

Nada le enfurecía más que un hombre como aquel: un hombre al que no podía controlar. Yo diría que el serbio ya estaba medio moribundo antes de recibir los disparos, pero ahora sí que estaba muerto y bien muerto. Cuando Henry me vio pasar por encima de los cadáveres, comprendió que su cólera le había jugado una mala pasada. Ya no le quedaban balas y no disponía de otro cargador.

Cada inspiración parecía costarle un esfuerzo. La ráfaga de Rado le había abierto en el pecho un agujero del tamaño de un puño. Me acerqué despacio, pisé la pistola que todavía sujetaba con la mano y la aparté de una patada. Lo observé en silencio unos instantes.

—Ya sabía yo que no tenías estómago para estas cosas, Mike —dijo con un ronco susurro. Su voz sonaba como si tuviera los pulmones encharcados de sangre—. Siempre escondiéndote, esperando a que otro se encargara de arreglar tu estropicio: tu padre, Rado, incluso Annie. Crees que eres una buena persona, un hombre decente. Pero es cobardía, Mike; no eres capaz de matarme. —Alzó la mano derecha para que lo ayudara—. La caballería no vendrá, Mike. Un buen intento, pero están todos muertos. Échame una mano; yo te enseñaré. Detrás de esa puerta —indicó señalando la cámara acorazada—, están los secretos de todo Washington. Esa información vale miles de millones. Has hecho un buen papel rebelándote contra mí. Ayúdame a levantarme. Te daré una buena tajada; seremos socios a partes iguales.

Le tendí la mano y lo alejé de la puerta en la que se había reclinado. Sonrió.

—Eso es, Mike.

Cogí entonces la gruesa bolsa de plástico de la papelera, y la saqué. Henry la miró, desconcertado. Intentó otra maniobra.

—No puedes matarme a sangre fría, Mike. Serías tan malo como yo. Un corrupto. Un asesino. Al fin uno de los míos. No puedes ganar de ningún modo. Ayúdame a levantarme, y dirigiremos Washington juntos.

Él tenía parte de razón. Recordé la oleada de rabia que había sentido cuando le di una patada en la cabeza a aquel policía, o cuando pensé por primera vez que Annie me había traicionado, o cuando vi cómo circulaba la sangre de Langford por la máquina de diálisis. Me daban ganas de ceder a ese impulso, de dejar que me saliera toda la furia, de destruir a cualquiera que se interpusiera en mi camino. ¡Dios, sería maravilloso!

Pero ahora comprendí que mi padre decía la verdad cuando me había asegurado que él no era un asesino. Nada de violencia. Tal vez habíamos sido ladrones, pero no asesinos.

310

Henry vio cómo vacilaba, y yo percibí en sus ojos una expresión de alivio.

Le encajé la bolsa en la cabeza, lo tumbé boca abajo y, sentándome encima de él, se la tensé sobre el rostro con la mano sana. Mientras él siguiera vivo y moviera los hilos, la corrupción no se detendría, y yo no sería libre.

Arañó la bolsa, también a mí mientras daba patadas a las baldosas y a los cadáveres que lo rodeaban. Durante tres minutos gimió y se retorció bajo el plástico. No esperaba que fuera tan desagradable y agotador.

Sin duda podría haber encontrado un arma con alguna bala sobrante entre los cuerpos caídos, pues había varios más en los corredores. Pero a mí me hacían falta los ojos de Henry. Lo sujeté todavía mucho rato después de que soltara las últimas patadas agónicas en el suelo.

—Mike —oí que decía alguien. Sonaba cerca, en el interior del despacho. Me giré. Era Annie.

Le quité a Henry la bolsa de la cabeza y la usé para meter allí todas las armas. Registré a Marcus y rebusqué entre sus pegajosas ropas hasta encontrar los papeles que me había quitado al registrarme: los planos de la casa que mi padre había soñado para su familia, pero que nunca había llegado a construir.

Agarré a Henry del brazo derecho y lo arrastré hacia la puerta de la cámara acorazada. Annie se asomó por el falso panel.

—¿Estás bien? —le pregunté.

Ella asintió en silencio, mientras miraba los cadáveres con los ojos desorbitados.

—Estupendo. Necesito un segundo.

Annie se retiró de nuevo a la oficina.

Examiné la puerta de la cámara acorazada: huella dactilar y escaneo ocular: un equipo de lujo. Sujeté el fláccido brazo de Henry y le puse la mano en la pantalla. La luz roja pasó a verde. Después lo sujeté por debajo de la axila y, aunque me costó un esfuerzo horroroso debido a mi mano fracturada y el hombro medio dislocado, logré alzarle el cuerpo valiéndome de la rodilla y del brazo indemne. Tenía los ojos muy abiertos y fijos, en una mirada espeluznante. Le eché la cabeza hacia delante con el codo y le situé un ojo cerca del es-

311

cáner de retina. Los cerrojos de la cámara se corrieron con un gemido mecánico.

Dejé caer el cuerpo y abrí la puerta. Los archivos, los vídeos y las bobinas de un antiguo magnetófono se alineaban en las estanterías, cuidadosamente ordenados y etiquetados. Cada uno de los secretos que Davies había reunido para edificar su imperio, el producto de décadas de chantaje y extorsión, aguardaba allí para que me lo apropiara.

Henry tenía razón. Ahí estaba todo lo necesario para llegar a ser como él, para controlar Washington. Mientras pasaba por encima del hombre al que acababa de matar y entraba en su sanctasanctórum, no me sentía en absoluto como el bueno de la película.

Ahora había conseguido un trato incluso mejor que el propuesto por él: los reinos de este mundo y su gloria, sin tener que someterme a su voluntad. Todo para mí. Quizás él estaba en lo cierto. Acaso cada cual tenía un precio. Acaso este fuera el mío.

—Mike —dijo Annie desde el umbral de la cámara acorazada, mirando con horror las heridas de mi cuerpo, una por una—, ¿estás bien?

—Nunca me había sentido mejor. ¿Y tú? ¿Seguro que te encuentras bien, cariño?

—Sí. Un poco asustada, nada más.

—Vale.

Me acerqué renqueando, con intención de abrazarla, aunque, dado mi estado, lo máximo que conseguí hacer fue apoyarme contra su cuerpo. Ella me pasó los dedos por el pelo.

—¿Qué hay ahí? —preguntó.

—Las llaves del reino.

—¿Qué piensas hacer con ellas?

Contemplé los cadáveres, la sangre encharcada, coagulándose ya en el suelo… Tendría que lidiar con el espantoso estropicio que se había producido allí y en el Departamento de Justicia, con la acusación por el doble asesinato y con la serie de delitos que había cometido durante mi fuga. Sería necesario convencer a un montón de gente, usar muchas influencias para salir del aprieto y salvar el pellejo (o sus restos). Volví al interior de la cámara y hojeé algunos expedientes: este era de un senador, ese otro del presidente de un comité, ahí estaba el de un jefe de policía…

Me había pasado años huyendo de la sombra de mi padre y de mi pasado delictivo para alcanzar una vida respetable. Pero los delincuentes habían resultado ser honrados a su manera, y los hombres honrados, unos delincuentes. Ahora me tocaba escoger. ¿Debía cerrar aquella puerta y marcharme? ¿Dejar que la policía me atrapara como a un criminal y que nadie más que yo supiera que había actuado honradamente? ¿O debía ocupar el trono de Henry: elegir la corrupción, vivir como un rey y comprar todo el respeto que quisiera?

Recorrí de un vistazo la cámara acorazada, abarcando los secretos de Washington. No escogí ni una cosa ni otra. Yo era un ladrón nato, sí, pero igual que mi padre, un ladrón honrado.

Me los llevaría, utilizaría lo necesario para salir de esta y luego los destruiría.

Entonces sonó el móvil de Annie. Me miró y me lo mostró. Era el número de Cartwright. Respondí.

—Está vivo, Mike —me soltó de entrada.

—¿Qué?

—Tu padre.

—¿Qué…, qué ha ocurrido?

—No hay tiempo. ¿Estás en el Grupo Davies?

—Sí.

—¿Cómo estás?

—Perfecto. Annie también.

—¿Necesitas ayuda?

—Sí, para salir de aquí. Los demás están muertos, y esto se va a llenar de policía enseguida. ¿Por dónde andas?

—Saliendo de la avenida Connecticut y de camino hacía ahí a toda leche. ¿Ha llegado ya la policía?

Miré por los ventanales más alejados: había un par de coches patrulla delante.

—Hay una segunda entrada —dije, y le indiqué dónde se encontraba la puerta del garaje subterráneo por donde me habían arrastrado Henry y Marcus después de atraparme en el museo.

Cogí varias bolsas de basura y me guardé el material que me hacía falta de la cámara acorazada.

Los dos bandos —los hombres de Davies y de Dragović— se habían destrozado mutuamente. Corrimos por los pasillos sorteando cadáveres, nos reunimos abajo con Cartwright y nos alejamos a toda velocidad justo cuando llegaba la policía para acordonar la mansión de Kalorama.

Cartwright me contó lo ocurrido en el hospital: la paliza le había causado a mi padre una hemorragia retroperitoneal, es decir, en una zona del abdomen de muy difícil acceso, y habían tenido que hacerle dos transfusiones antes de que el cirujano lograra encontrar la fuente de la hemorragia. Mi padre estaba bien, médicamente hablando, pero para entonces los hombres de Henry ya habían rodeado el hospital. Cartwright había comprendido que la única salida era simular que estaba muerto.

De modo que le había cambiado la pulsera de identificación y el historial por los de un hombre que había sufrido un accidente de moto y había muerto en urgencias. Una variante del timo de la morgue, supongo. Mientras los esbirros de Davies creían que mi padre estaba muerto, Cartwright había tenido tiempo de sacarlo de allí y de llevárselo a su amigo veterinario. No habría sido la categoría de médico que yo habría elegido, pero cuando, finalmente, vi a mi padre en la trastienda del consultorio, cerca de Ashburn, rodeado de perros Pomerania y loros parlanchines, me dio la impresión de que estaba bien: blanco como el papel, pero bien.

—Creo que me robaste algo —dijo abrazándome.

—¿Estás seguro de que fue así? —Y le entregué los planos de la casa manchados de sangre.

—¿Cómo lograste atrapar a Henry?

—Gato por liebre.

Asintió.

—Buen chico.

Nos pusimos manos a la obra para construir aquella casa. En la cámara acorazada de Davies había aparecido una considerable cantidad de dinero, que me apropié como un plus de peligrosidad, y una buena parte sirvió para pagar ladrillos y sacos de cemento a medida que la casa de mi padre tomaba forma.

Todos los delitos realmente imperdonables que salieron a la luz en los expedientes llegaron a manos del fiscal. En los casos en que Henry había logrado torcer la ley, usé la basura que él había recopilado para ejercer presión y poner las cosas en su sitio. Dicha basura también me sirvió para solventar algunos de mis recientes malentendidos con las autoridades, y para impedir que el detective Rivera, de la policía metropolitana, pudiera hacerse la cocina nueva con encimeras de granito.

Al final, conseguimos darles un buen uso a todos los materiales de extorsión que me había llevado del despacho de Davies. Lo primero que construimos en la nueva casa fue un fogón de piedra en el patio trasero. Una vez repuesto mi padre, Annie y yo fuimos a visitarlo allí una noche, extendimos unas tumbonas y encendimos una buena hoguera. Yo llevé todos los expedientes y las cintas que había en la cámara acorazada; nos sentamos alrededor del fuego y preparamos carne a la parrilla mientras nos tomábamos unas cervezas. Todo perfecto, como en mis recuerdos infantiles, antes de que metieran a mi padre en la cárcel: yo volaba en aquel columpio chirriante y los mayores disfrutaban de la noche de verano en el porche. Parecíamos la típica familia feliz, con la única diferencia de que ahora nos dedicábamos a quemar pruebas.

315

A Annie y a mí nos quedaba dinero de sobra para irnos una temporada a un lugar cálido y empezar a partir de cero en un nuevo trabajo. Pero todavía habría de pasar cierto tiempo antes de que mi padre se recuperase del todo, y él y yo teníamos muchas cosas de que hablar.

Mientras permanecía en DC a su lado, procuré sacarle el máximo partido a la situación. Yo era honrado, sin duda, pero nunca conseguiría desprenderme del todo de mis viejos hábitos furtivos. Y tampoco lo deseaba; eso sí lo había aprendido muy bien. Los hombres honrados me habían metido en aquel embrollo; y las habilidades delictivas que nunca había abandonado y que había heredado de mi padre me habían sacado del apuro. Ya casi no lo recordaba, pero, en una época no tan lejana —un año atrás—, me había matado a trabajar —dos licenciaturas de Harvard y un empleo a jornada completa— con la esperanza de lograr hacer algún día algo decente en esta ciudad corrupta.

Todo el contenido de la cámara acorazada había desaparecido. Yo me había guardado para mí esos secretos, encargán-

dome de que los devorasen las llamas, y ahora únicamente per-
duraban en mi memoria. Incluso sin los expedientes, el mero
conocimiento de esas oscuras historias contenía un potencial
enorme.

Llegué a plantearme si no habría un modo de hacer algún
bien con todo el mal que Henry había sembrado, y eso me condujo a formularme una pregunta interesante: ¿cómo es posible
volverse honrado en una ciudad gobernada por ladrones?

Mientras avanzaba la construcción de la casa, empezaron a
pasar cosas extrañas en la capital: se producían menos peleas
partidistas, menos actitudes de cara a la galería —pensando en
las siguientes elecciones—, menos maniobras para favorecer
intereses particulares; se aprobaron leyes positivas con votos
procedentes de ambos partidos... Fue la legislatura más pro-
ductiva que se había visto en Washington desde hacía mucho
tiempo, como si los poderosos de la ciudad hubieran descubierto una conciencia en su interior, o quizás una pistola en su
espalda.

Nadie sabía qué o quién podría haber detrás de todo ello. Y
yo me cuidé muy mucho de que siguiera sin saberse.

Agradecimientos

Mi esposa, Heather, me ha mantenido en marcha a lo largo de este arriesgado proyecto gracias a su ánimo constante, su humor y su paciencia; mis padres, Ellen y Greg, y mis hermanos, Michael y Peter, me han servido de banco de pruebas y me han ayudado, paso a paso, a salir de los atolladeros narrativos; Allen Appel ha sido un guía de increíble generosidad al informarme acerca de los resortes del género y del mundo de los negocios, y Sommer Mathis, Miranda Mouillot y Kevin Rubino me han echado una mano como lectores y analistas de la trama.

El doctor Evan Macosko respondió con paciencia a todas mis estrafalarias consultas médicas sobre muertes fingidas y asuntos similares; Gary Cohen me hizo partícipe de sus experiencias en el mundo del espionaje industrial; Alexander Horowitz me facilitó mucha información sobre las cárceles, igual que el libro de Elaine Bartlett *Life on the Outside*; Joe Flood, en *The Fires*, me descubrió la barra Halligan, que a su vez me condujo a las páginas de los manuales del Departamento de Bomberos de Nueva York, donde se explica cómo forzar cualquier clase de puertas.

David Bradley me dio mi primer trabajo en *The Atlantic* cuando tenía veintiún años y, con ello, la oportunidad de atisbar el Washington oficial entre bastidores. Mi agradecimiento a él y a todos aquellos con los que trabajé en la revista, especialmente a Josh Green, Jim Fallows, Cullen Murphy, Scott Stossel, Joy de Menil, Ross Douthat, Jennie Rothenberg, Abby Cutler, Terence Henry, Robert Messenger y Ben Schwarz. Estoy en deuda con todos los reporteros y editores que he conocido y con los que he intercambiado historias en DC.

Mi agente, Shawn Coyne, se arriesgó conmigo y me ayudó a analizar a fondo la idea del libro. Siento una extraordinaria gratitud por su colaboración y su infalible consejo. Él y su equipo —Justin Manask y Peter Nichols— hicieron auténtica magia para que Mike Ford saltara de las páginas al mundo real.

Reagan Arthur es la correctora con la que sueña cualquier escritor. Mi más profundo agradecimiento a ella y a Michael Pietsch, y al resto del equipo de Little, Brown por confiar en un autor novel y hacer posible este libro.

Este libro utiliza el tipo Aldus, que toma su nombre
del vanguardista impresor del Renacimiento
italiano Aldus Manutius. Hermann Zapf
diseñó el tipo Aldus para la imprenta
Stempel en 1954, como una réplica
más ligera y elegante del
popular tipo
Palatino

***

**

*

Los 500
se acabó de imprimir
en un día de verano de 2012,
en los talleres gráficos de Rodesa,
Villatuerta (Navarra)

***

**

*